SOPHIE KINSELLA

TENGO
TU NÚMERO

Sophie Kinsella es una autora de gran éxito cuyas novelas se publican en cuarenta países. La venta total de sus libros suma más de veinticinco millones de ejemplares. Ha escrito seis novelas de la serie "Loca por las compras", protagonizada por la simpática pero irresponsable Becky Bloomswood, cuyas aventuras en las tiendas de Manhattan se convirtieron en la exitosa película *Confesiones de una compradora compulsiva* (*Confessions of a Shopaholic*). Además es autora de otras cinco novelas. Actualmente vive en Londres con sus hijos.

TENGO TU NÚMERO

TENGO TU NÚMERO

SOPHIE KINSELLA

Traducción de Ana Alcaina

Vintage Español
Una división de Random House, Inc.
Nueva York

Para Rex

TENGO
TU NÚMERO

1

Perspectiva, solo necesito un poco de perspectiva. No es un terremoto ni un loco con un rifle ni una fuga radiactiva, ¿no? En la escala de desastres, no es de primera magnitud. Repito, no es un desastre de primera magnitud... Supongo que algún día recordaré este momento, me reiré y pensaré: «Ja, ja, ja. ¡Qué tonta fui por angustiarme de esa manera...!».

Déjalo, Poppy. No te esfuerces. No me hace ninguna gracia y, de hecho, hasta me estoy mareando. Aquí estoy, recorriéndome a tientas todo el salón de baile del hotel, con el corazón desbocado, registrándolo de arriba abajo y buscando inútilmente en la moqueta con el estampado azul, por detrás de las sillas doradas de banquete, debajo de las servilletas de papel tiradas por el suelo, en los lugares donde sé que es imposible que esté.

Lo he perdido. La única cosa en el mundo que se suponía que no podía perder. Mi anillo de compromiso.

Decir que este es un anillo especial es quedarse muy corta. Ha permanecido en el seno de la familia de Magnus a lo largo de tres generaciones. Es un pedazo de anillo con una esmeralda espectacular y dos diamantes, y Magnus tuvo que sacarlo de la cámara acorazada de un banco antes de pedirme que me casara con él. Lo he llevado sin problemas durante tres meses, dejándolo todas las noches sin falta en un platillo especial de porcelana, palpándolo y dándole vueltas en el dedo cada treinta segundos... y ahora, justo el día que sus padres vuelven de Estados Unidos, voy y lo pierdo. Tenía que ser el mismo día...

Los profesores Antony Tavish y Wanda Brook-Tavish están, en estos precisos instantes, volando de vuelta a casa después de pasar un semestre sabático en Chicago. Me los imagino perfectamente, comiendo cacahuetes fritos con miel y leyendo artículos académicos en sus respectivos Kindles. Francamente, no sé cuál de los dos me da más miedo.

Él. Es muy sarcástico.

No, ella. Con ese pelo rizado, todo el día haciéndote preguntas sobre qué piensas del feminismo.

Está bien, los dos dan un miedo de narices. Y aterrizarán dentro de una hora y querrán ver el anillo, naturalmente...

No. No te pongas a hiperventilar ahora, Poppy. Piensa en positivo. Solo necesito plantearlo desde un ángulo distinto. Como... ¿qué haría Poirot en mi lugar? Poirot no se pondría histérico, presa del pánico, no. Conservaría la calma, ejercitaría sus pequeñas células grises y recordaría algún detalle insignificante y crucial que sería la clave de todo.

Voy a cerrar los ojos con fuerza. Pequeñas células grises. Vamos... Esforzaos todo lo que podáis.

El caso es que no estoy segura de que Poirot se hubiese pimplado tres copas de champán rosado y un mojito antes de resolver el asesinato en el Orient Express.

—¿Señorita? —Una señora de la limpieza con el pelo gris intenta rodearme con un aspirador y yo doy un respingo, horrorizada. ¿Es que ya van a pasar el aspirador? ¿Y si se lo traga ese cacharro?

—Perdone. —La agarro del hombro de nailon azul—. ¿No podría dejarme cinco minutos más para seguir buscando antes de que empiece a aspirar?

—¿Es que todavía está buscando su anillo? —Menea la cabeza sin demasiada convicción y luego se le ilumina la cara—. ¿A que resulta que lo encuentra cuando vuelva a casa? ¡Seguro que ha estado ahí todo el tiempo!

—Es posible. —Me obligo a asentir educadamente con la cabeza, aunque lo que tengo son ganas de soltarle: «¡No soy tan idiota!».

Descubro a otra mujer de la limpieza al otro lado del salón, limpiando migas y metiendo servilletas de papel arrugadas en una bolsa de basura. Esa mujer no presta atención a lo que hace. ¿Es que no me ha oído?

—¡Perdón! —chillo mientras me planto corriendo a su lado—. Está buscando mi anillo, ¿verdad?

—De momento no he visto ni rastro de la sortija, cariño. —La mujer vuelve a barrer con la mano otra tanda de desperdicios de la mesa y los mete en la bolsa de basura sin mirar siquiera.

—¡Cuidado! —Cojo las servilletas y vuelvo a sacarlas, palpándolas concienzudamente a ver si noto algún bulto sólido, sin que me importe llenarme las manos de glaseado de crema de mantequilla.

—Oye, bonita, que estoy intentando limpiar. —La mujer de la limpieza me quita las servilletas de las manos—. Mira qué jaleo estás armando... ¡Lo estás poniendo todo perdido!

—Lo sé, lo sé. Lo siento. —Me agacho para recoger los moldes de papel de las *cupcakes* que he tirado al suelo—. Pero es que no lo entiende, si no encuentro ese anillo, estoy muerta.

Me dan ganas de coger la bolsa de la basura y realizar un examen forense del contenido con unas pinzas. Me dan ganas de rodear la totalidad del salón con cinta policial amarilla y declararlo una escena del crimen. Tiene que estar aquí, tiene que estar...

A menos que se lo haya llevado alguien. Esa es la única otra posibilidad que se me ocurre. Una de mis amigas se lo ha probado, aún lo lleva en el dedo y, por lo que sea, no se ha dado cuenta. A lo mejor se ha caído accidentalmente en el interior de un bolso... quizá se ha colado en un bolsillo... se ha quedado prendado en los hilos de algún jersey... las posibilidades que barajo en mi cabeza cada vez son más y más rocambolescas, pero no puedo dejar de pensar en ellas.

—¿Has mirado en el lavabo de señoras? —La mujer me esquiva y sigue limpiando por detrás de mí.

11

Pues claro que he mirado en el lavabo. He buscado en todos y cada uno de los cubículos, de rodillas incluso. Y luego en los lavamanos. Dos veces. Y luego he intentado convencer al recepcionista para que lo cerrase y mandase examinar todas las tuberías, pero se ha negado. Ha dicho que sería distinto si yo supiera con certeza que lo había perdido ahí dentro, y que estaba seguro de que la policía estaría de acuerdo con él, y que si hacía el favor de apartarme del mostrador, que había gente esperando.

Policía. ¡Bah! Creía que en cuanto los llamase, vendrían a todo correr con sus coches patrulla y sus sirenas, y no que me dirían que me pasase por la comisaría a presentar una denuncia. ¡No tengo tiempo de presentar denuncias! ¡Tengo que encontrar mi anillo!

Vuelvo a toda prisa a la mesa redonda donde estábamos sentadas esta tarde y me agacho para meterme debajo y palpar la moqueta una vez más. ¿Cómo he podido dejar que me pase esto? ¿Cómo he podido ser tan torpe?

Fue idea de mi amiga de la escuela Natasha sacar entradas para la merienda del Marie Curie Champagne Tea. No podía venir a mi despedida de soltera en el spa este fin de semana, así que lo de esta tarde era una especie de alternativa. Éramos ocho a la mesa, todas bebiendo champán alegremente e hinchándonos a pasteles, y fue justo antes de que empezase la rifa cuando alguien dijo: «Vamos, Poppy, vamos a probarnos tu anillo. Haz que rule».

Ni siquiera recuerdo quién lo dijo. ¿Annalise, tal vez? Annalise estudió conmigo en la universidad, y ahora trabajamos juntas en First Fit Physio, con Ruby, que también estaba en nuestro curso de fisio. Ruby también vino a la merienda, pero me parece que no se probó el anillo. ¿O sí lo hizo?

Ay, soy una calamidad para estas cosas. A ver, ¿cómo voy a hacer de Poirot si ni siquiera me acuerdo de lo más básico? La verdad es que me parece que todas, absolutamente todas, se han probado el anillo: Natasha, Clare y Emily (todas antiguas compañeras de clase en el colegio de Taunton); Lucinda (la organizadora de mi boda, que a estas alturas ya se ha convertido en una especie de amiga) y su ayudante Clemency; y Ruby y Annalise (que no son solo mis compañeras de universidad y de trabajo, sino que también son mis dos mejores amigas. También van a ser mis damas de honor).

Vale, lo admito: estaba regocijándome con toda aquella admiración. Aún me parece increíble que algo tan impresionante y bonito sea mío. El caso es que todavía no me acabo de creer nada de lo que está pasándome. ¡Voy a casarme! Yo, Poppy Wyatt. Con un profesor universitario alto y guapo que ha escrito un libro y hasta ha salido por la tele. Hace solo seis meses, mi vida amorosa era un completo desastre. Llevaba un año sin ninguna novedad significativa y estaba planteándome de mala gana si debería darle a aquel tipo de match.com, el de la halitosis, una segunda oportunidad... ¡y ahora solo faltan diez días para mi boda! Me despierto todas las mañanas y veo la espalda suave y llena de pecas de Magnus y pienso: «Mi prometido, el doctor Magnus Tavish, profesor titular del King's College de Londres»,[1] y siento una leve punzada de incredulidad. Y luego me doy media vuelta hacia el otro lado y miro el anillo, que reluce con su brillo carísimo en mi mesilla de noche, y vuelvo a sentir otra punzada de incredulidad.

Dios mío... ¿¡qué va a decir Magnus cuando se entere!?

Se me encoge el estómago y trago saliva. No. No pienses en eso ahora. Vamos, pequeñas células grises. Poneos ya a trabajar.

Creo recordar que Clare llevó el anillo mucho rato. Ahora

---

1. Se ha especializado en Simbolismo Cultural. Me leí en diagonal su libro, *La filosofía del simbolismo*, después de nuestra segunda cita y luego fingí que me lo había leído hacía siglos, casualmente, por placer (cosa que, para ser sincera, no se creyó ni por un minuto). Total, el caso es que me lo leí, y lo que más me impresionó es que estaba totalmente plagado de notas al pie. Ahora me chiflan. ¿A que son superútiles? Solo tienes que meterlas donde te parezca y ya está: automáticamente te conviertes en una persona lista.

Magnus dice que las notas al pie son para cosas que se alejan un poco del tema que estás tratando pero que, de todos modos, entrañan cierto interés para ti. Pues eso. Que esta es mi nota al pie sobre las notas al pie.

que lo pienso, no quería quitárselo. Entonces Natasha se puso a tirar de él diciendo: «¡Me toca a mí, me toca a mí!», y recuerdo que la avisé: «¡Con cuidado!».

A ver, que nadie piense que he sido una irresponsable, porque mientras circulaba por la mesa, no le he quitado el ojo de encima al anillo en ningún momento.

Lo que pasa es que entonces he tenido que dividir mi atención, porque ha empezado la rifa y los premios eran fabulosos. Una semana en un palacete italiano, un corte de pelo en una peluquería exclusiva, un cheque-regalo para Harvey Nichols... En la sala había un alboroto impresionante, con gente que sacaba boletos sin parar y los números que se anunciaban desde la tarima y las mujeres que se levantaban de un salto y gritaban: «¡Yo!».

Y justo entonces ocurrió. Fue justo entonces cuando me equivoqué. Ese fue el momento decisivo, el instante en que todo pudo haber sido de otra manera. Si pudiera volver atrás en el tiempo, ese es el momento en que me plantaría delante de mí misma y me diría con severidad: «Poppy: prio-ri-da-des».

Pero es que una no se da cuenta, ¡qué va! El momento existe, está ahí, cometes tu error fatal y luego el momento pasa y ¡zas...! desaparece, y con él también se esfuma la posibilidad de hacer algo al respecto.

Y entonces lo que pasó fue que Clare ganó unas entradas para el torneo de Wimbledon en la rifa. Quiero a Clare con locura, pero siempre ha sido un pelín pánfila. No se levantó y gritó: «¡Yo! ¡Yupi!» a pleno pulmón, sino que solo levantó la mano unos centímetros. Ni siquiera nosotras —¡que estábamos en la mesa con ella!— nos percatamos de que había ganado.

Justo cuando empecé a advertir que Clare sujetaba un boleto del sorteo agitándolo tímidamente en el aire, la presentadora que había en la tarima dijo:

—Creo que vamos a tener que repetir el sorteo, puesto que no hay ningún ganador...

—¡Grita! —Empujé a Clare y me puse a agitar la mano como una loca—. ¡Eh! ¡Aquí! ¡La ganadora está aquí!

—Y el nuevo número es el... 4-4-0-3.

Para mi consternación, una chica de pelo moreno que había al otro lado de la sala empezó a gritar y a blandir un boleto en el aire.

—¡Ella no ha ganado! —exclamé indignada—. Has ganado tú.

—No importa. —Clare ya estaba encogiéndose de nuevo en su silla.

—¡Pues claro que importa! —grité antes de poder contenerme, y todas mis amigas se echaron a reír.

—¡Adelante, Poppy! —exclamó Natasha—. ¡Adelante, Caballera Blanca! ¡Ve y deshaz este entuerto!

—¡Sí, anda, Caballeri!

Esta es una broma de cuando éramos pequeñas. Solo por una vez, una sola, que ocurrió una cosa en la escuela, y empecé a recoger firmas para salvar a los hámsteres, todo el mundo empezó a llamarme la Caballera Blanca. O Caballeri, para abreviar. Por lo visto, mi supuesto grito de guerra es: «¡Pues claro que importa!».[2]

En fin. Baste con decir que al cabo de dos minutos me había subido a la tarima con la chica morena y la presentadora y estaba discutiendo con ellas y diciéndoles que el boleto de mi amiga era más válido que el suyo.

Ahora sé que nunca debería haber abandonado la mesa. Nunca debería haberme separado del anillo, ni siquiera un segundo. Comprendo perfectamente que fue una estupidez, aunque, en mi descargo, debo decir que yo no sabía que iba a saltar la alarma antiincendios, ¿verdad que no?

Fue tan surrealista... Todo el mundo estaba sentado tranquilamente merendando y bebiéndose su té y su champán cuando, de repente, sonó el ruido atronador de una sirena y se armó la de Dios es Cristo, y todo el mundo se levantó y echó a correr en dirección a las salidas de emergencias. Vi a Annalise, a Ruby y a

---

2. Cuando, en realidad, yo nunca digo esa frase. Igual que Humphrey Bogart nunca dijo: «Tócala otra vez, Sam». Es una leyenda urbana.

las demás coger sus bolsos y dirigirse hacia el fondo de la sala. Un hombre con traje apareció en la tarima y nos hizo andar a la presentadora, a la chica morena y a mí hacia una puerta lateral, y no hubo manera de que nos dejara ir hacia el otro lado. No dejaba de repetir: «Su seguridad es nuestra máxima prioridad».[3]

A pesar de todo, no es que estuviese preocupada, porque no creí que el anillo hubiese desaparecido. Supuse que alguna de mis amigas lo tendría a buen recaudo y que ya me reuniría con ellas fuera y lo recuperaría.

Fuera, naturalmente, reinaba un caos absoluto. Además de nuestra merienda, en el hotel se celebraba un importante congreso de negocios y todos los delegados salían en tropel desde distintas puertas hacia la calle, y el personal del hotel trataba de transmitir mensajes de calma a los clientes a través de los megáfonos, los coches pitaban sin parar y tardé siglos en encontrar a Natasha y a Clare en medio de todo aquel jaleo.

—¿Tenéis mi anillo? —les pregunté inmediatamente, tratando de que mi voz no sonara acusadora—. ¿Quién lo tiene?

Las dos me miraron con cara de perplejidad.

—No sé. —Natasha se encogió de hombros—. ¿No lo tenía Annalise?

Así que entonces volví a meterme en la barahúnda a ver si encontraba a Annalise, pero resultó que ella no lo tenía, creía que Clare lo tenía, y Clare creía que lo tenía Clemency, y Clemency creía que tal vez era Ruby quien lo tenía, pero ¿no se había ido ya?

Lo malo del pánico es que se apodera de tu cuerpo por completo. Tú sigues aún relativamente tranquila, sigues diciéndote: «No seas ridícula, ¿cómo se va a perder el anillo?», cuando, al cabo de un minuto, el personal de Marie Curie anuncia que el acto queda suspendido por causas ajenas a su voluntad y se pone a repartir bolsitas de recuerdo. Y todas tus amigas han desapare-

---

3. Naturalmente, en el hotel no había ningún incendio. El sistema había sufrido un cortocircuito. Eso lo supe más tarde, aunque no fue ningún consuelo.

cido para irse a coger el metro. Y tu anillo sigue aún más solo que la una. Y una vocecilla interior empieza a chillar: «¡Oh, Dios mío! ¡Ya sabía yo que esto iba a pasar! ¡Nadie debería haberme confiado nunca un anillo tan valioso, una auténtica reliquia familiar! ¡Craso error! ¡Craso error!».

Y así es como acabas debajo de una mesa de hotel una hora más tarde, buscando a tientas en la superficie de una moqueta llena de roña, rezando desesperadamente para que ocurra algún milagro (a pesar de que el padre de tu prometido ha escrito un libro superventas diciendo que los milagros no existen y que son todo supersticiones y que hasta decir «¡Oh, Dios mío!» es señal de debilidad mental).[4]

De pronto me doy cuenta de que mi móvil está parpadeando y lo cojo con manos temblorosas. Tengo tres mensajes y voy desplazándome hacia abajo para leerlos, esperanzada.

> ¿Ya lo has encontrado? Annalise. Bss

> Lo siento, nena, pero no lo he visto. No t preocupes, q no le diré nada a Magnus. N. Bss

> ¡Hola, Pops! Dios, qué horror perder el anillo... Ahora que lo pienso, me pareció verlo... (nuevo mensaje de texto)

Me quedo mirando el teléfono, atacada de los nervios. ¿A Clare le pareció verlo? ¿Dónde?

Salgo de debajo de la mesa y me pongo a zarandear el teléfono, pero el resto del mensaje se niega en redondo a aparecer. Aquí dentro la cobertura es una porquería. ¿Cómo puede

---

4. ¿Dijo Poirot alguna vez «Oh, Dios mío»? Estoy segura de que sí. O «Sacrebleu!», que viene a ser lo mismo. ¿Y acaso eso no rebate la teoría de Antony, puesto que es evidente que las células grises de Poirot son mucho más fuertes que las de cualquiera? Tal vez se lo comente a Antony algún día, cuando esté envalentonada (aunque, si he perdido el anillo, ese día no llegará nunca, obviamente).

este hotel decir que es de cinco estrellas? Ahora tendré que salir.

—¡Oiga! —Me acerco a la mujer de la limpieza del pelo gris y le grito para que me oiga a pesar del ruido del aspirador—. Salgo fuera un momento a leer un mensaje pero si encuentra el anillo, llámeme, ¿de acuerdo? Ya le he dado mi número de móvil, estaré ahí mismo, en la calle...

—Sí, sí, no te preocupes, guapa —dice la mujer pacientemente.

Atravieso el vestíbulo del hotel a todo correr, esquivando a varios grupos de asistentes al congreso, y me paro un momento delante del mostrador de recepción.

—¿Alguna novedad de...?

—Nadie ha dejado nada por aquí todavía, señora.

En la calle me recibe un aire cálido y suave, con un ligero regusto a verano, a pesar de que todavía estamos a mediados de abril. Espero que dentro de diez días haga este mismo tiempo, porque mi vestido de novia lleva la espalda descubierta y cuento con que sea un día soleado.

Los peldaños de la escalinata de entrada al hotel son bajos y muy amplios, y los subo y los bajo una y otra vez, moviendo mi móvil hacia delante y hacia atrás tratando en vano de conseguir cobertura. Al final me bajo a la acera de la calle, sacudiendo el teléfono con movimientos más salvajes, paseándolo por encima de mi cabeza y luego acercándolo a la apacible calle de Knightsbridge, donde no hay mucho tráfico, alargando el móvil con las puntas de mis dedos extendidos.

«Vamos, teléfono... —Trato de convencerlo mentalmente—. Yo sé que tú puedes. Anda, hazlo por Poppy. Descárgate el mensaje. Tiene que haber cobertura en alguna parte... Tú puedes hacerlo...»

—¡Aaaaaaah! —Oigo mi propio alarido de estupor antes incluso de darme cuenta de lo que ha pasado. Siento un dolor como si me hubiese dislocado el hombro y tuviese arañazos en los dedos. Una figura en bicicleta pedalea a toda velocidad hacia el final de la calle. Solo me da tiempo de ver una vieja sudadera gris y unos esmirriados vaqueros negros antes de que la bici doble la esquina.

Tengo la mano vacía. Pero ¿qué narices...?

Me quedo pasmada mirándome la palma de la mano con incredulidad. No está. Ese tipo me ha robado el móvil. ¡Ese tío me ha robado el puto móvil!

Mi móvil es mi vida. No puedo vivir sin él. Es un órgano vital.

—¿Señora, está usted bien? —El portero baja la escalera a toda prisa—. ¿Ha pasado algo? ¿Le ha hecho daño ese hombre?

—Me... me han robado —acierto a decir, tartamudeando—. Me han mangado el móvil.

El portero hace un chasquido con la lengua, solidarizándose conmigo.

—Unos sinvergüenzas, eso es lo que son. Unos sinvergüenzas y unos oportunistas. Hay que andarse con mucho ojo por este barrio...

Yo no estoy escuchándole, sino que estoy echándome a temblar. Nunca había sentido tanta angustia ni tanto pánico. ¿Y ahora qué hago yo sin mi teléfono? ¿Cómo funciono? Mis manos no dejan de irse derechas al bolsillo donde suelo guardar mi móvil, en un reflejo automático. Mi instinto quiere que le mande un mensaje de texto a alguien: «¡Diossss: he perdido el móvil!», pero ¿cómo puedo hacer eso sin un puto móvil?

Mi móvil es mi gente. Son mis amigos. Es mi familia. Es mi trabajo. Es mi mundo. Lo es absolutamente todo. Me siento como si alguien me hubiese desconectado de todas las máquinas de soporte vital.

—¿Quiere que llame a la policía, señora? —El portero me mira con inquietud.

Yo estoy demasiado conmocionada para contestarle. Me asalta una súbita preocupación, aún más terrible: el anillo. Le he dado mi número de móvil a todo el mundo: al personal de la limpieza, a las empleadas del servicio de señoras, a las organizadoras de la merienda Marie Curie... a todo el mundo. ¿Y si alguien lo encuentra? ¿Y si lo tiene alguien y está intentando llamarme ahora mismo y no hay respuesta porque el tipo de la sudadera ya ha tirado mi tarjeta SIM al río?

Ay, Dios...[5] Necesito hablar con el recepcionista. Le daré el número de casa en vez de...

No. No es una buena idea. Si dejan un mensaje, Magnus podría oírlo.[6]

Está bien, entonces... entonces... Dejaré mi número del trabajo. Sí, eso es.

Solo que esta tarde no va a haber nadie en el centro de fisio. No puedo ir y quedarme allí a esperar de brazos cruzados, solo por si llama alguien.

Ahora ya empiezo a estar cagada de miedo. Todo está haciendo aguas por todas partes.

Para empeorar aún más las cosas, cuando vuelvo a entrar corriendo en el vestíbulo, el recepcionista está ocupado. Tiene el mostrador rodeado de un grupo muy numeroso de asistentes al congreso, hablando de reservas de restaurante. Intento llamar su atención, con la esperanza de que me considere una prioridad, pero pasa de mí olímpicamente y me siento un poco herida en mi orgullo. Sé que ya le he robado mucho tiempo pero ¿es que no se da cuenta de la terrible situación en que estoy metida?

—Señora... —El portero me ha seguido al interior del hotel, con el ceño fruncido de preocupación—. ¿Quiere que le traigamos algo para reponerse? ¡Arnold! —Llama de inmediato a un camarero—. Un brandy para la señora, por favor, a cuenta de la casa. Y si habla con nuestro recepcionista, él le ayudará con la policía. ¿Quiere sentarse?

—No, gracias. —De repente, se me ocurre algo—. ¡A lo mejor debería llamar a mi propio número! ¡Llamar al ladrón! Podría pedirle que volviera, ofrecerle una recompensa... ¿A usted qué le parece? ¿Podría usar su teléfono?

5. Débil mental.

6. Todavía puedo darme una última oportunidad de recuperar el anillo sin contratiempos y sin que él llegue a enterarse nunca, ¿no?

El portero prácticamente retrocede horrorizado al ver mi mano extendida.

—Señora, me temo que ese sería un acto muy temerario por su parte —afirma con severidad—. Y estoy seguro de que la policía estaría de acuerdo conmigo en disuadirla de semejante idea. Me parece que está usted en estado de shock. Tenga la bondad de sentarse e intente tranquilizarse.

Mmm... Tal vez tenga razón. Desde luego, no me entusiasma la idea de quedar con un criminal con sudadera, pero no puedo sentarme y tranquilizarme; estoy demasiado atacada. Para calmar mi estado de nervios, empiezo a andar en círculos siguiendo la misma ruta, una y otra vez, taconeando con los zapatos en el suelo de mármol. Por delante de la maceta con el ficus gigante... por delante de la mesa de los periódicos... por delante de una papelera reluciente... y por delante del ficus de nuevo. Es un circuito reconfortante y, además, así mantengo la mirada fija en el recepcionista todo el rato, esperando que se quede libre.

El vestíbulo sigue repleto de hombres trajeados. Veo por las puertas de cristal que el portero ha vuelto a la escalera y está muy ocupado parando taxis y embolsándose propinas. Tengo a mi lado a un japonés bajito y achaparrado con un traje azul junto a un grupo de ejecutivos de aspecto europeo, que exclama sin cesar lo que parecen expresiones en japonés vociferante y furioso y que gesticula a todos los que llevan el pase de asistencia al congreso colgando alrededor del cuello en un cordón rojo. Es tan pequeñajo y los otros hombres parecen tan nerviosos que me dan ganas de sonreír.

El brandy llega en una bandeja y me detengo un momento para apurarlo de un sorbo, luego sigo andando, siguiendo la misma ruta repetitiva.

Maceta con ficus... mesa con periódicos... papelera... maceta con ficus... mesa con periódicos... papelera...

Ahora que ya me he calmado un poco, empiezan a asaltarme pensamientos homicidas. ¿Se da cuenta ese tipo de la sudadera de que me ha destrozado la vida? ¿Se da cuenta de lo vital que es un móvil? Es lo peor que puede robarse. Lo peor.

Y ni siquiera era un móvil del otro mundo. Era una antigualla. Así que le deseo buena suerte al tipo de la sudadera si quiere teclear la «B» en un mensaje de texto o navegar por Internet. Espero que lo intente y que no lo consiga. Entonces se arrepentirá.

Ficus... periódicos... papelera... ficus... periódicos... papelera...

Y encima me ha hecho daño en el hombro. Será cabrón... A lo mejor puedo denunciarlo y pedirle una indemnización millonaria. Si es que lo pillan algún día, que no lo van a pillar.

Ficus... periódicos... papelera...

Papelera.

Espera.

¿Qué es eso?

Me paro en seco y me quedo mirando dentro de la papelera, preguntándome si no me estarán tomando el pelo o si estoy teniendo alucinaciones.

Es un móvil.

Justo ahí, en la papelera. Un teléfono móvil.

2

Pestañeo varias veces y vuelvo a mirar... pero sigue ahí dentro, semienterrado entre un par de programas del congreso y un vaso de cartón de Starbucks. ¿Qué demonios hace un móvil en una papelera?

Miro a mi alrededor para ver si alguien está observándome... y luego meto la mano rápidamente y lo saco. Está un poco manchado de café, pero por lo demás parece impecable. Y además es de los buenos. Un Nokia. Nuevecito.

Me vuelvo con cuidado y examino el vestíbulo abarrotado de gente. Nadie me presta la más mínima atención, no viene nadie corriendo a plantarse a mi lado y decirme: «¡Eh, que ese teléfono es mío!». Y llevo paseándome por esta zona diez minutos. Quienquiera que lo haya arrojado a la papelera, lo hizo hace mucho rato.

En la parte de atrás del teléfono hay una pegatina con el nombre de la consultoría White Globe Consulting Group impreso en letra diminuta y un número de teléfono. ¿Se habrá querido deshacer alguien de él? ¿Estará escacharrado? Pulso el botón de puesta en marcha y se enciende la pantalla. A mí me parece que funciona perfectamente.

Una vocecilla en mi cabeza me dice que no puedo quedármelo, que debería ir al mostrador de recepción y decir: «Perdón, creo que se le ha perdido el móvil a alguien». Eso es lo que debería hacer. Irme derecha a recepción, ahora mismo, como cualquier miembro de la sociedad cívico y responsable...

Mis pies no se quieren mover, ni un centímetro. Mi mano se cierra con gesto protector alrededor del teléfono. El caso es que necesito un móvil. Estoy segura de que White Globe Consulting Group, quienesquiera que sean, tienen millones de móviles. Y tampoco me lo he encontrado tirado en el suelo o en el lavabo, ¿no? Estaba dentro de una papelera, y las cosas que hay dentro de las papeleras son basura. Son un blanco fácil y pasan a ser de dominio público. Esas son las reglas.

Vuelvo a asomarme a la papelera y veo un cordón rojo, como los que llevan al cuello los asistentes al congreso. Miro al recepcionista para asegurarme de que no me vea y luego meto la mano de nuevo y saco un pase de asistencia al congreso. La foto de una chica espectacularmente guapa está mirándome, y debajo leo lo siguiente: «Violet Russell, White Globe Consulting Group».

A estas alturas ya tengo elaborada una teoría francamente buena, hasta podría ser Poirot. Este es el móvil de Violet Russell y lo ha tirado a la basura, porque... bueno, por la razón que sea.

Bueno, es culpa suya, no mía.

De pronto, el móvil empieza a vibrar y me llevo un buen susto. ¡Mierda! Está vivo. El tono de llamada empieza a sonar a todo volumen... y encima, es la canción *Single Ladies*, de Beyoncé. Rápidamente le doy al botón de ignorar la llamada, pero al cabo de un momento empieza a sonar de nuevo, con un ruido atronador e inconfundible.

¿Es que en este maldito cacharro no hay un botón para bajar el volumen? Un par de ejecutivos se han girado a mirarme y me he puesto tan nerviosa que le he dado a «Contestar» en lugar de a «Ignorar». Los ejecutivos todavía están mirándome, así que me acerco el móvil a la oreja y les doy la espalda.

—El usuario al que llama no está disponible en este momento —digo, tratando de hablar como un robot—. Deje un mensaje, por favor. —Así me libraré de quienquiera que sea.

—¿Dónde demonios estás? —Una suave voz masculina, muy educada, empieza a hablar y por poco se me escapa un chillido de asombro. ¡Ha funcionado! ¡Cree que soy un contestador!—. Acabo de hablar con Scottie. Tiene un contacto que cree que puede hacerlo. Será como una cirugía endoscópica. Es muy bueno. No quedará ni rastro.

No me atrevo ni a respirar. Ni a rascarme la nariz, que ahora, de golpe, me pica un montón.

—Muy bien —está diciendo el hombre—. Así que, hagas lo que hagas, hazme el puto favor de tener cuidado.

Cuelga y me quedo mirando el móvil sin salir de mi asombro. No creí que alguien llegara a dejar un mensaje realmente. Ahora me siento culpable. Es un mensaje auténtico en el buzón de voz y Violet no va a escucharlo. Vamos a ver, no es culpa mía que haya tirado el móvil a la basura, pero aun así... Siento el impulso de registrar mi bolso para sacar un bolígrafo y lo único que tengo donde escribir, que es un viejo programa de mano de un musical.[7] Me pongo a escribir: «Scottie tiene un contacto, cirugía endoscópica, ni rastro, puto favor de tener cuidado».

Sabe Dios de qué va todo eso. ¿Una liposucción, tal vez? Bueno, no importa. Lo que importa es que si algún día me tropiezo con esa tal Violet, podré pasarle el mensaje.

Antes de que vuelva a sonar el móvil me abalanzo sobre el mostrador de recepción, milagrosamente desierto.

—Hola —digo sin aliento—. Soy yo otra vez. ¿Ha encontrado alguien mi anillo?

—No tenga la menor duda, señora mía —responde con una sonrisa glacial— de que si lo hubiésemos encontrado, la habríamos avisado. Tenemos su número de móvil y...

—¡No, no lo tienen! —lo interrumpo, casi con gesto triunfal—. ¡Ese es el problema! Que el número que les he dado ahora está... mmm... desaparecido. Fuera de servicio. Eso es. —Solo me faltaba que el recepcionista llame al tipo de la sudadera y le hable de un anillo de diamantes con una esmeralda de valor incalculable—. Por favor, no llame a ese número. ¿Puede llamar a

---

7. *El Rey León*. Natasha tenía entradas gratis. Creí que iba a ser una cosa ñoña para niños, pero la verdad es que estuvo genial.

este en vez de llamar al que le he dado antes? —Copio con cuidado el número que aparece en la parte de atrás del móvil de la consultoría White Globe—. Ah, y para asegurarme... ¿puedo probar a llamar yo? —Descuelgo el teléfono de la recepción y marco el número que acabo de anotar. Al cabo de un momento, Beyoncé empieza a berrear por el altavoz del móvil. Muy bien. Al menos puedo relajarme un poco; tengo un número de teléfono.

—¿Desea algo más, señora?

El recepcionista empieza a tener pinta de estar muy cabreado y ya se ha formado una cola de gente a mi espalda, así que le doy las gracias y me dirijo a un sofá cercano, con la adrenalina bombeándome por las venas. Tengo un móvil y tengo un plan.

Solo tardo cinco minutos en escribir mi nuevo número de móvil en veinte trozos distintos de papel de cartas del hotel, donde dice: POPPY WYATT – ANILLO ESMERALDA, ¡¡¡POR FAVOR, LLAMEN!!! En mayúsculas. Me llevo un chasco enorme al ver que las puertas del salón de baile están cerradas (a pesar de que estoy segura de que las mujeres de la limpieza siguen ahí dentro, las oigo), así que no tengo más remedio que recorrer los pasillos del hotel, el salón de té, los lavabos de señoras e incluso el spa para darle mi número a todos los empleados del establecimiento que encuentro por el camino y contarles mi historia.

Llamo a la policía y les dicto mi nuevo número. Envío un SMS a Ruby (cuyo número me sé de memoria) diciendo:

> Hola. M han robado el móvil. Este es mi nuevo núm. Puedes dárselo a todas? Alguna señal del anillo???

A continuación me desplomo exhausta sobre el sofá. Me siento como si hubiese estado viviendo en este maldito hotel todo el santo día. Debería llamar también a Magnus y darle este número... pero necesito armarme de valor. Tengo el convencimiento irracional de que podrá adivinar, solo con oír mi tono de voz, que he perdido el anillo. Intuirá que no llevo nada en el dedo en cuanto le diga: «Hola».

«Por favor, vuelve, anillo. Por favor, POR FAVOR, anda, vuelve...»

Recostada hacia atrás, cierro los ojos e intento enviar un mensaje telepático a través del éter, así que cuando Beyoncé empieza otra vez, doy un bote del susto. ¡A lo mejor ahora sí! ¡Mi anillo! ¡Alguien lo ha encontrado! Ni siquiera miro la pantalla antes de descolgar y contestar entusiasmada:

—¿Dígame?

—¿Violet? —Una voz de hombre me retumba en el oído. No es el hombre que ha llamado antes, es un tipo con la voz más grave. Parece estar de mal humor, si es que eso se puede deducir a partir de solo tres sílabas.[8] También está jadeando con fuerza, lo que significa que o bien es un pervertido o está haciendo ejercicio—. ¿Estás en el vestíbulo? ¿Sigue ahí la delegación japonesa?

En un acto reflejo, me vuelvo a mirar alrededor. Hay un montón de japoneses junto a las puertas.

—Sí, siguen aquí —digo—, pero no soy Violet. Este ya no es el móvil de Violet. Lo siento. ¿Tal vez podría hacer correr la voz de que ha cambiado de número?

Tengo que librarme de los colegas de Violet. No puedo permitir que interfieran con lo mío ni que me llamen cada cinco segundos.

—Perdone, pero ¿quién es usted? —pregunta el hombre—. ¿Por qué está contestando a este número? ¿Dónde está Violet?

—He tomado posesión de este teléfono —digo, con más confianza de la que siento realmente. Es que es verdad. Toda la ley de propiedad se basa en el derecho de posesión.[9]

—¿Que ha tomado posesión, dice? ¿Qué diablos...? Oh, Dios... —Suelta alguna que otra maldición y oigo un ruido de pasos lejanos. Suena como si bajara corriendo una escalera—.[10] Bueno, contésteme solamente, ¿se están yendo?

8. Cosa que yo creo que sí se puede.
9. Aunque nunca he sabido muy bien qué significa realmente.
10. Entonces, tal vez no sea un pervertido.

—¿Los japoneses? —Miro al grupo entrecerrando los ojos—. Puede ser. No sabría decirle.

—¿Hay un tipo bajito con ellos? ¿Un poco grueso? ¿Y con mucho pelo?

—¿Se refiere al hombre del traje azul? Sí, lo tengo justo delante. Parece cabreado. Ahora se está poniendo la gabardina.

Uno de sus colegas acaba de darle una gabardina Burberry al japonés achaparrado. Mientras se la pone, tiene una mirada de cólera en los ojos y no deja de soltar imprecaciones furiosas en japonés a diestro y siniestro, mientras todos sus amigos asienten con nerviosismo.

—¡No! —La exclamación del hombre que tengo al otro lado del teléfono me pilla por sorpresa—. ¡No puede marcharse!

—Bueno, pues se está yendo. Lo siento.

—Tiene que detenerlo. Acérquese a él e impida que salga del hotel. Vaya y acérquese. Haga lo que sea necesario.

—¿¿Qué?! —Me quedo mirando el teléfono, perpleja—. Oiga, lo siento, pero yo a usted ni siquiera lo conozco...

—Ni yo a usted tampoco —replica—. Además, ¿se puede saber quién es usted? ¿Es una amiga de Violet? ¿Puede decirme exactamente por qué ha decidido dejar su trabajo justo en mitad del congreso más importante del año? ¿Es que se cree que ya no necesito una secretaria personal, así, de repente?

¡Ajá! Así que Violet es su secretaria. Eso tiene sentido. ¡Y lo ha dejado plantado! Bueno, no me extraña, es tan mandón...

—Bueno, da lo mismo —se interrumpe—. Lo que importa es que estoy en la escalera, en la novena planta, el ascensor se ha estropeado, estaré ahí abajo dentro de menos de tres minutos, y tiene que entretener a Yuichi Yamasaki hasta que yo llegue, quienquiera que sea usted.

Menudo morro.

—¿O qué? —le suelto.

—O un año entero de cuidadosas negociaciones se irá al garete por culpa de un absurdo malentendido. El contrato del año se irá al traste y un equipo de veinte personas se quedará sin trabajo. —Su voz es implacable—. Directores ejecutivos, secretarias... absolutamente todos. Solo porque no puedo bajar hasta ahí lo bastante rápido y porque la única persona que podría ayudar no quiere hacerlo.

Oh, mierda...

—¡Está bien! ¡Está bien! —exclamo, furiosa—. Haré lo que pueda. ¿Cómo dice que se llama ese japonés?

—Yamasaki.

—¡Espere! —grito y atravieso el vestíbulo a todo correr—. ¡Por favor! ¿El señor Yamasaki? ¿Podría esperar un minuto?

El señor Yamasaki se da media vuelta con expresión inquisitiva y un par de gorilas se colocan a su lado, flanqueándolo con aire protector. Tiene la cara ancha, todavía arrugada con furia, y un cuello grueso y robusto, que está envolviendo en un pañuelo de seda. Tengo la impresión de que no le va mucho la cháchara.

No tengo ni idea de qué decir a continuación. No hablo japonés, no conozco nada de las empresas japonesas ni de la cultura japonesa. Aparte del sushi, pero no puedo plantarme ahí y decirle «¡Sushi!», sin más ni más. Sería como acercarme a un alto ejecutivo estadounidense y decirle: «¡Mantequilla de cacahuete!».

—Soy... soy una gran admiradora —improviso—. De su trabajo. ¿Podría firmarme un autógrafo?

Pone cara de perplejidad y uno de sus colegas le murmura una traducción al oído. Inmediatamente, se le ilumina el rostro e inclina la cabeza.

Le devuelvo el saludo inclinando la cabeza yo también, despacio, y chasquea los dedos antes de soltar un ladrido para dar una orden. Al cabo de un momento, una preciosa carpeta de cuero se abre ante él y escribe algo elaborado en japonés.

—¿Sigue ahí? —La voz del desconocido emana de repente del teléfono.

—Sí —mascullo—. Pero por poco tiempo. ¿Dónde está usted? —Le dedico una sonrisa radiante al señor Yamasaki.

—En la quinta planta. Reténgalo ahí. Cueste lo que cueste.

El señor Yamasaki me da su trozo de papel, tapa su bolígrafo, vuelve a inclinar la cabeza y se dispone a marcharse.

—¡Espere! —grito desesperadamente—. ¿Puedo... puedo enseñarle algo?

—El señor Yamasaki está muy ocupado. —Uno de sus colegas, con gafas de montura de metal y la camisa más blanca que he visto en mi vida, se dirige a mí—. Tenga la amabilidad de ponerse en contacto con nuestra oficina.

Echan a andar en dirección a la salida. ¿Y ahora qué hago? No puedo pedirle otro autógrafo. Tampoco puedo hacerle un placaje. Tengo que atraer su atención de alguna manera...

—¡Tengo algo muy importante que anunciar! —exclamo, corriendo tras ellos—. ¡Soy un telegrama cantante! Traigo un mensaje de todos los fans del señor Yamasaki. Sería una tremenda descortesía por su parte que se negara a escucharme.

Por lo visto, la mención de la palabra «descortesía» hace que se paren de golpe. Fruncen el ceño e intercambian miradas confusas.

—¿Un telegrama cantante? —pregunta recelosamente el hombre de las gafas de montura de metal.

—¿Han oído hablar de Gorilla Gram? Pues eso más o menos, un telegrama cantado —les explico.

No estoy segura de que eso les haya aclarado las cosas lo más mínimo.

El intérprete murmura frenéticamente al oído del señor Yamasaki, y al cabo de un momento, me indica:

—Proceda.

El señor Yamasaki se da media vuelta y todos sus colegas lo imitan, cruzándose de brazos con actitud expectante y formando una hilera. Por todo el vestíbulo veo miradas de interés de otros grupos de empresarios y asistentes al congreso.

—¿Dónde demonios está? —murmuro desesperadamente en el móvil.

—En el tercer piso —dice la voz del hombre al cabo de un momento—. Medio minuto. No lo pierda.

—Empiece —dice el hombre de las gafas de montura de metal con impaciencia.

Algunos de los otros huéspedes del hotel que hay en el vestíbulo se han parado a mirar. Oh, Dios mío... ¿Cómo me he metido en este lío? En primer lugar, no sé cantar. En segundo lugar, ¿qué le canto a un empresario japonés al que no conozco de nada? En tercer lugar, ¿por qué habré dicho que soy un telegrama cantante?

Pero si no hago algo pronto, veinte personas podrían perder su trabajo.

Hago una amplia reverencia, solo para ganar un poco más de tiempo, y todos los japoneses se inclinan ante mí.

—Empiece —repite el hombre de las gafas de montura de metal, con un brillo siniestro en la mirada.

Respiro hondo. Vamos. Da igual lo que haga, solo tengo que hacer que dure medio minuto. Luego podré largarme de aquí y nunca más volverán a verme.

—Señor Yamasaki... —Empiezo a cantar tímidamente, al son de la canción de *Single Ladies*—. Señor Yamasaki. Señor Yamasaki, señor Yamasaki. —Meneo las caderas y los hombros delante de él, igualito que Beyoncé—.[11] Señor Yamasaki, señor Yamasaki.

La verdad es que esto está chupado. No me hace falta ninguna letra, puedo seguir cantando «señor Yamasaki» todo el tiempo, una y otra vez. Al cabo de un momento, algunos de los japoneses hasta empiezan a cantar conmigo y a darle palmaditas en la espalda al señor Yamasaki.

—Señor Yamasaki, señor Yamasaki. Señor Yamasaki, señor Yamasaki. —Levanto el dedo y señalo al japonés con él mientras le guiño un ojo—. Ooh-ooh-ooh... ooh-ooh-ooh...

Esta canción es increíblemente pegadiza. Ahora todos los japoneses están cantando, salvo el señor Yamasaki, que está ahí quieto, encantado de la vida. Algunos de los asistentes al congreso se han puesto a cantar también y oigo a uno de ellos que dice:

—¿Es una de esas cosas de las redes sociales? ¿Una movilización relámpago de esas?

11. Bueno, igualito que Beyoncé no. Más bien, imitando a Beyoncé.

—Señor Yamasaki, señor Yamasaki, señor Yamasaki... ¿Dónde está? —mascullo en el móvil, sin dejar de sonreír de oreja a oreja.

—Mirando.

—¡¿Qué?! —Levanto la cabeza de golpe y escaneo todo el vestíbulo.

De pronto detengo la mirada en un hombre solo, a unos treinta metros de distancia. Lleva un traje oscuro, tiene el pelo negro y alborotado y sujeta un móvil junto a la oreja. A pesar de la distancia, veo que se está riendo.

—¿Cuánto tiempo lleva ahí? —le pregunto, furiosa.

—Acabo de llegar. No quería interrumpir. Muy buen trabajo, por cierto —añade—. Creo que se acaba de meter a Yamasaki en el bolsillo.

—Muchas gracias —digo con sarcasmo—. Me alegro de haber sido de ayuda. Es todo suyo. —Hago una exagerada reverencia al señor Yamasaki y luego me doy media vuelta y me dirijo rápidamente a la salida, sin hacer ningún caso de las exclamaciones de decepción de los japoneses. Tengo cosas más importantes de las que preocuparme que de los desconocidos arrogantes y sus estúpidos tratos de negocios.

—¡Espere! —La voz del hombre me sigue a través del móvil—. Ese teléfono. Es de mi secretaria.

—Bueno, pues que no lo hubiera tirado a la papelera, yo qué quiere que le diga... —le replico al tiempo que empujo las puertas de cristal para salir—. Quien lo encuentra, se lo queda.

Hay doce paradas de metro entre Knightsbridge y la casa de los padres de Magnus, en el norte de Londres, y en cuanto salgo a la superficie compruebo el móvil. El parpadeo insistente me informa de que hay mensajes nuevos —unos diez SMS y veinte correos electrónicos—, pero solo cinco de los mensajes de texto son para mí y ninguno me trae noticias del anillo. Uno es de la policía, y el corazón me da un brinco de alegría... pero solo es para confirmar que he presentado una denuncia y para preguntarme si quiero una cita con un agente de apoyo a las víctimas.

El resto son mensajes de texto y correos electrónicos para Violet. A medida que voy desplazándome por ellos, advierto que «Sam» figura en el asunto bastantes veces. Sintiéndome de nuevo como Poirot, compruebo la función de las llamadas recientes y, efectivamente, ahí está: el último número que ha llamado a este teléfono es «Sam móvil». Así que es él. El jefe de Violet. El tipo del pelo negro y alborotado. Y para de demostrarlo, su dirección de e-mail es samroxtonpa@whiteglobecon sulting.com.

Solo por curiosidad pura y dura, hago clic en uno de los e-mails. Es de jennasmith@grantlyassetmanagement.com, y el asunto es «Re: ¿Cena?».

> Gracias, Violet. Te agradecería que no le mencionases nada de esto a Sam. ¡Ahora estoy un poco avergonzada!

Oooh... ¿Y por qué está avergonzada? Antes de poder contenerme, ya me he desplazado hacia abajo a leer el e-mail anterior, enviado ayer.

> La verdad, Jenna, es que hay algo que deberías saber: Sam está prometido.
> Saludos, Violet.

Está prometido. Interesante. Mientras leo las palabras una y otra vez, siento una extraña reacción en mi interior que no sé identificar del todo bien... ¿sorpresa, tal vez?

Aunque, ¿por qué iba a sorprenderme? Si ni siquiera conozco a ese hombre.

Vaya, ahora sí que tengo que saber toda la historia. ¿Por qué está avergonzada la tal Jenna? ¿Qué ha pasado? Sigo desplazándome por los mensajes, leo un par de intercambios más y encuentro un largo e-mail introductorio de Jenna, quien, al parecer, conoció a ese Sam Roxton en una reunión de negocios, el tipo la puso cachonda y ella lo invitó a cenar hace dos semanas, pero él no le ha devuelto las llamadas.

> ... lo intenté otra vez ayer... a lo mejor no tengo bien su número... alguien me ha dicho que es un hombre importante y que la mejor manera de ponerse en contacto con él es a través de su secretaria... siento mucho molestarte... posiblemente, sea como sea, házmelo saber...

Pobre mujer. Me solidarizo con ella y estoy muy indignada. ¿Por qué no le ha contestado? ¿Tanto cuesta enviar un simple e-mail diciendo: «No, gracias»? Y luego resulta que el tipo está prometido, por el amor de Dios...

Bueno. Y a mí qué me importa. De pronto, me doy cuenta de que estoy fisgando en el buzón de entrada del correo de otra persona, cuando tengo cosas mucho más importantes en que pensar. Prioridades, Poppy. Tengo que comprar vino para los padres de Magnus. Y una tarjeta de «Bienvenidos a casa». Y si no logro localizar el anillo en los próximos veinte minutos... un par de guantes.

Desastre total. Una auténtica catástrofe. Resulta que no venden guantes en abril. Los únicos que pude encontrar estaban en la sección de saldos de Accessorize. Viejos artículos de Navidad, y solo estaban disponibles en la talla S.

No me puedo creer que esté planeando en serio darles la bienvenida a mis futuros suegros con unos guantes de lana rojos con renos que me quedan demasiado justos. Y con borlas, además.

Pero no tengo elección. Es eso o entrar a mano descubierta.

Cuando emprendo el largo ascenso de la colina donde está la casa de los padres de Magnus, empiezo a encontrarme mal y a sentir náuseas. No es solo por el anillo, es todo el asunto de los futuros suegros lo que me da pavor. Doblo la esquina... y veo que todas las ventanas están iluminadas. Están en casa.

Nunca he visto ninguna casa más adecuada para una familia

concreta que la casa de los Tavish. Es más antigua y más elegante que cualquiera de las demás viviendas de la calle, y las mira a todas por encima desde su posición superior. En el jardín tienen varios tejos y una araucaria. Las paredes de ladrillo están cubiertas de hiedra y las ventanas conservan los marcos originales de madera, de 1835. En el interior, tienen papel pintado William Morris de la década de los sesenta, y los tablones de madera del suelo están cubiertos de alfombras turcas.

Solo que es imposible ver el estampado de las alfombras turcas, porque están inundadas de un mar de viejos documentos y manuscritos que nadie se molesta nunca en recoger. A ninguno de los miembros de la familia Tavish se les da bien la limpieza ni el orden. Una vez encontré un huevo duro fosilizado en la cama de un cuarto de invitados, aún en su huevera, con una tira fina de pan de molde reseca. Debía de tener un año al menos.

Y hay libros por todas partes, por toda la casa, amontonados en hileras de tres en las estanterías, apilados en el suelo y al lado de todas las bañeras con manchas de cal. Antony escribe libros, Wanda escribe libros, Magnus escribe libros y su hermano mayor, Conrad, escribe libros. Hasta la mujer de Conrad, Margot, escribe libros.[12]

Lo cual es genial, claro. Vamos, que es algo maravilloso, reunir a todos esos genios intelectuales en una sola familia, aunque te hace sentir tan solo un pelín de nada insegura, como que no das la talla... Pero vaya, una pizca de nada, ¿eh?

No quiero que se me malinterprete, yo me considero una persona bastante inteligente. Sí, hombre, para ser una persona normal que ha ido a la escuela y luego a la universidad y ha encontrado trabajo y todo eso, pero ellos no son personas normales, están en otro nivel, muy por encima de la gente normal. Tienen unos supercerebros. Son la versión académica de *Los In-*

---

12. Y no son libros con nudo, trama y desenlace, por cierto. Son libros con notas al pie. Libros sobre temas concretos, como historia, antropología y relativismo cultural en Turkmenistán.

creíbles.[13] Yo solo he estado con sus padres unas pocas veces, cuando volaban a Londres para que Antony diera alguna conferencia importante, pero con eso ya tuve bastante para darme cuenta. Mientras Antony daba una charla sobre teoría política, Wanda presentaba un artículo sobre el judaísmo feminista a un grupo de expertos, y luego los dos aparecían nada menos que en *The Culture Show*, adoptando posturas *opuestas* sobre un documental acerca de la influencia del Renacimiento.[14] Y luego, después de todo eso, quedábamos con ellos y nos poníamos a charlar tranquilamente. Nada, sin presión ni nada que se le parezca...

A lo largo de los años me han presentado a los padres de bastantes novios distintos, pero sin ningún género de duda, la vez que me presentaron a los padres de Magnus fue la peor experiencia de todas. Acabábamos de estrecharnos las manos y estábamos charlando y yo estaba contándole a Wanda, muy orgullosa, en qué universidad había estudiado cuando, de repente, Antony levantó la vista por encima de sus gafas de media luna, me miró con esos ojos fríos y brillantes que tiene y dijo: «Un título universitario en fisioterapia. Qué gracioso». Me derrumbé de inmediato. No sabía qué decir. De hecho, me puse tan nerviosa que me fui al lavabo.[15]

Después de eso, naturalmente, me quedé paralizada. Aquellos tres días fueron los más desgraciados de mi vida. Cuanto más intelectual se volvía la conversación, más callada e incómoda estaba yo. Mi segundo peor momento: cuando pronuncié mal el nombre de «Proust» y todos empezaron a intercambiarse miradas.[16] Mi peor momento de todos: cuando estábamos vien-

13. Me pregunto si tomarán suplementos de omega 3. Tengo que acordarme de preguntárselo.

14. Sí, ya lo sé. Yo los escuchaba con mucha atención y ni aun así conseguía discernir en qué puntos no estaban de acuerdo. Me parece que el presentador tampoco se enteraba mucho, la verdad.

15. Luego Magnus me explicó que lo había dicho de broma, pero a mí no me sonó a broma, para nada.

16. Ni siquiera me he leído nunca nada de Proust. No sé por qué tuve que sacar el tema.

do el concurso *University Challenge* todos juntos en la sala de estar, cuando tocó un tema sobre huesos. ¡Mi especialidad! ¡Eso lo había estudiado! ¡Me sé todos los nombres en latín y esa clase de cosas! Pero cuando estaba tomando aliento para responder a la primera pregunta, Antony ya había dado la respuesta correcta. Fui más rápida la siguiente vez... pero se me adelantó de todos modos. A partir de ahí, todo fue como una carrera, y ganó él. Luego, al final, me miró y preguntó: «¿Es que no enseñan anatomía en la facultad de fisioterapia, Poppy?», y creí que me iba a morir de vergüenza.

Magnus dice que me quiere a mí, no a mi cerebro, y que no haga caso de sus padres. Y Natasha dice que piense en el pedrusco y en la casa de Hampstead y la villa en la Toscana. Porque así es Natasha. Mi enfoque del asunto, sin embargo, ha sido el siguiente: no pienses en ellos, simplemente. Todo ha ido la mar de bien. Han estado perfectamente en Chicago, a miles de kilómetros de distancia.

Pero ahora han vuelto.

Ay, Dios... Y todavía llevo un poco mal lo de «Proust» (¿Prust? Prost?), y no he repasado los nombres en latín de los huesos. Y llevo unos guantes de lana rojos con renos en abril. Con borlas.

Me tiemblan las piernas cuando llamo al timbre. Literalmente. Me siento como el espantapájaros de *El mago de Oz*. En cualquier momento voy a desplomarme sobre el camino y Wanda me prenderá fuego por haber perdido el anillo.

Para ya, Poppy. No pasa nada. Nadie va a sospechar nada. Si me preguntan, voy a decir que me he quemado la mano, eso es lo que voy a decir.

—¡Hola, Poppy!

—¡Felix! ¡Hola!

Siento un alivio tan grande de que sea Felix quien me haya abierto la puerta que lo saludo con un grito ahogado y tembloroso.

Felix es el benjamín de la familia, solo tiene diecisiete años y todavía está estudiando. De hecho, Magnus ha estado viviendo en la casa con él mientras sus padres estaban fuera, para hacerle de niñera, y yo me fui a vivir con ellos cuando nos prometimos. No es que Felix necesite una niñera, porque es completamente independiente, se pasa todo el día leyendo y ni siquiera te enteras de que está en casa. Una vez quise darle una pequeña charla de amiga sobre el consumo de drogas. Me corrigió muy educadamente sobre todos y cada uno de los puntos que toqué y luego me dijo que había notado que yo bebía niveles de Red Bull por encima del límite recomendado y ¿no me parecía que tal vez me había creado adicción? Esa fue la última vez que intenté hacerle de hermana mayor.

Total, que todo eso se ha acabado ahora que Antony y Wanda han regresado de Estados Unidos. He vuelto a mudarme a mi apartamento y hemos empezado a buscar pisos de alquiler. Magnus pretendía que siguiéramos viviendo aquí como si nada. ¿Qué se creía, que podríamos seguir usando el cuarto de invitados y el baño del piso de arriba y no sería incómodo, igual que él podría seguir utilizando la biblioteca de su padre?

¿Está loco? Yo no pienso vivir bajo el mismo techo que los Tavish, de eso ni hablar.

Sigo a Felix a la cocina, donde Magnus está repantigado en una silla, señalando una página impresa y diciendo:

—Creo que tu argumento falla justo aquí, en el segundo párrafo.

Se siente como se siente, haga lo que haga, Magnus siempre se las apaña para parecer elegante. Tiene los pies, con sus zapatos de ante, apoyados en otra silla, se está fumando un cigarrillo[17] y lleva el pelo leonado hacia atrás, cayéndole en cascada.

Todos los Tavish tienen el pelo del mismo color, como si fueran una familia de zorros. Hasta Wanda se pone henna en el pelo. Sin embargo, Magnus es el más guapo de todos, y no lo digo solo porque vaya a casarme con él. Tiene la piel llena de pecas, pero también se broncea muy fácilmente, y su pelo rubio rojizo parece salido de un anuncio de champú. Por eso

17. Ya lo sé. Ya se lo he dicho, un millón de veces.

se lo deja largo.[18] Lo cierto es que presume mucho de su pelo. Además, a pesar de ser un académico, no es ninguno de esos rancios que se quedan en casa leyendo todo el santo día. Esquía muy bien y me va a enseñar a mí también. Fue así como nos conocimos, por cierto. Se había torcido la muñeca esquiando y vino a unas sesiones de fisio después de que su médico le recomendara nuestro centro. Tenía programada una sesión con Annalise, pero ella lo cambió por uno de sus clientes habituales y acabó viniendo conmigo en lugar de ir con ella. La semana siguiente me invitó a salir y, al cabo de un mes, me pidió que me casara con él. ¡Un mes![19]

Ahora Magnus levanta la cabeza y veo que se le ilumina la cara.

—¡Cariño! ¿Cómo está mi preciosidad? Ven aquí. —Me pide que me acerque para darme un beso y luego me toma la cara entre las manos, como hace siempre.

—¡Hola! —Esbozo una sonrisa forzada—. Bueno, ¿ya han llegado tus padres? ¿Qué tal les ha ido el vuelo? Estoy impaciente por verlos.

Intento mostrar el máximo entusiasmo posible, a pesar de que mis piernas solo quieren echar a correr, salir por la puerta y bajar la colina zumbando.

—¿Es que no te ha llegado mi mensaje? —Magnus parece desconcertado.

—¿Qué mensaje? Ah... —De pronto, caigo en la cuenta—. Pues claro. Es que he perdido el móvil. Ahora tengo un número nuevo. Espera, que te lo doy.

—¿Que has perdido el móvil? —Magnus me mira extrañado—. ¿Qué ha pasado?

—¡Nada! —exclamo alegremente—. Solo que... lo he perdido y he tenido que buscarme uno nuevo. No pasa nada. No es ninguna tragedia.

He decidido —así, como política general— que cuanto me-

---

18. No en plan cola de caballo, que sería asqueroso. Solo tirando a largo.
19. Annalise no me lo perdonará en la vida. En su mente, si no le hubiese cambiado la sesión, ahora sería ella la que se casaría con él.

nos le cuente a Magnus ahora mismo, mejor. No quiero entrar en detalles de por qué me aferro con tanta desesperación a un teléfono que he encontrado tirado por ahí en una papelera.

—Y dime, ¿qué me decías en el mensaje? —añado rápidamente, tratando de cambiar de tema.

—Han desviado el avión de mis padres. Han tenido que ir a Manchester. No vendrán hasta mañana.

¿Desviado?

¿Manchester?

Oh, Dios mío... ¡Me he salvado! ¡Salvada por los pelos! ¡Mis piernas ya pueden dejar de temblar! Me entran ganas de ponerme a cantar el aleluya. ¡Ma-an-chester! ¡Ma-an-chester!

—Vaya por Dios, qué contrariedad... —Intento con todas mis fuerzas imprimir a mi rostro una expresión de desilusión—. Pobrecillos. Manchester. ¡Si eso está a kilómetros de distancia! Con las ganas que tenía de verlos... Menudo fastidio...

Me parece que sueno muy convincente. Felix me mira con cara rara, pero Magnus ya ha vuelto a coger el manuscrito. No ha hecho ningún comentario sobre mis guantes, ni Felix tampoco.

A lo mejor puedo relajarme un poquito.

—Bueno... y entonces... decidme, chicos... —Examino la habitación—. ¿Qué pasa con la cocina?

Magnus y Felix dijeron que iban a limpiarla esta tarde, pero la cocina parece un campo de batalla. La mesa está llena de cajas de comida para llevar y hay una pila de libros encima de la plancha-asadora e incluso uno dentro de una cazuela.

—Vuestros padres regresan mañana. ¿No deberíamos hacer algo?

Magnus se queda impertérrito.

—A ellos les va a dar igual.

Está muy bien que diga eso, pero yo soy la (casi) nuera que ha estado viviendo aquí y que cargará con todas las culpas.

Magnus y Felix se han puesto a hablar de alguna nota al pie,[20]

20. ¿Lo veis? Las notas al pie lo son todo.

así que me dirijo a los fogones y me pongo a limpiar y ordenar un poco. No me atrevo a quitarme los guantes, pero los chicos no me prestan la más mínima atención, por suerte. Al menos sé que el resto de la casa está más o menos decente, porque ayer la repasé de arriba abajo, tiré todos los botes mugrientos de espuma de baño y compré una persiana nueva para el lavabo. Lo mejor de todo es que encontré unas anémonas para el estudio de Wanda. Todo el mundo sabe que le encantan las anémonas, hasta ha escrito un artículo sobre las «anémonas en la literatura» (lo cual es muy típico de esta familia: no te puede gustar algo simplemente, tienes que convertirte en uno de los mayores expertos académicos sobre el tema).

Magnus y Felix siguen absortos en lo suyo cuando termino. La casa está ordenada. Nadie me ha preguntado por el anillo. Aprovecharé para irme ahora que todavía juego con ventaja.

—Pues nada, yo ya me voy para casa —digo como si tal cosa, y le planto un beso a Magnus en la cabeza—. Tú quédate aquí a hacerle compañía a Felix. Dales la bienvenida a tus padres de mi parte.

—¡Quédate aquí a pasar la noche! —Magnus me rodea la cintura con el brazo y me atrae hacia él—. ¡Querrán verte cuando lleguen!

—No, no, quédate tú a recibirlos. Yo ya los veré luego. —Sonrío efusivamente para desviar la atención del hecho de que me estoy yendo hacia la puerta con las manos detrás de la espalda—. Ya habrá tiempo.

—No te culpo —dice Felix, levantando la cabeza del manuscrito y pestañeando varias veces seguidas.

—¿Cómo dices? —digo, un poco desconcertada—. ¿No me culpas de qué?

—No te culpo por no querer quedarte. —Se encoge de hombros—. Me parece que te lo has tomado con una filosofía admirable, teniendo en cuenta su reacción. Llevo queriendo decírtelo varias semanas. Debes de ser muy buena persona, Poppy.

¿De qué narices está hablando?

—Pues no sé... ¿A qué te refieres? —Me vuelvo hacia Magnus en busca de ayuda.

—No es nada —dice, demasiado rápido, pero Felix se queda mirando fijamente a su hermano mayor, con una extraña luz en la mirada.

—Oh, Dios mío... ¿Es que no se lo has dicho?

—Felix, cierra la boca.

—No se lo has dicho, ¿verdad que no? Pues eso no es muy justo, ¿no te parece, Mag?

—¿Decirme el qué? —Los miro al uno y al otro alternativamente—. ¿Qué?

—No es nada. —Magnus parece irritado—. Es solo que... —Finalmente me mira a los ojos—. Está bien. Mis padres no se pusieron a dar saltos de alegría precisamente cuando supieron que estamos prometidos. Eso es todo.

Por un momento, no sé cómo reaccionar. Me quedo mirándolo, sin decir nada, tratando de asimilar lo que acabo de oír.

—Pero tú dijiste... —No confío del todo en que no se me quiebre la voz—. Tú dijiste que estaban encantados. ¡Dijiste que estaban entusiasmados!

—Y estarán entusiasmados... —asegura, enfadado— cuando entren en razón.

¿Estarán, dice?

Todo mi mundo se tambalea. Ya tenía bastante pensando que los padres de Magnus solo eran un par de genios que me intimidaban a más no poder, y ahora ¿resulta que todo este tiempo han estado en contra de que nos casemos?

—Tú me dijiste que habían dicho que no podían imaginar una nuera más dulce y encantadora. —A estas alturas toda yo estoy temblando—. ¡Dijiste que me enviaban todo su cariño desde Chicago! ¿Era todo mentira?

—¡No quería que te preocupases! —Magnus fulmina a Felix con la mirada—. Oye, no pasa nada. Ya se les pasará. Simplemente creen que es un poco precipitado... No te conocen bien... Son idiotas —zanja, frunciendo el ceño—. Y eso mismo fue lo que les dije.

—¿Tuviste una discusión con tus padres? —Lo miro sin dar crédito a lo que oigo, consternada—. ¿Por qué no me has contado nada de esto?

—No fue una discusión —dice, a la defensiva—. Fue más bien... una bronca.

¿Una bronca? ¿Una bronca?

—¡Una bronca es mucho peor que una discusión! —exclamo horrorizada—. ¡Es un millón de veces peor! Oh, Dios mío... Ojalá me lo hubieses dicho... ¿Qué voy a hacer ahora? ¿Cómo voy a mirarlos a la cara?

Lo sabía. Los profesores no creen que sea lo bastante buena para su hijo. Soy como esa chica de la ópera que renuncia a su amado porque no es la mujer adecuada para él y luego enferma de tuberculosis y se muere, y menos mal, porque era muy inferior a él y muy estúpida. Seguro que tampoco sabía pronunciar «Proust» correctamente.

—¡Poppy, tranquilízate! —exclama Magnus, irritado. Se levanta y me agarra con fuerza de los hombros—. Por esto es precisamente por lo que no quise decirte nada. Son tonterías de mi familia y no tienen nada que ver con nosotros. Yo te quiero y vamos a casarnos. Voy a casarme contigo y lo haré a pesar de lo que digan los demás, ya sean mis padres, mis amigos o quien sea. Se trata solo de nosotros dos.

Habla con tanta firmeza que empiezo a tranquilizarme.

—Además, en cuanto pasen un poco más de tiempo contigo, mis padres cambiarán de opinión. Estoy convencido.

No puedo evitar esbozar una sonrisa forzada.

—¡Esa es mi chica! —Magnus me abraza con fuerza y yo le devuelvo el abrazo, poniendo todo mi empeño en creer lo que dice.

Cuando se aparta, desplaza la mirada hacia mis manos y arruga la frente, con gesto de desconcierto.

—Cariño... ¿se puede saber por qué llevas guantes?

A mí me va a dar un ataque de nervios, lo sé.

Toda la catástrofe del anillo ha estado a punto de quedar al descubierto. Y así habría sido de no ser por Felix. Ya había empezado a tartamudear mi ridícula excusa de la mano quemada, esperando que Magnus comenzase a sospechar en cualquier momento, cuando Felix bostezó y dijo: «¿Por qué no nos vamos al pub?» y, Magnus recordó de improviso que antes tenía que enviar un e-mail y se olvidaron de mis guantes.

Yo aproveché la ocasión para largarme. Muy deprisa.

Ahora voy sentada en el autobús, mirando por la ventanilla a la oscuridad de la noche, sintiendo frío por dentro. He perdido el anillo. Los Tavish no quieren que me case con Magnus. Mi móvil ha desaparecido. Me siento como si alguien me hubiese quitado todos mis peluches, mis chocolatinas y mis cuentos, todo a la vez.

En mi bolsillo empieza a sonar la voz de Beyoncé de nuevo y saco el teléfono sin demasiadas esperanzas.

En efecto, no es ninguna de mis amigas que llama para decir: «¡Lo he encontrado!». Tampoco es la policía ni el recepcionista del hotel. Es él. Sam Roxton.

—Se ha ido corriendo —dice, sin más preámbulos—. Necesito que me devuelva ese teléfono. ¿Dónde está?

Qué encanto de hombre... Nada de «Muchas gracias por ayudarme con mi trato con los japoneses».

—De nada —respondo—. No hay de qué.

—Oh. —Parece momentáneamente desconcertado—. Es verdad. Gracias. Estoy en deuda con usted. Bueno, y ¿cómo va a devolverme ese teléfono? Podría dejarlo en la oficina o podría enviarle a un mensajero. ¿Dónde está?

Me quedo callada. No pienso devolvérselo. Necesito este número.

—¿Oiga?

—Sí. —Sujeto el móvil con firmeza y trago saliva—. El caso es que necesito tomar prestado este teléfono, solo por un tiempo.

—Vaya, lo que faltaba... —Lo oigo exhalar aire—. Escuche, me temo que no se puede «tomar prestado». Es propiedad de la empresa y necesito recuperarlo. ¿O acaso con lo de «tomar prestado» en realidad quiere decir «robar»? Porque, créame, puedo localizarla y no pienso pagarle cien libras de rescate.

¿Es eso lo que cree? ¿Que es dinero lo que quiero? ¿Que soy una especie de secuestramóviles?

—¡No quiero robarlo! —exclamo indignada—. Solo lo necesito unos días. Le he dado este número a todo el mundo y se trata de una auténtica emergencia...

—¿Que ha hecho qué? —Parece perplejo—. ¿Y por qué lo ha hecho?

—He perdido mi anillo de compromiso. —Casi no soporto decirlo en voz alta—. Es muy antiguo, y muy valioso. Y luego me robaron el móvil, y estaba absolutamente desesperada, y entonces pasé por delante de esa papelera y ahí estaba. En la papelera —recalco para darle más énfasis—. Su secretaria lo tiró. Cuando alguien tira algo a la papelera, ese objeto pasa a ser un bien común, de dominio público, ¿sabe? Puede quedárselo quien quiera.

—No diga tonterías —me suelta—. ¿Quién le ha dicho eso?

—Eso... eso lo sabe todo el mundo —intento parecer convincente—. Pero vamos a ver, ¿por qué se ha largado su secretaria y ha tirado el móvil a la basura, eh? No debe de ser una buena secretaria, si quiere que le diga la verdad.

—No. No es una buena secretaria, más bien es la hija de un amigo a quien nunca debería haber contratado como secretaria. Lleva trabajando tres semanas. Por lo visto, ha firmado un contrato como modelo justamente hoy a mediodía. Al cabo de un minuto, ya se había largado. Ni siquiera se ha molestado en avisarme de que se iba. Tuve que enterarme por una de las otras secretarias. —Parece muy cabreado—. Escuche, señorita... ¿cómo se llama?

—Wyatt. Poppy Wyatt.

—Bueno, basta ya de jueguecitos, Poppy. Lamento lo de su anillo. Espero que aparezca, pero ese teléfono no es ningún juguete que pueda sustraer para sus propios fines. Es un móvil de empresa que recibe mensajes de trabajo a todas horas. E-mails.

Cosas importantes. Mi secretaria dirige mi vida. Necesito esos mensajes.

—Se los reenviaré. —Me apresuro a ofrecerle—. Se los reenviaré todos. ¿Qué le parece eso?

—Pero ¿qué...? —masculla algo entre dientes—. Está bien. Usted gana. Le compraré un móvil nuevo. Deme su dirección, se lo haré llegar...

—Necesito este —insisto obstinadamente—. Necesito este número.

—Por el amor de Dios...

—¡Mi plan puede funcionar! —Las palabras me salen en tropel—. Todos los mensajes nuevos que lleguen, se los reenviaré inmediatamente. ¡Ni siquiera notará la diferencia! Además, tendría que hacer eso mismo de todos modos, ¿no? Si se ha quedado sin secretaria, entonces ¿de qué le sirve el móvil de una secretaria? De esta manera es mucho mejor. Además, está en deuda conmigo por entretener al señor Yamasaki —no puedo evitar señalar—. Lo que acaba de decir usted mismo.

—Eso no es lo que quería decir y usted lo sabe...

—¡No se perderá nada de nada, se lo prometo! —insisto, interrumpiendo su gruñido de irritación—. Le reenviaré todos y cada uno de los mensajes. Mire, se lo demostraré, deme solo un par de segundos...

Cuelgo, me desplazo hacia abajo por todos los mensajes que han llegado desde esta mañana y rápidamente los reenvío uno por uno al móvil de Sam. Mis dedos se mueven como relámpagos.

Mensaje de texto de «Vicks Myers»: reenviado. Mensaje de texto de «Sir Nicholas Murray»: reenviado. Es cuestión de segundos reenviarlos todos. Y todos los e-mails pueden ir a samroxton@whiteglobeconsulting.com.

E-mail del «Departamento de RR. HH.»: reenviado. E-mail de «Tania Phelps»: reenviado. E-mail de «Papá»...

Dudo un instante. Con este tengo que tener cuidado. ¿Es el padre de Violet o el de Sam? La dirección que figura en el encabezamiento es davidr452@hotmail.com, lo cual no me resulta de gran ayuda.

Diciéndome que es por una buena causa, me desplazo hacia abajo para echar un rápido vistazo.

Querido Sam:

Ha pasado mucho tiempo. Pienso en ti muchas veces, y me pregunto qué estarás haciendo, y me encantaría charlar contigo algún día. ¿Llegaste a recibir alguno de mis mensajes telefónicos? No te preocupes, ya sé que eres un hombre muy ocupado.

Si alguna vez estás por aquí, ya sabes que siempre puedes pasar a saludar un momento. Tengo un pequeño asunto que me gustaría comentar contigo —bueno, en realidad es bastante emocionante—, pero como te digo, no hay prisa.

Un fuerte abrazo,

Papá

Cuando llego al final del mensaje, me quedo un poco escandalizada. Ya sé que este tipo es un perfecto desconocido y que no es asunto mío, pero, la verdad, podría contestar a los mensajes que su propio padre le deja en el buzón de voz, ¿no? ¿Tanto le cuesta reservarse media horita para charlar un rato? Y su padre parece tan tierno y cariñoso... Pobre anciano, teniendo que escribirle un e-mail a la secretaria de su propio hijo... Me dan ganas de contestarle yo misma. Me dan ganas de ir a visitarlo a su acogedora casita.[21]

Bueno. Da igual. El caso es que no es mi vida. Pulso «reenviar» y el e-mail sale disparado con todos los demás. Al cabo de un momento, Beyoncé se pone a cantar. Es Sam otra vez.

—¿Cuándo exactamente envió sir Nicholas Murray un mensaje de texto a Violet? —dice sin más ni más.

—Mmm... —Examino el teléfono—. Hace unas cuatro horas. —Las primeras palabras del mensaje aparecen en la pantalla, así que no tiene nada de malo que haga clic en él y lea el resto, ¿no? Aunque no es que sea muy interesante.

21. Suponiendo que viva en una casita. Da la sensación de que así es. Él solo, a lo mejor con un perro fiel que le hace compañía.

Violet, por favor, dile a Sam que me llame. Tiene el móvil desconectado.

Saludos, Nicholas.

—Mierda, mierda... —Sam se queda callado un momento—. Está bien, si envía otro mensaje, dígamelo inmediatamente, ¿de acuerdo? Llámeme.

Abro la boca automáticamente para decir: «¿Y qué hay de su padre? ¿Por qué no lo llama nunca?». Luego la cierro otra vez. No, Poppy. No es una buena idea.

—¡Ah! Y antes alguien ha dejado un mensaje en el buzón de voz —digo, acordándome de pronto—. Sobre una liposucción o algo así, creo. ¿No era para usted?

—¿Liposucción? —repite con incredulidad—. No, que yo sepa.

No hace falta que me hable con ese tonillo burlón, yo solo preguntaba por preguntar. Debía de ser para Violet. Aunque no entiendo para qué iba a necesitar una liposucción si va a trabajar de modelo.

—Entonces... ¿quedamos así? ¿Trato hecho?

No dice nada durante un buen rato, y me lo imagino lanzándole una mirada enfurecida al móvil. Tengo la sensación de que la idea no le hace mucha gracia que digamos, pero ¿qué otras alternativas tiene?

—Haré que los mensajes de la dirección electrónica de mi secretaria vayan a parar a mi bandeja de entrada —dice refunfuñando, casi como si hablara para sí—. Mañana hablaré con los informáticos. Pero los mensajes de texto seguirán yendo a su móvil. Como me pierda alguno de ellos...

—¡No los perderá! Oiga, ya sé que no es la situación ideal —digo, en tono conciliador—, y lo siento, pero estoy realmente desesperada. Todo el personal del hotel tiene este número... todas las encargadas de la limpieza... es mi única esperanza. Solo será un par de días. Y le prometo que le reenviaré hasta el último mensaje, palabra de Brownie.

—¿Palabra de qué? —Parece estupefacto.

—¡Palabra de Brownie! ¿Como las Scouts? ¿Como palabra de honor? Levantas la mano y haces la señal y luego haces un juramento... Un momento, que se lo enseño... —Desconecto el teléfono.

Hay una plancha de espejo mugriento delante de mí, en el autobús. Me coloco frente a él, sujetando el móvil con una mano, haciendo la señal de las Brownie con los dedos de la otra y poniendo mi mejor sonrisa de «soy una persona perfectamente cuerda». Saco una foto y la envío inmediatamente al móvil de Sam.

Al cabo de cinco segundos, recibo un SMS como respuesta.

Podría enviarle esta foto a la policía y hacer que la detengan.

Siento una punzada de alivio. «Podría»: eso significa que no va a hacerlo. Le respondo con otro mensaje:

Se lo agradezco mucho, de corazón. Gracias ☺ ☺ ☺

Pero no obtengo respuesta.

3

A la mañana siguiente me despierto y veo que el móvil está parpadeando con un mensaje nuevo del hotel Berrow, y siento un alivio tan grande que me dan ganas de echarme a llorar. ¡Lo han encontrado! ¡Lo han encontrado!

Me tiemblan los dedos de la emoción cuando desbloqueo el teléfono y se me dispara la imaginación: una empleada del servicio de limpieza del primer turno ha encontrado el anillo atascado en un aspirador... en el lavabo de señoras... vio algo que brillaba en la moqueta... ahora estaba a buen recaudo en la caja fuerte del hotel...

Querido cliente:
Escapadas de verano a mitad de precio.
Para más información, visite www.berrowhotellondon.co.uk.
Cordialmente,
El personal del Berrow

Vuelvo a desplomarme en la cama, profundamente decepcionada. Por no hablar de lo enfadada que estoy con quien quiera que me haya incluido en la lista de correo. ¿Cómo se les ocurre? ¿Es que quieren volverme loca?

Al mismo tiempo, una desagradable idea empieza a martirizarme y a atenazarme la boca del estómago. Ya han pasado ocho horas más desde que perdí el anillo. Cuanto más tiempo pasa sin que haya señales de él...

¿Y si...?

Ni siquiera me atrevo a acabar de formular mis pensamientos. Me levanto de la cama bruscamente y me dirijo despacio a la cocina. Me prepararé una taza de té y luego enviaré unos mensajes más a Sam Roxton. Así tendré la cabeza ocupada en otras cosas.

El móvil ha empezado a vibrar otra vez con más mensajes de texto y de correo, así que pongo la tetera a hervir, me siento al lado de la ventana y empiezo a abrirlos, tratando desesperadamente de no albergar demasiadas esperanzas. Efectivamente, todos los mensajes son de una u otra amiga para preguntarme si ya he encontrado el anillo o para hacerme sugerencias del tipo: «¿Has mirado si lo llevas en los bolsillos del bolso?».

No hay ningún mensaje de Magnus, a pesar de que anoche le mandé un par de mensajes de texto, preguntándole qué más habían dicho de mí sus padres, cuándo pensaba decírmelo, cómo iba a poder mirarlos a la cara y... ¿me estaba ignorando a propósito?[22]

Me centro al fin en los mensajes de Sam. Es evidente que todavía no le han reprogramado la función del correo electrónico, porque debe de haber unos cincuenta, solo desde ayer por la noche hasta esta mañana. Vaya por Dios... tenía razón cuando decía que su secretaria dirige toda su vida...

Ahí está todo y aparecen todos: su médico, sus colegas, peticiones de organizaciones benéficas, invitaciones... Es como una inmersión directa en el universo de Sam. Veo dónde se compra las camisas (Turnbull & Asser), a qué universidad fue (Durham) y cómo se llama su fontanero (Dean).

A medida que voy desplazándome por los mensajes voy sintiéndome cada vez más incómoda. Nunca había tenido tanto acceso al teléfono de alguien, ni al de mis amigas, ni siquiera al de Magnus. Hay cosas que no quieres compartir con nadie. Vamos, que Magnus ha visto hasta el último centímetro de mi cuerpo,

22. Está bien, no fueron un par de mensajes. Fueron unos siete, pero solo pulsé «Enviar» en cinco.

incluidas las zonas más desastrosas, pero nunca le dejaría acercarse a mi móvil, eso jamás.

Los mensajes de Sam se mezclan desordenadamente con los míos, lo cual también es una sensación muy rara. Veo que hay un par de mensajes para mí, luego seis para Sam y luego otro para mí. Todos pegaditos los unos a los otros, tocándose. Nunca había compartido una bandeja de entrada con nadie. No esperaba que fuera algo tan... íntimo. Es como si de pronto compartiéramos el cajón de la ropa interior o algo así.

Bueno. No importa. No será por mucho tiempo.

Me preparo el té y me lleno un tazón de cereales. Luego, mientras mastico, voy clasificando los correos despacio, separando los que son para Sam y reenviándoselos.

No voy a espiarle ni nada parecido, por supuesto que no, pero sí tengo que hacer clic en cada mensaje antes de reenviárselo, y a veces mis dedos se equivocan y le dan automáticamente a «Abrir» y leo un trocito del texto. Solo a veces.

Salta a la vista que no es solo su padre quien tiene problemas para ponerse en contacto con él. Se le debe dar muy, muy mal lo de responder a los correos electrónicos y los mensajes de texto, porque hay un montón de solicitudes lastimeras para Violet: «¿Sabes cómo podría ponerme en contacto con Sam?»; «¡Hola! Siento molestarte, pero le he dejado varios mensajes a Sam...»; «Hola, Violet: ¿Podrías recordarle a Sam el mail que le mandé la semana pasada? Te resumiré los puntos principales...».

No es que esté leyéndome todos los mensajes de cabo a rabo ni nada de eso. Ni curioseando para leer toda la correspondencia anterior. Ni criticando todas sus respuestas y reescribiéndolas en mi imaginación. A fin de cuentas, no es asunto mío lo que escribe o deja de escribir, puede hacer lo que le dé la gana, este es un país libre. Lo que yo opine o deje de opinar es completamente irrelevante...

¡Dios, pero qué manera tan brusca de contestar! ¡Me pone de los nervios! ¿Por qué tiene que ser siempre tan breve? ¿De verdad es necesario ser tan seco y antipático? Mientras leo otra de sus respuestas se me escapa, en voz alta:

—¿Es que te dan alergia los teclados o algo?

Qué barbaridad... Es como si estuviese decidido a emplear el menor número de palabras posible:

> Sí, bien. Sam
> Hecho. Sam
> De acuerdo. Sam

¿Acaso se moriría si añadiese: «Saludos»? ¿O una carita sonriente? ¿O si diese las gracias?

Y ya puestos, ¿se puede saber por qué no contesta los mensajes de la gente? La pobre Rachel Elwood está intentando organizar una maratón solidaria en la oficina y ya le ha preguntado dos veces si puede liderar uno de los equipos. ¿Por qué no quiere hacer eso? Es divertido, es saludable, se recaudan fondos para una organización benéfica... ¿qué es lo que no le gusta?

Tampoco ha contestado sobre los detalles del alojamiento para la convención que tendrá lugar en Hampshire la semana que viene. Es en el hotel Chiddingford, que tiene que ser un sitio increíble, y ha reservado una suite, pero si tiene previsto llegar tarde, tiene que confirmárselo a una tal Lindy. Y todavía no lo ha hecho.

Lo peor de todo es que tiene nada menos que cuatro mensajes —cuatro— de la consulta del dentista para programar una cita para una revisión.

No puedo evitar echar un vistazo a la correspondencia anterior y veo que, obviamente, Violet ha desistido de seguir intentándolo. Cada vez que le ha concertado una hora, él le ha contestado por e-mail: «Cancela la cita. S», y una vez incluso: «Lo dirás de broma, supongo».

¿Es que quiere tener caries o qué?

Para cuando salgo de casa para ir al trabajo, a las 8.40, ha llegado una nueva tanda entera de e-mails. Es evidente que toda esa gente empieza a trabajar al amanecer. El primero es de Jon Mailer y se titula: «Ya me lo contarás», lo que suena muy intrigante, así que mientras echo a andar por la calle, lo abro.

Sam:

Anoche me encontré con Ed en el Groucho Club, estaba como una cuba. Lo único que te digo es que, durante una buena temporada, no los dejes a él y a sir Nicholas juntos en la misma habitación, ¿de acuerdo?

Saludos,

Jon

Oooh... Ahora yo también quiero que me lo cuente... ¿Quién es Ed, y por qué estaba como una cuba en el Groucho Club?[23]

El segundo e-mail es de alguien que se llama Willow, y cuando lo selecciono para abrirlo, las mayúsculas por todas partes me hacen daño a los ojos.

Violet:

Vamos a comportarnos como adultas. Tú nos OÍSTE discutir a Sam y a mí. No tiene ningún sentido ocultarte nada. Así que, puesto que Sam SE NIEGA a contestar el e-mail que le mandé hace una hora, tal vez tú serías tan amable de imprimir este adjunto y DEJÁRSELO ENCIMA DE LA MESA PARA QUE LO LEA, ¿quieres?

Muchas gracias.

Willow

Me quedo mirando el móvil boquiabierta y casi me dan ganas de reír. Willow debe de ser su prometida. Alucinante...

Su correo electrónico es willowharte@whiteglobeconsulting. com, así que, evidentemente, trabajan juntos. Y a pesar de eso, ¿le manda correos electrónicos a Sam? ¿No es eso un poco extraño? Bueno, a menos que trabajen en plantas distintas. Sí, será eso. Una vez le envié un mail a Magnus desde la planta de arriba de la casa para que me preparara un té.

Me pregunto qué habrá en el adjunto...

Mis dedos vacilan un poco mientras me detengo en un paso de peatones. Leerlo estaría feo. Muy, muy feo. A ver, es que no es ninguno de esos mensajes abiertos con copia a tropecientas mil personas distintas. Este es un documento privado entre dos

23. Poirot seguramente ya lo habría deducido.

personas que mantienen una relación sentimental. No debería leerlo, desde luego que no. Ya ha estado bastante mal eso que he hecho de leer el mensaje de su padre.

Aunque, por otra parte... quiere que su secretaria lo imprima, ¿no? Y que lo deje encima de la mesa de Sam, donde todo el mundo podría leerlo si pasan por delante. Y no voy a ser nada indiscreta. No pienso contarle esto a nadie, nadie se enterará nunca de que lo he leído...

Mis dedos parecen tener vida propia, pues ya estoy haciendo clic en el adjunto. Tardo un momento en descifrar el texto, porque está absolutamente plagado de mayúsculas.

> Sam:
> Todavía no me has contestado.
> ¿Piensas hacerlo o qué? ¿¿¿¿¿¿Acaso crees que esto NO ES IMPORTANTE?????
> Dios...
> Solo es lo más importante DE NUESTRA VIDA. Y no entiendo cómo puedes estar como si tal cosa... de verdad que no lo comprendo. Me dan ganas de llorar.
> Tenemos que hablar, es muy, muy necesario. Y ya sé que parte de esto es culpa mía, pero hasta que empecemos a deshacer JUNTOS los nudos, ¿cómo vamos a saber quién tira de cada cuerda? ¿Cómo?
> Lo peor de todo es, Sam, que a veces ni siquiera sé si tienes una cuerda. Así de mal estamos. NO SÉ SI TIENES UNA CUERDA.
> Ya te imagino diciendo que no con la cabeza, el especialista en negar las cosas. Pero así estamos. ASÍ DE MAL, ¿¿¿ENTIENDES???
> Si fueses un ser humano con un mínimo de sensibilidad, ahora mismo estarías llorando. Yo sí que estoy llorando. Y esa es otra, porque a las diez tengo una reunión con Carter que tú te has encargado de JODERME puesto que me he dejado EL MALDITO RÍMEL en casa.
> Así que estarás muy orgulloso de ti.
> Willow

Tengo los ojos abiertos como platos. Nunca en toda mi vida había visto nada parecido.

Vuelvo a leerla otra vez... y de pronto me sorprendo partiéndome de risa. Ya sé que no debería. No tiene ninguna gracia. Es evidente que está furiosa. Y yo le he soltado bastantes lindezas por el estilo a Magnus cuando he estado cabreada y con las hormonas haciendo de las suyas, pero nunca se me pasaría por la cabeza ponerlas por escrito en un e-mail y decirle a su secretaria que lo imprimiese...

De pronto doy un respingo al caer en la cuenta. ¡Mierda! Violet ya no está. Nadie va a imprimirlo y dejarlo en la mesa de Sam. No sabrá nada del adjunto y no contestará y Willow se enfurecerá más todavía. Lo peor es que la sola idea hace que me entren más ganas de reír.

Me pregunto si la mujer habrá tenido un mal día o siempre está así de tensa. No me resisto a la tentación de escribir «Willow» en la función de búsqueda del aparato y aparecen una serie entera de e-mails. Hay uno de ayer mismo, con el título «¿Tú quieres joder conmigo o lo que quieres es JODERME, Sam? ¿¿¿O ES QUE NO TE DECIDES???» y me entra otro ataque de risa. Ay, ay, ay... Seguro que tienen una de esas relaciones con altibajos todo el tiempo, como en una montaña rusa. A lo mejor se tiran cosas a la cabeza y se insultan y se gritan y luego acaban haciéndolo apasionadamente en la cocina...

De repente, Beyoncé empieza a bramar por el móvil y por poco se me cae al suelo cuando veo «Sam móvil» en la pantalla. Se me ocurre de pronto el disparate de que tiene poderes psíquicos y sabe que he estado espiando en su vida amorosa.

Se acabó lo de husmear, me prometo a mí misma precipitadamente. No más búsquedas de Willow. Cuento hasta tres y luego pulso «Responder».

—¡Ah, hola! —Intento parecer relajada, con la conciencia limpia, como si me acabara de sorprender pensando en algo totalmente distinto y no en él cepillándose a su novia entre una pila de platos rotos.

—¿Me ha enviado Ned Murdoch un e-mail esta mañana? —me suelta, sin ni siquiera decir hola.

—No. Ya te he reenviado todos tus correos. Buenos días a ti también —añado animadamente—. Estoy muy, muy bien. ¿Y tú qué tal?

—Creía que tal vez se te podía haber pasado. —Pasa olímpicamente de mi pequeña pulla—. Es extremadamente importante.

—Bueno, y yo soy extremadamente meticulosa —le replico, a propósito—. Créeme, te estoy enviando todo lo que llega a este teléfono, y no había nada de ningún Ned Murdoch. Acaba de enviarte un mensaje alguien que se llama Willow, por cierto —añado, con toda naturalidad—. Ahora mismo te lo reenvío. Lleva un adjunto que parecía muy importante, pero, como es lógico, yo no lo he mirado, para nada. Ni lo he leído ni nada que se le parezca.

—Hummm... —Lanza una especie de gruñido evasivo—. Y dime, ¿has encontrado tu anillo?

—Todavía no —admito de mala gana—, pero estoy segura de que tarde o temprano aparecerá.

—Deberías informar a la compañía de seguros de todos modos. A veces tienen un plazo limitado para reclamar. A uno de mis colegas no lo indemnizaron por eso.

¿Compañía de seguros? ¿Plazo para reclamar?

De pronto me entran unos remordimientos impresionantes. Ni se me había ocurrido pensar en el seguro. No he comprobado qué dice mi póliza ni si los Tavish tienen una ni nada. En vez de eso, me he quedado plantada en un paso de peatones, perdiendo mi oportunidad de echar a andar, leyendo mensajes ajenos y riéndome de ellos. Prioridades, Poppy.

—Sí, claro —digo al fin—. Sí, ya lo sabía. Ahora mismo iba a hacerlo.

Cuelgo y me quedo inmóvil un momento mientras el tráfico pasa zumbando por delante de mí. Es como si Sam acabara de pincharme mi burbuja con una aguja. Tengo que decir la verdad. Es el anillo de los Tavish. Deberían saber que lo he perdido. Tendré que decírselo.

«¡Hola! Soy yo, la chica con la que no queréis que se case vuestro hijo, y ¿a que no sabéis qué? ¡He perdido vuestro anillo! ¡Sí la joya de la familia!»

Decido de improviso que voy a darme doce horas más y vuelvo a pulsar el botón para cruzar la calle. Solo por si acaso. Solo por si acaso.

Y luego se lo diré.

Siempre pensé que, de mayor, sería dentista. Varios de mis pacientes son dentistas, y siempre me había parecido que era una buena profesión, pero entonces, cuando tenía quince años, en el colegio me enviaron a unas prácticas de una semana en la unidad de fisio de nuestro hospital local. Todos los fisioterapeutas mostraban tanto entusiasmo por lo que hacían que, de pronto, concentrarme solo en los dientes me pareció un poco limitado. Y nunca me he arrepentido de mi decisión, ni por un segundo. Es lo mío, fisioterapeuta.

En primer lugar, First Fit Physio Studio, el centro donde trabajo, está exactamente a dieciocho minutos andando de mi piso en Balham, después de la cafetería Costa y al lado de Greggs, la panadería. No es la mejor consulta del mundo (seguramente ganaría más si trabajase en algún gimnasio pequeño o en un hospital grande), pero llevo trabajando aquí desde que me saqué el título y no me veo trabajando en ninguna otra parte. Además, trabajo con mis amigas. Una no renuncia a todo eso así como así, ¿no?

Llego a las nueve en punto preparada para nuestra reunión de trabajo habitual. Celebramos una todos los jueves por la mañana, donde hablamos de los pacientes y de objetivos, terapias nuevas, los últimos avances... cosas así.[24] De hecho, hay una paciente en particular de la que me gustaría hablar: la señora Randall, mi tierna abuelita de sesenta y cinco años con el problema de ligamentos. Ya está muy recuperada, pero la semana pasada vino dos veces y esta ya ha pedido tres citas. Le he dicho que solo necesita hacer ejercicio en casa con sus tiras elásticas, pero ella insiste en que necesita mi ayuda. Creo que se ha vuelto com-

24. Solo somos tres y nos conocemos desde hace la tira de años, así que de vez en cuando nos desviamos un poco del tema y tocamos otros como nuestros novios y las rebajas de Zara.

pletamente dependiente de nosotras, lo cual puede ser positivo para hacer cuadrar la caja, pero no es bueno para ella.

Así que tengo muchas ganas de ir a la reunión, pero, para mi sorpresa, la sala de reuniones no está preparada como otras veces. Han trasladado la mesa al fondo de la habitación, han colocado dos sillas detrás a un lado y han puesto una sola silla en el centro. Todo parece dispuesto para una entrevista o algo así.

La puerta de la recepción emite una señal que avisa de que ha entrado alguien y, al volverme, veo entrar a Annalise con una bandeja de Costa Coffee. Lleva la larga melena rubia recogida en una trenza muy elaborada y parece la encarnación de una diosa griega.

—¡Hola, Annalise! ¿Qué pasa?

—Será mejor que hables con Ruby. —Me mira de reojo, sin sonreír.

—¿Qué?

—No creo que deba decírtelo. —Toma un sorbo de capuchino, mirándome con aire ofendido por encima del borde del vaso.

¿Y ahora qué le pasa? Annalise es un poco quisquillosa. De hecho, se podría decir que se comporta como una niña pequeña. Se queda callada de repente, de mal humor, y luego resulta que el día anterior le pediste aquella ficha de un paciente con muy malos modos y le sentó mal.

Ruby es todo lo contrario. Tiene la piel suave y de color café con leche, un busto generoso, como de matrona, y tiene la cabeza tan llena de sentido común que prácticamente le sale por las orejas. En cuanto estás un rato con ella, te sientes más juiciosa, más tranquila, más alegre y más fuerte. No me extraña que este centro de fisioterapia haya tenido tanto éxito. A ver, Annalise y yo hacemos nuestro trabajo bastante bien, pero Ruby es la auténtica estrella. Todo el mundo la adora: hombres, mujeres, abuelas y niños. Ella también fue la que puso el dinero para montar el negocio,[25] y eso la convierte oficialmente en mi jefa.

25. O mejor dicho, fue su padre. Ya es el dueño de una cadena de copisterías.

—Buenos días, querida. —Ruby sale despreocupadamente de su cabina de masajes, exhibiendo su habitual sonrisa radiante. Lleva el pelo peinado hacia atrás y recogido en un moño, con porciones adicionales más intrincadas a uno y otro lado. Tanto Annalise como Ruby son unas obsesas del pelo y los estilos de peinado, casi es como si compitieran entre ellas—. Oye, mira, ya sé que es un rollo, pero tengo que abrirte un expediente disciplinario.

—¿Qué? —No puedo dar crédito a lo que acabo de oír.

—¡No es culpa mía! —Levanta las manos—. Quiero obtener un certificado de acreditación de este organismo nuevo, la PFFA, y he leído en la documentación que si tus empleados intentan ligar con los pacientes, tienes que abrirles un expediente disciplinario. Deberíamos haberlo hecho de todos modos, eso ya lo sabes, pero ahora tengo que hacerlo formalmente y guardar las actas para el inspector. Acabaremos enseguida, ya lo verás.

—No fui yo la que intentó ligar con él —digo, a la defensiva—. ¡Fue él quien quiso ligar conmigo!

—Eso tendrá que decidirlo el tribunal, ¿no te parece? —interviene Annalise en tono amenazador. Está tan seria que siento una punzada de preocupación—. Ya te dije que eso que habías hecho no era ético —añade—. Deberían llevarte a juicio.

—¡¿A juicio?! —Me vuelvo hacia Ruby. No me puedo creer que esto esté sucediendo. Cuando Magnus me propuso matrimonio, Ruby dijo que era una historia tan romántica que se le saltaban las lágrimas de la emoción y que, bueno, sí, técnicamente iba contra las reglas, pero que, en su opinión, el amor estaba por encima de todo lo demás y que si por favor podía ser mi dama de honor.

—Annalise, no es eso lo que quieres decir en realidad. —Ruby pone los ojos en blanco—. Vamos, tenemos que formar el tribunal.

—¿Quiénes forman el tribunal?

—Nosotras —dice Ruby, tan campante—. Annalise y yo. Ya sé que deberíamos tener a alguien externo, pero no sabía a quién decírselo. Le diré al inspector que tenía a alguien preparado pero que se puso enfermo. —Consulta la hora—. Muy bien, tenemos veinte minutos. ¡Buenos días, Angela! —exclama con alegría al ver entrar a nuestra recepcionista por la puerta—. No nos pases ninguna llamada, ¿de acuerdo?

Angela se limita a asentir con la cabeza, se sorbe la nariz y arroja su mochila al suelo. Su novio toca en un grupo de música, así que por las mañanas no suele estar demasiado comunicativa.

—Ah, Poppy, una cosa... —dice Ruby por encima del hombro mientras nos conduce a la sala de reuniones—. Se suponía que tenía que avisarte con dos semanas de antelación para que te prepararas para la vista disciplinaria. No es necesario, ¿a que no? ¿Podemos decir que te avisé? Porque queda poco más de una semana para tu boda, y eso significaría hacerte volver antes de tu luna de miel o, si no, retrasarlo hasta tu vuelta, y la verdad es que necesito acabar con todo el papeleo...

Me indica que me siente en la silla abandonada en mitad de la habitación mientras ella y Annalise se sientan detrás de la mesa. Es como si de un momento a otro me fueran a enfocar con una lámpara, como en un interrogatorio. Esto es horrible. De pronto, todo es al revés. Son ellas contra mí.

—¿Es que me vais a despedir? —Me acaba de entrar un pánico ridículo.

—¡No! ¡Claro que no! —Ruby está destapando su bolígrafo—. ¡No digas tonterías!

—Podría ser... —dice Annalise, lanzándome una mirada siniestra.

Salta a la vista que está disfrutando de lo lindo con su papel de ayudante del sheriff. Yo ya sé a qué viene todo esto. Es porque yo me he ligado a Magnus y ella no.

A ver cómo lo explico. Annalise es la guapa. Hasta yo me pasaría el día entero mirándola embobada, y eso que soy una chica. Si el año pasado alguien hubiese dicho: «¿Cuál de esas tres acabará echándole el lazo a un chico y estará prometida la primavera que viene?», la respuesta inmediata habría sido: «Annalise».

O sea, que entiendo su punto de vista. Cuando se mira al

espejo, seguro que se ve a ella misma (diosa griega) y luego me ve a mí (piernas larguiruchas, pelo negro, rasgo físico más atractivo: unas largas pestañas) y piensa: pero ¿qué narices...?

Además, como ya he comentado antes, inicialmente Magnus tenía programada una sesión de fisio con ella, y en el último momento nos la cambiamos, cosa que no es culpa mía, desde luego.

—Bueno. —Ruby levanta la vista de sus papeles—. Vamos a repasar los hechos, señorita Wyatt. El 15 de diciembre del pasado año, usted trató al señor Magnus Tavish aquí en el centro.

—Sí.

—¿Para qué clase de lesión?

—Una torcedura de muñeca que se había hecho esquiando.

—Y durante esa sesión de fisioterapia, ¿mostró algún... interés inapropiado en usted? ¿O usted en él?

Regreso en la memoria a aquel primer instante en que Magnus entró en mi consulta. Llevaba un abrigo largo de tweed, de color gris; el pelo rubio rojizo brillante por la lluvia y tenía la cara sofocada porque había venido a pie. Llegó con diez minutos de retraso e inmediatamente se precipitó hacia mí, me cogió las dos manos y me dijo: «Lo siento muchísimo», con aquella voz encantadora y tan bien educada.

«Bueno... no... —dije, a la defensiva—. No pasa nada. Solo es una sesión normal y corriente...»

Incluso ahora, al recordarlo, sé que no era cierto. En las sesiones normales y corrientes el corazón no se te acelera cuando sujetas al paciente por el brazo. No se te eriza el vello de la nuca. No le retienes la mano un poco más de tiempo del necesario.

Aunque no puedo decir nada de esto. Entonces sí que me echarían de verdad.

—Traté al paciente durante varias sesiones. —Intento transmitir una sensación de calma y profesionalidad—. Para cuando descubrimos lo que sentíamos el uno por el otro, su tratamiento había terminado. Por tanto, fue un comportamiento completamente ético.

—¡Él me dijo que fue amor a primera vista! —replica Annalise—. ¿Cómo explicas eso, eh? Me dijo que hubo atracción mutua al instante, y que le dieron ganas de forzarte ahí mismo, en la camilla. Dijo que nunca en toda su vida había visto algo tan sexy como tú con tu uniforme.

Voy a matar a Magnus. Yo me lo cargo. ¿Por qué narices tuvo que decirle eso?

—¡Protesto! —exclamo, lanzándole una mirada furiosa—. Ese testimonio fue obtenido bajo la influencia del alcohol y en un entorno no profesional. Por lo tanto, no puede tenerse en cuenta en el juicio.

—¡Sí puede! ¡Y estás bajo juramento! —Me amenaza con el dedo.

—Se admite la protesta —interrumpe Ruby, y levanta la vista de las actas con una expresión soñadora y distante en los ojos—. ¿De verdad fue amor a primera vista? —Inclina el cuerpo hacia delante, con su enorme y exuberante pecho uniformado desbordando por todas partes—. ¿Tú te diste cuenta?

Cierro los ojos y trato de visualizar ese día. No estoy segura de qué fue de lo que me di cuenta, salvo de que yo también quería revolcarme con él en la camilla.

—Sí —contesto al fin—. Eso creo.

—Es tan romántico... —exclama Ruby, suspirando.

—¡Y poco ético! —interviene Annalise bruscamente—. En cuanto mostró alguna señal de interés por ti, deberías haber dicho: «Señor, lo lamento pero su conducta es inapropiada. Y ahora, querría poner fin a esta sesión y transferirlo a otra fisioterapeuta».

—¡Sí, claro, a otra fisioterapeuta! —Se me escapa la risa—. ¿Como tú, por ejemplo?

—¡Tal vez! ¿Por qué no?

—¿Y si hubiese mostrado alguna señal de interés por ti?

Levanta la barbilla con orgullo.

—Habría sabido manejar el asunto sin comprometer mis principios éticos.

—¡Mi comportamiento fue ético! —exclamo, indignada—. ¡Completamente ético!

—¿Ah, sí? —Entrecierra los ojos como si fuera un fiscal—. ¿Qué fue lo que la indujo a cambiar la cita que tenía el paciente conmigo, para empezar, eh, señorita Wyatt? ¿Acaso no lo había buscado ya en Google y había decidido que lo quería para usted?

¿Todavía estamos con esas? ¿Todavía no lo ha superado?

—Annalise, ¡fuiste tú la que quisiste cambiar la sesión! ¡Yo no dije nada! ¡No tenía ni idea de quién era! Así que si crees que perdiste tu oportunidad, mala suerte. ¡La próxima vez, no lo hagas!

Annalise se queda callada un momento, sin decir nada. Se está poniendo cada vez más y más roja.

—Lo sé —suelta al fin, y se golpea la frente con el puño—. ¡Lo sé! Fui una idiota... ¿Por qué cambié la sesión?

—¿Y qué? —la interrumpe Ruby con firmeza—. Annalise, supéralo ya de una vez. Es evidente que Magnus no era para ti, era para Poppy. Así que, ¿qué importa?

Annalise se queda en silencio. Sé que no está muy convencida.

—No es justo —murmura al fin—. ¿Sabéis a cuántos banqueros les he dado masajes en la Maratón de Londres? ¿Sabéis cuánto tiempo y esfuerzo he invertido en eso?

Annalise se hizo fan de la Maratón de Londres hace unos años, cuando estaba viéndola por la tele y se dio cuenta de que estaba hasta arriba de cuarentones atléticos y motivados que seguramente estaban solteros porque lo único que hacían era salir a correr, y sí, bueno, los cuarentones eran un poco mayores, pero ¿y el pedazo de sueldo que debían de ganar cada mes?

Así que lleva ofreciéndose voluntaria como fisioterapeuta de urgencia todos los años. Se va directamente a los más atractivos y les da masajes en los gemelos o lo que sea mientras les clava esos ojazos azules y les dice que ella también ha apoyado siempre esa organización benéfica.[26]

26. También se dedica a ignorar por completo a las pobres mujeres que tienen la mala suerte de torcerse el tobillo. Si eres mujer, ni se te ocurra participar en la maratón cuando Annalise esté de guardia.

Para ser sincera, lo cierto es que consigue que un montón de hombres la inviten a salir —uno hasta se la llevó a París—, pero nada demasiado duradero ni serio, que es justo lo que ella quiere. Lo que no quiere admitir, por supuesto, es que es extremadamente exigente. Dice que quiere «un hombre noble y sincero con buenos valores», pero ya ha tenido a varios de esos loquitos perdidos por ella y los ha dejado plantados a todos, incluso a aquel actor tan sumamente guapo (se le acababa la función de teatro y no tenía ninguna otra después). Lo que de verdad quiere es un tipo que parezca recién salido de un anuncio de Gillette, con un sueldazo y/o un título. Preferiblemente ambas cosas. Creo que por eso está tan enfadada por haber perdido a Magnus, puesto que tiene el título de «Doctor». Una vez me preguntó si sería catedrático algún día y yo le dije que seguramente sí, y se puso verde de envidia.

Ruby anota algo en sus papeles y luego tapa el bolígrafo.

—Bueno, me parece que ya lo hemos cubierto todo. Buen trabajo, chicas.

—¿Es que no la vas a amonestar o algo? —Annalise sigue haciendo pucheros.

—Huy, tienes razón —conviene Ruby. Carraspea para aclararse la garganta antes de añadir—: Poppy, no vuelvas a hacerlo.

—Está bien —digo, encogiéndome de hombros.

—Lo pasaré todo a limpio y se lo enseñaré al inspector. Así no podrá decir nada. Por cierto, ¿te he dicho ya que he encontrado el sujetador sin tirantes perfecto para mi vestido de dama de honor? —Ruby me sonríe radiante. Ya vuelve a ser la misma persona alegre de siempre—. Satén aguamarina. Es una maravilla.

—¡Qué bien! —Me levanto y señalo la bandeja de Costa Coffee—. ¿Alguno de estos es para mí?

—Te he traído un café con leche con espuma —dice Annalise de mala gana—. Con nuez moscada.

Cuando me lo llevo a los labios, Ruby da un respingo.

—¡Poppy! ¿No has encontrado tu anillo?

Levanto la vista y veo a Annalise y a Ruby con la mirada fija en mi mano izquierda.

—No —admito a regañadientes—. Pero estoy convencida de que tarde o temprano aparecerá por algún sitio....

—Mierda... —Annalise se tapa la boca con la mano.

—Creía que lo habías encontrado. —Ruby frunce el ceño—. Estoy segura de que alguien me había dicho que lo habías encontrado.

—No. Todavía no.

No me gusta un pelo su reacción, pero nada de nada. Ninguna de las dos me dice eso de «No te preocupes, mujer» no «Son cosas que pasan». Las dos parecen horrorizadas, incluso Ruby.

—Bueno, ¿y qué vas a hacer? —Ruby sigue frunciendo el ceño.

—¿Qué ha dicho Magnus? —A Annalise no se le podía ocurrir otra pregunta.

—Pues... —Tomo un sorbo de café con leche tratando de ganar tiempo—. Todavía no se lo he dicho.

—Huyyy... —suelta Ruby.

—¿Cuánto vale el anillo? —Cómo no, a Annalise se le ocurren todas las preguntas en las que no me atrevo a pensar.

—Bastante, supongo. Aunque siempre están las compañías de seguros.... —digo sin convicción, hasta que se me apaga la voz.

—Bueno, ¿y cuándo piensas decírselo a Magnus? —Ruby ya ha puesto esa cara de desaprobación. Odio esa cara, hace que me sienta pequeña y llena de vergüenza. Como aquella vez tan horrible en que me pilló haciendo los ultrasonidos y escribiendo un mensaje de texto al mismo tiempo.[27] Ruby es alguien a quien siempre quieres impresionar, instintivamente.

—Esta noche. Porque ¿ninguna de las dos lo habréis visto, por casualidad? —No puedo evitar la pregunta, aunque sea una estupidez, como si de repente fueran a decirme: «¡Ah, sí, está en mi bolso!».

27. En mi defensa, diré que fue una emergencia. Natasha acababa de cortar con su novio. Además, el paciente no podía ver lo que estaba haciendo, pero sí, sé que estuvo mal.

Las dos me contestan que no encogiéndose de hombros. Hasta Annalise parece compadecerse de mí.

Ay, Dios... Esto es malo, muy malo.

Hacia las seis, la cosa se pone aún peor: Annalise ha buscado en Internet «anillos de esmeraldas».

¿Le he pedido yo que lo haga? No, no se lo he pedido. Magnus no me ha dicho cuánto vale el anillo. Se lo pregunté el primer día, de broma, cuando me lo colocó en el dedo, y él me contestó también de broma diciendo que su valor era incalculable, igual que yo. Fue todo muy romántico y muy emotivo, la verdad. Estábamos cenando en el Bluebird y yo no tenía ni idea de que iba a pedirme matrimonio. Ni idea.[28]

Bueno, el caso es que ni sabía lo que costaba el anillo ni quería saberlo tampoco. En mi cerebro, no dejo de repetirme frases dirigidas a Magnus del tipo: «Ah, ¡pues yo no sabía que era tan valioso! ¡Deberías habérmelo dicho!».

Aunque nunca tendría la caradura de decirle eso, naturalmente. Porque a ver, tendría que ser muy lerda para no darme cuenta de que una esmeralda que hay que sacar de la cámara acorazada de un banco es muy valiosa, ¿no? Aun así, ha sido muy reconfortante no tener una cifra precisa en la cabeza.

Sin embargo, ahora, ahí está Annalise blandiendo una hoja de papel que ha impreso de Internet.[29]

—«Art Déco, esmeralda de primerísima calidad, con diamantes baguette. —Está leyendo—. Valor aproximado: £25.000».

¿Qué? Tengo el estómago revuelto. Eso no puede ser.

28. Conozco a mujeres que dicen eso y en realidad quieren decir: «Le di un ultimátum y luego dejé que creyera que la idea se le había ocurrido a él y, al cabo de seis semanas, ¡bingo!». Pero lo nuestro no fue así. De verdad que no tenía ni idea. Bueno, ¿cómo iba a tenerla, después de llevar juntos solo un mes, no?

29. Apuesto lo que sea a que eso no lo ha hecho durante la pausa para el almuerzo. El expediente disciplinario habría que abrírselo a ella y no a mí.

—No me habría regalado algo tan caro. —Me tiembla un poco la voz—. Los profesores universitarios son pobres.

—¡Él no es pobre! ¡Mira la casa de sus padres! ¡Su padre es famoso! Mira, esta sortija de aquí cuesta treinta mil. —Me enseña otra hoja—. Parece exactamente igual que tu anillo, ¿no crees, Ruby?

No puedo mirar.

—Yo nunca me lo habría quitado del dedo —añade Annalise, arqueando las cejas, y casi me dan ganas de soltarle una bofetada.

—Pero ¡si fuiste tú la que quería probárselo! —exclamo, furiosa—. ¡De no ser por ti, aún lo tendría!

—¡No es verdad! —replica, indignada—. ¡Yo solo me lo probé cuando todas las demás ya lo habían hecho! Ya estaba dando la vuelta a la mesa.

—¿Ah, sí? Y entonces, ¿de quién fue la idea, eh?

Llevo todo el día estrujándome los sesos con esto, pero si ayer tenía la memoria hecha cisco, hoy la tengo aún peor.

No voy a volver a creerme ni una sola palabra de las novelas de Poirot. Nunca. Todos esos testigos que van y dicen: «Sí, me acuerdo de que eran exactamente las 15.06, porque miré el reloj cuando fui a buscar las tenazas del azúcar y vi claramente que lady Favisham estaba sentada a la derecha de la chimenea».

¡Y una mierda! No tienen ni idea de dónde estaba lady Favisham, solo que no quieren admitirlo delante de Poirot. Me sorprende que consiga sacar algo en claro.

—Tengo que irme. —Me doy media vuelta antes de que Annalise pueda volver a atacarme con más anillos y sus exorbitantes precios.

—¿A decírselo a Magnus?

—Reunión de boda con Lucinda, primero, y luego con Magnus y su familia.

—Pues ya nos dirás lo que pasa. ¡Mándanos un mensaje! —Annalise frunce el ceño—. Oye, ahora que me acuerdo, ¿cómo es que te has cambiado de número, Poppy?

—Ah, eso... Verás, salí del hotel a ver si había mejor cobertura fuera y cuando estaba con el teléfono...

Interrumpo mi relato. Pensándolo bien, no puedo permitirme el lujo de contarle toda la historia del robo y el móvil en la papelera y Sam Roxton y todo eso. Es todo demasiado rocambolesco y no tengo fuerzas.

Así que me limito a encogerme de hombros.

—Verás, perdí el móvil y me busqué otro. Nos vemos mañana.

—Buena suerte, guapa. —Ruby me atrae hacia ella para darme un abrazo rápido.

—¡Mándanos un mensaje! —oigo a Annalise gritar a mi espalda cuando abro la puerta—. ¡Queremos actualizaciones de estado cada hora!

Annalise lo habría pasado de miedo en las ejecuciones públicas. Habría estado en primerísima fila, abriéndose paso a codazos para no perderse detalle del hacha, haciendo bocetos de las partes más sangrientas para luego colgarlos en el tablón del pueblo, por si acaso alguien se había perdido el espectáculo.

O, bueno, lo que sea que hicieran antes de Facebook.

No sé por qué me he molestado en darme prisa, porque Lucinda llega tarde, como de costumbre.

En realidad, no sé por qué me he molestado en contratar a una organizadora de bodas, pero eso solo lo pienso en mi fuero interno y no se lo digo a nadie, porque Lucinda es una vieja amiga de la familia, de los Tavish. Cada vez que la menciono, Magnus dice: «¿Y habéis hecho buenas migas?» en tono ansioso y esperanzado, como si fuésemos una pareja de osos panda en peligro de extinción que tuviésemos que engendrar un cachorro.

No es que Lucinda no me caiga bien, es solo que me estresa. Se pasa el día enviándome todos esos boletines en forma de mensajes de texto de lo que está haciendo en cada momento, y no deja de decirme cuántos esfuerzos hace por mí, como encargar las servilletas, que fue una auténtica odisea, le costó decidirse un siglo y tres viajes a un almacén de tejidos en Walthamstow.

Además, sus prioridades me parecen un poco desacertadas,

la verdad. Como cuando contrató a un «especialista en nuevas tecnologías para bodas», que era carísimo, para montar cosas de lo más sofisticadas como un sistema de alertas por SMS para informar de las novedades en los preparativos a todos los invitados[30] y una página web donde los invitados pueden registrarse y decir qué traje o vestido van a llevar a la boda y así evitar «desafortunadas coincidencias».[31] Pero mientras hacía todo eso, Lucinda no contestó a la empresa de catering que queríamos y por poco no podemos contar con ellos.

Hemos quedado en el vestíbulo del Claridge's; a Lucinda le encantan los vestíbulos de los hoteles, no me preguntéis por qué. Permanezco allí sentada pacientemente veinte minutos, tomándome un té negro bastante flojo, deseando haber cancelado mi cita con ella y poniéndome mala por momentos solo de pensar en ver a los padres de Magnus. Justo me estoy planteando si no tendré que ir al lavabo y ponerme mala de verdad cuando, de pronto, aparece Lucinda, con su melena azabache flotando alrededor, su perfume de Calvin Klein y seis bocetos distintos bajo el brazo. Sus zapatos puntiagudos de tacón carrete y de ante repiquetean en el suelo de mármol, y el abrigo de cachemira rosa ondea a su espalda como si llevara alas.

La sigue Clemency, su «ayudante» (si es que se puede llamar ayudante a una chica de dieciocho años que no cobra nada de nada. Yo la llamaría esclava). Clemency es muy pija y muy dulce y Lucinda la aterroriza. Respondió al anuncio en *The Lady* en que se pedía una becaria y siempre me está diciendo lo increíble que es aprender el oficio de primera mano con una profesional con tanta experiencia.[32]

—Bueno, pues he hablado con el cura. Eso que queríamos

30. Que nunca hemos utilizado.
31. En la que nadie se ha registrado.
32. Personalmente, tengo mis dudas sobre la supuesta «experiencia» de Lucinda. Cada vez que le pregunto por las otras bodas que ha organizado, solo me habla de una, que era para otra amiga, y que consistía en juntar a treinta personas en un restaurante, pero obviamente eso nunca lo menciono delante de los Tavish. Ni de Clemency. Ni de nadie.

no va a poder ser. Ese púlpito tan viejo y destartalado tiene que quedarse donde está. —Lucinda se posa sobre una silla con sus larguísimas piernas enfundadas en unos pantalones de diseño de Joseph y los bocetos se le caen de las manos y acaban desparramados por todo el suelo—. Yo no entiendo por qué la gente se niega a poner un poco más de su parte. Porque ya me dirás tú qué vamos a hacer ahora. Y no he vuelto a tener noticias de la empresa de catering...

Apenas puedo concentrarme en lo que me dice. De repente estoy pensando que ojalá hubiese quedado con Magnus primero, yo sola, para contarle lo del anillo. Luego podríamos habernos enfrentado juntos a sus padres. ¿Es demasiado tarde? ¿Y si le envío un SMS rápido cuando vaya para allá?

—... y todavía no he encontrado trompetista. —Lucinda lanza un sonoro suspiro y se lleva dos uñas pintadas a la frente—. Queda tanto por hacer... Esto es una locura. Una locura. Aunque, claro, habría sido más útil que Clemency hubiese escrito el programa de la ceremonia correctamente —añade, no sin cierta mala fe.

La pobre Clemency se pone roja como un tomate y le dedico una sonrisa comprensiva. No es culpa suya que sufra una grave dislexia y escribiera «himen» en lugar de «himno» y hubiese que rehacerlo todo.

—¡Lo conseguiremos! —digo animosamente—. ¡No te preocupes!

—Te lo digo en serio, cuando todo esto acabe, voy a necesitar una semana en un spa. ¿Me has visto las manos? —Lucinda me las enseña—. ¡Es estrés!

No tengo ni idea de qué está hablando, a mí sus manos me parecen perfectamente normales, pero las miro obedientemente.

—¿Lo ves? Hechas un desastre. ¡Y todo por tu boda, Poppy! Clemency, pídeme un gin-tonic.

—Por supuesto. Enseguida. —Clemency se pone de pie de un salto.

Intento hacer caso omiso de una leve punzada de irritación que me corroe por dentro. Lucinda siempre trufa nuestras conversaciones de esa clase de comentarios: «Todo por tu boda», «¡Solo para hacerte feliz, Poppy!», «¡La novia siempre tiene la razón!».

A veces hasta parece que lo dice con segundas, lo que me resulta bastante desconcertante. Porque, no fui yo la que le pedí que se dedicase a organizar bodas, ¿no? Y le estamos pagando un montón de dinero, ¿verdad? Pero no quiero decir nada, porque es una vieja amiga de Magnus y todo eso.

—Lucinda, estaba pensando... ¿hemos asignado ya los coches? —pregunto tímidamente.

Silencio sepulcral. Percibo cómo se va formando una oleada de furia en el interior de Lucinda, por las pequeñas contracciones que realiza su nariz. Al final, estalla justo cuando la pobre Clemency vuelve junto a nosotras.

—Oh, mierda... ¡La madre que... Clemency! —Dirige toda su ira hacia la joven temblorosa—. ¿Por qué no me recordaste lo de los coches, eh? ¡Necesitan coches! ¡Tenemos que alquilarlos!

—No... —Clemency me mira con impotencia—. Yo no... No sabía...

—¡Siempre hay algo! —Lucinda casi habla para sí—. Siempre hay que pensar en algo más, no se acaba nunca... Ya puedo matarme a trabajar, que siempre hay más y más y más...

—Oye, ¿quieres que me encargue yo de los coches? —me apresuro a decir—. Estoy segura de que puedo hacerlo.

—¿Lo harías? —Lucinda parece animarse un poco—. ¿Podrías hacerlo? Es que yo solo soy una, ¿sabes? Y me he pasado la semana entera encargándome de los detalles, todo para tu boda, Poppy...

Parece tan sumamente estresada que me siento un poco culpable.

—¡Sí! Ningún problema. Buscaré en las páginas amarillas o algo así.

—¿Cómo va lo de tu pelo, Poppy? —Lucinda de pronto concentra la mirada en mi cabeza y le ordeno mentalmente a mi pelo que crezca otro centímetro, deprisa.

—No está mal, no está mal... Estoy segura de que podré hacerme el moño. Seguro que sí. —Intento parecer más segura de lo que estoy en realidad.

Lucinda me ha dicho como un millón de veces lo tonta que fui cortándome el pelo por encima del hombro cuando estaba a punto de prometerme.[33] También me dijo en la tienda de trajes de novia que con la piel tan pálida que tengo,[34] un vestido blanco me sentaría fatal, y que era mejor que llevase uno verde lima. Para mi boda. Por suerte, la dueña de la tienda intervino y dijo que Lucinda decía tonterías: mi pelo oscuro y mis ojos harían un contraste maravilloso con el blanco. Así que decidí creerla a ella en vez de a Lucinda.

Llega el gin-tonic y Lucinda le da un buen lingotazo. Yo tomo otro sorbo de té negro, ya tibio. La pobre de Clemency no tiene nada para beber, pero parece como si estuviera intentando fundirse con la silla y no llamar la atención.

—Y también... ibas a preguntar lo del confeti, ¿te acuerdas? —añado con cuidado—. Pero eso también puedo hacerlo yo —me retracto inmediatamente al ver la expresión en la cara de Lucinda—. Llamaré al cura.

—¡Genial! —salta Lucinda—. Te lo agradecería mucho, la verdad. Porque verás, yo solo soy una, y solo puedo estar en un sitio a la vez... —Se interrumpe bruscamente al detener la mirada en mi mano—. ¿Dónde está tu anillo, Poppy? ¡Oh, Dios mío! No me digas que no lo has encontrado todavía...

Cuando alza la vista, parece tan anonadada que vuelvo a sentir ganas de vomitar.

—Todavía no, pero aparecerá pronto. Estoy segura de que sí. El personal del hotel lo está buscando por...

—¿Y no se lo has dicho a Magnus?

—¡Lo haré! —Trago saliva—. Muy pronto.

—Pero ¿no era una joya de la familia muy importante? —Lucinda abre los ojos avellana como platos—. ¿No se pondrán furiosos?

33. ¿Qué quería? ¿Qué tuviera poderes psíquicos o algo?
34. «Como de muerta», dijo.

¿Es que quiere provocarme un ataque de nervios?

En ese momento me vibra el móvil y agradezco infinitamente la interrupción. Magnus acaba de enviarme un mensaje de texto haciendo añicos mi secreta esperanza de que sus padres hubiesen pillado una gastroenteritis y no tuvieran más remedio que cancelar:

Cena a las 8, está toda la familia, ¡muchas ganas de verte!

—¿Ese es el móvil nuevo? —Lucinda lo mira frunciendo el ceño—. ¿Has recibido los mensajes que te reenvié?

—Sí, gracias. —Asiento con la cabeza. Solo unos treinta y cinco de nada, todos atascándome el buzón de entrada.

Cuando se enteró de que había perdido el móvil, Lucinda insistió en reenviarme todos sus mensajes de texto recientes, no fuera a ser que «metiera la pata» con algo. Para ser justa con ella, fue una muy buena idea. Le dije a Magnus que me reenviara él también todos sus mensajes más recientes, y lo mismo en el trabajo, con las chicas.

Ned Murdoch, quienquiera que sea, se ha puesto en contacto al fin con Sam. Llevo todo el día buscando ese e-mail. Lo leo con cierta ansiedad, pero no me parece nada del otro mundo. «Asunto: Oferta de Ellerton. Sam, hola. Unas pocas puntualizaciones. Verás por el adjunto que bla, bla, bla...»

Total, que será mejor que se lo reenvíe inmediatamente. Pulso «Reenviar» y me aseguro de que lo he enviado. Luego le escribo una rápida respuesta a Magnus, con los dedos temblorosos por el nerviosismo.

¡Genial! ¡¡¡Me muero de ganas de ver a tus padres!!! ¡¡¡Qué bien!!!! ☺ ☺ ☺

PD: ¿Antes podría verte fuera un momento a solas? Tengo que comentarte una cosita. Es una cosita de nada, algo insignificante. Bssss

4

Ahora ya puedo decir que tengo conciencia histórica: sé perfectamente lo que debían de sentir al acercarse muertos de miedo a la guillotina durante la Revolución francesa. A medida que subo la cuesta desde el metro, sujetando la botella de vino que compré ayer, mis pasos van haciéndose cada vez más y más lentos. Y más lentos aún.

De hecho, acabo de darme cuenta de que ya no estoy caminando, sino que estoy parada. Estoy mirando a la casa de los Tavish y tragando saliva, una y otra vez, tratando de obligarme a dar un nuevo paso hacia delante.

Perspectiva, Poppy. Solo es un anillo.

Solo son tus futuros suegros.

Solo fue una «bronca». Según Magnus,[35] nunca llegaron a decir directamente que no quieren que se case conmigo, solo lo insinuaron. ¡Y a lo mejor han cambiado de opinión!

Además, he descubierto una pequeña parte positiva: por lo visto, mi póliza del seguro del hogar me cubre las pérdidas, así que algo es algo. Me estoy planteando incluso sacar el tema del anillo hablando de seguros y de lo útiles que son: «¿Sabes qué, Wanda? El otro día estaba leyendo un folleto de la compañía HSBC y...».

Oh, Dios, ¿a quién quiero engañar? No hay forma de salir

---

35. Al final logré sonsacarle eso por teléfono a la hora del almuerzo.

airosa de esta. Es una pesadilla. Vale más que acabemos cuanto antes.

Suena el teléfono y me lo saco del bolsillo solo por los viejos tiempos. Ya he perdido todas mis esperanzas de que ocurra un milagro.

—Tiene un mensaje nuevo —dice la voz femenina, serena y familiar, del buzón de voz.

Siento como si conociera a esta mujer de toda la vida, me ha hablado tantas veces... ¿Cuánta gente la habrá escuchado, desesperados porque terminara la frase, con el corazón latiendo desbocado por el miedo o la esperanza? Y a pesar de todo, ella sigue hablando como si nada, como si le trajera absolutamente sin cuidado lo que el otro está a punto de oír. Una debería poder escoger distintas opciones para distintas clases de noticias, para que la mujer pudiera dirigirse a ti diciendo: «¡A ver si lo adivinas! ¡Tengo unas noticias estupendas! ¡Escucha tu buzón de voz! ¡Sí!». O: «Siéntate, querida, y sírvete una copa. Tienes un mensaje y no es nada bueno».

Pulso 1, me cambio el móvil de mano y echo a andar de nuevo. Alguien me ha dejado el mensaje mientras estaba en el metro. Seguramente será Magnus, preguntándome dónde estoy.

—Hola, le llamo del hotel Berrow. Tengo un mensaje para Poppy Wyatt. Señorita Wyatt, al parecer, alguien encontró su anillo ayer; sin embargo, debido al caos que se produjo tras sonar la alarma antiincendios...

¿Qué? ¿¿Qué??

Me invade una alegría efervescente y me dan ganas de ponerme a tirar cohetes. No oigo bien el mensaje. Soy incapaz de procesar las palabras. ¡Lo han encontrado!

Ya he abandonado el mensaje. Llamo de inmediato al recepcionista del hotel. Amo a ese hombre. ¡Lo amo!

—Hotel Berrow. —Es la voz del recepcionista.

—¡Hola! —exclamo sin aliento—. Soy Poppy Wyatt. ¡Han encontrado mi anillo! ¡Es usted maravilloso! ¿Quiere que vaya ahora mismo a recogerlo?

—Señorita Wyatt —me interrumpe—. ¿Ha escuchado el mensaje?

—Sí... bueno, una parte.

—Me temo... —Hace una pausa—. Me temo que en este momento no estamos seguros de cuál es el paradero del anillo.

Me quedo petrificada y miro el teléfono. ¿Acaba de decir lo que creo que acaba de decir?

—Pero usted dijo que lo habían encontrado. —Estoy intentando conservar la calma—. ¿Cómo puede no estar seguro de cuál es su paradero?

—Según uno de nuestros empleados, una camarera encontró un anillo con una esmeralda en la moqueta del salón de baile durante el aviso de incendio y se lo dio a nuestra encargada de atención al cliente, la señora Fairfax. Sin embargo, no estamos seguros de lo que ocurrió después de eso. No hemos podido encontrarlo en nuestra caja fuerte ni en ninguno de los lugares seguros donde solemos depositar esa clase de objetos. Lo lamentamos enormemente, y haremos todo cuando esté en nuestra mano para...

—¡Pues hablen con la señora Fairfax! —Intento controlar mi impaciencia—. ¡Averigüen qué fue lo que hizo con él!

—Desde luego. Por desgracia, está de vacaciones, y a pesar de nuestros denodados esfuerzos, no hemos podido ponernos en contacto con ella.

—¿Se lo ha llevado ella? —exclamo horrorizada.

La encontraré. Cueste lo que cueste. Detectives, policía, la Interpol... ya me imagino en la sala del juicio, señalando el anillo dentro de una de esas bolsas de plástico donde se guardan las pruebas, mientras una mujer de mediana edad, presumiendo de moreno de la Costa del Sol, donde ha estado escondida todo este tiempo, me lanza una mirada asesina desde el banquillo de los acusados.

—La señora Fairfax ha sido una empleada fiel de esta casa durante los últimos treinta años y por sus manos han pasado numerosos objetos de gran valor pertenecientes a nuestros huéspedes. —Parece ligeramente ofendido—. Me resulta muy difícil creer que haya podido hacer algo así.

—Entonces estará en algún sitio en el hotel, ¿no? —Siento renacer en mí un rayo de esperanza.

—Eso es lo que estamos tratando de averiguar. Obviamente, en cuanto sepa algo más, me pondré en contacto con usted. Todavía puedo llamarla a este número, ¿verdad?

—¡Sí! —Instintivamente, agarro el móvil con más fuerza—. Llame a este número. Por favor, llámeme en cuanto sepa algo. Gracias.

Cuando cuelgo, me cuesta respirar. No sé qué es lo que debería sentir. Son buenas noticias. Más o menos. ¿Verdad?

Solo que el anillo todavía no está sano y salvo en mi dedo. Todos se van a preocupar de todos modos; los padres de Magnus pensarán que soy tonta e irresponsable y no me perdonarán en la vida por someterlos a semejante situación de estrés. Así que lo que me espera sigue siendo una pesadilla total.

A no ser... A no ser que...

No. No podría. ¿O si puedo?

Estoy quieta como una estatua en la acera, con el cerebro trabajando a mil por hora. Bueno, vamos a plantearnos esto con calma. Con lógica y con sentido de la ética. Si en realidad el anillo no se ha perdido...

Acabo de pasar por una tienda de la cadena de droguería Boots hace un momento, a unos cuatrocientos metros de donde estoy. Casi sin saber lo que hago, vuelvo sobre mis pasos. No hago caso de la dependienta, que intenta decirme que están cerrando. Agachando la cabeza, me voy directa al mostrador de primeros auxilios. Venden una especie de guante y unos rollos de vendas adhesivas. Me lo llevo todo.

Al cabo de diez minutos, ya estoy subiendo la cuesta de nuevo. Llevo la mano completamente vendada y es imposible ver si llevo el anillo o no, y ni siquiera tengo que mentir, porque puedo decir: «Es difícil llevar un anillo si te has quemado la mano», cosa que es verdad.

Ya casi he llegado a la casa cuando suena el móvil y un mensaje de texto de Sam Roxton aparece en mi buzón de entrada.

¿Dónde está el adjunto?

Muy típico de él. Ni un hola, ni una explicación. Espera así, sin más ni más, que sepa de qué demonios me habla.

¿A qué te refieres?

El e-mail de Ned Murdoch. No había ningún adjunto.

¡No es culpa mía! Yo solo he reenviado el e-mail. Deben de haberse olvidado de adjuntarlo. ¿Por qué no les pides que vuelvan a enviártelo, CON el adjunto? ¿Directamente a tu ordenador?

Ya sé que parezco un poco exasperada, y naturalmente me lo echa en cara al instante.

Esto de compartir el móvil fue idea tuya, no sé si te acuerdas. Si te has cansado, no tienes más que devolver el móvil a mi oficina.

Le contesto rápidamente:

¡No, no! No pasa nada. Si llega, te lo reenviaré. No te preocupes. Creía que iban a transferir todo el correo electrónico a tu dirección???

Los técnicos dijeron que lo harían cuanto antes. Pero son unos mentirosos.

Hay una breve pausa, y luego escribe:

Por cierto, ¿encontraste el anillo?

Casi. Los del hotel lo encontraron, pero luego volvieron a perderlo.

Típico.

Lo sé.

En estos momentos he dejado de caminar y estoy apoyada en una pared. Soy consciente de que estoy retrasando el momento de entrar en la casa, pero no puedo evitarlo. Es muy reconfortante mantener esta conversación virtual por el éter con alguien que no conoce a Magnus ni a mí ni a nadie. Al cabo de un momento, en un arranque de sinceridad, confieso:

No voy a decirles a mis suegros que he perdido el anillo. ¿Te parece que esto está fatal?

Hay un silencio al otro lado, y luego responde:

¿Por qué deberías decírselo?

¡Qué pregunta más absurda! Pongo los ojos en blanco y escribo:

¡El anillo es suyo!

Su respuesta llega casi de inmediato:

No es suyo. Ahora es tuyo. No es asunto suyo. No es tan importante.

¿Cómo puede escribir: «No es tan importante»? Cuando le respondo, aporreo las teclas con muy mal humor.

Es una maldita JOYA DE LA FAMILIA. Estoy a punto de cenar con ellos ahora mismo. Esperan ver ese anillo en mi dedo. Y sí es muy, muy importante, gracias.

Se produce un silencio durante un rato y creo que ha abandonado la conversación. Entonces, cuando estoy a punto de dar un paso, otro mensaje de texto se anuncia con un pitido.

¿Qué explicación tienes para no llevar el anillo?

Experimento un momento de debate interno. ¿Qué tiene de malo pedir una segunda opinión? Colocando la pantalla con cuidado, saco una foto de mi mano vendada y se la envío por MMS. Al cabo de cinco segundos, escribe:

No lo dirás en serio...

Siento una punzada de resentimiento y me sorprendo escribiéndole:

¿Qué harías TÚ, entonces?

Me quedo esperando a medias que se le ocurra alguna idea brillante que no se me haya ocurrido a mí, pero su siguiente mensaje solo dice:

Por eso los hombres no llevamos anillos.

Genial. Eso sí que me ha sido realmente útil. Estoy a punto de contestarle algo sarcástico cuando llega un segundo SMS:

No colará. Quítate la venda.

Me quedo mirando la mano consternada. Tal vez tenga razón.

Bueno. Gracias.

Retiro una de las vendas y justo cuando me la estoy metiendo en el bolso oigo la voz de Magnus.

—¡Poppy! ¿Qué haces? —Levanto la vista... y veo que viene directo hacia mí, por la calle. Azorada, me meto el móvil en el bolso y cierro la cremallera. Oigo el pitido que anuncia la llegada de un nuevo mensaje de texto, pero tendré que leerlo más tarde.

—¡Hola, Magnus! ¿Qué haces aquí?

—He ido a comprar leche. Se nos ha acabado. —Se para delante de mí y apoya las dos manos en mis hombros, mirándome con una expresión divertida y tierna en sus ojos marrones—. ¿Qué pasa? ¿Retrasando el momento de la tortura?

—¡No! —exclamo riéndome, a la defensiva—. ¡Pues claro que no! Acabo de llegar.

—Ya sé lo que querías decirme.

—¿Lo... lo sabes? —Me miro sin querer la mano vendada y luego aparto la mirada inmediatamente.

—Escucha, cariño. Tienes que dejar de preocuparte por mis padres. Cuando lleguen a conocerte bien, estarán encantados contigo. Yo me encargaré de que así sea. Lo vamos a pasar muy bien esta noche, ¿de acuerdo? Tú relájate y sé tú misma.

—De acuerdo —asiento al fin, y luego me aprieta los hombros cariñosamente y me mira el vendaje.

—¿Todavía te duele la mano? Pobrecilla...

Ni siquiera menciona el anillo. Siento renacer mi esperanza. Tal vez la noche salga bien, después de todo.

—Oye, ¿le has dicho a tus padres lo del ensayo general? Mañana por la tarde en la iglesia.

—Sí, ya lo sé. —Sonríe—. No te preocupes. Todo está listo.

Mientras camino hacia la casa, me lo imagino y saboreo el momento. La antigua iglesia de piedra, el órgano que suena cuando hago mi entrada, los votos matrimoniales...

Ya sé que a algunas novias lo que más ilusión les hace es la música o las flores, pero a mí lo que más me emociona son los votos: «En lo bueno y en lo malo... En la riqueza y en la pobreza... Y además te doy mi palabra...». Toda mi vida he oído estas palabras mágicas, en las bodas familiares, en las escenas de las películas, hasta en los enlaces reales. Las mismas palabras, una y otra vez, como poemas transmitidos de generación en generación a lo largo de los siglos. Y ahora vamos a decírnoslas el uno al otro. Se me estremece todo el cuerpo de la emoción.

—Tengo tantas ganas de pronunciar nuestros votos... —Se me escapa en voz alta, a pesar de que ya se lo he dicho antes, unas cien veces aproximadamente.

Hubo un tiempo muy breve, justo después de que nos prometiéramos, en que Magnus parecía estar convencido de que nos casaríamos en un registro civil. No es una persona muy religiosa que digamos, y tampoco sus padres, pero en cuanto le hube explicado la ilusión que me había hecho toda la vida pronunciar los votos matrimoniales en una iglesia, cambió de idea y dijo que no podía haber nada más maravilloso.

—Lo sé. —Me estrecha la cintura otra vez—. Yo también.

—¿De verdad no te importa decir unas palabras tan anticuadas?

—Cielo, me parecen preciosas.

—A mí también. —Lanzo un suspiro de felicidad—. Son tan románticas...

Cada vez que nos imagino a Magnus y a mí frente al altar, cogidos de las manos, diciéndonos esas palabras en voz alta y clara, es como si no importara nada más.

Sin embargo, cuando nos acercamos a la casa veinte minutos más tarde, mi halo de seguridad empieza a desvanecerse. Los Tavish han vuelto, decididamente. Todas las luces de la casa están encendidas y oigo música de ópera estremeciendo los cristales de las ventanas. De pronto me acuerdo de aquella vez que Antony me preguntó qué me parecía *Tannhäuser* y le dije que no fumaba.

Oh, Dios mío... ¿por qué no habré hecho un cursillo acelerado de ópera?

Magnus abre la puerta principal y luego chasquea la lengua.

—Mierda, se me ha olvidado llamar al doctor Wheeler. Serán solo un par de minutos.

No me lo puedo creer. Se va corriendo escaleras arriba, hacia el estudio. ¡No puede dejarme sola!

—Magnus. —Intento no parecer aterrorizada.

—¡Entra, entra! Mis padres están en la cocina. Ah, y te he comprado algo para nuestra luna de miel. ¡Ábrelo! —Me lanza un beso y desaparece.

Hay una caja enorme y adornada con cintas apoyada en la otomana del salón. Caramba... Conozco la tienda, y es muy cara. La abro, desgarrando el delicado papel de seda verde claro, y me encuentro un quimono japonés con estampados grises y blancos. Es increíblemente precioso y hasta va acompañado con una combinación a juego.

Guiada por un impulso, me escondo en la salita de la parte delantera de la casa, que nadie usa nunca. Me quito el conjunto de suéter y chaqueta de punto, me pruebo la combinación y luego me visto de nuevo. Me queda un poco grande... pero sigue siendo una preciosidad, con ese tacto suave y sedoso y esa sensación de puro lujo.

Es un regalo maravilloso, de verdad, pero, para ser sincera, lo que preferiría ahora mismo es que Magnus estuviera aquí a mi lado, sujetándome la mano con firmeza, para ofrecerme apoyo moral. Vuelvo a doblar la bata japonesa y la meto dentro del papel roto, con toda la parsimonia del mundo.

Sigue sin haber rastro de Magnus. Ya no puedo seguir posponiendo esto.

—¿Magnus? —exclama la voz aflautada e inconfundible de Wanda desde la cocina—. ¿Eres tú?

—¡No, soy yo! ¡Poppy! —Tengo la garganta tan agarrotada por los nervios que no me reconozco la voz—. ¡Poppy! ¡Ahora mismo voy!

Tranquila. Solo tengo que ser yo misma. Allá vamos.

Agarro la botella de vino firmemente y me dirijo a la cocina, que está muy calentita y huele a salsa boloñesa.

—Hola, ¿qué tal? ¿Cómo estáis? —farfullo en una cháchara nerviosa—. Os he traído una botella de vino. Espero que os guste. Es tinto.

—¡Poppy! —Wanda se abate en picado sobre mí. Se acaba de teñir con henna su melena asilvestrada y lleva uno de sus extraños vestidos amplios y vaporosos hecho de lo que parece tela de paracaídas, junto con unos zapatos mercaditas de suela de goma. Tiene el cutis pálido y tan limpio de maquillaje como siempre, aunque se ha pintado una raya irregular de pintalabios rojo.[36] Me roza la mejilla con la suya y me llega una vaharada a perfume viejo—. ¡La *fi-an-cée*! —Pronuncia la palabra con una delicadeza que raya en el ridículo—. La prometida...

—La novia *afianzada*... —apostilla Antony, levantándose de su asiento en la mesa. Lleva la misma chaqueta de tweed que luce en la contracubierta de su libro y me examina con la misma mirada penetrante y desagradable—. «El oriol se casa con su amada pintoja, el lirio es el novio de la abeja...». ¿Otro para tu colección, querida? —le pregunta a Wanda.

—¡Exacto! Necesito un bolígrafo. ¿Dónde hay un bolígrafo? —Wanda se pone a rebuscar entre los papeles que ya se desbordan de la encimera—. Y pensar en todo el daño que se le ha hecho a la causa feminista por culpa de un antropomorfismo ridículo y ocioso—. «Se casa con su amada pintoja.» ¿A ti qué te parece, Poppy? —Se dirige a mí y sonrío con cara de circunstancias.

No sé de qué narices están hablando, no tengo ni idea. ¿Por qué no pueden decir «Hola, ¿cómo estás?» como la gente normal?

—Sí, ¿tú qué opinas de la respuesta cultural al antropomorfismo? Desde la perspectiva de una mujer joven.

Se me encoge el estómago al advertir que Antony me está mirando otra vez. Madre de Dios... ¿Me habla a mí?

¿Antropo qué?

Siento que si me pusiera sus preguntas por escrito y luego me diera cinco minutos para repasármelas (y con un diccionario), entonces tendría un mínimo de posibilidades de que se me ocurriera una respuesta inteligente. Porque, en fin, yo he ido a la universidad. He presentado trabajos con palabras largas en ellos, e incluso una tesina.[37] Mi profesora de lengua me llegó a decir una vez que tenía una «mente ávida».[38]

---

36. Magnus dice que Wanda jamás ha tomado el sol, y ella cree que la gente que se va de vacaciones para pasarse el día en una tumbona por fuerza tiene que ser retrasada mental. Eso me incluye a mí, entonces.

37. *Estudio del movimiento pasivo continuo tras una artroplasia total de rodilla*. Todavía la tengo, en su encuadernación en plástico y todo.

38. Aunque nunca llegó a decir de qué exactamente.

Pero el caso es que no tengo cinco minutos. Está esperando que le conteste, y hay algo en el brillo de su mirada que hace que sienta que tengo la lengua de estropajo.

—Pues. Bueno... Mmm... A mí... A mí me parece que es un debate interesante —digo débilmente—. Muy necesario en estos tiempos que vivimos. Bueno, ¿y qué tal el vuelo? —añado rápidamente. A lo mejor podemos pasar a hablar de pelis o algo.

—Atroz. —Wanda levanta la vista de lo que está escribiendo—. ¿Por qué vuela la gente? ¿Por qué?

No estoy segura de si espera una respuesta o no.

—Hummm... para irse de vacaciones y esas cosas...

—Ya he empezado a tomar notas para escribir un artículo sobre el asunto —me interrumpe Wanda—. «El impulso migratorio». ¿Por qué los humanos se sienten impulsados a catapultarse hacia el otro lado del mundo? ¿No estaremos siguiendo los pasos migratorios de nuestros antepasados?

—¿Has leído a Burroughs? —le dice Antony, con interés—. No el libro, la tesis doctoral.

Ni siquiera me han ofrecido todavía nada de beber. Discretamente, trato de fundirme con la decoración de fondo, me deslizo hacia la zona de la cocina y me sirvo una copa de vino.

—Tengo entendido que Magnus te ha dado el anillo de esmeralda de su abuela, ¿verdad?

Me asalta el pánico. Ya estamos hablando del anillo. ¿Son imaginaciones mías o Wanda me habla con un tonillo raro en la voz? ¿Lo sabe?

—¡Sí! Es... es precioso. —Me tiemblan tanto las manos que por poco tiro el vino al suelo.

Wanda no dice nada, sino que se limita a mirar a Antony y a arquear las cejas con gesto elocuente.

¿A qué ha venido eso? ¿Por qué ha levantado las cejas? ¿Qué es lo que están pensando? Mierda, mierda... ahora van a pedirme que les enseñe el anillo y se destapará todo...

—Es... Es difícil llevar un anillo si te has quemado la mano —suelto desesperadamente.

Ya está. No era una mentira. Técnicamente.

—¿Te has quemado? —Wanda se vuelve y me toma la mano vendada entre las suyas—. ¡Pobrecita mía! Tendrás que ir a ver a Paul.

—Paul. —Antony asiente con la cabeza—. Desde luego. Llámalo, Wanda.

—Nuestro vecino —explica—. Es dermatólogo. El mejor. —Ya ha descolgado el teléfono y está enrollándose el anticuado cable en espiral en la muñeca—. Vive aquí mismo, justo enfrente.

¿Justo enfrente?

Me quedo petrificada. ¿Cómo pueden haber empeorado tanto las cosas, tan rápidamente? De pronto me imagino a un hombrecillo brioso con un maletín de médico que entra en la cocina y dice: «Vamos a echar un vistazo», y todos corren a arremolinarse a mi alrededor a mirar mientras me quito las vendas.

¿Debería echar a correr escaleras arriba a ver si encuentro una cerilla? ¿Y un poco de agua hirviendo? Para ser sincera, creo que preferiría el dolor insoportable a tener que confesar la verdad...

—¡Vaya! No está en casa. —Cuelga el auricular.

—Qué lástima —acierto a decir, al tiempo que Magnus asoma por la puerta de la cocina, seguido de Felix, que dice: «Hola, Poppy», y luego se enfrasca de nuevo en la lectura del libro de texto que lleva en las manos.

—¡Bueno! —Magnus me mira primero a mí y luego a sus padres, como tratando de determinar qué ánimo se respira en el ambiente—. ¿Qué tal va todo? ¿A que Poppy está aún más guapa que de costumbre? ¿A que es increíble? —Me recoge el pelo con el puño y luego lo suelta de golpe.

Ojalá no lo hubiese hecho. Ya sé que solo quiere hacerse el simpático, pero me da vergüenza ajena. Wanda parece perpleja, como si no tuviera ni idea de cómo reaccionar ante eso.

—Una delicia. —Antony sonríe educadamente, como si estuviera admirando el jardín de algún vecino.

—¿Has hablado con el doctor Wheeler? —pregunta de pronto Wanda.

—Sí. —Magnus asiente con la cabeza—. Dice que, efectivamente, el énfasis está en la génesis cultural.

—Ah, pues debí de leerlo mal —dice con irritación—. Es que estamos intentando que nos publiquen unos artículos en la misma revista. —Wanda se dirige a mí—. A los seis, incluidos Conrad y Margot. Una obra conjunta de toda la familia. Felix se ocupa del índice. ¡Participamos todos!

«Todos excepto yo», pienso para mis adentros.

Lo cual es ridículo. Porque ¿quiero yo escribir un artículo académico en una revista sesuda y desconocida que no lee nadie? No. ¿Podría hacerlo? No. ¿Acaso sé qué significa eso de génesis cultural? No.[39]

—¿Sabías que Poppy ha publicado en su especialidad? —anuncia Magnus de improviso, como si acabara de leerme el pensamiento y hubiese decidido salir en mi defensa—. ¿A que sí, cielo? —Me sonríe con orgullo—. No seas modesta.

—¿Tú has publicado artículos? —Antony se despierta y me mira con más atención que nunca—. Vaya, eso sí que es interesante. ¿En qué revista?

Lanzo una mirada de desesperación a Magnus. ¿De qué rayos está hablando?

—¡Sí! ¿No te acuerdas? —insiste—. ¿No me habías dicho que habías escrito algo para aquella publicación de fisioterapia?

Oh, Dios... No...

Mataré a Magnus. ¿Cómo se le ocurre decir eso?

Antony y Wanda están esperando que conteste. Hasta Felix levanta la vista con interés. Evidentemente, esperan que anuncie un descubrimiento revolucionario sobre la influencia cultural de la fisioterapia en las tribus nómadas o algo así.

—Fue para el *Boletín semanal de fisioterapia* —murmuro al fin, mirándome los pies—. La verdad es que no es una revista científica. Es más bien... de divulgación. Una vez me publicaron una carta.

39. Aunque se me dan fenomenal las notas al pie. Podrían ponerme a cargo de eso.

—¿Trataba sobre un tema de investigación? —dice Wanda.

—No. —Trago saliva—. Hablaba de cuando los pacientes huelen a sudor. Yo decía que tal vez deberíamos llevar caretas antigás. Era... bueno... se suponía que era algo gracioso.

Silencio.

Siento tanta vergüenza que ni siquiera me atrevo a levantar la cabeza.

—Pero escribiste una tesina en la carrera, ¿verdad? —recuerda Felix—. ¿No me lo dijiste una vez? —Me vuelvo sorprendida y lo encuentro mirándome con una expresión de ánimo.

—Sí, pero bueno... no la publiqué ni nada. —Me encojo de hombros, un poco incómoda.

—Me gustaría leerla algún día.

—Muy bien. —Sonrío, pero la verdad es que esto es patético. Pues claro que no quiere leerla, solo lo dice por simpatía, lo cual es muy tierno por su parte, pero hace que me sienta aún más ridícula puesto que yo tengo veintinueve años y él diecisiete. Además, si está intentando hacerme quedar bien delante de sus padres, no ha funcionado, porque ni siquiera le están escuchando.

—Por supuesto, el humor es una forma de expresión que, sin duda, hay que tener en cuenta en la narrativa cultural —dice Wanda un tanto vacilante—. Creo que Jacob C. Goodson hizo un estudio interesante sobre eso en «Por qué bromean los humanos».

—A mí me parece que era «¿Bromean los humanos?» —la corrige Antony—. Sin duda, su tesis era...

Ya están otra vez. Respiro hondo, con las mejillas aún encendidas. No puedo con esto, me supera. Quiero que alguien pregunte por las vacaciones, o por la serie *EastEnders*, o cualquier otra cosa menos esto.

Porque, a ver, yo quiero a Magnus y todo eso, pero llevo aquí cinco minutos y ya me va a dar un ataque de nervios. ¿Cómo voy a sobrevivir a las Navidades todos los años? ¿Y si nuestros hijos salen todos superdotados y no entiendo lo que dicen y me miran por encima del hombro porque no tengo un doctorado?

Percibo un olor agrio en el aire y me doy cuenta de que la salsa boloñesa se está quemando. Wanda está ahí como un pasmarote, al lado de los fogones, hablando sin parar de Aristóteles, sin darse cuenta siquiera. Le quito la cuchara de madera de la mano con cuidado y empiezo a remover. Gracias a Dios, no hay que ser un premio Nobel para hacer eso.

Al menos, el hecho de haber salvado la cena ha conseguido que me sienta útil, pero al cabo de media hora estamos sentados alrededor de la mesa y vuelvo a quedarme completamente muda por el pánico.

No me extraña que Antony y Wanda no quieran que me case con Magnus. Es evidente que piensan que soy tonta de remate. Ya casi nos hemos comido el segundo plato y todavía no he dicho ni media palabra. Es demasiado esfuerzo. Esta conversación es como enfrentarse a una lucha de titanes. O puede que se parezca a una sinfonía. Sí, eso es; yo soy la flauta, y tengo mi melodía, y me gustaría tocarla, pero no hay ningún director que me indique la entrada. Así que no dejo de coger aire una y otra vez para luego, en el último momento, desinflarme y acobardarme de nuevo.

—... pero por desgracia, el editor no opinaba lo mismo, de modo que no va a haber una nueva edición de mi libro. —Antony chasquea la lengua, apesadumbrado—. *Tant pis*.

De pronto se me enciende la bombilla. ¡Por una vez entiendo la conversación y tengo algo que decir!

—¡Eso es terrible! —intervengo para apoyarle—. ¿Por qué no quieren publicar una nueva edición?

—Necesitan más lectores. Necesitan que haya demanda. —Antony suspira con aire teatral—. Bueno, no importa.

—¡Pues claro que importa! —Me acabo de sulfurar—. ¿Por qué no escribimos todos al editor y fingimos ser lectores y decimos lo brillante que es el libro y le exigimos una nueva edición?

Ya estoy planeando las cartas: «Querido señor editor: Me indigna profundamente que no se haya publicado todavía una nueva edición de este maravilloso libro». Podríamos imprimirlas con fuentes distintas, enviarlas desde distintos lugares del país...

—¿Y comprarías tú personalmente un millar de ejemplares? —Antony me lanza esa mirada de halcón tan característica que tiene.

—Yo... bueno... no sé... —respondo, vacilante—. Puede ser...

—Porque por desgracia, Poppy, si el editor imprimiese mil ejemplares más y no se vendiesen, yo estaría en una situación mucho más delicada que antes. —Me lanza una sonrisa feroz—. ¿Lo entiendes?

Me siento completamente derrotada y estúpida.

—Sí, claro —murmuro—. Sí, ya... ya entiendo. Lo siento.

Tratando de mantener el tipo, me levanto a recoger la mesa. Magnus está dibujando un esquema para Felix en un trozo de papel y no estoy segura de que haya oído el intercambio siquiera. Me lanza una sonrisa ausente y me pellizca en el culo cuando paso por su lado, lo cual no hace que me sienta mucho mejor, la verdad sea dicha.

Sin embargo, cuando nos sentamos a comer el postre, Magnus hace tintinear el tenedor y se pone de pie.

—Me gustaría proponer un brindis por Poppy —anuncia con rotundidad—. Y darle la bienvenida a esta familia. Además de ser guapa, es cariñosa, divertida y una persona excepcional. Soy un hombre muy afortunado. —Mira a su alrededor como retando a los presentes a hacer alguna objeción y yo le lanzo una sonrisa agradecida—. También me gustaría darles la bienvenida a casa a papá y mamá. —Magnus alza su copa y los dos homenajeados inclinan la cabeza—. ¡Os hemos echado de menos todos estos meses!

—Yo no... —presume Felix, y Wanda suelta una carcajada.

—Tú no, claro que no... ¡eres terrible!

—Y por último... —Magnus vuelve a golpear la copa con el tenedor para atraer la atención—. Naturalmente... ¡Feliz cumpleaños a mamá! Muchas felicidades de parte de todos nosotros. —Le envía un beso por encima de la mesa.

¿Qué? ¿Qué es lo que acaba de decir?

Se me ha congelado la sonrisa en los labios.

—¡Eso, eso! —Antony levanta su copa—. Feliz cumpleaños, Wanda, amor mío.

¿Es el cumpleaños de su madre? Pero si no me ha dicho nada... No le he comprado ninguna tarjeta. Ni un regalo. ¿Cómo ha podido hacerme esto?

Los hombres son todos idiotas.

Felix ha sacado un paquete de debajo de la silla y se lo está dando a Wanda.

—Magnus —le susurro desesperadamente cuando se sienta—. No me dijiste que era el cumpleaños de tu madre. ¡No me habías dicho nada! ¡Tendrías que habérmelo dicho!

Me entran ganas de llorar. Mi primer encuentro con sus padres después del anuncio de que vamos a casarnos, y no les caigo bien, y ahora, encima, esto.

Magnus parece perplejo.

—Cariño, ¿qué te pasa?

¿Cómo puede ser tan lerdo?

—¡Pues que le habría comprado un regalo! —aprovecho para gritarle mientras Wanda exclama «¡Qué maravilla, Felix!» al ver el libro antiguo que acaba de desenvolver.

—¡Bah! —Magnus hace un movimiento desdeñoso con la mano—. No le importará. No te preocupes tanto. Eres un ángel y todo el mundo te adora. ¿Te ha gustado la taza, por cierto?

—¿La qué? —Ni siquiera entiendo lo que me dice.

—La taza que decía «Recién cazados». ¿La que te dejé en el mueble de la entrada? ¿Para nuestra luna de miel? —me explica al ver mi cara de desconcierto—. Pero ¡si te lo dije! Me pareció muy divertida.

—No he visto ninguna taza. —Lo miro sin comprender—. Creía que me habías traído esa caja grande con los lazos.

—¿Qué caja grande? —exclama, con cara de perplejidad él también.

—Y ahora, querida —está diciendo Antony a Wanda con aire ceremonioso y un poco arrogante—, déjame que te diga que este año he tirado la casa por la ventana con tu regalo. Espera un momento y verás...

Se levanta y se dirige a la entrada de la casa.

Oh, Dios mío... De repente, siento que me va a dar un ataque. No. Por favor. No...

—Creo... —empiezo a decir, pero no me sale la voz—. Creo que puede ser... por error...

—Pero ¿esto qué...? —La voz de Antony retumba desde la entrada—. ¿Qué ha pasado aquí?

Al cabo de un momento, reaparece en la habitación con la caja en la mano. Está toda rota. El papel de regalo está hecho jirones y el quimono se desparrama por todas partes.

Siento un martilleo insoportable en la cabeza.

—Lo siento mucho, yo... —No consigo que me salgan las palabras—. Creía... Creía que era para mí. Así que... lo abrí.

Silencio sepulcral. Todos vuelven la cabeza para mirarme, incluido Magnus.

—Pero cielo... —empieza a decir débilmente, y se calla puesto que no se le ocurre qué decir.

—¡No te preocupes! —zanja Wanda rápidamente—. Dámelo, no me importa que no esté envuelto.

—Pero ¡es que había otra cosa! —Antony toca el papel con impaciencia—. ¿Dónde está la otra pieza? ¿No estaba aquí?

De pronto me doy cuenta de a qué se refiere y siento que se me retuercen las tripas. Cada vez que pienso que las cosas no pueden ir peor, ocurre una nueva catástrofe. De dimensiones sobrecogedoras e inimaginables.

—Me parece... ¿Te refieres a...? —Estoy tartamudeando, con la cara roja como la grana—. ¿Esto? —Me meto la mano por debajo del suéter para sacar una punta de la combinación y todos me miran perplejos.

Estoy sentada a la mesa de la cena vestida con la ropa interior de mi futura suegra. Es como cuando tienes uno de esos sueños disparatados sin pies ni cabeza y te despiertas diciendo: «¡Madre mía! ¡Menos mal que eso no ha pasado de verdad!».

Los rostros que rodean la mesa permanecen inmóviles y boquiabiertos, como si fueran distintas versiones de ese cuadro de *El grito*.

—Yo... Lo llevaré a la tintorería —mascullo precipitadamente al fin—. Lo siento.

Muy bien. Así que de momento la velada no podría haber sido más catastrófica. Solo hay una solución, y es seguir bebiendo vino hasta que se me paralicen los nervios o hasta perder el sentido. Lo que sea que ocurra primero.

La cena ha terminado y todos hemos superado el incidente de la combinación. Más o menos.

Es más, de hecho, han decidido convertirlo en una especie de broma recurrente, lo cual no deja de ser muy amable por su parte, pero significa que Antony no deja de hacer comentarios cansinamente graciosos, como por ejemplo: «¿Os apetecen unos bombones? A menos que Poppy ya se los haya comido todos...». Y ya sé que debería tener sentido del humor, pero cada vez que abre la boca, doy un respingo.

Ahora estamos sentados en los sofás destartalados y llenos de bultos del salón, jugando al Scrabble. Los Tavish son unos obsesos del Scrabble. Tienen un tablero especial que da vueltas, y unas fichas muy elegantes, de madera, y hasta un libro encuadernado en piel donde anotan los puntos, del año 1998. Ahora mismo Wanda se sitúa en cabeza y Magnus va segundo, siguiéndola muy de cerca.

A Antony le tocó el primero y puso ZOZOBRA (74 puntos). Wanda puso IRIDIOS (65 puntos). Felix hizo CARIÁTIDE (80 puntos). Magnus formó CONTUSIÓN (65 puntos).[40] Y yo puse ASA (5 puntos).

En mi familia, «ASA» sería una buena palabra. Cinco puntos sería una puntuación bastante aceptable. No te mirarían con lástima ni oirías carraspeos ni te harían sentir como una completa fracasada.

40. No tengo ni idea de lo que significan la mayoría de estas palabras.

No suelo mirar atrás ni recordar los viejos tiempos. No es lo mío, la verdad, pero estando ahí sentada, rígida con mi sensación de fracaso estrepitoso, abrazándome las rodillas e inhalando los viejos olores del hogar de los Tavish —a libros, a kílims y a leños ardiendo en la chimenea—, no puedo evitarlo. Solo una rendija, solo una pequeña ventanita de la memoria. Nosotros en la cocina. Mis hermanos pequeños, Toby y Tom, y yo, comiendo tostadas untadas con Marmite alrededor del tablero del Scrabble. Lo recuerdo perfectamente, hasta noto el sabor del Marmite. Toby y Tom estaban tan frustrados con el juego que se habían dedicado a recortar un montón de fichas extras con papel y habían decidido que podías usar tantas como quisieras. Todo el suelo estaba cubierto de cuadraditos de papel con letras pintarrajeadas con bolígrafo. Tom se hizo unas seis Z y Toby tenía diez E. Y aun así, solo consiguieron anotarse unos cuatro puntos por turno y acabaron peleándose y gritando: «¡No es justo! ¡No es justo!».

Se me humedecen los ojos y me pongo a pestañear furiosamente para contener las lágrimas. Soy una tonta. Ridícula. En primer lugar, esta es mi nueva familia y estoy intentando integrarme en ella. En segundo lugar, tanto Toby como Tom van ahora a la universidad. Hace tiempo que les cambió la voz y Tom lleva barba. Nunca jugamos al Scrabble. Ni siquiera sé dónde está el juego. Y en tercer lugar...

—¿Poppy?

—Sí. ¡Sí! Solo estaba... decidiendo...

Ya vamos por la segunda ronda. Antony ha extendido ZOZO-BRA a ZOZOBRANTE. Wanda ha puesto simultáneamente ONG[41] y OVARIO. Felix ha compuesto LÍCITO, y Magnus ha puesto AJÁ, que Felix ha cuestionado, pero estaba en el diccionario y encima puntuaba más por estar en una casilla de doble palabra. Ahora Felix se ha ido a preparar café y llevo cinco minutos cambiando mis fichas desesperada por formar alguna palabra con sentido.

41. Que, por lo visto, sí es una palabra. Tonta de mí.

Casi no me atrevo a ponerla, me siento tan humillada... Nunca debería haber accedido a jugar con ellos. Le he dado vueltas y más vueltas a cada una de las puñeteras letras y la verdad es que es lo único que se me ocurre.

—C-E-R-D-O —deletrea Antony despacio mientras coloco mis fichas—. Cerdo. Te refieres... al mamífero, supongo.

—¡Muy bien! —exclama Magnus con entusiasmo—. ¡Ocho puntos!

No puedo mirarlo. Estoy palpando las fichas para sacar otras dos con cara lastimera, como si fuera una oveja a punto de ir al matadero. Una A y una L. Como si eso fuese a serme muy útil...

—Oye, Poppy —dice Felix al volver al salón—. Te está sonando el móvil en la cocina. ¿Qué has puesto? Ah, «cerdo». —Tuerce el gesto al mirar el tablero y advierto cómo Wanda le lanza una mirada de advertencia.

Ya no lo aguanto más.

—Voy a ver de quién es la llamada —digo—. A lo mejor es algo importante.

Me escabullo a la cocina, saco el móvil del bolso y me apoyo junto al reconfortante calor de los fogones Aga. Tengo tres mensajes de texto de Sam, empezando por el que dice «Buena suerte», que me mandó hace dos horas. Luego, hace veinte minutos, me escribió: «Tengo que pedirte un favor», seguido de «¿Estás ahí?».

La llamada también era suya. Supongo que será mejor que le llame a ver qué quiere. Marco su número y me pongo a picotear malhumoradamente entre los restos de la tarta de cumpleaños que hay en la encimera.

—Genial. Poppy, ¿podrías hacerme un gran favor? —dice en cuanto estamos conectados—. No tengo el ordenador a mano y no sé qué le pasa a mi móvil. No consigo que salga ningún mensaje y tengo que enviarle un e-mail urgente a Viv Amberley. ¿Te importaría?

—Ah, sí, Vivien Amberley —empiezo a decir, sabiendo perfectamente a quién se refiere... y luego me callo de golpe.

Tal vez no debería revelar que he leído toda la correspondencia sobre Vivien Amberley. Trabaja en el departamento de Estrategia Comercial y planea cambiar de empresa y trabajar en otra consultoría. Sam intenta retenerla desesperadamente, pero de momento no ha conseguido convencerla y ahora ha dicho que mañana presentará su dimisión.

Sí, ya lo sé, ya sé que es meterme donde no me llaman, pero una vez que empiezas a leer los e-mails ajenos, no puedes parar. Tienes que saber qué ha pasado. La verdad es que es algo muy adictivo eso de ir bajando por la lista interminable de mensajes y desentrañando las historias. Siempre del último al primero, como desovillando pequeñas madejas de vida.

—Si pudieras enviarle un mail muy rápido, te lo agradecería mucho —dice Sam—. Desde una de mis direcciones de correo. Para vivienamberley@skyinet.com, ¿lo tienes?

A ver... ¿Quién se cree que soy, su secretaria?

—Bueno... está bien —accedo a regañadientes, haciendo clic en su dirección—. ¿Qué quieres que le escriba?

—«Hola, Viv: Me encantaría volver a hablar de esto contigo. Por favor, llámame para quedar y vernos mañana en algún momento del día. Estoy seguro de que llegaremos a un acuerdo. Sam.»

Tecleo con cuidado, con la mano que no llevo vendada... y luego dudo un instante.

—¿Lo has enviado? —pregunta Sam.

Tengo el pulgar en el botón, a punto de apretar, pero no puedo hacerlo.

—¿Hola?

—No la llames Viv —le suelto—. Lo odia. Prefiere que la llamen Vivien.

—¿Qué? —Sam parece quedarse atónito—. ¿Cómo narices...?

—Lo decía en un e-mail antiguo que aparecía en la carpeta de reenviados. Le pedía a Peter Snell que no la llamase Viv, pero él no le hizo caso. Ni tampoco Jeremy Atheling. ¡Y ahora tú también la llamas Viv!

Se hace un breve silencio.

—Poppy —dice Sam al fin, y me imagino esas cejas oscuras suyas fruncidas en un ceño—. ¿Has leído mis e-mails?

—¡No! —digo, a la defensiva—. Solo he echado un vistazo a un par de...

—Y estás segura de eso de llamarla Viv.

—¡Sí! ¡Claro!

—Estoy buscando ese e-mail ahora mismo... —Me meto un trozo de glaseado en la boca mientras espero y luego Sam vuelve a ponerse al teléfono—. Tienes razón.

—¡Pues claro que tengo razón!

—Está bien. ¿Puedes cambiarle el nombre y llamarla Vivien?

—Espera un momento... —Corrijo el e-mail y pulso enviar—. Hecho.

—Gracias. Buenos reflejos. Has estado brillante. ¿Siempre eres tan brillante?

Sí, claro. Soy tan brillante que la única palabra que se me ocurre jugando al Scrabble es «cerdo».

—Sí, a todas horas —digo con sarcasmo, pero creo que no lo pilla.

—Bueno, te debo una. Y siento molestarte a estas horas, pero era algo bastante urgente.

—No te preocupes, lo entiendo —digo en tono comprensivo—. ¿Sabes? Estoy segura de que en el fondo Vivien quiere seguir trabajando en White Globe Consulting.

¡Ay! Eso se me ha escapado...

—¿Ah, sí? Creía que no habías leído mis e-mails.

—¡Y no lo he hecho! —me apresuro a decir—. Quiero decir... ya sabes. Puede que uno o dos. Lo suficiente para formarme una impresión.

—¡Una impresión! —suelta una carcajada seca—. Muy bien, Poppy Wyatt, ¿y cuál es tu impresión sobre el asunto? Le he pedido su opinión a todo el mundo, así que, ¿por qué no pedírtela a ti también? ¿Por qué nuestra mayor experta en estrategia comercial quiere irse a trabajar a una empresa inferior cuando le he ofrecido todo lo que podría desear, desde un ascenso hasta un aumento de sueldo pasando por mayor presencia pública...?

—Es que ese es precisamente el problema —lo corto, perpleja. Supongo que se habrá dado cuenta, ¿no?—. Ella no quiere ninguna de esas cosas. La presión la estresa muchísimo, sobre todo la mediática. Como aquella vez que tuvo que ir a Radio 4 prácticamente sin previo aviso.

Al otro lado de la línea se hace un largo silencio.

—Está bien... ¿qué diablos está pasando? —exclama Sam al fin—. ¿Cómo ibas a saber tú una cosa así?

De esta no hay quien me libre.

—Estaba en su informe de evaluación —confieso al fin—. Es que estaba muy aburrida cuando venía en el metro, y estaba en un adjunto...

—Eso no estaba en su informe de evaluación. —Parece muy mosqueado—. Créeme, me he leído ese documento de cabo a rabo, y no dice nada de aparecer en los medios de comunicación...

—No en el último... —Arrugo la frente, avergonzada—. En el de hace tres años. —No me puedo creer que esté admitiendo haber leído ese también—. Además, en el e-mail original que te envió decía: «Ya te he dicho cuál es mi problema, pero parece que nadie se ha dado por enterado». Creo que se refiere a eso.

El caso es que comprendo perfectamente a Vivien. A mí también me aterraría salir en Radio 4. Todos los locutores serían igualitos que Antony y Wanda.

Hay un nuevo silencio, tan prolongado que me pregunto si Sam sigue ahí.

—Puede que tengas razón —dice Sam al fin—. Puede que no andes muy desencaminada...

—Solo es una idea —replico al instante—. Bueno, que a lo mejor estoy completamente equivocada...

—Pero ¿por qué no me lo ha dicho directamente?

—Tal vez le da vergüenza. —Me encojo de hombros—. A lo mejor cree que ella ya lo dijo en su momento y que no vas a hacer nada al respecto. Quizá crea que es más fácil cambiar de trabajo y ya está.

—Está bien. —Sam lanza un suspiro—. Gracias. Voy a probar con eso. Me alegro mucho de haberte llamado, y siento haberte interrumpido.

—No te preocupes, no pasa nada. —Dejo caer los hombros con aire derrotado y sigo comiendo migas de pastel—. Si te digo la verdad, me alegro de haberme escabullido un rato.

—Así que la cosa va sobre ruedas, veo. —Parece divertido—. ¿Cómo ha ido lo de la mano vendada?

—Créeme, la mano vendada es el menor de mis problemas.

—¿Por qué? ¿Qué pasa?

Bajo la voz y miro hacia la puerta.

—Estamos jugando al Scrabble. Es una pesadilla.

—¿Al Scrabble? —Parece sorprendido—. El Scrabble es muy divertido.

—No, cuando juegas con una familia de genios no es nada divertido. Todos ponen palabras como «iridios» y yo pongo «cerdo».

Sam estalla en carcajadas.

—Me alegro de que te haga tanta gracia —digo con muy mal humor.

—Vamos, vamos... —Deja de reírse—. Te debo una. Dime qué letras tienes y te daré una palabra de las buenas.

—¡No me acuerdo! —Pongo los ojos en blanco—. Estoy en la cocina.

—Debes de acordarte de alguna, inténtalo.

—Está bien. Tengo una C y una F. —Esta conversación es tan extraña que se me escapa la risa.

—Ve y comprueba el resto de letras. Luego envíame un SMS con ellas. Yo te enviaré una palabra.

—¡Creía que estabas en un seminario de trabajo!

—Puedo estar en un seminario y jugar al Scrabble al mismo tiempo.

¿Lo dice en serio? Es la idea más descabellada y ridícula que he oído en mi vida.

Además, eso sería hacer trampa.

Además, ¿quién dice que es bueno jugando al Scrabble?

—De acuerdo —digo al cabo de un momento—. Trato hecho.

Cuelgo y vuelvo al salón, donde en el tablero ha aparecido una nueva ronda de palabras imposibles. Alguien ha puesto
UIGUR. ¿De verdad existe esa palabra? Suena a yogur griego.

—¿Estás bien, Poppy? —dice Wanda, en un tono tan alegre
y artificial que adivino de inmediato que han estado hablando
de mí. Seguramente le han dicho a Magnus que si se casa conmigo lo desheredarán y perderá hasta la camisa o algo así.

—¡Muy bien! —Intento parecer animada—. Era un paciente
que llamaba por una urgencia —explico, cruzando los dedos a
mi espalda—. A veces respondo a consultas por teléfono, así
que puede que tenga que enviar un mensaje de texto, ¿os importa?

Nadie se digna contestar siquiera. Vuelven a estar todos en-
frascados en sus fichas.

Coloco el móvil de manera que la pantalla abarque la totalidad del tablero y mi soporte con mis fichas. Luego pulso el botón de enviar foto.

—¡Acabo de hacer una foto de la familia! —digo rápidamente cuando levantan la cabeza al ver el flash. Ya estoy enviándole
la foto a Sam.

—Te toca a ti, Poppy —dice Magnus—. ¿Necesitas ayuda,
cielo? —añade en voz baja.

Sé que solo pretende ser amable, pero hay algo en su manera
de decirlo que me molesta.

—No, gracias. Enseguida la pongo. —Empiezo a recolocar
las fichas hacia un lado y otro, tratando de aparentar confianza
y aplomo.

Al cabo de uno o dos minutos miro al móvil para ver si ha
llegado algún mensaje silenciosamente, pero no hay nada.

Todos están concentrados en sus fichas o en el tablero. El
ambiente está cargado y tenso, como en un examen. Recoloco
mis fichas un poco más y con más brío, esperando que se me
ocurra alguna palabra espectacular, pero da igual lo que haga,
no hay manera. Podría hacer OIR o RIO.

Y mi teléfono sigue sin dar señales de vida. Sam debía de estar bromeando con eso de que iba a ayudarme. Pues claro que estaba de broma... Siento una oleada de humillación. ¿Qué va a pensar cuando le llegue la foto de un tablero de Scrabble?

—¿Se te ha ocurrido alguna palabra, Poppy? —dice Wanda en tono alentador, como si fuera retrasada mental. De pronto se me ocurre que tal vez, mientras yo estaba en la cocina, Magnus les ha pedido a sus padres que sean amables conmigo.

—Estoy decidiéndome entre varias opciones. —Intento esbozar una sonrisa alegre.

Está bien. Tengo que hacerlo. No puedo retrasar más el momento. Me decidiré por OIR.

No, RIO.

¿Y qué más da, una o la otra?

Con la moral por los suelos, pongo la O en el tablero justo cuando me llega un mensaje de texto.

CÉFIRO. Usa la erre de ZOZOBRANTE. Puntuación de triple palabra, más 50 puntos extras.

Oh, Dios mío.

Se me escapa una carcajada y Antony me mira con cara rara.

—Lo siento —digo rápidamente—. Es... mi paciente, que me ha enviado un chiste. —Mi móvil vuelve a emitir un pitido.

Es el nombre de un viento, por cierto. Homero lo emplea en La Odisea.

—Entonces, ¿esa es tu palabra, Poppy? —Antony examina mi patético intento—. ¿«RIO»? Muy bien. ¡Una palabra estupenda!

Su efusividad me resulta completamente falsa.

—Lo siento —digo rápidamente—. Me he equivocado. Me parece que prefiero componer esta otra palabra.

Coloco con cuidado CÉFIRO en el tablero y luego me siento como si tal cosa.

Se produce un silencio de asombro.

—Poppy, cielo —dice Magnus al fin—. Tiene que ser una palabra auténtica, ¿sabes? No te la puedes inventar.

—Ah, pero ¿no conoces esa palabra? —adopto un tono de sorpresa—. Huy, perdona. Creía que la conocía todo el mundo.

—¿«Céfiro»? —exclama Wanda con aire dubitativo—. ¿Estás segura de que no has querido decir «zafiro»? ¿Cómo se pronuncia exactamente?

Oh, Dios mío. No tengo ni la menor idea.

—Pues... mmm... depende de la región. Al ser un viento, pues claro... —añado como si fuera una experta en meteorología—.[42] Pero yo diría que es céfiro. Homero ya lo emplea en *La Odisea*. También era el dios griego del viento del oeste. La mitología griega es una de mis pasiones, de hecho.

—No sabía que te interesaba la obra de Homero. —Magnus parece perplejo.

—Huy, sí —digo lo más convincentemente posible—, siempre me ha interesado.

—¿Y en qué canto de *La Odisea* lo menciona Homero? —insiste Wanda.

—En el... —Trago saliva—. La verdad es que es un pasaje muy bonito del poema. Ahora mismo no recuerdo exactamente el canto, pero creo que era algo como...

Vacilo un momento tratando de recordar de qué iba la historia. Sé que era algo de un viaje y un héroe griego... ¡Odiseo, eso es!, que se enfrenta a unos gigantes o a unos molinos de viento, ahora mismo no lo recuerdo. También había alguna mujer por en medio...

—«Y el céfiro sopló y la embarcación derribó... pero Odiseo no pereció...». Etcétera, etcétera —me interrumpo alegremente—. No os aburriré con el resto.

Antony levanta la cabeza de la enciclopedia, que fue a buscar en cuanto hube acabado de colocar mis fichas y que ha estado hojeando hasta ahora.

42. Como Bill Murray en *Atrapado en el tiempo*, por ejemplo. Ese sí que sabía de odiseas...

—Tiene razón —parece un poco desconcertado—. «Céfiro: Viento cálido de poniente que sopla en el Mediterráneo. Dios del viento del oeste, hijo de Astreo y de Eos. Ejemplos de uso en literatura: Canto XII de *La Odisea*.» Vaya, vaya, vaya. Impresionante.

—¡Bravo, Poppy! —Wanda se levanta de la silla—. Además, eso es puntuación de triple palabra, más cincuenta puntos extras... que suman un total de... ¡131 puntos! ¡El récord de puntos hasta ahora!

—¿Ciento treinta y uno? —Antony le quita el papel—. ¿Estás segura?

—¡Felicidades, Poppy! —Felix se acerca a estrecharme la mano.

—Bah, no ha sido nada —digo, sonriendo con modestia—. ¿Seguimos?

5

¡Gané! ¡Gané la partida de Scrabble!

Todos se quedaron patidifusos. Trataban de disimularlo, pero estaban alucinados. A medida que avanzaba el juego, las cejas arqueadas y las miradas atónitas se hicieron cada vez más frecuentes y menos discretas. Cuando conseguí esa puntuación de triple palabra con SAXATIL, Felix hasta prorrumpió en aplausos y exclamó: «¡Bravo!». Y luego, cuando estábamos limpiando y recogiendo la cocina, Wanda me preguntó si me había planteado alguna vez estudiar lingüística.

Mi nombre entró en el libro de Scrabble de la familia y Antony me ofreció la «copa de oporto del ganador» y todos se pusieron a aplaudir. Fue un momento tan dulce...

Sí, ya sé que hice trampa. Ya sé que estuvo muy mal hecho. A decir verdad, esperaba que me pillaran en cualquier momento, pero puse el móvil en modo silencio y nadie se enteró de que me pasé toda la partida intercambiándome mensajes con Sam.[43]

Y sí, por supuesto que me siento culpable. A media partida me sentí aún peor cuando le escribí a Sam, admirada, diciendo:

¿Cómo sabes todas esas palabras?

---

43. ¿Es que Antony y Wanda no se encargan de vigilar en los exámenes como parte de su trabajo? Pues eso.

Y él respondió:

Yo no las sé, pero Internet sí.

¿Internet?

Por un momento me quedé tan conmocionada que tardé un buen rato en responder. Creía que él se sabía las palabras, no que las estaba sacando de la web de Scrabble.com o algo así. Le escribí:

¡Pero eso es HACER TRAMPAS!

Y me contestó:

Tú ya has cruzado esa línea. ¿Cuál es la diferencia?

Y entonces añadió:

Me halaga que creyeras que soy un genio.

Luego, por supuesto, me sentí como una verdadera idiota.

Y lo cierto es que tenía que darle la razón: una vez que te pones a hacer trampas, ¿qué importa cuáles sean tus métodos?

Sé que no hago sino acumular problemas para el futuro. Sam Roxton no siempre va a estar al otro lado de la línea para chivarme palabras. Sé que nunca podría volver a repetir la hazaña, razón por la cual tengo la intención de retirarme de los campeonatos de Scrabble en familia mañana mismo. Fue una carrera corta y brillante. Y ahora ha terminado.

El único que no se deshizo exageradamente en alabanzas conmigo fue Magnus, lo cual me sorprendió. Bueno, claro, me dijo: «¡Bien hecho!», como todos los demás... pero no me dio ningún abrazo especial ni me preguntó siquiera cómo sé todas esas palabras. Y cuando Wanda le dijo: «¡Magnus, no nos habías dicho que Poppy fuese tan brillante!», le dedicó una breve sonrisa y contestó: «Ya os había dicho lo fantástica que es Poppy para todo». Una frase bonita... pero no especialmente significativa.

El hecho es que... él quedó segundo.

¿No estará celoso de mí, precisamente?

Ahora son las once más o menos, y estamos de vuelta en mi apartamento. Casi estoy tentada de comentárselo y hablar de lo que ha pasado, pero Magnus ya se ha encerrado a preparar no sé qué clase sobre los símbolos y el pensamiento simbólico en Dante.[44] Así que me acurruco en el sofá y me pongo a reenviar los correos dirigidos a Sam.

Cuando ya llevo enviados unos cuantos, chasco la lengua con exasperación. La mitad de los correos son o bien para recordarle algo o de gente a la que aún no ha contestado. Todavía no ha dado una respuesta sobre el alojamiento para la convención en el hotel Chiddingford, ni sobre la maratón solidaria, ni sobre su cita con el dentista. Ni tampoco sobre cuándo piensa ir a recoger su nuevo traje a medida de James & James. ¿Cómo puede alguien no sentir interés ni por la ropa nueva?

Por lo visto, solo contesta inmediatamente a unos pocos elegidos. Una de esas personas es una chica llamada Vicks, que dirige el departamento de Relaciones Públicas. Es muy eficiente y rápida, igual que él, y le ha estado pidiendo opinión sobre un comunicado de prensa que están preparando juntos. Muchas veces Vicks envía el mensaje con copia a la dirección de Violet, pero para cuando se lo reenvío, Sam ya le ha respondido. Otro de los afortunados es un tal Malcolm, que le pide a Sam su opinión cada dos por tres. Y, por supuesto, sir Nicholas Murray, alguien a todas luces muy mayor e importante y que ahora mismo trabaja para el gobierno.[45] Él y Sam se llevan increíblemente

44. La primera vez que Magnus me comentó que se había especializado en símbolos, me pareció entender «címbalos». Sí, esos instrumentos musicales que son como los platillos. Aunque nunca lo he admitido delante de él.

45. No es que haya estado cotilleando ni nada parecido, pero una no puede evitar echar algún que otro vistazo a lo que manda y advertir referencias constantes al primer ministro y al 10 de Downing Street.

bien, a juzgar por los correos que se mandan. Se responden el uno al otro en tiempo real, como si fuera una charla entre dos viejos amigos. La verdad es que no comprendo ni la mitad de lo que dicen —sobre todo las bromas que solo entienden ellos—, pero la camaradería es evidente, igual que el hecho de que Sam tiene más correos de sir Nicholas, tanto en la carpeta de entrada como en la de mensajes enviados, que de cualquier otra persona.

La compañía de Sam es claramente una empresa de consultoría de algún tipo. Ofrecen asesoramiento a empresas sobre cómo manejar sus negocios y hacen mucha labor de «facilitación», sea lo que sea. Supongo que son negociadores o mediadores o algo similar. Deben de ser unos auténticos hachas en lo que hacen, porque Sam parece muy popular. Solo esta semana ya le han invitado a tres cócteles, y a una sesión de tiro con la gente de un banco la semana que viene. Y una chica llamada Blue ya le ha escrito hasta tres veces invitándolo a una recepción especial para celebrar la fusión de Johnson Ellison y Greene Retail. Va a ser en el Savoy y habrá una orquesta de jazz, canapés y regalos para los invitados.

Y él sigue sin responder. No ha dicho nada de nada.

No le entiendo. Si me hubieran invitado a una fiesta tan fabulosa, habría contestado al instante: «¡Sí, sí, por favor! ¡Muchas gracias! ¡Me muero de ganas de ir! ☺ ☺ ☺». Mientras que él ni siquiera se ha dado por aludido.

Pongo los ojos en blanco, reenvío todos los mensajes y luego le escribo un SMS:

> ¡Gracias otra vez por lo del Scrabble! Acabo de enviarte unos correos nuevos. Poppy.

Al cabo de un momento, me suena el teléfono. Es Sam.

—Ah, hola... —empiezo a decir.

—Oye, eres un genio —me interrumpe—. Tenía el presentimiento de que Vivien estaría trabajando hasta tarde. La llamé para charlar un poco y mencionó los asuntos que habíamos discutido tú y yo. Salió todo. Tenías razón. Volveremos a hablar mañana por la mañana, pero creo que se quedará con nosotros.

—Ah —exclamo, satisfecha—. Bien, me alegro.

—No —dice con firmeza—. No solo bien, muy bien. Maravilloso. Increíble. ¿Sabes cuánto tiempo, cuánto dinero y cuántos problemas me has ahorrado? Te debo una. —Hace una pausa—. Ah, y tenías razón también en lo de «Viv»; odia que la llamen así. Así que vuelvo a estar en deuda contigo.

—No ha sido nada. Cuando quieras.

—Bueno, pues... Solo quería decirte esto. No te entretengo más.

—Buenas noches. Me alegro de que todo haya salido bien.

—Cuando cuelgo, me acuerdo de algo y le escribo un mensaje a toda prisa.

> ¿Has pedido cita con el dentista? ¡¡¡Se te van a caer todos los dientes!!!

Unos segundos después oigo el pitido de la respuesta:

> Correré el riesgo.

¿Que correrá el riesgo? ¿Es que está loco? Mi tía es higienista dental, así que sé de lo que hablo.

Busco en Internet las imágenes más horribles y repugnantes que se pueden encontrar de dientes con caries. Todos son de color negro y algunos se han caído. Hago clic en «Enviar/compartir» y se lo envío.

La respuesta llega casi inmediatamente después:

> Has hecho que se me caiga la bebida al suelo.

Me río y digo:

> ¡Deberías tener miedo!

Y estoy a punto de añadir: «¡¡¡A Willow no le impresionarás

mucho cuando te quedes sin dientes!!!», pero me contengo, sintiéndome un poco incómoda. Hay que saber dónde poner el límite. A pesar de nuestros intercambios de mensajes, la realidad es que no conozco a este hombre. Y mucho menos a su prometida.

Aunque la verdad es que tengo la sensación de conocerla. Y no en el buen sentido.

Nunca había conocido a nadie que se parezca a Willow. Esa mujer es increíble. Diría que, desde que tengo este teléfono, le habrá enviado unos veinte mails a Sam, a cual más escandaloso. Al menos ha dejado de enviar los mensajes directamente a Violet, pero continúa incluyéndola a ella en el campo de direcciones para así aumentar sus posibilidades de llegar hasta Sam, y le importa un bledo quién pueda leerlos.

Pero ¿por qué tiene que escribir sus pensamientos más íntimos a través del correo electrónico? ¿No podrían mantener esas conversaciones en la cama, como las personas normales?

Esta vez ha tenido la ocurrencia de contarle un sueño que tuvo sobre él anoche, diciéndole que se sentía asfixiada e ignorada al mismo tiempo, y que si no se estaba percatando de lo dañino que llegaba a ser para ella. ¿Acaso no se daba cuenta de cómo le estaba CORROYENDO EL ALMA?

Ahora me ha dado por redactar una respuesta para ella cada vez, no lo puedo evitar. En esta ocasión es:

¿Y no te das cuenta de lo dañina que eres TÚ, Willow, bruja más que bruja?

Y luego lo borro. Naturalmente.

Lo más frustrante es que no puedo leer lo que Sam le contesta. Nunca incluye la correspondencia anterior en sus e-mails, Willow siempre redacta uno nuevo partiendo de cero. A veces los mensajes son amables, como ayer, cuando le envió uno que decía, simplemente: «Eres un hombre muy, muy especial, ¿lo sabías, Sam?». Lo cual fue muy cariñoso por su parte, pero nueve de cada diez, por lo general, son quejas. No puedo evitar sentir pena por él.

Bueno, es su vida. Su novia. Sus historias. A mí qué me importa.

—¡Cariño! —Magnus entra en la habitación e interrumpe mis pensamientos.

—Ah, hola —apago el móvil rápido—. ¿Has terminado ya?

—No quiero interrumpirte —dice, señalando el móvil con la cabeza—. ¿Charlando con las chicas?

Sonrío con aire distraído y me meto el teléfono en el bolsillo. Ya lo sé, ya lo sé... Esto que hago está muy mal, esconderle las cosas a Magnus. No decirle lo del anillo ni lo del teléfono ni nada, pero ¿por dónde empiezo? Además, tal vez luego me arrepienta. ¿Y si se lo confieso todo y se arma la gorda y al cabo de media hora aparece el anillo y no habría hecho falta decir nada?

—¡Ya me conoces! —digo al final, con risa desganada—. ¿De qué has hablado con tus padres? —Paso rápidamente al tema que me interesa de verdad, es decir, qué es lo que opinan de mí realmente sus padres y si han cambiado o no de opinión.

—¡Ah, mis padres! —Hace un gesto de impaciencia y se desploma en el sofá. Tamborilea con los dedos en el reposabrazos, con la mirada perdida en el vacío.

—¿Estás bien? —pregunto con cautela.

—Muy bien. —Se vuelve a mirarme y la sombra de preocupación se disipa de su rostro. Me mira fijamente—. ¿Te acuerdas de cuando nos conocimos?

—Sí. —Le devuelvo la sonrisa—. Claro que me acuerdo.

Empieza a acariciarme la pierna.

—Llegué allí resignado a que me tocara con la marimacho, y en cambio, allí estabas tú...

Me gustaría que Magnus dejara de llamar «marimacho» a Ruby, porque no lo es. Es muy guapa, adorable y sexy; lo único es que sí tiene los brazos un poco musculosos. Sin embargo, disimulo mi irritación y sigo sonriendo.

—Parecías un ángel con ese uniforme blanco. Nunca había visto nada tan sexy en mi vida. —Va desplazando la mano hacia arriba por mi pierna con intenciones claras—. Te deseé allí mismo, de inmediato.

A Magnus le encanta contar esta historia, y a mí escucharla.

—Yo también te deseé. —Me inclino hacia él y le mordisqueo suavemente el lóbulo de la oreja—. Desde el momento en que te vi aparecer por la puerta.

—Lo sé. Me di cuenta enseguida. —Me retira hacia atrás parte del suéter y hunde la nariz en mi hombro desnudo—. Oye, Poppy, ¿por qué no volvemos a hacerlo en esa habitación algún día? —me susurra—. Ese fue el mejor polvo de mi vida. Tú con el uniforme blanco, en esa camilla, con aquel aceite de masaje... Oh, Dios...[46] —Comienza a levantarme la falda y luego caemos rodando del sofá al suelo. Y cuando me suena el móvil con el anuncio de un nuevo mensaje de texto, apenas me entero.

No es hasta luego, mucho más tarde, cuando nos estamos preparando para ir a la cama y estoy untándome la crema corporal,[47] cuando Magnus lanza su bomba.

46. Está bien, lo confieso: no conté toda la verdad en la vista para el expediente disciplinario.

Ya sé que mi comportamiento no fue nada profesional, sé que deberían inhabilitarme y retirarme la licencia para ejercer. El manual de ética profesional en fisioterapia prácticamente empieza diciendo: «No mantengas relaciones sexuales con el paciente en la camilla de masaje, bajo ningún concepto».

Ahora bien, digo yo: si haces algo malo, pero en realidad no le haces daño a nadie y nadie llega a enterarse, ¿deberías recibir un castigo por ello y echar por la borda toda tu carrera? ¿No sería mejor no sacar las cosas de quicio?

Además, solo lo hicimos una vez. Y fue algo muy, muy rápido (no en el mal sentido, solo en el sentido rápido).

Y Ruby una vez usó el local para dar una fiesta y dejó abiertas todas las puertas de las salidas de incendios, ¡y eso sí que es peligroso y va en contra de todas las normas de seguridad! Así que... Nadie es perfecto.

47. Esto forma parte de mi plan prenupcial de cuidados corporales, que consiste en exfoliación diaria, loción hidratante diaria, mascarilla facial semanal, mascarilla para el pelo, mascarilla para los ojos, cien sentadillas todos los días y sesión de meditación para controlar los nervios. De momento he llegado do a lo de la loción hidratante, y esta noche mi mano vendada me lo está poniendo francamente difícil.

—Ah, oye, antes ha llamado mi madre. —Tiene la boca llena de pasta de dientes—. Por lo de ese tipo, el dermatólogo.

—¿Qué?

Escupe y se limpia la boca.

—Paul, nuestro vecino. Va a venir al ensayo de la boda para echarle un vistazo a tu mano.

—¡¿Qué?! —Mi mano se contrae de forma automática y pongo todo el baño perdido de loción para el cuerpo.

—Mamá dice que hay que tener mucho cuidado con las quemaduras y creo que tiene razón.

—Pero ¡no hacía falta que se molestase! —exclamo, tratando de disimular el pánico que siento.

—Cariño. —Me besa en la cabeza—. Ya está hecho.

Sale del baño y examino mi reflejo en el espejo. Ha desaparecido el resplandor de felicidad poscoital y vuelvo a estar sumida en el agujero negro del miedo. ¿Qué voy a hacer ahora? No puedo seguir escondiéndome siempre.

No me he quemado la mano, no tengo mi anillo de compromiso y, desde luego, no tengo un conocimiento enciclopédico de las palabras del Scrabble. Soy una farsante total.

—¿Poppy? —Magnus aparece en la puerta del baño con una expresión elocuente. Sé que quiere acostarse cuanto antes porque mañana tiene que levantarse pronto para ir a Brighton. Está escribiendo un libro con un profesor de allí y siguen discrepando en algunas cuestiones clave que requieren reuniones de emergencia.

—Ya voy...

Lo sigo a la cama, me acurruco en sus brazos y hago una espléndida interpretación de mí misma quedándome dormida plácidamente, cuando por dentro estoy hecha un manojo de nervios. Siempre que intento desconectar y dormir, me asaltan un millón de pensamientos que me lo impiden. Si cancelo la cita con Paul el dermatólogo, ¿despertaré las sospechas de Wanda? ¿Se puede fingir una quemadura en la mano? ¿Y si le confieso todo a Magnus ahora mismo?

Trato de plantearme en serio esta última posibilidad. Sé que es lo más sensato, es lo que me recomendaría cualquier consultora sentimental, despertarlo ahora mismo y decírselo.

Pero no puedo. Es imposible. Y no solo porque Magnus se pone como un energúmeno cuando alguien o algo lo despierta en plena noche; sería un shock tremendo para él. Sus padres siempre pensarían en mí como en la chica que perdió la joya de la familia, quedaría marcada de por vida y arrojaría una sombra perpetua sobre todo nuestro futuro.

Además, no tienen por qué enterarse, nadie tiene por qué saberlo. La señora Fairfax llamará en cualquier momento. Si consigo aguantar hasta entonces...

Quiero recuperar el anillo y volver a colocármelo en el dedo sin que nadie se entere. Eso es lo que quiero.

Miro el reloj —las 2.45 de la mañana— y luego miro a Magnus, que está durmiendo a pierna suelta, y siento una ola de resentimiento irracional. A él todo esto le es completamente indiferente.

De pronto saco las piernas por debajo del edredón y busco una bata. Bajaré a la cocina y me prepararé una infusión, como te aconsejan todas las revistas que tratan sobre el insomnio, además de que hagas una lista de todos tus problemas.[48]

Mi teléfono se está cargando en la cocina y, mientras espero a que hierva el agua, hago clic perezosamente en todos los mensajes, reenviándoselos metódicamente a Sam. Tengo un mensaje de texto de un paciente nuevo que acaba de operarse del ligamento cruzado anterior y le duele mucho cuando intenta caminar, así que le contesto con un mensaje tranquilizador, asegurándole que intentaré darle hora para mañana.[49] Estoy vertiendo agua hirviendo sobre una bolsita de manzanilla y vai-

---

48. Sí, claro, para que tu novio la encuentre y la lea.

49. No suelo darles mi número a todos mis pacientes, solo a los que requieren un tratamiento de larga duración, a las emergencias y a los que parecen necesitar un poco más de ayuda. Este es uno de esos tipos que te dicen que están perfectamente y luego los ves ponerse lívidos de dolor. Tuve que insistirle para que me llamara cuando quisiera y tuve que repetírselo a su mujer, de lo contrario él habría seguido soportando el dolor con entereza.

nilla cuando la repentina llegada de un SMS hace que dé un respingo.

> ¿Qué haces despierta a estas horas?

Es Sam. ¿Quién si no? Me siento con la infusión y bebo un sorbo, luego le respondo:

> No puedo dormir. ¿Y TÚ, qué haces levantado tan temprano?

> Esperando para hablar con un cliente en Los Ángeles. ¿Por qué no puedes dormir?

> Mi vida termina mañana.

Bueno, sí, quizá esté exagerando un poco, pero ahora mismo eso es lo que siento.

> Entonces, entiendo que no puedas conciliar el sueño. ¿Por qué termina mañana?

Si realmente quiere saberlo, se lo diré. Mientras me bebo la infusión, escribo cinco SMS con la historia de cómo encontraron el anillo y luego lo volvieron a perder; le hablo de Paul el dermatólogo que me quiere examinar la mano y le cuento que los Tavish ya están molestos por lo que significa el anillo en sí, y eso que ni siquiera saben que lo he perdido. Le cuento que parece como si hubiese una conjura contra mí, y que me siento como si estuviese jugando a la ruleta y todos mis problemas pudiesen resolverse haciéndola girar una vez más, pero me he quedado sin fichas.

He escrito todo eso tan rápido que me duelen los hombros, así que hago unas rotaciones hacia delante con ellos, tomo unos cuantos sorbos de infusión y, justo cuando estoy dudando si abrir o no una caja de galletas, me llega un mensaje nuevo.

Te debo una.

Lo leo y me encojo de hombros. Muy bien. Me debe un favor, ¿y qué? Un momento después llega otro SMS.

Yo podría conseguirte una ficha.

Me quedo mirando la pantalla, confusa. Ha entendido que lo de las fichas era una metáfora, ¿no? ¿No creerá que estoy hablando de fichas de verdad, para jugar?

¿Ni de fichas de dominó, por ejemplo?

La ausencia del habitual ruido de fondo del tráfico hace que en la habitación reine un extraño silencio, salvo por el zumbido ocasional de la nevera. Miro pestañeando la pantalla bajo la luz artificial y luego me froto los ojos cansados, preguntándome si no debería apagar el teléfono e irme a la cama.

¿Qué quieres decir?

La respuesta llega casi de inmediato, como si Sam se hubiese dado cuenta de que su último mensaje sonaba un poco raro.

Tengo un amigo joyero. Hace imitaciones de joyas para la televisión. Muy realistas. Así podrías ganar tiempo.

¿Un anillo falso?

Debo de estar muy, muy espesa, me digo, porque ni siquiera se me había ocurrido.

6

Sí, ya lo sé. Un anillo falso no es una buena idea. ¿Que por qué no? Hay millones de razones, como por ejemplo:

1. Es deshonesto.
2. Seguramente no dará el pego.
3. Es poco ético.[50]

Sin embargo, a las diez de la mañana siguiente aquí estoy, en Hatton Garden, tan campante, tratando de ocultar que me cuesta mantener los ojos abiertos. Es la primera vez que vengo a este lugar, ni siquiera sabía que existía. ¿Una calle entera de joyeros?

Aquí hay más diamantes de los que he visto en toda mi vida. Hay carteles por todas partes presumiendo de tener los mejores precios, los quilates más altos, primerísima calidad y diseño personalizado. Evidentemente, es una especie de ciudad de los anillos de compromiso. Las parejas se pasean por delante de los escaparates de las tiendas: las chicas señalan a través del cristal y ellos sonríen, pero en cuanto ellas se vuelven, todos parecen sentir náuseas.

Nunca he entrado en una joyería, no en una de verdad, de primera categoría, como esta en la que estamos. Las únicas jo-

---

50. ¿Es deshonesto lo mismo que poco ético? Esta es la clase de debate moral que podría haberle planteado a Antony. En otras circunstancias, claro.

yas que he tenido siempre eran adquisiciones en tiendas o grandes almacenes, cosas así. Cuando cumplí trece años, mis padres me regalaron un juego de pendientes de perlas, pero yo no había ido con ellos a comprarlos. Las joyerías son establecimientos por los que siempre paso de largo, pensando que están reservados para otra clase de personas, no para mí. Sin embargo, ahora, ya que estoy aquí, no puedo evitar echar un buen vistazo a mi alrededor.

¿Quién es capaz de gastarse doce mil quinientas libras en un broche de diamantes amarillos en forma de araña? Para mí es un misterio, como quién compra esos horribles sofás con volantes en los reposabrazos que anuncian en la tele.

La tienda del amigo de Sam se llama Mark Spencer Designs y, por suerte, no vende arañas amarillas. En cambio, hay un montón de diamantes engarzados en anillos de platino y un cartel que dice: «Champán gratis para parejas de novios. Convierta la elección de su anillo en una ocasión especial». No dice nada de reproducciones ni falsificaciones, y empiezo a ponerme un poco nerviosa. ¿Y si Sam se ha equivocado? ¿Y si acabo comprándome una esmeralda de verdad solo por compromiso y tengo que pasarme el resto de mi vida pagándola a plazos?

Por cierto, ¿dónde está Sam? Me había prometido que vendría para presentarme a su amigo. Al parecer, trabaja justo aquí al lado, a pesar de que no me dijo exactamente dónde. Me doy la vuelta y me asomo a la calle. Es un poco extraño, porque todavía no nos conocemos personalmente, cara a cara.

Veo a un hombre con el pelo oscuro que camina deprisa por la acera de enfrente y por un momento creo que podría ser él, pero entonces oigo una voz profunda que dice:

—¿Poppy?

Me vuelvo y, naturalmente, ese sí es él: el hombre con el pelo oscuro y alborotado que avanza a grandes zancadas hacia mí. Es más alto de lo que recordaba de la vez que lo vi de pasada en el vestíbulo del hotel, pero desde luego tiene las mismas cejas pobladas y los ojos hundidos. Lleva un traje oscuro con una camisa blanca impecable y una corbata de color azabache. Me saluda con una breve sonrisa y me fijo en que tiene los dientes blancos y perfectos.

Bueno, pues no los seguirá teniendo así por mucho tiempo si no acude al dentista.

—Hola, Poppy. —Cuando me alcanza, vacila un momento y luego me tiende la mano—. Me alegro de conocerte como es debido.

—Hola. —Esbozo una sonrisa tímida y entonces nos damos la mano. Me gusta su apretón de manos, cálido y positivo.

—Al final, Vivien se queda con nosotros, definitivamente. —Ladea la cabeza—. Gracias de nuevo por tus consejos.

—De nada. —Me encojo de hombros—. No fue nada.

—Te lo agradezco mucho, de verdad.

Es extraño, esto de hablarnos cara a cara. Me siento cohibida ante sus cejas y el pelo revuelto por el viento. Era más fácil por SMS. Me pregunto si él sentirá lo mismo.

—Bueno —dice, señalando la joyería—, ¿entramos?

Es una tienda muy chic y muy cara. Me pregunto si él y Willow habrán venido aquí para elegir el anillo. Probablemente. Estoy tentada de preguntárselo, pero, no sé por qué, no me atrevo a hablarle de ella. Es demasiado embarazoso, a estas alturas ya sé demasiado acerca de ellos dos.

Por lo general conoces a la mayoría de las parejas en un bar o en su casa. Hablas de cosas insustanciales, como las vacaciones, los hobbies o las recetas de Jamie Oliver, y luego, poco a poco, te atreves a hablar de cosas más personales. Con estos dos, sin embargo, es como si me hubiera plantado en su vida en mitad de uno de esos documentales con cámara oculta y ellos ni siquiera se hubiesen enterado todavía. Anoche encontré un viejo correo de Willow que decía, simplemente: «¿Sabes cuánto me has hecho SUFRIR, Sam? ¡Por no hablar de las putas depilaciones BRASILEÑAS!».

La verdad, preferiría no haberlo leído. Si llego a conocerla algún día, sé que solo podré pensar en eso: en las depilaciones brasileñas.

Sam ha llamado al timbre y me está abriendo la puerta del

elegante establecimiento, con las luces difuminadas. Al instante aparece una chica con un traje gris claro.

—Buenos días, ¿en qué puedo ayudarles? —Tiene una voz suave como la miel, que se ajusta a la perfección a la decoración en tonos tenues de la tienda.

—Tenemos hora con Mark —dice Sam—. Soy Sam Roxton.

—Sí, por supuesto —asiente otra chica con traje gris claro—. Los está esperando. Acompáñalos, Martha.

—¿Puedo ofrecerle una copa de champán? —me dice Martha, lanzándome una sonrisa de complicidad mientras nos acompaña—. ¿Y a usted, señor? ¿Champán?

—No, gracias —contesta Sam.

—Yo tampoco —repito.

—¿Están seguros? —Me mira con ojos brillantes—. Es un gran momento para ambos. ¿Solo una copita para calmar los nervios?

¡Oh, Dios mío! ¡Cree que somos pareja! Miro a Sam en busca de ayuda, pero está escribiendo un mensaje en el teléfono y, desde luego, no tengo ninguna intención de contar delante de un montón de extraños cómo he perdido mi precioso anillo, la joya de la familia, ni de oír sus exclamaciones horrorizadas.

—No, no, de verdad. —Esbozo una sonrisa incómoda—. No es... Nosotros no estamos...

—¡Qué magnífico reloj, señor! —Otra cosa ha captado la atención de Martha—. ¿Es un Cartier antiguo? Nunca había visto uno así.

—Gracias. —Sam asiente con la cabeza—. Lo compré en una subasta en París.

Ahora que me fijo, la verdad es que el reloj de Sam es extraordinario. Tiene una correa de cuero antiguo y la esfera de oro viejo tiene la pátina de otra época. Y lo compró en París. No está nada mal.

—Dios mío... —Mientras caminamos, Martha me agarra del brazo y se inclina hacia mí, bajando la voz para hablarme en confianza, de mujer a mujer—. ¡Tiene un gusto exquisito! ¡Es usted muy afortunada! No se puede decir lo mismo de todos los hombres que vienen aquí. Algunos eligen auténticas birrias. Pero un hombre que se compra un Cartier *vintage*, ¡seguro que acierta!

Es una situación ridícula. ¿Y ahora qué le digo?

—Eh... Sí, seguro —susurro, mirando al suelo.

—Huy, perdón, no tenía intención de incomodarla —dice Martha afablemente—. Llámenme si cambian de opinión respecto al champán, ¿de acuerdo? ¡Que disfruten de la sesión con Mark! —Nos hace pasar a un espacioso taller con el suelo de cemento y una hilera de armarios de puertas metálicas. Un hombre en vaqueros y un par de gafas sin montura se levanta de una mesa de caballete y saluda a Sam con efusividad.

—¡Sam! ¡Cuánto tiempo!

—¡Mark! ¿Cómo estás? —Le da una palmadita en la espalda y luego se aparta a un lado—. Te presento a Poppy.

—Encantado, Poppy. —Mark me estrecha la mano—. Tengo entendido que necesita una réplica de un anillo.

Una oleada de paranoia y culpa se apodera de mí al instante. ¿Era realmente necesario que lo dijera tan alto, para que se entere todo el mundo?

—Sí, pero solo será por unos días —le contesto en un susurro—. Hasta que encuentre el verdadero, y lo voy a encontrar pronto, muy, muy pronto.

—Entiendo. —Asiente con la cabeza—. De todos modos, siempre es útil tener una copia. Fabricamos muchas reproducciones, para llevar en viajes y cosas así. Por lo general, solo reproducimos joyas que hemos diseñado nosotros, pero de vez en cuando hacemos una excepción para los amigos. —Mark guiña un ojo a Sam—. Aunque intentamos mantener un mínimo de discreción al respecto. No queremos comprometer nuestro negocio principal.

—¡Sí! —me apresuro a decir—. ¡Claro! Yo también quiero mantener la discreción al respecto. Mucha discreción al respecto.

—¿Tiene algún dibujo del anillo? ¿Una foto?

—Aquí. —Saco una foto que he impreso desde el ordenador esta mañana. Magnus y yo estamos en el restaurante donde se me declaró. Le pedimos a la pareja sentada a la mesa de al lado que nos hiciera una foto, y yo salgo mostrando con orgullo la mano izquierda, con el anillo perfectamente visible. En la foto aparezco como si sufriera un ataque de vértigo, y, a decir verdad, así fue como me sentí.

Los dos hombres miran la imagen en silencio.

—Entonces, este es el hombre con el que te vas a casar —dice Sam, al fin—. El fanático del Scrabble.

—Sí.

Hay algo en su tono de voz que hace que me ponga a la defensiva. No sé por qué.

—Se llama Magnus —añado.

—¿No es el académico, el que da clases en la universidad? ¿No salía en un programa de televisión? —Sam examina la foto con el ceño fruncido.

—Sí. —Siento una oleada de orgullo—. Exactamente.

—Es una esmeralda de cuatro quilates, ¿verdad? —Mark Spencer levanta la vista de la foto.

—Puede ser —digo, sin demasiada convicción—. La verdad es que no lo sé.

—¿No sabe de cuántos quilates es su anillo de compromiso? —Sam y Mark me miran extrañados.

—¿Qué? —Noto cómo me voy ruborizando—. Lo siento, no sabía que iba a perderlo...

—Pues eso es digno de elogio —señala Mark con una sonrisa socarrona—, porque la mayoría de las mujeres saben el número exacto, hasta con decimales. Y luego lo redondean.

—Ah, bueno. —Me encojo de hombros para disimular la vergüenza que siento—. Es una joya de la familia. Nunca hablamos de eso, la verdad.

—Tenemos numerosos engastes en *stock*. Veamos... —Mark empuja la silla y empieza a buscar en los cajones de metal.

—¿Todavía no sabe que lo has perdido? —Sam señala la foto de Magnus con el pulgar.

—No, todavía no se lo he dicho. —Me muerdo el labio—. Espero que aparezca en cualquier momento y...

—Así no tendrá por qué llegar a enterarse nunca. —Sam termina la frase por mí—. Te llevarás el secreto a la tumba.

Siento una punzada de remordimiento y miro hacia otro lado. Esto no me gusta nada. No me gusta tener secretos para Magnus. No me gusta ser de esas personas que mantienen encuentros secretos a escondidas de sus novios, pero no tengo otra opción.

—Ah, todavía recibo los correos de Violet en el móvil —le digo señalando al teléfono para cambiar de tema—. Creía que los técnicos iban a encargarse de eso.

—Yo también.

—Bueno, pues te han llegado más correos nuevos. Es la cuarta vez que te preguntan si vas a ir a la maratón solidaria.

—Hummm. —Asiente levemente con la cabeza.

—¿Es que no piensas responder? ¿Y qué hay de la habitación de hotel para esa convención en Hampshire? ¿Vas a reservarla para una o dos noches?

—Ya veré. No lo he decidido todavía. —Sam parece tan sumamente indiferente que siento un ataque de frustración.

—¿No contestas tus mensajes de correo?

—Tengo mis prioridades. —Da unos toquecitos a su móvil con toda la tranquilidad del mundo.

—¡Ah, es el cumpleaños de Lindsay Cooper! —Ahora estoy leyendo una circular en cadena—. Lindsay está en Marketing. ¿Quieres felicitarla?

—No, no... —El tono es tan cortante que me lo tomo como una ofensa personal.

—¿Qué tiene de malo desear feliz cumpleaños a una compañera de trabajo?

—No la conozco.

—Sí, sí que la conoces. Trabajas con ella.

—Trabajo con doscientas cuarenta y tres personas.

—Pero ¿no es la chica que envió ese documento sobre estrategia para la web el otro día? —digo, recordando de pronto un correo—. ¡Todos estabais muy contentos!

—Sí —responde, confuso—. ¿Y qué tiene eso que ver?

Dios, qué testarudo es... Decido olvidarme del cumpleaños de Lindsay y paso al siguiente mensaje.

—Peter ha cerrado el acuerdo con Air France. Quiere presentarte el informe completo el lunes, justo después de la reunión del equipo, ¿de acuerdo?

—Bien. —Sam apenas si levanta la vista—. Reenvíamelo y ya está, gracias.

Si se lo reenvío, lo tendrá ahí todo el día sin responder.

—¿Y por qué no le contesto yo? —le propongo—. Ya que estás aquí y como tengo el mensaje abierto... Será un momento.

—Ah. —Me mira sorprendido—. Estupendo, gracias. Simplemente di «Sí».

Sí. Lo escribo con cuidado.

—¿Algo más?

—Firma «Sam».

Me quedo con la mirada fija en la pantalla, insatisfecha. «Sí. Sam.» Parece tan soso... tan seco...

—¿Y si añado algo como «Felicidades»? —le sugiero—. ¿O «¡Bien hecho! Genial»? ¿O simplemente: «Saludos y gracias por todo»?

Sam no parece muy convencido.

—Con «Sí. Sam» bastará.

—Típico... —murmuro para mis adentros, aunque tal vez no tan para adentro como yo creo, porque Sam levanta la vista.

—¿Cómo dices?

Sé que debería morderme la lengua, pero estoy tan indignada que no puedo contenerme.

—¡Es que eres muy brusco! Tus mensajes son demasiado cortos. ¡Son horribles!

Hay un largo silencio. Sam se queda tan pasmado que parece como si hubiese oído hablar a la silla.

—Lo siento —añado, encogiéndome de hombros, avergonzada—. Pero es la verdad.

—Está bien —dice Sam al fin—. Vamos a dejar las cosas claras: en primer lugar, el hecho de que hayas tomado prestado este teléfono no te da derecho a leer y criticar mis mensajes. —Duda un momento—. En segundo lugar, ser breve es bueno.

Yo ya me estoy arrepintiendo de haber hablado, pero ahora no puedo dar marcha atrás.

—Pero no hace falta ser tan breve —le replico—. ¡Y la mayoría de las veces ni siquiera haces caso a la gente, ni siquiera les contestas! ¡Es una falta de respeto!

Ya está. Ya lo he dicho.

Sam me fulmina con la mirada.

—Como ya he dicho, tengo mis prioridades. Y ahora, dado que hemos resuelto el problema del anillo, tal vez prefieras devolverme el teléfono y así ya no tendrás necesidad de preocuparte por mi correo, ¿te parece? —Extiende una mano.

Oh, Dios mío... ¿Por eso me está ayudando? ¿Para que le devuelva el teléfono?

—¡No! —Sujeto el móvil con fuerza—. Quiero decir... por favor. Todavía lo necesito. Podrían llamarme del hotel en cualquier momento, la señora Fairfax tendrá este número y...

Sé que parece una locura, pero tengo la sensación de que en el momento en que me desprenda de este teléfono estaré diciendo adiós a mis posibilidades de recuperar el anillo.

Me lo escondo detrás de la espalda y miro a Sam con ojos implorantes.

—Maldita sea... —Sam suelta un resoplido—. ¡Esto es absurdo! Esta tarde voy a entrevistar a una nueva candidata para el puesto de secretaria. Ese es un móvil de empresa. ¡No puedes quedártelo!

—¡Y no me lo quedaré! Pero ¿puedo tenerlo unos días más? No volveré a criticar ninguno de tus mensajes —añado dócilmente—. Te lo prometo.

—¡Bueno, pues ya está! —nos interrumpe Mark—. Buenas noticias: he encontrado un engaste. Ahora traeré algunas piedras. Solo tardaré un momento...

Cuando sale de la habitación, entra en el móvil un nuevo mensaje de texto.

—Es Willow —digo, con la mirada hacia abajo—. Mira. —Le

enseño las manos—. Te lo estoy reenviando. No voy a hacer ningún comentario. Ni uno solo.[51]

—Hummm... —Sam me lanza el mismo gruñido evasivo que lanzó la última vez que mencioné a Willow.

A continuación hay un silencio incómodo. Ahora tendría que hacerle una pregunta cortés, como por ejemplo: «Y por curiosidad, ¿cómo os conocisteis Willow y tú?» y «¿Cuándo os casáis?», tras lo cual entablamos una conversación sobre listas de boda y el precio de las empresas de catering, pero por alguna razón no consigo reunir el valor suficiente. La relación entre ambos es tan extraña que prefiero no meterme en ese jardín.

Sé que Sam puede ser brusco y gruñón, pero sigo sin imaginármelo con una bruja quejica y egocéntrica como Willow, sobre todo ahora que lo conozco en persona. He llegado a la conclusión de que tiene que ser una mujer muy, muy guapa, una especie de top-model. Seguro que su belleza espectacular lo ha deslumbrado y es incapaz de ver todo lo demás. Es la única explicación.

—Hay un montón de gente respondiendo al correo sobre el cumpleaños de Lindsay —señalo, para llenar el silencio—. Es evidente que para ellos no supone ningún problema.

—Las cadenas de correos electrónicos son obra del diablo. —Sam no pierde comba—. Prefiero pegarme un tiro antes que responder a una cadena de mensajes.

Vaya, eso sí que es una actitud positiva...

La tal Lindsay es muy popular. Cada veinte segundos aparece en la pantalla un nuevo mensaje con «Responder a todos», como «¡Feliz cumpleaños, Lindsay!», «¡Que lo pases muy bien, hagas lo que hagas!». El móvil sigue vibrando y parpadeando con cada mensaje nuevo. Es un hervidero de actividad, parece una fiesta. El único que se niega a participar es Sam.

---

51. Es una lástima, porque me muero de ganas de preguntar: «¿Cómo es que Willow sigue enviándote mensajes a través de mí, a pesar de que a estas alturas ya debe de saber que no soy Violet? ¿Y a qué viene eso de comunicarse a través de la secretaria, de todos modos?».

Argh... no puedo soportarlo. ¿Qué le cuesta escribir «Feliz cumpleaños»? ¿Por qué se niega? Si solo son dos palabras...

—¿No podría escribir «Feliz cumpleaños» de tu parte? —le pregunto en tono suplicante—. Vamos. Tú no tendrás que hacer nada. Lo escribiré yo.

—¡Oh, mierda! —Sam levanta la vista de su móvil—. Está bien, haz lo que quieras, felicítala... Pero ¡nada de besos o caras sonrientes! —me advierte—. Solo «Feliz cumpleaños. Sam».

«¡Feliz cumpleaños, Lindsay! —escribo, desafiante—. Espero que estés disfrutando del gran día. Una vez más, te felicito por el diseño de la estrategia web, hiciste un trabajo excelente. Mis mejores deseos, Sam.»

Se lo envío rápidamente, antes de darle tiempo a preguntarme por qué tecleo tanto rato.

—¿Y el dentista? —Decido ir a por todas.

—¿Qué pasa con el dentista? —repite, y siento una oleada de exasperación cada vez mayor. ¿Está haciendo como que no sabe de qué le hablo o se le ha olvidado de verdad?

—¡Ya estoy aquí! —La puerta se abre y Mark aparece con una bandeja de terciopelo azul oscuro—. Estas son nuestras reproducciones de esmeraldas.

—¡Caramba! —exclamo sorprendida, apartando mi atención del móvil.

Tengo delante de mí diez filas de esmeraldas relucientes. Sí, ya sé que son falsas, pero, francamente, yo no sería capaz de distinguirlas de las auténticas.[52]

—¿Alguna de estas piedras se parece especialmente a la que ha desaparecido?

—Esa. —Señalo una piedra ovalada que hay en el centro de la bandeja—. Es casi idéntica. ¡Increíble!

—Estupendo. —La coge con un par de pinzas y la coloca en

---

52. Y yo me pregunto: si es posible fabricar una esmeralda artificialmente, entonces, ¿por qué seguimos gastándonos burradas de dinero en esmeraldas auténticas? Y ¿no debería comprarme también unos pendientes?

una placa de plástico—. Los diamantes, por supuesto, son más pequeños y no se ven tanto, así que podré conseguir unas copias exactas casi con toda seguridad. ¿Quiere que tengan apariencia antigua? —añade—. ¿Les rebajo un poco el brillo?

—¿Puede hacerlo? —pregunto con asombro.

—Podemos hacer cualquier cosa —responde con absoluta seguridad—. Una vez hicimos una copia de las Joyas de la Corona para una película de Hollywood. Eran exactas a las auténticas, aunque al final no llegaron a utilizarlas.

—Caramba. Bueno... ¡Sí, gracias!

—Perfecto. Entonces lo tendremos listo aproximadamente dentro de... —Consulta el reloj—. ¿Tres horas?

—¡Genial!

Estoy anonadada. Me parece imposible que haya sido tan fácil, de hecho siento un alivio inmenso y estoy eufórica. Con esto ganaré un par de días y luego recuperaré el anillo auténtico y todo volverá a la normalidad.

Cuando regresamos a la parte delantera de la tienda percibo un murmullo de expectación. Martha levanta la cabeza del cuaderno en el que estaba escribiendo y un par de chicas vestidas de gris claro susurran entre sí y me señalan con la cabeza desde la puerta. Mark nos conduce de nuevo hasta Martha, que me dedica una sonrisa aún más radiante que antes.

—Martha, ¿te importa encargarte tú del resto? —dice, entregándole un papel doblado—. Aquí he anotado todos los detalles. Hasta luego.

Él y Sam se estrechan la mano efusivamente y luego Mark desaparece en la trastienda.

—¡Qué cara de felicidad! —me dice Martha, guiñándome un ojo.

—¡Es que estoy muy contenta! —No puedo contener la alegría—. Mark es un genio. ¡Es increíble lo que puede llegar a hacer!

—Sí, es estupendo. ¡Oh, cuánto me alegro! —Me aprieta el brazo—. ¡Este es un día maravilloso para los dos!

Oh, no... mierda. De repente, entiendo qué es lo que quiere decir. Lanzo una mirada elocuente a Sam, pero se ha apartado un momento para leer los mensajes de su móvil y no se entera de nada.

—Bueno, ¿y entonces? La curiosidad me está matando. —A Martha le centellean los ojos—. ¿Qué anillo ha elegido?

—Verás, es que...

Esta conversación ha tomado un derrotero equivocado, sin duda, pero no sé cómo encauzarla en la dirección correcta.

—¡Martha nos ha contado lo del reloj Cartier! —exclama otra chica de gris, incorporándose a la conversación, y veo a otras dos chicas acercarse poco a poco a escuchar.

—Hemos estado haciendo nuestras propias conjeturas —me explica Martha—. Creo que Mark te habrá preparado algo muy especial y personalizado, con un toque maravilloso y romántico. —Junta las manos—. Tal vez un diamante puro...

—Esos solitarios con diamantes princesa son exquisitos —señala entusiasmada una de las chicas de gris.

—O puede que uno antiguo —interviene otra, dejándose llevar por la emoción—. Mark tiene unos diamantes antiguos preciosos, piedras con mucha historia. Tiene uno increíble de color rosa claro... ¿te lo ha enseñado?

—¡No! —respondo rápidamente—. Mmm... no me he explicado bien. Yo no soy... Quiero decir...

Oh, Dios mío... ¿Qué puedo decir? No pienso contarles mi vida, desde luego.

—Nos encantan los anillos bonitos. —Martha suspira feliz—. No importa qué piedra sea, siempre y cuando sea mágica para ti. Oh, vamos... —Me lanza una sonrisa traviesa—. Necesito saberlo... —Desdobla el papel con gran ceremonia—. Y la respuesta es...

A medida que va leyendo lo escrito en el papel, Martha se va quedando paulatinamente sin voz, hasta que se detiene con una especie de grito ahogado. Por un momento, parece haberse quedado sin habla.

—¡Oh! Una esmeralda falsa —acierta a decir, con la voz entrecortada—. Precioso. Y diamantes falsos también. Muy acertado, sin duda.

No puedo decir nada. Siento clavadas en mí las miradas acongojadas de las cuatro chicas. Martha parece la más desolada.

—A nosotros nos ha parecido un anillo muy bonito —empiezo a decir, tímidamente.

—¡Lo es! ¡Lo es! —Martha está obligándose a sí misma a asentir vigorosamente con la cabeza—. Bueno... ¡felicidades! Una idea muy sensata la de elegir una imitación. —Intercambia una mirada con las otras chicas, que se apresuran a intervenir con voz aguda.

—¡Desde luego, desde luego!

—¡Muy buena idea!

—¡Una elección excelente!

Las voces chillonas y alegres no encajan para nada con las caras largas. Una de ellas parece a punto de echarse a llorar.

Por lo visto, Martha tiene una especie de fijación con el reloj de oro de Sam. Le estoy leyendo el pensamiento: «¿Puede permitirse un Cartier *vintage* de oro para él y le compra a su novia una IMITACIÓN?».

—¿Puedo ver el precio? —Sam ha terminado de escribir en el móvil y le quita el papel a Martha de las manos. Cuando lo lee, frunce el ceño—. Cuatrocientas cincuenta libras... eso es mucho dinero. Creía que Mark me haría descuento. —Se vuelve hacia mí—. ¿No te parece que es demasiado caro?

—Tal vez —asiento,[53] un poco avergonzada.

—¿Por qué es tan caro? —le pregunta a Martha, y esta vuelve a bajar la mirada hacia su reloj Cartier antes de responderle con una sonrisa profesional.

—Es por el platino, señor. Se trata de un metal precioso que nunca pasa de moda ni se estropea. La mayoría de nuestros clientes aprecian los materiales que duran para siempre.

—Bueno, ¿y no podríamos usar un material un poco más

---

53. A mí también me pareció muy caro, desde luego, pero pensé que ese era el precio que tenía que pagar por hacer trampa. Aunque, por supuesto, a mí nunca se me ocurriría preguntar el precio de un anillo en una tienda tan chic, jamás de los jamases.

barato para el anillo? ¿Chapado en plata, por ejemplo? —Sam se vuelve hacia mí—. Estás de acuerdo, ¿verdad, Poppy? Lo más barato posible, ¿no?

Oigo un par de exclamaciones ahogadas procedentes del otro extremo de la tienda. Veo la expresión horrorizada de Martha y no puedo evitar ruborizarme.

—¡Sí, sí! Por supuesto —murmuro—. El más barato.

—Lo consultaré con Mark —anuncia Martha, después de una larga pausa. Se aleja y llama un momento por teléfono. Cuando regresa a la caja, está pestañeando sin cesar y no puede mirarme a la cara—. He hablado con Mark y se podría usar alpaca, lo cual rebajaría el precio a... —Toca las teclas de la caja registradora—. Ciento doce libras. ¿Prefieren esa opción?

—Sí, claro. —Sam me mira—. No hay más que hablar, ¿no?

—Entiendo. Por supuesto. —La sonrisa radiante de Martha es ahora glacial—. Está bien... de acuerdo. De alpaca, entonces. —Parece que lucha por no perder la compostura—. En cuanto a la presentación, señor, ofrecemos una caja de piel de lujo por treinta libras, o una más sencilla de madera, por diez. Con cada una incluimos unos pétalos de rosa como adorno y se puede añadir algún detalle personalizado, como las iniciales o tal vez un pequeño mensaje...

—¿Un mensaje? —Sam suelta una carcajada de incredulidad—. No, gracias. Y sin caja. Nos lo llevaremos tal cual. ¿Quieres una bolsa o algo, Poppy? —Me mira.

A Martha cada vez le cuesta más trabajo respirar. Por un momento temo que vaya a desmayarse.

—¡Bien! —dice al fin—. Muy bien. Sin caja, sin pétalos de rosa, sin ningún mensaje... —Escribe en su ordenador—. ¿Y cómo va a pagar el anillo, señor? —Salta a la vista que está empleando todas sus fuerzas en seguir mostrándose amable con él.

—¿Poppy? —Sam me llama con un movimiento de la cabeza, esperando que conteste.

Cuando saco el billetero, la expresión de Martha es de un horror tan absoluto que por poco me muero de vergüenza.

—Así que... Ella pagará el anillo..., la señora... —Apenas

puede pronunciar las palabras—. ¡Muy bien! Sí... muy bien. No hay ningún problema, ninguno en absoluto.

Introduzco mi número PIN y retiro el recibo. Han aparecido aún más chicas de gris y están reunidas en grupitos, cuchicheando entre sí y mirándome. Siento una vergüenza infinita y solo quiero que se me trague la tierra.

Sam, por supuesto, no se ha enterado de nada.

—¿Volverán luego los dos? —Es evidente que Martha está haciendo un esfuerzo supremo para recobrarse de la conmoción mientras nos acompaña a la puerta—. Los estaremos esperando para el champán y, por supuesto, les haremos una foto para el álbum. —En sus ojos brilla de nuevo un leve destello—. Es un momento tan especial cuando se toma el anillo y se pone por primera vez en el dedo de...

—No, ya he pasado demasiado tiempo aquí dentro —dice Sam, mirando distraídamente el reloj—. ¿No se lo podría enviar a Poppy por mensajero?

Esa parece ser la gota que colma el vaso para Martha. Cuando le he dejado mis datos y mientras vamos saliendo, exclama de pronto:

—¿Podría darle unos consejos sobre el cuidado y el mantenimiento, señora? Solo será un momento. —Me agarra del brazo y me lleva de nuevo al interior de la joyería, con una fuerza sorprendente—. En los siete años que llevo vendiendo anillos de compromiso, nunca había hecho esto que voy a hacer ahora —me susurra al oído, preocupada—. Ya sé que es amigo de Mark, y ya sé que es un hombre muy guapo, pero... ¿estás segura?

Cuando al fin salgo de la tienda, Sam me espera con aire impaciente.

—¿Qué te ha dicho? ¿Algún problema?

—¡No, qué va! Todo perfecto.

Tengo la cara roja como un tomate y solo quiero largarme de allí cuanto antes. Miro hacia atrás, hacia la tienda, y veo a Martha hablando muy alterada con las otras chicas de gris y señalando a través de los cristales a Sam, con actitud indignada.

—¿Qué pasa? —Sam frunce el ceño—. No te habrá intentado vender el anillo más caro, ¿verdad? Porque si es así, se lo diré a Mark y...

—No. No, nada de eso. —Vacilo un momento, casi demasiado abochornada para decírselo.

—Entonces, ¿qué te ha dicho? —Sam me mira fijamente.

—Pensaba que eras mi prometido y que me estabas haciendo comprarme mi propio anillo de compromiso —admito al fin—. Me ha dicho que no me case contigo. Estaba muy preocupada por mí.

No creo necesario abundar en la teoría de Martha sobre la relación directamente proporcional entre la generosidad cuando se trata de joyas y la generosidad en la cama.[54]

Veo cómo se le va iluminando el rostro poco a poco, comprendiendo.

—Ah, eso tiene gracia... —Se echa a reír—. Muy gracioso. Oye... —Duda un momento—. No querías que lo pagara yo, ¿verdad que no?

—¡No, claro que no! —exclamo, sorprendida—. ¡No digas tonterías! Es solo que me sabe fatal que todas las chicas de la joyería crean que eres un tacaño, cuando en realidad me has hecho un favor enorme. Lo siento mucho. —Hago una mueca.

Sam parece desconcertado.

—¿Y qué importa? Me trae sin cuidado lo que piensen de mí.

—Seguro que algo sí te importa...

—No, para nada.

Lo miro con atención. Tiene el rostro sereno y tranquilo. Creo que lo dice en serio. Le importa un bledo lo que piensen de él los demás. Pero ¿cómo es posible?

A Magnus sí le importaría. Siempre coquetea con las de-

---

54. «Hasta podría dibujarte una gráfica, Poppy —me ha dicho—. ¡Una gráfica!»

pendientas de las tiendas y prueba a ver si lo reconocen de la tele. Una vez, cuando rechazaron su tarjeta de crédito en nuestro supermercado del barrio, al día siguiente se empeñó en volver a explicarles personalmente que su banco la había «cagado» por completo el día anterior, solo para que les quedase bien claro.

En fin... Ahora ya no me siento tan mal.

—Voy a ir a por un café en Starbucks. —Sam echa a andar calle abajo—. ¿Quieres uno?

—Invito yo. —Me apresuro tras él—. Te debo una. Me has hecho un favor inmenso.

No tengo que estar de vuelta en la consulta hasta después del almuerzo, porque he conseguido que Annalise se encargue de todas mis sesiones de la mañana. A cambio de un soborno considerable.

—¿Recuerdas que te hablé de un hombre que se llama sir Nicholas Murray? —dice Sam mientras abre la puerta de la cafetería—. Me va a enviar un documento. Le he dicho que me lo mande a mi dirección, pero si por casualidad te lo envía a ti por error, por favor, avísame de inmediato, ¿quieres?

—De acuerdo. Es bastante famoso, ¿verdad? —no puedo resistirme a añadir—: ¿No quedó en la decimoctava posición en la lista de los hombres más poderosos del mundo en 1985?

Anoche estuve investigando un poco en Google y soy toda una experta en la empresa de Sam. Lo sé absolutamente todo sobre ella. Hasta podría ir al concurso de *Mastermind*. ¡Hasta podría hacer una presentación en PowerPoint! De hecho, ¡ojalá alguien me pidiera que hiciese una! Cosas que sé acerca de White Globe Consulting, en ningún orden en particular:

1) Fue fundada en 1982 por Nicholas Murray, y ha sido adquirida recientemente por una gran multinacional.

2) Sir Nicholas sigue siendo el director general. Por lo visto, su mera presencia es capaz de relajar el ambiente de cualquier reunión y es capaz de bloquear un acuerdo definitivamente solo con mover la cabeza. Siempre lleva camisas floreadas. Es una manía que tiene.

3) El director financiero era un protegido de sir Nicholas, pero ha abandonado la empresa hace poco. Se llama Ed Exton.[55]

4) La amistad entre Ed y sir Nicholas se ha deteriorado en los últimos años, hasta el punto de que Ed ni siquiera asistió a la recepción con motivo de la investidura como caballero de sir Nicholas.[56]

5) Recientemente hubo un escándalo cuando un tal John Gregson hizo una broma políticamente incorrecta durante el almuerzo y tuvo que dimitir.[57] A algunos les pareció injusto, pero, por lo visto, el nuevo presidente de la junta directiva ejerce una «tolerancia cero con respecto a cualquier tipo de conducta inapropiada».[58]

6) En la actualidad, sir Nicholas es asesor del primer ministro en una comisión especial creada recientemente sobre «felicidad y bienestar» que ha sido objeto de burla por parte de todos los periódicos. Uno de ellos incluso llegó a decir de sir Nicholas que ya no estaba en la flor de la vida precisamente, y publicó una caricatura de él con forma de flor con pétalos marchitos. (Eso no se lo voy a decir a Sam.)

7) El año pasado ganaron un premio por su programa de reciclaje de papel.

—Por cierto, felicidades por lo del reciclaje —añado, ansiosa por mostrar mis conocimientos—. He leído vuestra declaración de que «la responsabilidad medioambiental es un eje central para cualquier empresa que aspire a la excelencia». Muy cierto. Nosotros también reciclamos.

—¿Qué? —Sam parece desconcertado e incluso suspicaz—. ¿De dónde has sacado eso?

---

55. ¡Ajajá! Evidentemente se trata del mismo hombre que estaba en el Groucho Club, el que estaba como una cuba. Podéis llamarme Poirot.

56. Ecos de sociedad del *Daily Mail*.

57. De hecho, creo recordar vagamente haber visto la historia en el periódico.

58. Lo único que puedo decir es que menos mal que no es mi jefe...

—De la búsqueda en Google. ¡No es ilegal! —le aclaro, al ver su expresión—. Tenía curiosidad... Ya que estoy enviando correos a todas horas, pensé que valdría la pena informarme y averiguar algunas cosas sobre tu empresa.

—Ah, conque eso pensaste, ¿eh? —Sam me mira con recelo—. Un capuchino doble, por favor.

—¡Así que sir Nicholas asesora al primer ministro! Es alucinante, ¿no?

Esta vez Sam ni siquiera me contesta. La verdad... No es lo que se dice un gran embajador.

—¿Y tú? ¿Has estado alguna vez en el número 10 de Downing Street? —insisto—. ¿Cómo es?

—Están esperando para tomar nota. —Sam señala al camarero.

Está claro que no piensa soltar prenda. Típico. Cuando lo normal sería que se sintiera complacido por mi interés en lo que hace.

—Un café con leche corto de café, por favor. —Saco el billetero—. Y una magdalena con trocitos de chocolate. ¿Quieres una tú también?

—No, gracias. —Sam niega con la cabeza.

—Probablemente sea lo mejor —asiento convencida—. Teniendo en cuenta que te niegas a ir al dentista.

Sam me mira sin comprender, lo cual podría significar: «No empieces otra vez», o «No te estoy escuchando», o también «¿El dentista? ¿Qué dentista?».

Empiezo a entender cómo funciona su cerebro. Es como si tuviera una especie de interruptor en «on» y «off», y solo acciona el «on» cuando se le puede molestar.

Hago clic en el navegador en busca de otra imagen repugnante de una dentadura asquerosa y se la reenvío sin decirle nada.

—Por cierto, lo de esa recepción en el Savoy... —le digo cuando vamos a recoger nuestros cafés—. Tienes que confirmar tu asistencia.

—Ah, pero es que no voy a ir —responde, como si fuera una obviedad.

—¿Por qué no? —Lo miro perpleja.

—No tengo ninguna razón especial para ir. —Se encoge de hombros—. Y ya tengo la semana bastante cargada con compromisos sociales.

No me lo puedo creer. ¿Cómo puede no querer ir al Savoy? Dios mío, para los empresarios de alto nivel debe de ser algo normal, ¿verdad? Champán gratis, uff, qué aburrimiento... Regalos para invitados, otra fiesta más, qué lata y qué pesadez, por Dios...

—Bueno, pues entonces deberías avisarlos. —Casi no puedo ocultar mi disgusto—. De hecho, lo haré ahora mismo. «Querida Blue: Muchas gracias por la invitación. —Leo en voz alta mientras escribo—. Por desgracia, Sam no podrá asistir a la recepción esta vez. Saludos cordiales, Poppy Wyatt.»

—No tienes por qué hacer eso. —Sam me mira con expresión divertida—. Ahora una de las secretarias de la oficina me está echando una mano. Se llama Jane Ellis. Puede encargarse ella.

«Sí, pero ¿lo hará?», me dan ganas de soltarle. Ya sé que hay una Jane Ellis que ha empezado a aparecer de vez en cuando en la bandeja de entrada de Sam, pero en realidad trabaja para Malcolm, el compañero de Sam. Estoy segura de que lo último que quiere, además de hacer sus tareas habituales, es cargar con la agenda de Sam.

—No me importa —le aseguro, encogiéndome de hombros—. Era un tema que tenía pendiente y me estaba dando un poco de rabia dejarlo sin resolver. —Llegan nuestros cafés y le paso el suyo—. Así que... gracias de nuevo.

—De nada. —Me aguanta la puerta para que pase—. Espero que encuentres el anillo. Y tan pronto como hayas terminado con el móvil...

—Lo sé —lo interrumpo—. Te lo enviaré por mensajero en un nanosegundo.

—Bien. —Me concede una medio sonrisa—. Bueno, pues espero que todo te vaya muy bien. —Extiende la mano y se la estrecho educadamente.

—Y yo espero que todo te vaya muy bien a ti también.

Ni siquiera le he preguntado cuándo se casa. Tal vez sea dentro de una semana, como nosotros. Tal vez incluso en la misma iglesia. Llegaré y lo veré en la escalera cogido del brazo de Willow la Bruja, que le estará diciendo lo dañino que llega a ser.

Sam se aleja dando grandes zancadas y yo me dirijo corriendo a la parada de autobús. Hay un 45 descargando un torrente de pasajeros y me subo en él. Me llevará a Streatham Hill y desde allí iré a pie.

Una vez sentada, miro por la ventanilla y veo a Sam caminando a toda prisa por la acera, con su rostro impasible, casi de piedra. No sé si es por el viento o si se habrá tropezado con algún transeúnte, pero lleva la corbata torcida y parece que ni siquiera se ha dado cuenta. Eso sí que me da rabia. No resisto la tentación de enviarle un SMS.

Llevas la corbata torcida.

Espero unos treinta segundos y luego veo cómo la sorpresa se apodera de su rostro. Cuando empieza a mirar a su alrededor en la acera, buscando entre los peatones, le escribo de nuevo:

En el autobús.

El autobús ya ha arrancado, pero el tráfico es intenso y avanzamos más o menos al mismo ritmo que Sam. Mientras se arregla la corbata, levanta la vista y me sonríe.

Tengo que admitirlo, tiene una sonrisa espectacular. Francamente arrebatadora, sobre todo porque le sale así, de repente. Una sonrisa capaz de robarte el corazón...

Sí, bueno... Si hubiese algún corazón que robar, claro está, que no es el caso.

En fin... Que acaba de llegar un correo electrónico de Lindsay Cooper y lo abro rápidamente.

Querido Sam:

¡Muchas gracias! Tus palabras me han hecho mucha ilusión. ¡Es muy reconfortante ver que valoran tu trabajo! Se lo he dicho a todo el equipo que me ayudó a redactar el documento y nos ha subido mucho la moral.

Saludos,

Lindsay

También ha enviado copia a la otra dirección de Sam, así que lo habrá recibido en su móvil. Al cabo de un momento, recibo un mensaje suyo:

¿Qué le has escrito a Lindsay?

No puedo reprimir una sonrisa al contestarle:

Feliz cumpleaños, como me dijiste.
¿Qué otra cosa iba a escribirle?

No veo por qué tengo que contestarle. Yo también sé responder solo a lo que me conviene. Contraataco:

¿Has llamado al dentista?

Espero un rato, pero vuelve al modo silencioso. Recibo otro correo electrónico, esta vez de uno de los colegas de Lindsay, y mientras lo leo no puedo evitar sentirme completamente satisfecha.

Querido Sam:

Lindsay nos ha transmitido tus amables palabras sobre nuestra estrategia para la página web. Nos sentimos muy halagados y satisfechos de que te hayas tomado la molestia de realizar esos comentarios. Gracias, y espero con impaciencia poder hablar contigo de cara a posibles acciones futuras, quizá en la siguiente reunión mensual.

Adrian (Foster)

Ajá. ¿Lo ves? ¿Lo ves?

Eso de enviar correos de solo dos palabras está muy bien. Puede que sea eficaz. Es posible que sea útil y cumpla su función... pero no consigues caerle bien a nadie. Ahora el equipo de la web estará entusiasmado y con ganas de dar lo mejor. ¡Y todo gracias a mí! Sam debería confiarme sus correos siempre a mí.

En un arranque impulsivo me desplazo hacia abajo buscando el millonésimo mensaje de Rachel sobre la maratón solidaria y le doy a «Responder».

> Hola, Rachel:
> Contad conmigo para la maratón solidaria. Es una iniciativa fantástica y estaré encantado de apoyarla. ¡Buen trabajo!
> Sam

Parece estar en forma. Claro que puede participar en una carrera solidaria, faltaría más... Ahora estoy en vena y busco el mensaje de ese informático que ha estado pidiéndole de muy buenos modos a Sam si puede enviarle su currículum y sus propuestas para la empresa. Porque, digo yo, Sam debería alentar a la gente a querer superarse, ¿no?

> Estimado James:
> Me encantaría leer tu currículum y escuchar tus ideas. Llama a Jane Ellis para concertar una cita conmigo, ¡y enhorabuena por ese empuje!
> Sam

Ahora que he empezado, no puedo parar. A medida que el autobús avanza resoplando, contesto al hombre que lleva días intentando verificar la seguridad e higiene del lugar de trabajo de Sam, escojo día y hora, y luego escribo a Jane para decirle que lo incluya en la agenda.[59] Mando un correo a Sarah, que

---

59. Sé que el miércoles a la hora del almuerzo está libre, porque alguien acaba de cancelar una entrevista con él.

está en casa con un herpes, y le pregunto si se encuentra mejor.

Todos esos e-mails sin contestar que me han estado incordiando hasta ahora... Toda esa pobre gente a la que nadie hace caso, tratando de ponerse en contacto con Sam... ¿Y por qué no iba a responderles? ¡Estoy haciéndole un favor enorme! Siento que le estoy devolviendo el favor inmenso del anillo. Al menos, cuando le devuelva el móvil, ya no tendrá que preocuparse por responder a los correos acumulados en la bandeja de entrada.

Ah, y ya puestos, ¿por qué no envío también una de esas circulares en cadena felicitándolos a todos por su trabajo? ¿Por qué no? ¿Qué tiene eso de malo?

> Estimados colegas:
> Solo quiero deciros a todos que durante lo que llevamos de año habéis hecho un gran trabajo.

Mientras escribo, se me ocurre una idea aún mejor.

> Como sabéis, valoro enormemente todas vuestras opiniones e ideas. En White Globe Consulting tenemos la suerte de reunir una gran cantidad de talento, y quiero sacarle el máximo partido a todo ese talento. Si tenéis cualquier nueva idea para la empresa que queráis compartir conmigo, por favor enviádmela. ¡Y sed sinceros!
> Con mis mejores deseos para el resto del año que tenemos por delante,
> Sam

Pulso «Enviar» con satisfacción. Eso es. A eso lo llamo yo motivación. ¡Eso sí es espíritu de equipo! Cuando me recuesto en el asiento, noto que tengo los dedos doloridos de tanto escribir. Tomo un sorbo de café con leche, cojo la magdalena, me meto un trozo gigante en la boca y, justo en ese momento, me llaman por el móvil.

Mierda. Tenía que ser precisamente ahora...

Aprieto el botón de responder a la llamada, me acerco el aparato al oído e intento decir: «Un momento», pero solo me sale una especie de gruñido ininteligible. Tengo la boca llena de migas pegajosas. ¿Qué narices les meten a estas magdalenas?

—¿Eres tú? —Es una voz masculina joven y estridente—. Soy Scottie.

¿Scottie? ¿Scottie?

De pronto se me enciende una lucecita. Scottie. ¿No era ese el nombre que ha mencionado, el amigo de Violet, el que había llamado antes? ¿El que decía no sé qué de una liposucción?

—Ya está. Justo como yo decía. Con una precisión de cirujano. No ha quedado ningún rastro. Una labor propia de un genio, aunque esté mal que yo lo diga. Adiós, Santa Claus.

Estoy masticando la magdalena lo más rápido que puedo, pero sigo sin poder articular ni un solo sonido.

—¿Estás ahí? ¿Este es el número...? ¡Oh, mierda...! —La voz se extingue justo cuando por fin consigo tragar.

—¿Hola? ¿Quieres dejar un mensaje?

Ya ha colgado. Compruebo el número que aparece en la identificación de llamada, pero es un número desconocido.

Lo lógico sería que, a estas alturas, todos los amigos de Violet ya tuviesen su nuevo número. Chasqueo la lengua y meto la mano en mi bolso para sacar el programa de *El Rey León*, que aún llevo ahí dentro.

«Ha llamado Scottie —anoto al lado del primer mensaje—. Ya está. Precisión de cirujano. Sin rastro. Labor de un genio. Adiós, Santa Claus.»

Si alguna vez conozco a la tal Violet, espero que me dé las gracias por todos los esfuerzos que estoy haciendo. De hecho, espero llegar a conocerla. Porque, si no, habré estado tomando nota de todos estos mensajes para nada.

Cuando estoy a punto de guardar el móvil, empieza a parpadear con la llegada de una nueva oleada de mensajes nuevos. ¿Serán ya las primeras respuestas a mi circular? Me desplazo entre los mensajes y veo, decepcionada, que en su mayoría son mensajes de empresa habituales y publicidad. Sin embargo, el penúltimo hace que me dé un vuelco el corazón. Es del padre de Sam.

Me preguntaba qué habría pasado.

Dudo..., pero luego abro el correo.

Querido Sam:

No sé si habrás recibido mi último correo electrónico... Ya sabes que no domino la tecnología y puede ser que te lo haya enviado a una dirección equivocada. Te vuelvo a escribir de todos modos.

Espero que todo te vaya bien y que disfrutes de tu vida en Londres. Ya sabes lo orgullosos que estamos de tu éxito. Te veo en las páginas de Economía de los periódicos. Extraordinario. Siempre supe que estabas destinado a hacer grandes cosas.

Como ya te dije, me encantaría hablar contigo acerca de un pequeño asunto.

¿Tienes previsto acercarte algún día a Hampshire? Hace tanto tiempo desde la última vez, y la verdad es que echo de menos los viejos tiempos.

Con todo mi afecto,

Tu viejo

Papá

Cuando llego al final, me arden los ojos. No me lo puedo creer. ¿Sam no llegó a responderle aquel último e-mail? ¿Es que no le importa nada su propio padre? ¿Se habrán peleado o algo así?

No tengo ni idea de qué va la historia; no tengo ni idea de qué es lo que puede haber pasado entre ellos, solo sé que hay un padre sentado delante de un ordenador, poniendo por escrito todos sus sentimientos y tendiéndole la mano a su hijo, pero este no le hace caso, y no puedo soportarlo. Es que no puedo. Sea lo que sea lo que haya ocurrido, la vida es demasiado corta como para no enmendar nuestros posibles errores. La vida es demasiado corta para guardar viejos rencores.

Movida por un impulso, le doy a «Responder». No me atrevo a hacerme pasar por Sam con su propio padre, eso ya sería demasiado, pero sí puedo establecer contacto. Puedo decirle a un anciano solitario que su voz ha sido escuchada.

> Hola.
>
> Soy la secretaria de Sam. Me gustaría informarle de que la sema-
> na que viene, el 24 de abril, Sam asistirá a la convención de su empre-
> sa en Hampshire, en el hotel Chiddingford. Estoy segura de que le
> encantaría verlo.
>
> Atentamente,
>
> Poppy Wyatt

Pulso «Enviar» antes de que me arrepienta y luego permanezco inmóvil unos segundos, un poco nerviosa por lo que acabo de hacer. Acabo de hacerme pasar por la secretaria de Sam.
Me he puesto en contacto con su padre. Me he inmiscuido en su
vida privada. Si llegara a enterarse, se pondría hecho una furia...
solo de pensarlo ya me entra el pánico.

A veces, sin embargo, hay que ser valientes. A veces hay que
enseñarle a la gente qué es lo importante en esta vida. Y tengo la
fuerte corazonada de que lo que acabo de hacer es lo correcto.
Puede que no sea lo más fácil, pero sí lo correcto.

Me imagino al padre de Sam sentado ante su escritorio, con
la cabeza gris inclinada. El ordenador avisa de la llegada de un
correo nuevo, un rayo de esperanza le ilumina el rostro cuando
lo abre... una sonrisa de alegría aflora a sus labios... se vuelve
hacia su perro, lo acaricia en la cabeza y le dice: «¡Vamos a ver a
Sam por fin, amigo mío!».[60]

Sí. Era lo correcto.

Exhalando el aire muy despacio, abro el último mensaje de
correo, enviado por Blue.

> Hola.
>
> Lamentamos mucho que Sam no pueda asistir a la recepción en
> el Savoy. ¿Querrá designar a otra persona para que asista en su lu-
> gar? Por favor, envíenos el nombre y nos encargaremos de añadirlo a
> la lista de invitados.
>
> Atentamente,
>
> Blue

60. Ya sé que a lo mejor no tiene ningún perro. Solo estoy casi segura de
que sí lo tiene.

El autobús se detiene trabajosamente en un semáforo. Doy un nuevo mordisco a la magdalena y miro fijamente el mensaje de correo.

«Otra persona.» Podría ser cualquiera.

Estoy libre el lunes por la noche. Magnus tiene un seminario hasta tarde en Warwick.

Muy bien. Lo que ocurre es lo siguiente: en condiciones normales, es imposible que vayan a invitarme algún día a una fiesta tan sofisticada y glamurosa como esta. Los fisioterapeutas no solemos recibir esa clase de invitaciones. Y los eventos a los que invitan a Magnus siempre son presentaciones de libros o cenas con los pedantes de la universidad. Nunca son en el Savoy. Nunca hay regalos para los invitados, cócteles ni orquestas de jazz. Esta es mi única oportunidad.

Tal vez sea cuestión de karma. He aparecido en la vida de Sam, la he cambiado para mejor... y esta es mi recompensa.

Mis dedos se mueven antes incluso de que haya tomado una decisión.

«Muchas gracias por su mensaje —me sorprendo escribiendo—. A Sam le gustaría designar a Poppy Wyatt para que asista en su lugar.»

7

¡El anillo falso es perfecto!

Bueeeno..., puede que no sea del todo perfecto. Es un poco más pequeño que el original y sí, si te fijas mucho, parece un poco como de mentirijillas, pero ¿quién se va a dar cuenta sin tener el otro para compararlo? Lo he llevado casi toda la tarde y es muy cómodo. De hecho, pesa menos que el original, lo cual no deja de ser una ventaja.

Ahora acabo de terminar la última sesión de fisio del día y estoy con las manos apoyadas en el mostrador de recepción. Ya se han ido todos los pacientes, incluso la buena de la señora Randall, con quien no he tenido más remedio que ponerme muy seria. Le he dicho que no vuelva hasta dentro de dos semanas, que es perfectamente capaz de hacer los ejercicios sola en casa y que nada le impide volver a la pista de tenis.

Y entonces, naturalmente, ha salido todo: resulta que tenía miedo de decepcionar a su pareja en dobles, y que por eso acudía al centro tan a menudo, para recuperar la confianza. Yo le he dicho que estaba absolutamente preparada y que quiero que me envíe un SMS con el resultado de su próximo partido antes de volver a visitarse conmigo. Le he dicho que si era necesario, yo misma iría a jugar con ella, momento en el que se ha echado a reír y ha admitido haber actuado de forma irracional.

Entonces, cuando se ha ido, Angela me ha contado que, por lo visto, la señora Randall es un hacha jugando a tenis y que una vez había participado el torneo de Wimbledon, en la categoría júnior. Caramba. Pues menos mal que no voy a tener que jugar con ella, porque no soy capaz ni de devolver un revés.

Angela también se ha ido. Solo estamos Annalise, Ruby y yo, examinando el anillo en silencio salvo por la tormenta primaveral que ha estallado en la calle. Hace un momento todo era sol y un poco de viento, entonces, de repente, la lluvia ha empezado a acribillar las ventanas.

—Es magnífico. —Ruby asiente vigorosamente. Hoy se ha recogido el pelo en una cola de caballo que salta cada vez que mueve la cabeza—. Un trabajo excelente. Es imposible notar la diferencia.

—Pues yo sí la noto —replica inmediatamente Annalise—. No es el mismo verde.

—¿En serio? —Me quedo asombrada.

—El quid de la cuestión es: ¿Magnus es muy observador o no? —pregunta Ruby arqueando las cejas—. ¿Lo has sorprendido mirando el anillo alguna vez?

—Creo que no...

—Bueno, entonces tal vez lo mejor será que durante unos días mantengas las manos un poco alejadas de él, por si acaso.

—¿Que mantenga las manos alejadas de él? ¿Y eso cómo lo hago?

—¡Vas a tener que reprimirte! —contesta Annalise con aspereza—. No puede ser tan difícil, ¿no?

—¿Y sus padres? —dice Ruby.

—Estoy segura de que querrán ver el anillo. Los voy a ver en la iglesia, así que no habrá mucha luz, pero aun así... —Me muerdo el labio, nerviosa de repente—. Ay, Dios... pero ¿parece auténtico o no?

—¡Sí! —responde Ruby de inmediato.

—No —dice Annalise, con la misma rotundidad—. Lo siento, pero no lo parece. Si te fijas bien, no parece de verdad.

—Bueno, ¡pues no dejes que se fijen bien! —exclama Ruby—. Si se ponen a mirarlo muy de cerca, distráelos de alguna manera.

—¿Cómo?

—¿Desmayándote, tal vez? ¿Y si finges que te ha dado una lipotimia o algo así? ¿Y si dices que estás embarazada?

—¿Embarazada? —La miro y me entran ganas de reír—. ¿Estás loca?

—Solo estoy tratando de ayudar —dice, a la defensiva—. Tal vez les gustaría que estuvieses embarazada. Tal vez Wanda se muere de ganas de ser abuela.

—No. —Niego con la cabeza—. Ni hablar. Seguro que le da un ataque.

—¡Perfecto! ¡Así no mirará el anillo! Estará demasiado ocupada poniéndose histérica. —Ruby asiente satisfecha con la cabeza, como si hubiera resuelto todos mis problemas.

—¡No quiero una suegra histérica a mi lado, muchas gracias!

—Se va a poner histérica de todos modos —señala Annalise—. Solo tienes que decidir qué es peor: una nuera embarazada o una nuera cabra loca que ha perdido la joya de la familia. Yo te aconsejaría que te inclinases por la primera opción.

—¡Basta! ¡No pienso decir que estoy embarazada! —Vuelvo a mirar el anillo y froto la falsa esmeralda—. Creo que todo saldrá bien —digo, sobre todo para convencerme a mí misma—. Todo saldrá bien.

—Oye, ¿no es Magnus ese de ahí? —exclama Ruby de repente—. El que está al otro lado de la calle.

Sigo su mirada. Sí, es él, debajo del paraguas, esperando a que el semáforo se ponga en verde para cruzar.

—Mierda. —Me incorporo de golpe y me tapo la mano izquierda con la derecha así, como quien no quiere la cosa. No. Demasiado forzado. Me meto la mano izquierda en el bolsillo de la bata, pero me sobresale el brazo en una posición poco natural.

—No, eso no va a dar resultado. —Ruby me está mirando—. No va a colar, ya lo verás.

—Bueno, ¿y qué hago entonces? —exclamo.

—Crema de manos. —Coge un tubo—. Ven. Te voy a hacer

una manicura, y luego puedes dejarte un poco de crema encima... a propósito.

—Eres un genio. —Miro a Annalise y pestañeo, asombrada—. Mmm... Annalise, ¿qué estás haciendo?

Al parecer, en los treinta segundos transcurridos desde que Ruby ha visto a Magnus, Annalise se ha puesto brillo de labios, se ha rociado con perfume y ahora se está sacando unos cuantos mechones del moño para estar más sexy.

—¡Nada! —responde desafiante mientras Ruby empieza a frotarme las manos con crema.

Solo me da tiempo de lanzarle una mirada suspicaz antes de que Magnus asome por la puerta, sacudiéndose las gotas de lluvia del paraguas.

—¡Hola, chicas! —Exhibe su sonrisa más radiante como si fuésemos un público entusiasta esperando a que haga su entrada triunfal. Y supongo que eso es lo que somos.

—¡Magnus! Trae, dame tu chaqueta. —Annalise ya se ha plantado a su lado—. Tú no te preocupes, Poppy. Estás haciéndote la manicura. Ya me encargo yo. ¿Quieres un poco de té, tal vez?

Vaya, vaya... No esperaba otra cosa de ella. La observo mientras le quita la chaqueta de lino, deslizándosela por los hombros. ¿No se lo está tomando con demasiada parsimonia? Además, ¿por qué se tiene que quitar la chaqueta si ya nos vamos?

—Ya casi hemos terminado. —Miro a Ruby—. ¿Verdad?

—No hay prisa —dice Magnus—. Tenemos tiempo. —Mira a su alrededor e inspira profundamente, como disfrutando de unas vistas impresionantes—. Hummm... Recuerdo la primera vez que vine aquí como si fuera ayer. ¿Te acuerdas, Pops? Dios..., fue increíble, ¿verdad?

Me mira con un brillo picarón en los ojos e inmediatamente le lanzo un mensaje con mi mirada asesina: «¡Cállate, imbécil!». Por su culpa me voy a meter en un lío.

—¿Cómo tienes la muñeca, Magnus? —Annalise se le acerca con una taza de té de la máquina—. ¿Poppy no te programó una cita de revisión a los tres meses?

—No. —Parece sorprendido—. ¿Por qué? ¿Debería haberlo hecho?

—Tu muñeca está perfectamente —digo con firmeza.

—¿Por qué no le echo un vistazo? —Annalise me ignora por completo—. Poppy ahora no puede ocuparse de ti profesionalmente, no sería ético. Conflicto de intereses. —Le agarra la muñeca—. ¿Dónde te dolía exactamente? ¿Aquí? —Le desabrocha el puño de la camisa y va desplazándose por su brazo—. ¿Aquí? —Va bajando el tono de voz y lo mira haciendo varios parpadeos y caídas de ojos—. O tal vez... ¿aquí?

Ya está bien. Hasta aquí podíamos llegar.

—¡Gracias, Annalise! —le dedico una sonrisa radiante—. Pero será mejor que salgamos ya para la iglesia, para el ensayo de nuestra boda, ¿recuerdas? —señalo, haciendo un deliberado hincapié.

—Por cierto, ahora que dices eso... —Magnus frunce el ceño un momento—. Poppy, quería comentarte una cosa respecto a eso. ¿Podemos ir a tu consulta un momento?

—Ah. —Tengo un vago presentimiento—. Sí, claro.

Incluso Annalise parece sorprendida, y Ruby arquea las cejas.

—¿Un té, Annalise? —propone—. Nosotras estaremos aquí fuera. No hay prisa.

Mientras hago pasar a Magnus a la sala, siento cómo se apodera de mí un pánico absoluto. Lo sabe. Sabe lo del anillo; lo de la partida de Scrabble; todo. Se está echando atrás. Quiere casarse con alguien con quien pueda hablar de Proust.

—¿Podemos cerrar la puerta con el seguro? —Toquetea el pestillo y al cabo de un momento ya lo ha cerrado—. Ya está. ¡Perfecto! —Cuando se vuelve, tiene un brillo inconfundible en la mirada—. Dios mío, Poppy, ¡qué sexy estás hoy...!

Tardo unos cinco segundos en captar la indirecta.

—¿Qué? No, Magnus. Tienes que estar de broma...

Avanza hacia mí con una expresión decidida que me resulta muy familiar. De ninguna manera. Que no..., ni hablar del peluquín...

—¡Para! —Lo aparto cuando intenta desabrocharme el botón superior de la bata del uniforme—. ¡Estoy en el trabajo!

—Lo sé. —Cierra los ojos un segundo, como si estuviera en un éxtasis de felicidad—. No sé qué es lo que tiene este sitio. A lo mejor es por tu uniforme, tan blanquito...

—Bueno, pues lo siento mucho.

—Tú también quieres y lo sabes. —Me mordisquea el lóbulo de la oreja—. Vamos...

¡Cómo lo odio por saber lo de mis lóbulos, maldito sea...! Por un momento, solo por un momento, pierdo la concentración. Pero entonces, cuando intenta abalanzarse sobre los botones de nuevo, vuelvo a la cruda realidad. Ruby y Annalise están a apenas unos metros de distancia, al otro lado de la puerta.[61] No puede ser.

—¡No! ¡Magnus, creía que querías hablarme de algo serio! ¡De la boda o algo así!

—¿Y por qué iba a querer hablar de eso? —Está apretando el botón que reclina completamente el respaldo de la camilla—. Mmm..., me acuerdo de esta cama.

—¡No es una cama, es una camilla de fisioterapia!

—¿Esto es aceite de masaje? —Ha cogido un frasco.

—¡Chist! —Lo hago callar—. ¡Ruby está ahí mismo! Ya me han abierto un expediente disciplinario y...

—¿Y esto qué es? ¿Una herramienta para las ecografías? —Agarra la sonda—. Estoy seguro de que nos podíamos divertir mucho con esto. ¿Se calienta? —De repente se le iluminan los ojos—. ¿Vibra?

Es como tratar de mantener a raya a un crío de dos años.

—¡No podemos! Lo siento. —Me aparto y coloco la camilla entre ambos—. No podemos hacerlo. No podemos y punto. —Me aliso el uniforme.

Por un instante, Magnus parece tan enfadado que pienso que va a gritarme.

—Lo siento —repito—, pero es como pedirte que manten-

61. De hecho, seguramente hasta han colocado un vaso de cristal.

gas relaciones sexuales con una alumna. Te pondrían de patitas en la calle. ¡Sería el fin de tu carrera!

Magnus parece estar a punto de contradecirme..., pero luego lo piensa mejor y se calla lo que sea que estuviera a punto de decirme.

—Bueno, pues nada. Estupendo. —Se encoge de hombros, decepcionado—. Esto es estupendo. Y entonces, ¿qué hacemos?

—¡Podemos hacer un montón de cosas! —exclamo animadamente—. ¿Charlar un poco? ¿Repasar los detalles de la boda? ¡Solo faltan ocho días!

Magnus no responde. No es necesario. Su falta de entusiasmo emana de él como una especie de energía psíquica.

—¿O podemos tomarnos una copa? —le sugiero al fin—. Tenemos tiempo de ir al pub antes de ir a la iglesia.

—Está bien —responde al fin, con cansancio—. Vámonos al pub.

—Volveremos aquí —le digo en tono sugerente—. Otro día. Tal vez un fin de semana...

Pero ¿qué diablos le estoy prometiendo? Oh, Dios mío... Bueno, cruzaré ese puente cuando llegue el momento.

Cuando salimos de la habitación, Ruby y Annalise levantan la vista forzadamente de unas revistas que, a todas luces, no estaban leyendo.

—¿Va todo bien? —pregunta Ruby.

—¡Sí, muy bien! —Me aliso la bata—. Nada... los preparativos de la boda. El velo, las flores y esas cosas... Bueno, y ahora será mejor que nos vayamos...

Veo mi reflejo en el espejo. Tengo las mejillas encendidas y no dejo de decir tonterías. Toda yo me delato.

—Pues que vaya todo bien... —Ruby lanza una mirada elocuente al anillo primero y luego a mí.

—¡Gracias!

—¡Mándanos un mensaje! —interviene Annalise—. Pase lo que pase. ¡Estaremos ansiosas por recibir noticias tuyas!

Lo importante es lo siguiente: el anillo ha conseguido dar gato por liebre a Magnus. Y si lo ha engañado a él, seguro que dará el pego con sus padres, ¿no? Cuando llegamos a la iglesia parroquial de Saint Edmund's hacía siglos que no me sentía tan optimista. Es una iglesia muy grande y majestuosa, en Marylebone, y de hecho la elegimos porque es muy bonita. Al entrar, alguien está ensayando una pieza musical en el órgano, los bancos están decorados con flores rosas y blancas para otra boda, y reina un ambiente de expectación.

De repente siento un escalofrío de la emoción. ¡Dentro de ocho días nos tocará a nosotros! La iglesia estará decorada con ramos de flores y guirnaldas de seda blanca. Todos mis amigos y mi familia estarán esperando con impaciencia. El trompetista se situará ahí arriba, en la tribuna del órgano, y yo apareceré con mi vestido blanco y Magnus estará esperándome en el altar, con su chaleco de diseño.[62] ¡Vamos a casarnos de verdad!

Wanda ya está dentro de la iglesia, mirando fijamente una estatua antigua. Cuando se vuelve, me obligo a saludarla con vehemencia con la mano, como si todo marchase sobre ruedas y como si fuésemos uña y carne y no me intimidase en absoluto.

Magnus tiene razón, me digo. Soy un poco exagerada y he sacado las cosas de quicio. Lo más probable es que se mueran de ganas de que pase a formar parte de la familia.

Después de todo, les gané en el Scrabble, ¿verdad?

—¿Te lo puedes creer? —Le tiro del brazo—. ¡Ya no falta nada!

—¿Diga? —Magnus contesta al móvil, que debía de tener en el modo de vibración—. Ah, hola, Neil.

Genial. Neil es el alumno más aventajado de Magnus y está escribiendo una tesis sobre los símbolos en la obra de Coldplay.[63] Ahora se pasarán horas hablando por teléfono. Magnus se disculpa en voz baja y sale de la iglesia.

62. Su chaleco costó casi lo mismo que mi vestido.

63. A mí me parece que estudiar los «címbalos» en la obra de Coldplay tendría mucho más sentido, pero claro, yo no soy ninguna eminencia.

Lo lógico habría sido que hubiese apagado el móvil, ¿no? ¡Hasta yo he apagado el mío!

En fin, no importa.

—¡Hola! —exclamo al ver a Wanda avanzar por el pasillo—. ¡Cuánto me alegro de verte de nuevo! Es muy emocionante, ¿a que sí?

No le estoy enseñando exactamente la mano con el anillo, pero tampoco la estoy escondiendo. Es una actitud neutral. La Suiza de las manos.

—¡Poppy! —Wanda me besa las mejillas con ademán exagerado—. Querida, deja que te presente a Paul. ¿Dónde se habrá metido? Por cierto, ¿cómo tienes la quemadura?

Me quedo paralizada.

Paul. El dermatólogo. Mierda. Se me había olvidado por completo. ¿Cómo puedo haberme olvidado del dermatólogo? ¿Cómo he podido ser tan estúpida? Estaba tan contenta por haber encontrado una imitación del anillo que se me ha olvidado que, supuestamente, sufro heridas mortales en una mano.

—Te has quitado el vendaje —observa Wanda.

—Mmm... —Trago saliva—. Sí, me lo he quitado. Porque... porque... ya tengo la mano mucho mejor. Muchísimo mejor.

—De todos modos, toda precaución es poca, aunque sean quemaduras leves. —Wanda me está guiando por el pasillo y no puedo hacer otra cosa más que seguirla obedientemente—. Uno de nuestros colegas en Chicago se rompió un dedo del pie y siguió haciendo vida normal como si nada. Luego, cuando quiso darse cuenta, ¡estaba en el hospital con gangrena! Le dije a Antony... —Wanda se detiene—. Aquí la tenéis. La novia. La prometida. La paciente.

Antony y un hombre mayor con un suéter morado en pico desvían la mirada de un cuadro colgado en una columna de piedra y la dirigen hacia mí.

—¡Poppy! —me saluda Antony—. Te presento a nuestro vecino, Paul McAndrew, uno de los profesores de Dermatología más eminentes del país, especialista en quemaduras, ¿has visto qué suerte?

—¡Genial! —exclamo con un chillido nervioso, al tiempo que escondo las manos por detrás de la espalda—. Bueno, como ya he dicho, la tengo mucho mejor...

—Vamos a echar un vistazo —dice Paul con toda naturalidad.

No tengo escapatoria. Completamente abochornada, alargo poco a poco la mano izquierda. Todos se quedan mirando mi piel suave e intacta en silencio.

—¿Dónde fue la quemadura exactamente? —pregunta Paul al fin.

—Mmm... aquí. —Señalo vagamente hacia el pulgar.

—¿Fue una escaldadura? ¿Te quemaste con un cigarrillo? —Me ha cogido la mano y la palpa con movimiento experto.

—No. Fue con un... mmm... radiador. —Trago saliva—. Me hice mucho daño.

—Llevaba toda la mano vendada. —Wanda parece divertida—. ¡Parecía una víctima de guerra! ¡Ayer mismo!

—Entiendo. —El médico me suelta la mano—. Bueno, ahora parece estar bien, ¿no? —me dice—. ¿Sientes dolor? ¿Un poco sensible tal vez?

Niego con la cabeza en silencio.

—Te recetaré una crema emoliente —dice con amabilidad—, por si reaparecen los síntomas, ¿de acuerdo?

Veo a Wanda y a Antony intercambiándose una mirada. Genial. Es evidente que ahora creen que soy una hipocondríaca.

Bueno, no pasa nada. No me importa. Cargaré con el sambenito de ser la hipocondríaca de la familia. Puede ser una de mis manías. Podría ser peor. Al menos no se han puesto a gritar: «¿Qué demonios has hecho con nuestro anillo de valor incalculable y qué es esa baratija que llevas en el dedo?».

Como si me hubiera leído el pensamiento, Wanda vuelve a mirarme la mano.

—El anillo de esmeralda de mi madre, ¿lo ves, Antony? —Me señala la mano—. Magnus se lo regaló a Poppy cuando le pidió matrimonio.

Muy bien. Decididamente, no son imaginaciones mías: ha

dicho eso con retintín y ahora está lanzando una mirada cómplice a Antony. ¿Qué está pasando aquí? ¿Acaso quería quedarse ella con el anillo? ¿Magnus no tenía que habérmelo regalado? Me siento como si hubiera metido la pata en un delicado asunto familiar que para mí es incomprensible y que, por educación, nadie piensa explicarme, así que me voy a quedar sin saber qué es lo que piensan realmente.

Pero si el anillo es tan especial, ¿cómo no se ha dado cuenta de que es falso? Siento una decepción irracional con los Tavish por no haberse percatado, tan listos como se creen... y ni siquiera son capaces de reconocer una esmeralda falsa.

—Un anillo de compromiso precioso —comenta Paul educadamente—. Es una joya única, por lo que parece.

—¡Desde luego! —asiento con la cabeza—. Muy antigua. No hay otra igual.

—Ah, Poppy —interviene Antony, que acaba de examinar una estatua junto a nosotros—. Ahora que me acuerdo, tenía una pregunta para ti.

¿Para mí?

—Ah, bueno —digo, sorprendida.

—Se lo preguntaría a Magnus, pero creo que pertenece más a tu terreno que al suyo.

—Dime. —Sonrío cortésmente, esperando alguna pregunta sobre la boda, como «¿Cuántas damas de honor va a haber?» o «¿Cómo va a ser el ramo?», o incluso «¿Fue una sorpresa para ti cuando Magnus te propuso matrimonio?».

—¿Qué te parece el nuevo libro de McDowell sobre los estoicos? —Se queda mirándome fijamente a los ojos—. ¿Qué opinas de él en comparación con el trabajo de Whittaker?

Por un momento, estoy demasiado aturdida para reaccionar. ¿Eh? ¿Cómo dice? ¿Qué opino de qué?

—¡Ah, sí! —Wanda asiente vigorosamente con la cabeza—. ¿Sabes, Paul? Resulta que Poppy es una especie de experta en filosofía griega. Nos confundió a todos en el Scrabble, con la palabra «aporía», ¿a que sí?

No sé cómo, pero me las arreglo para mantener la sonrisa.

«Aporía.»

Esa fue una de las palabras que Sam me envió por SMS. Me había tomado unas cuantas copas de vino y para entonces ya me sentía bastante más segura. Tengo un vago recuerdo de mí misma colocando las fichas y diciendo que la filosofía griega es una de mis pasiones.

¿Por qué? ¿Por qué, por qué, por qué? Si pudiera volver atrás en el tiempo, me detendría en ese momento y me diría a mí misma: «¡Poppy! ¡Ya basta!».

—¡Es verdad! —Trato de esbozar una sonrisa distendida—. ¡Aporía! Bueno, pero ¿sabe alguien dónde se ha metido ese cura...?

—Esta mañana estábamos leyendo el suplemento literario del *Times* —dice Antony, haciendo caso omiso de mi intento de cambiar de tema— cuando vimos una reseña del nuevo libro de McDowell y dijimos: «Por supuesto, Poppy se habrá enterado de esto». —Aguarda mi respuesta con aire expectante—. ¿Tiene razón McDowell acerca de las virtudes del siglo IV?

Siento que me va a dar algo. ¿Por qué demonios tuve que inventarme que soy una experta en filosofía griega? ¿Cómo se me pudo ocurrir?

—En realidad, todavía no he tenido tiempo para leer el libro de McDowell. —Me aclaro la garganta—. Aunque, por supuesto, lo he incluido en mi lista de lecturas pendientes.

—En mi opinión, el estoicismo ha sido interpretado erróneamente como una filosofía. ¿No te parece, Poppy?

—Desde luego, desde luego —asiento con la cabeza, tratando de parecer lo más entendida en el tema posible—. Es un error enorme. Sin lugar a dudas.

—En mi opinión, los estoicos no eran impasibles. —Hace un gesto con las manos como si estuviera ante un público de trescientas personas—. Solo atribuían una gran importancia a la virtud de la entereza. Al parecer, eran tan inmunes a la hostilidad que sus atacantes se preguntaban si no serían de piedra.

—¡Qué barbaridad! —exclama Paul, riéndose.

—¿Estoy en lo cierto, Poppy? —Antony vuelve hacia mí—.

Cuando los galos atacaron Roma, los senadores estaban sentados en el foro, esperando con calma. Los agresores se quedaron tan perplejos por su actitud imperturbable que creyeron que eran estatuas. Un galo llegó incluso a tirar de la barba de uno de los senadores, para asegurarse.

—Exactamente —asiento con convicción—. Así fue.

Mientras Antony siga hablando y yo siga asintiendo con la cabeza, no habrá ningún problema.

—¡Fascinante! ¿Y qué pasó después? —Paul me mira con curiosidad.

Miro a Antony para saber la respuesta, pero él también está esperando a que conteste. Igual que Wanda.

Tres profesores eminentes. Todos esperando a que yo, precisamente yo, les hable de filosofía griega.

—Bueno... —hago una pausa como si estuviera reflexionando, como preguntándome por dónde empezar—. Bueno, a ver. Fue... interesante. Desde luego que lo fue. Para la filosofía. Y para Grecia. Y para la historia. Y para la humanidad. De hecho, se podría decir que fue el punto culminante de la grecia... dad.

—Me callo sin más, con la esperanza de que nadie se haya dado cuenta de que no he respondido a la pregunta.

Hay un momento de silencio perplejo.

—Pero ¿qué fue lo que pasó? —pregunta Wanda, un poco impaciente.

—Ah, pues que los senadores fueron masacrados, naturalmente —dice Antony, encogiéndose de hombros—. Pero lo que yo quería preguntarte, Poppy, es...

—¡Qué cuadro tan interesante! —exclamo con desesperación, señalando una pintura que cuelga de una columna—. ¡Mirad!

—Ah, pues sí, es muy interesante. —Se aleja para examinarlo.

Lo bueno de Antony es que siente tanta curiosidad por todo que es muy fácil que se distraiga.

—Tengo que consultar algo en mi agenda... —aprovecho para decir rápidamente—. Ahora mismo vuelvo...

Mientras huyo a todo correr hasta un banco cercano, me tiemblan las piernas. Esto es un desastre. Ahora tendré que fingir que soy una experta en filosofía griega el resto de mi vida. Cada Navidad y cada reunión familiar tendré que tener una opinión formada sobre la filosofía griega, por no hablar de poder recitar de memoria todos los cantos de *La Odisea*.

Nunca debería haber hecho trampa, nunca. Es mi karma. Este es mi castigo.

En fin, demasiado tarde. Ya está hecho.

Voy a tener que empezar a tomar notas. Saco el móvil, abro un mensaje nuevo de correo y empiezo a elaborar una lista.

COSAS QUE HACER ANTES DE LA BODA
1) Convertirme en experta en filosofía griega.
2) Aprenderme de memoria todos los cantos de *La Odisea*.
3) Aprender palabras largas para el Scrabble.
4) Recordar: soy hipocondríaca.
5) Ternera strogonoff. Conseguir que me guste. (¿Hipnosis?)[64]

Miro la lista unos segundos. Está bien. Puedo convertirme en esa persona. Tampoco soy tan diferente...

—Bueno, por supuesto, ya sabes lo que opino del arte en las iglesias... —Antony habla en voz alta—. Es absolutamente escandaloso...

Me escabullo y me escondo para que no me vean y así no tener que participar en la conversación. Todo el mundo sabe lo que piensa Antony del arte en las iglesias, sobre todo porque ha puesto en marcha una campaña de ámbito nacional para transformar las iglesias en galerías de arte y deshacerse de todos los curas. Hace unos años apareció en la televisión y declaró: «No deberíamos dejar tesoros como estos en manos de los filisteos». La frase salió en todas partes y causó un gran revuelo, y los pe-

---

64. Wanda preparó ternera strogonoff cuando conocí a los Tavish. ¿Cómo iba a decirle que me entran ganas de vomitar?

riódicos publicaron titulares como PROFESOR LLAMA FILISTEOS A LOS SACERDOTES[65] y PROFE CONTRA CURAS (este último en el sensacionalista *The Sun*).

Ojalá no hablase tan alto. ¿Y si lo oye el cura? No es lo que se dice muy considerado.

Y ahora lo oigo metiéndose con el programa de la ceremonia religiosa.

—«Bienamados hermanos.» —Se ríe con su risita sarcástica—. ¿Bienamados por quién? ¿Por las estrellas y el cosmos? ¿Alguien realmente espera que creamos que hay un ser benévolo ahí arriba que nos ama? «Ante los ojos de Dios.» ¡Qué te parece, Wanda! Tonterías absurdas para deficientes mentales.

De repente veo al cura de la iglesia avanzando por el pasillo hacia nosotros. Por su expresión de cólera, es evidente que lo ha oído. Ay...

—Buenas tardes, Poppy.

Me levanto rápidamente del banco.

—¡Buenas tardes, reverendo Fox! ¿Cómo está? Estábamos hablando de... lo preciosa que es esta iglesia. —Le dedico una sonrisa de circunstancias.

—Sí, desde luego —responde con frialdad.

—¿Conoce ya...? —Trago saliva—. ¿Conoce ya a mi futuro suegro? Le presento al profesor Antony Tavish.

Por suerte, Antony estrecha cordialmente la mano del cura, pero el ambiente es tenso.

—Veo en el programa, profesor Tavish, que se encargará usted de una de las lecturas —señala el reverendo Fox después de comprobar otros detalles—. ¿Un texto de la Biblia?

—No exactamente. —Antony mira al sacerdote con un brillo de animosidad en los ojos.

—Ya decía yo... —El reverendo Fox le devuelve una sonrisa

65. Salió en *Newsnight* y todo. Según Magnus, a Antony le encantó suscitar tanta atención, aunque hacía como que no era así. Ha hecho declaraciones aún más controvertidas desde entonces, pero no han causado el mismo revuelo que lo de los filisteos.

impregnada de agresividad—. La verdad es que la Biblia no es santo de su devoción, por así decirlo.

¡Oh, Dios...! La hostilidad entre los dos provoca chisporroteos en el aire. ¿Y si cuento un chiste, para aliviar la tensión?

Será mejor que no.

El reverendo Fox revisa sus notas.

—Bueno, Poppy, ¿y serán tus hermanos quienes te acompañen hasta el altar?

—Sí, exactamente. —Asiento con la cabeza—. Toby y Tom. Serán ellos quienes me lleven del brazo en el pasillo, uno a cada lado.

—¡Sus hermanos! —exclama Paul, intrigado—. Qué buena idea... pero ¿por qué no tu padre?

—Porque mi padre... —dudo un instante—. Bueno, mis padres están muertos, los dos.

E igual que la noche sigue al día, aquí está: el silencio incómodo. Me quedo mirando el suelo de piedra, contando los segundos y esperando pacientemente a que pase.

¿Cuántos silencios incómodos habré provocado en los últimos diez años? Siempre es lo mismo. Nadie sabe adónde mirar, nadie sabe qué decir. Al menos, esta vez nadie intenta darme un abrazo.

—Mi querida niña... —dice Paul, consternado—. Lo siento mucho...

—¡No pasa nada! —Lo interrumpo animada—. De verdad. Fue un accidente. Hace diez años. No hablo de ello, ni pienso en ello. Ya no.

Le lanzo una sonrisa lo más desalentadora posible. No pienso hablar de eso. Nunca hablo de eso. Lo tengo todo bien guardadito en mi cabeza. Guardado bajo llave.

Nadie quiere escuchar historias tristes, esa es la pura verdad. Recuerdo una vez cuando mi tutor en la universidad me preguntó si estaba bien y si quería hablar de lo ocurrido. En cuanto empecé, me dijo: «Sobre todo, ¡no pierdas la confianza en ti misma, Poppy!», de una forma tan repentina que en realidad lo que quería decir era: «Lo cierto es que no tengo ningunas ganas de escucharte, así que, por favor, no me lo cuentes».

Había un grupo de apoyo, pero no fui. Coincidía con mis entrenamientos de hockey. Además, ¿qué es lo que hay que hablar? Mis padres murieron. Mis tíos nos acogieron en su casa. Mis primos ya no vivían con ellos, así que tenían habitaciones libres y todo eso.

Sucedió y ya está. No hay mucho más que decir.

—¡Qué anillo de compromiso tan bonito, Poppy! —exclama el reverendo Fox por fin, y todos aprovechan de inmediato la ocasión.

—¿A que es precioso? Es muy antiguo.

—Una joya de familia —agrega Wanda.

—Muy especial. —Paul me da una palmadita en la mano—. Una pieza única.

La puerta trasera se abre y se escucha el sonido metálico de los pernos.

—Siento llegar tarde —dice una voz estridente y familiar—. Ha sido un día horrible.

Avanzando por el pasillo, cargando con varias bolsas llenas de seda, aparece Lucinda. Lleva un vestido camisero de color beis, unas gafas de sol absolutamente gigantescas y parece enfadada.

—¡Reverendo Fox! ¿Recibió mi correo electrónico?

—Sí, Lucinda —contesta el cura con gesto de cansancio—. Sí que lo recibí. Me temo que no se pueden rociar las columnatas de la iglesia con espray plateado, bajo ningún concepto.

Lucinda se para en seco y un trozo de seda gris empieza a desenrollarse por el pasillo.

—¿Que no se puede? ¿Y qué voy a hacer yo ahora? ¡Le prometí a la florista columnas de plata! —Se desploma en uno de los bancos—. ¡Maldita boda! Cuando no es una cosa, es la otra...

—Lucinda, querida, no te preocupes —le dice cariñosamente Wanda—. Estoy segura de que lo estás haciendo de maravilla. ¿Cómo está tu madre?

—Ah, mi madre está bien. —Lucinda hace un ademán con la

mano—. Aunque no la veo nunca. Siempre estoy de trabajo hasta el cuello con esta... ¿Dónde se habrá metido esa idiota de Clemency?

—Por cierto, ya he reservado los coches —me apresuro a decir—. Ya está hecho. Y el confeti. Y también me preguntaba si no debería encargar unos capullos de rosa para que los ujieres de la iglesia se los pongan en el ojal...

—Si pudieras encargarte tú —me contesta, un tanto susceptible—, me harías un favor. —Levanta la cabeza y parece como si me viera por primera vez—. ¡Ah, Poppy! Por lo menos traigo una buena noticia: ¡he encontrado tu anillo! Se había quedado enganchado en el forro de mi bolso.

Saca el anillo de esmeralda delante de todos. Estoy tan perpleja que no hago más que pestañear.

El original. El verdadero anillo, la joya de la familia, mi anillo de esmeralda, el anillo de compromiso que no tiene precio. Allí, delante de mis narices.

¿Cómo es posible...?

¿Qué diablos...?

No me atrevo a mirar a nadie, pero siento las miradas asombradas de los demás a mi alrededor, cruzándose como rayos láser, miradas que van del anillo falso al verdadero y luego al falso de nuevo.

—No entiendo... —empieza a decir Paul al fin.

—¿Qué está pasando aquí? —Magnus se acerca por el pasillo central observando la escena—. Parece como si hubierais visto un fantasma. ¿El Espíritu Santo tal vez? —Se ríe de su chiste, pero nadie le sigue.

—Si ese es el anillo... —Wanda parece haber encontrado su voz—. Entonces, ¿qué es esto? —Señala el anillo falso que llevo en el dedo y que, ahora, naturalmente parece una baratija de feria.

Tengo la garganta tan agarrotada que casi no puedo respirar. No sé cómo, pero necesito salvar la situación de alguna manera. No deben saber jamás que lo perdí.

—¡Sí! Ya sabía yo que os ibais a sorprender... —acierto a decir al fin, no sé cómo, y consigo hasta esbozar una sonrisa. Me siento como si caminara sobre un puente que voy a tener que construir yo misma a medida que avanzo—. La verdad es que... ¡encargué que me hicieran una copia! —Trato de hablar como si fuera lo más natural del mundo—. Porque le dejé el original a Lucinda.

La miro con desesperación, confiando en que me siga la corriente. Por suerte, parece haberse dado cuenta de su propia metedura de pata.

—¡Sí! —se apresura a decir—. Claro. Lo cogí para... para...

—Para... para poder diseñar...

—¡Sí! Pensamos que el anillo podría servirnos de inspiración para...

—¡Para los anillos para las servilletas! —se me ocurre de repente—. ¡Anillos personalizados con esmeraldas para sujetar las servilletas! Aunque al final decidimos no hacerlos —añado enseguida.

A continuación se produce un gran silencio. Decido armarme de valor y mirar a mi alrededor.

Wanda tiene la frente arrugada y una expresión sombría; Magnus parece desconcertado; Paul ha dado un paso atrás distanciándose del grupo, como diciendo: «Yo no tengo nada que ver con esto».

—Así que... muchas gracias. —Con manos temblorosas, le quito el anillo a Lucinda—. Ahora mismo... me lo pongo.

He conseguido llegar a nado a la otra orilla y vuelvo a pisar tierra firme al fin. Lo he logrado. Gracias a Dios.

Sin embargo, mientras me quito el anillo falso, lo meto en el bolso y me coloco otra vez el verdadero, mi cerebro trabaja a toda velocidad. ¿Cómo es que Lucinda tenía el anillo? ¿Y la señora Fairfax? ¿Qué coño está pasando aquí?

—Oye, cielo, pero exactamente ¿por qué encargaste hacer una réplica del anillo? —Magnus parece muy confuso.

Lo miro, tratando con todas mis fuerzas de que se me ocurra algo. ¿Por qué me habría tomado la molestia de encargar un anillo falso y pagar su elevado coste?

—Porque pensé que estaría bien tener dos —me arriesgo a decir en voz baja, tras una pausa.

Oh, Dios mío... No, no, eso no. Debería haber dicho «para llevármelo cuando vayamos de viaje».

—¿Querías dos anillos? —Wanda parece a punto de quedarse sin habla.

—¡Vaya, pues espero que no hagas extensible ese deseo también a tu marido! —exclama Antony con su peculiar sentido del humor—. Imagínate que quisiera tener dos maridos, igual que dos anillos de compromiso, ¿eh, Magnus?

—¡Ja, ja, ja! —estallo en una carcajada sincopada—. ¡Ja, ja, ja! ¡Qué bueno! Muy bueno... En fin... —Me dirijo al reverendo Fox, tratando de disimular mi desesperación—. ¿Empezamos ya?

Media hora más tarde todavía me tiemblan las piernas. Esta vez sí que me he librado por los pelos. No estoy del todo segura de que Wanda me crea, porque no deja de lanzarme miradas sospechosas, y encima me ha preguntado cuánto me costó la réplica del anillo falso, dónde la encargué y toda una serie de preguntas que no tenía ningunas ganas de responder, la verdad.

¿Qué se cree? ¿Que pretendía vender el original o qué?

Hemos ensayado el recorrido por el pasillo central de la iglesia, primero yo sola y luego, para la vuelta, los dos juntos, y nos han dicho dónde vamos a tener que arrodillarnos y firmar el registro, y ahora el cura acaba de proponernos que repasemos los votos.

Pero no puedo hacerlo. No puedo decir las palabras mágicas con Antony ahí delante, dispuesto a soltar sus comentarios de listillo cada dos por tres y a burlarse de cada frase. En la boda será diferente. No tendrá más remedio que mantener la boca cerrada.

—Magnus —lo llamo a un lado con un susurro—. No pronunciemos nuestros votos hoy, dejémoslo para el gran día. No quiero hacerlo delante de tu padre. Son unas palabras demasiado especiales para que nos las estropeen.

—Está bien. —Parece sorprendido—. A mí me da lo mismo, como tú quieras.

—Digámoslas solo una vez: el día de la boda. —Le aprieto la mano—. De todo corazón.

Aunque Antony no estuviera ahí delante, me doy cuenta de que no quiero adelantarme al gran momento. No quiero ensayar los votos, eso le quitaría toda la magia.

—Sí, estoy de acuerdo. —Magnus asiente con la cabeza—. Así que... ¿hemos terminado?

—¡No, no hemos terminado! —exclama Lucinda, indignada—. ¡De ninguna manera! Quiero que Poppy vuelva a recorrer el pasillo. Has ido demasiado rápido para la música.

—Está bien. —Me encojo de hombros y me dirijo a la parte de atrás de la iglesia.

—¡Órgano, por favor! —grita Lucinda—. ¡Ór-ga-no! ¡Desde el principio! Deslízate despacio, Poppy —me ordena cuando paso por su lado—. ¡Estás avanzando a trompicones! Clemency, ¿dónde están esas tazas de té?

Clemency acaba de regresar de la cafetería y con el rabillo del ojo la veo abrir frenéticamente unos sobres de azúcar.

—¡Yo te ayudaré! —digo y dejo de desfilar—. ¿Qué puedo hacer?

—Gracias —me susurra Clemency cuando me acerco—. Antony quiere tres sobres de azúcar, el capuchino es para Magnus, las galletas son para Wanda...

—¿Dónde está mi magdalena de chocolate doble y extra de crema? —digo, con el ceño fruncido, y Clemency pega un brinco.

—No me... puedo volver a la cafetería y...

—¡Era broma! —la tranquilizo—. ¡Solo estaba bromeando!

Cuanto más tiempo trabaja Clemency para Lucinda, más parece un conejillo asustado. No puede ser bueno para su salud, desde luego.

Lucinda coge su taza de té (con leche y sin azúcar) y hace un movimiento brusco con la cabeza. Otra vez parece estar muy irritada y tiene desplegada ante sí una hoja de cálculo gigantesca que ocupa varios bancos. Hay tal jaleo de marcas de rotulador fluorescente, notas garabateadas y Post-it que me parece increíble que haya podido organizar algo.

—Oh Dios, oh Dios... —está diciendo en voz baja—. ¿Dónde narices está el número de la florista? —Rebusca entre un montón de papeles y luego se lleva las manos a la cabeza con desesperación—. ¡Clemency!

—¿Quieres que te lo busque en Google? —propongo.

—Clemency lo buscará. ¡Clemency! —La pobre Clemency se lleva tal susto que da una sacudida y derrama un poco de té.

—Ya me encargo yo de eso. —Me levanto rápidamente y la libero de la bandeja de la cafetería.

—Si pudieras hacerlo tú, Poppy, eso sí sería muy útil. —Lucinda suspira con desesperación—. Porque todos estamos aquí por ti, ¿sabes Poppy? Y solo falta una semana para la boda y todavía quedan un montón de cosas por hacer...

—Lo sé —le digo, incómoda—. Y... lo siento.

No tengo ni idea de dónde se han metido Magnus y sus padres, así que me dirijo a la parte posterior de la iglesia, con la bandeja llena de tazas, intento deslizarme por el pasillo, imaginándome a mí misma con el velo de novia.

—Es absurdo... —Primero oigo la voz sofocada de Wanda—. Es demasiado precipitado. Demasiado precipitado...

Miro a mi alrededor sin saber muy bien qué hacer, pero luego me doy cuenta de que viene de detrás de una sólida puerta de madera en la nave lateral de la iglesia. Deben de estar en la sacristía.

—Todo el mundo sabe... La actitud hacia el matrimonio... —Ahora es Magnus quien está hablando, pero la puerta es tan gruesa que solo capto unas pocas palabras sueltas.

—¡... no sobre el matrimonio en general! —De repente, Wanda levanta la voz—. ¡... los dos! ¡Simplemente no lo entiendo...!

—... muy mal camino. —La voz de Antony irrumpe como un fagot en una orquesta.

Estoy clavada en el suelo, a unos diez metros de la puerta,

con la bandeja de la cafetería en la mano. Sé que no debería espiarlos, pero no puedo evitarlo.

—... Admítelo, Magnus... un completo error...

—... cancelarla. No es demasiado tarde. Mejor ahora que un divorcio traumático...

Trago saliva. Me tiemblan las manos. ¿Qué es lo que estoy oyendo? ¿Acaban de decir «divorcio»?

Seguramente estoy malinterpretando sus palabras, me digo. Solo son palabras sueltas, pueden significar cualquier otra cosa.

—¡Bueno, pues nos vamos a casar de todos modos! ¡Os guste o no! —Magnus alza la voz de repente, claro como el agua.

Siento un escalofrío. Es bastante difícil interpretar eso de cualquier otra manera.

Se oye el murmullo de la respuesta de Antony, y a continuación Magnus vocifera de nuevo:

—¡... no va a terminar en un completo desastre!

Siento un arrebato de amor por Magnus. Parece muy enfadado. Al cabo de un momento se oye un ruido cerca de la puerta y, en un visto y no visto, retrocedo varios pasos. Cuando aparece Magnus, camino hacia delante de nuevo, tratando de aparentar normalidad.

—Hola. ¿Quieres un té? —No sé cómo, pero me las arreglo para que mi voz suene natural—. ¿Va todo bien? No sabía dónde os habíais metido.

—Todo va bien. —Me sonríe cariñosamente y me rodea la cintura con el brazo.

No deja traslucir la más mínima señal de que acaba de discutir a gritos con sus padres. Nunca me había fijado en que fuese tan buen actor. Debería dedicarse a la política...

—Yo mismo se lo llevaré a mis padres. —Me quita rápidamente la bandeja de las manos—. Están... eh... admirando las obras de arte.

—¡Genial! —Acierto a sonreír, pero me tiembla la barbilla. No están admirando las obras de arte, están hablando de la terrible elección de su hijo escogiendo a esa mujer como esposa. Están apostando a que dentro de un año nos habremos divorciado.

Cuando Magnus vuelve a salir de la sacristía respiro hondo, hecha un manojo de nervios.

—Así que... ¿qué piensan tus padres de todo esto? —digo con la máxima naturalidad de la que soy capaz—. Me refiero a que tu padre no es lo que se dice una persona devota de la iglesia, ¿no? E incluso... del... del matrimonio, ¿no?

Le acabo de servir en bandeja la oportunidad de que me lo cuente todo. Podría decírmelo si quisiera. Sin embargo, Magnus se encoge de hombros, malhumorado.

—No será ningún problema para ellos.

Tomo unos cuantos sorbos de té, con mi mirada lánguida clavada en el suelo de piedra, tratando de convencerme a mí misma de que insista. Debería llevarle la contraria, debería decirle: «Os acabo de oír discutir». Debería ser completamente sincera con él.

Pero... no puedo. No tengo valor. No quiero oír la verdad... que sus padres opinan que soy un desastre.

—Tengo que enviar un e-mail. —¿Son imaginaciones mías o Magnus trata de rehuir mi mirada?

—Sí, yo también. —Me alejo de él con tristeza y voy a sentarme sola en un banco. Permanezco un momento con los hombros caídos, tratando de resistir el impulso de echarme a llorar. A continuación, cojo el móvil y lo enciendo. No estaría mal que actualizara los mensajes, hace horas que no compruebo el correo. Cuando lo activo, me quedo horrorizada al ver el número de zumbidos, de parpadeos y de luces que me saludan. ¿Cuántos mensajes he recibido mientras el móvil estaba apagado? Lo primero que hago es enviar un SMS al recepcionista del hotel Berrow para decirle que ya puede cancelar la búsqueda del anillo y agradecerle su atención. Luego me concentro en los mensajes recibidos.

El primero en la lista es de Sam y llegó hace unos veinte minutos:

Voy camino de Alemania a pasar el fin de semana. En una zona montañosa. Estaré fuera de cobertura un tiempo.

Al ver su nombre siento un deseo enorme de hablar con alguien, así que le contesto:

Hola. Qué bien. ¿Por qué Alemania?

No hay respuesta, pero no me importa: escribir tiene un efecto catártico.

Lo del anillo no salió bien. Me descubrieron y ahora los padres de M piensan que me falta un tornillo o algo.

Por un momento me planteo decirle que Lucinda tenía el anillo y pedirle su opinión. Pero... no. Es demasiado complicado. No querrá tener nada que ver con eso. Le envío el SMS y luego me doy cuenta de que podría pensar que soy una desagradecida. Me apresuro a escribir otro mensaje:

Gracias de todos modos por la ayuda. Te lo agradezco mucho.

Tal vez debería echar un vistazo a su correo; lo tengo un poco descuidado. Hay tantos mensajes de correo electrónico con el mismo encabezamiento en el asunto que me quedo mirando fijamente la pantalla desconcertada, hasta que al fin caigo en la cuenta: ¡claro! ¡Todo el mundo ha respondido a mi invitación de enviar ideas! ¡Son las respuestas!

Por primera vez en toda la tarde siento una punzada de orgullo. Si a alguna de estas personas se le ha ocurrido una idea genial capaz de revolucionar la empresa de Sam, el mérito será todo mío.

Abro el primer correo electrónico, llena de ilusión.

Querido Sam:

Creo que deberíamos hacer yoga durante la hora del almuerzo, a cuenta de la empresa, y otras personas también están de acuerdo conmigo.

Cordialmente,

Sally Brewer

Arrugo la frente, un tanto vacilante. No es exactamente lo que esperaba, pero supongo que sí, que lo del yoga es una buena idea.

Bueno, ahora el siguiente.

> Querido Sam:
>
> Gracias por tu correo. Nos has pedido sinceridad. En nuestro departamento corre el rumor de que todo este ejercicio para, supuestamente, «recabar ideas» es en realidad un proceso de selección entre el personal. ¿Por qué no empiezas por ser sincero tú mismo y nos dices si van a despedirnos?
>
> Atentamente,
>
> Tony

Me quedo estupefacta y empiezo a pestañear. ¿Qué?

Bah, solo es una reacción paranoica. Seguro que ese hombre no está bien de la cabeza. Inmediatamente paso al siguiente mensaje:

> Querido Sam:
>
> ¿Hay presupuesto para ese programa de «nuevas ideas» que acabas de poner en marcha? Lo están preguntando algunos responsables de equipo.
>
> Gracias,
>
> Chris Davies

Otra reacción absurda. ¿Presupuesto? ¿Quién necesita presupuesto para recabar ideas?

> Sam:
>
> ¿Se puede saber qué coño pasa? La próxima vez que te dé por anunciar una nueva iniciativa para el personal, ¿te importaría consultarla con los otros directores?
>
> Malcolm

El siguiente aún va más directo al grano:

Sam:

¿De qué va esto? Gracias por avisar. No.

Vicks

Me siento un poco culpable. No me había imaginado que con mi idea podría causar a Sam problemas con sus colegas. Aunque, claro, enseguida le verán el lado positivo, en cuanto empiecen a fluir buenas ideas, ¿verdad?

Querido Sam:

Corre el rumor de que vas a elegir a un nuevo «dinamizador de ideas». Tal vez recuerdes que precisamente fui yo quien propuso esa idea, hace tres años, durante una reunión de departamento. Me parece un poco cínico que otros se hayan apropiado de mi iniciativa y espero sinceramente que, cuando se realice el nombramiento, mi nombre figure entre los primeros puestos de la lista de candidatos.

De lo contrario, me temo que tendré que presentar una queja ante las instancias superiores.

Saludos,

Martin

¿Qué?

Querido Sam:

¿Va a haber presentaciones para todas nuestras ideas? ¿Me podrías decir cuál es el plazo límite para una presentación en Power-Point? ¿Se puede trabajar en equipo?

Cordialmente,

Mandy

Ahí está. ¿Lo ves? Una reacción brillante y positiva. ¡Trabajo en equipo! ¡Presentaciones! ¡Es fantástico!

Querido Sam:

Perdona que te moleste de nuevo.

Si al final no queremos trabajar en equipo, ¿habrá una penalización? Me he peleado con mi equipo, pero ahora todos saben cuáles son mis ideas, lo que es muy injusto.

Para que lo sepas, he sido yo quien ha tenido la idea de reestructurar el departamento de Marketing. Y no Carol.

Saludos,

Mandy

Vaya... Bueno, evidentemente es normal que surja algún que otro problemilla. No importa. Sigue siendo un resultado positivo...

Querido Sam:

Lamento tener que hacer esto, pero me gustaría presentar una queja formal por el comportamiento de Carol Hanratty.

Se ha portado de forma completamente poco profesional con respecto al ejercicio de «nuevas ideas» y ahora me veo obligada a tomarme el resto del día libre debido al estado de tensión en que me encuentro. Judy también está demasiado afectada para poder seguir trabajando y estamos pensando en ponernos en contacto con el sindicato.

Saludos,

Mandy

¿Cómo? ¿Qué?

Querido Sam:

Perdóname por la longitud del correo. Nos has pedido que te presentemos nuestras ideas.

¿Por dónde empiezo?

Llevo trabajando en esta empresa quince años, tiempo durante el cual he ido sumiéndome en un estado de desilusión permanente, hasta que mis procesos de pensamiento...

¡El mensaje de este hombre ocupa quince páginas! Dejo el móvil en mi regazo y me quedo boquiabierta.

No me puedo creer todo lo que acabo de leer. Nunca pensé, ni por un momento, que iba a armar tanta confusión. ¿Por qué es tan estúpida la gente? ¿Por qué tienen que pelearse? ¿Qué es lo que acabo de provocar?

Y eso que solo he leído los primeros correos... Hay otros treinta. Si se los reenvío a Sam y se baja del avión en Alemania y los recibe todos a la vez, de una sola tacada... De repente estoy oyendo su voz de nuevo: «Las cadenas de correos electrónicos son obra del diablo».

Y yo he enviado una en su nombre. A toda la empresa. Sin consultárselo.

Oh, Dios mío... Ojalá pudiera volver atrás en el tiempo, de verdad... Parecía una idea tan buena... ¿Cómo se me ha ocurrido? Solo sé que ahora no puedo soltárselo así, sin más ni más. Antes tengo que explicárselo todo, decirle cuál era mi intención.

Ahora estoy pensando a toda velocidad. Vamos a ver, Sam está a bordo de un avión. No tiene cobertura y, además, es viernes por la noche. No tiene sentido reenviarle nada. Tal vez para el lunes todos se habrán calmado ya y las aguas habrán vuelto a su cauce. Sí.

De pronto el móvil parpadea con un SMS nuevo y pego un brinco del susto.

> A punto de despegar. ¿Alguna novedad? ¿Algo que deba saber?
> Sam

Me quedo mirando el teléfono, con el corazón latiéndome con fuerza y víctima de una paranoia creciente. ¿Debe saber Sam lo que ocurre precisamente ahora, en este preciso momento? ¿Debería saberlo?

No. No es necesario.

> De momento, no. Que disfrutes del viaje. Poppy

8

No sé qué hacer con lo de Antony y Wanda y la Conspiración de la Sacristía (que es como he decidido llamarla para mis adentros), así que no he hecho nada, no he dicho nada.

Sé que estoy evitando lo inevitable, sé que soy débil y sé que debería enfrentarme a la situación, pero el caso es que como todavía no he podido digerirla, aún me veo menos capaz de hablar de ello. Sobre todo con Magnus.

No sabía lo buena actriz que puedo llegar a ser. Durante todo el fin de semana he disimulado y mentido como una bellaca: he cenado con los Tavish, he salido de copas con Ruby y Annalise, he estado riendo, charlando, bromeando y hasta he disfrutado del sexo. Y durante todo el tiempo no he dejado de sentir ni por un momento ese dolorcillo en el pecho. Casi me estoy acostumbrando a él.

Si al menos me dijeran algo directamente, a la cara, creo que hasta me sentiría mejor. Podríamos pelearnos como Dios manda y así podría convencerlos de que quiero a Magnus, de que lo voy a apoyar en su carrera académica y de que, en realidad, sí tengo un cerebro, pero no me dicen ni media. Se muestran increíblemente amables conmigo, absolutamente encantadores, y nos preguntan cómo va nuestra búsqueda de piso y me ofrecen copas de vino cada dos por tres.

Lo que solo consigue empeorar la situación: confirma lo que ya sabía, que soy una extraña total. Ni siquiera se me permite participar en los cónclaves familiares donde se discute lo mala malísima que llega a ser la nueva novia de Magnus.

Tampoco estaría mal que Magnus odiase a sus padres, que no respetase su opinión, y así podría retirarles la palabra y tratarlos como al par de lunáticos que son. Sin embargo, Magnus los respeta. Los aprecia y le caen bien. Se llevan realmente bien. Están de acuerdo en la mayoría de las cosas, y cuando no lo están, discrepan conservando siempre las formas y el buen humor. En todos los temas.

En todos los temas salvo en lo que a mí respecta.

No puedo darle demasiadas vueltas, porque me pongo triste y me entra el pánico, así que solo me permito preocuparme un ratito de cuando en cuando. Por hoy ya he tenido suficiente: después del trabajo, me fui a un Starbucks a tomarme un chocolate caliente y estuve compadeciéndome de mí misma un buen rato.

No obstante, cualquiera que me viese ahora, ni se lo imaginaría. Llevo mi mejor vestidito negro y unos zapatos de tacón, voy perfectamente maquillada y me chispean los ojos (ya llevo dos cócteles encima). Me he visto un momento en el espejo y parezco la chica más despreocupada del mundo, con un anillo de compromiso en el dedo, tomando un Cosmopolitan tras otro en el Savoy, contenta y relajada.

Y, de hecho, mi estado de ánimo ha mejorado muchísimo, en parte gracias a los cócteles, y también en parte porque estoy entusiasmada de estar aquí. Es la primera vez que estoy en el Savoy. ¡Es genial!

La fiesta se celebra en una sala impresionante, con paredes revestidas con paneles de madera, espectaculares arañas de cristal por todas partes y camareros que se pasean sirviendo cócteles en bandejas. Toca una orquesta de jazz y, a mi alrededor, los asistentes, vestidos con gran elegancia, hablan en pequeños grupos. Muchos se dan palmaditas en la espalda, se estrechan la mano y hasta se chocan esos cinco, y todos parecen de muy buen humor. Obviamente, no conozco a nadie, pero me siento feliz solo de mirarlos. Cada vez que alguien se da cuenta de que estoy sola y hace amago de acercarse, saco mi móvil para revisar los mensajes y se dan media vuelta de inmediato.

Eso es lo mejor del móvil: es como un acompañante.

Lucinda no deja de enviarme SMS para decirme que está en North London, probando otra variedad de seda gris, y me pregunta si tengo alguna preferencia respecto a la textura. Magnus me ha escrito un mensaje desde Warwick, diciendo no sé qué de organizar un viaje de investigación con un profesor de allí. Entretanto, estoy manteniendo una larga conversación con Ruby sobre su cita a ciegas. El único problema es que es un poco difícil escribir un SMS y sostener un cóctel en la mano al mismo tiempo, así que al final dejo mi Cosmopolitan en una mesa y escribo algunas respuestas:

> Por supuesto que me parece bien la seda lisa gris. ¡Muchas gracias! Bss, Poppy

> A mí no me parece que solo por haber pedido dos filetes tenga que ser un friqui... ¿No estará siguiendo la dieta Atkins? ¡Ya irás informando! P bssss

> Suena muy bien, ¿puedo ir yo también? P bssss

También hay un montón de mensajes para Sam. Una gran cantidad de gente ha respondido al llamamiento para enviar ideas nuevas. Muchos han incluido unos adjuntos larguísimos y también su currículum vitae. Hay incluso un par de vídeos. Deben de haberse empleado a fondo durante el fin de semana. Al ver un mensaje con el título «1.001 ideas para WGC: Primera parte», hago una mueca y miro hacia otro lado.

Tenía la esperanza de que, durante el fin de semana, la cosa se calmase un poco y la gente se olvidara del tema, pero sobre las ocho de la mañana más o menos comenzó la primera avalancha de mensajes, y todavía siguen llegando más. Continúa circulando el rumor de que se trata de una especie de prueba a lo grande para optar a un nuevo puesto de trabajo. También hay una agria discusión sobre qué departamento ha sido el primero en tener la idea de la expansión a Estados Unidos. Malcolm no deja de enviar correos susceptibles preguntándose quién ha aprobado la iniciativa y, en realidad, todo está resultando ser un lío monumental. Pero ¿es que esta gente no tiene una vida aparte del trabajo?

Cada vez que lo pienso, me pongo al borde de un ataque de nervios, así que he ideado una nueva estrategia al respecto: no hace ninguna falta que piense en eso. Puede esperar hasta mañana.

Igual que el último correo electrónico de Willow dirigido a Sam. Ahora he decidido que, para compensar ese carácter tan horrible que tiene, no solo debe de ser guapísima, como una supermodelo, sino que seguramente también debe de ser fantástica en la cama y la megaheredera de algún imperio multimillonario.

Hoy le ha vuelto a enviar otra de sus larguísimas y soporíferas peroratas, pidiéndole que le busque una marca alemana en particular de crema exfoliadora ya que está allí, aunque lo más probable, conociéndolo, es que ni siquiera se moleste, que eso sería muy propio de él... con todo el *foie* que llegó a traerle ella de Francia, a pesar de las ganas de vomitar que le daba, pero lo había hecho por él, porque ella es así de generosa y, desde luego, Sam podría seguir su ejemplo, pero ¿ACASO ha querido él aprender algo de ella alguna vez? ¿¿¿EH, EH???

En serio. Esa mujer puede conmigo.

Estoy desplazándome por la lista interminable de e-mails cuando uno en particular me llama la atención. Es de Adrian Foster, del departamento de Marketing.

> Querido Sam:
> Gracias por dar el visto bueno para el ramo de flores para Lindsay con motivo de su cumpleaños. ¡Por fin han llegado! Puesto que hoy no estabas, las he dejado en tu oficina. Las he puesto en agua, para que aguanten.
> Saludos,
> Adrian

En realidad no fue Sam quien dio el visto bueno para las flores, sino que lo hice yo, en su nombre.

Ahora ya no estoy tan convencida de que fuese una buena idea. ¿Y si mañana está hasta las cejas de trabajo? ¿Y si se cabrea porque ahora tiene que sacar tiempo para ir a llevarle las flores? ¿Cómo puedo simplificarle las cosas?

Dudo un instante y, a continuación, le escribo un mensaje rápido a Lindsay.

> Hola, Lindsay:
> Quiero que vengas a mi oficina, porque quiero darte algo. Algo que te gustará. ☺ Ven a verme mañana. Cuando te apetezca.
> Sam bssss

Le doy a la tecla «Enviar» sin releer el mensaje y me tomo un trago de Cosmopolitan. Durante unos veinte segundos estoy relajada, disfrutando de mi copa, preguntándome cuándo servirán los canapés. Entonces, como si se hubiera activado una alarma, doy un bote de repente.

Un momento. He puesto «besos» después del nombre de Sam. No debería haberlo hecho. La gente no añade besos a sus mensajes de correo del trabajo.

Mierda. Abro el mensaje y lo releo antes de hacer una mueca. Estoy tan acostumbrada a firmar con besos que me salen de forma automática. Pero Sam no lo hace nunca. Nunca jamás.

¿Habrá alguna manera de «desenviar» los besos?

«Querida Lindsay, para aclarar cualquier posible malentendido, no pretendía añadir besos...»

No. Suena fatal. Será mejor que lo olvide. Además, seguro que le estoy dando más importancia de la que tiene. Seguro que ni se da cuenta...

Oh, Dios mío. Ya ha llegado la respuesta de Lindsay. Qué rapidez... Lo abro y leo atentamente el mensaje.

> Hasta mañana, entonces, Sam.
> Lindsay bss ;)

Dos besos y una cara guiñando un ojo. ¿Es eso normal?

Me quedo mirándolo unos segundos, tratando de convencerme de que lo es.

Sí. Sí, creo que es normal. Decididamente, podría ser normal. Un simple intercambio amistoso entre colegas de oficina.

Guardo el móvil, apuro mi copa de un sorbo y miro a mi alrededor en busca de otra. Veo a una camarera a escasos metros de distancia y echo a andar hacia ella entre la multitud.

—¿... política de la empresa es la idea de Sam Roxton? —Una voz masculina atrae mi atención—. ¡Qué idiotez!

—Ya conoces a Sam...

Me paro en seco, haciendo como que toqueteo el teléfono. Un grupo de hombres trajeados se ha detenido cerca de mí. Todos son más jóvenes que Sam y van muy bien vestidos. Deben de ser sus colegas.

Me pregunto si soy capaz de asociar las caras a los mensajes de correo electrónico. Seguro que el del rostro aceitunado es Justin Cole, el que envió la circular que informaba de que ir vestido de manera informal los viernes era absolutamente obligatorio, y ¿podrían hacerlo con estilo, por favor? Con su traje negro y corbata fina, parece un policía de la moda.

—¿Está aquí? —pregunta un chico rubio.

—No lo he visto —dice el hombre de piel aceitunada, apurando un vaso de chupito—.[66] Es un cabezón de mierda.

Me vuelvo bruscamente, sorprendida. Vaya, eso no es muy agradable que digamos.

Recibo un mensaje de texto y lo abro, alegrándome de tener una excusa para mantener los dedos ocupados. Ruby me ha enviado una foto de un mechón de pelo castaño con el mensaje:

¿Crees que es un peluquín?

No puedo reprimir un ataque de risa. No sé cómo, Ruby se

66. ¿De dónde lo ha sacado? ¿Y por qué nadie me ha ofrecido a mí un chupito?

las ha arreglado para sacarle una foto por detrás al tipo con el que está cenando. ¿Cómo lo ha hecho? ¿Él no se ha dado cuenta de nada?

Examino la foto con atención. A mí me parece pelo normal. Además, no entiendo esa obsesión de Ruby por los peluquines. Todo por culpa de esa desastrosa cita a ciegas que tuvo el año pasado, cuando el tipo con el que salió resultó que tenía cincuenta y nueve años, y no treinta y nueve.[67]

No creo... ¡A mí me parece normal! bssssss

Cuando levanto la vista veo que los hombres que hablaban a mi lado se han trasladado a otro lugar. Maldita sea. Su conversación me tenía muy intrigada.

Me tomo otro Cosmopolitan y unas cuantas piezas de sushi deliciosas (esta noche ya me habría salido por un ojo de la cara si tuviera que pagarlo todo de mi bolsillo) y estoy a punto de encaminarme hacia la orquesta de jazz cuando oigo el silbido chirriante de un micrófono al encenderse. Me vuelvo y veo que lo tengo a apenas metro y medio de distancia, sobre un pequeño pedestal en el que no me había fijado hasta ahora. Una chica rubia con un traje pantalón negro golpea el micrófono y dice:

—Señoras y señores, un momento de atención, por favor. —Al cabo de un instante, añade, más fuerte—: ¡Atención! ¡Es la hora de los discursos! Cuanto antes empecemos, antes acabaremos, ¿de acuerdo?

Se oye un coro de risas y la muchedumbre comienza a moverse hacia este lado de la sala. Todos me empujan hacia delante, hacia el estrado, el lugar donde menos ganas tengo de estar, pero el caso es que no tengo elección.

—¡Bueno, aquí estamos! —La rubia extiende los brazos—. Bienvenidos a esta celebración con motivo de la fusión de nuestras empresas, Johnson Ellison y la maravillosa Greene Retail.

---

67. Él le juró y perjuró que había sido una errata. Sí, claro, dio la casualidad de que el dedo se le desplazó justo dos teclas hacia la izquierda.

Además de un matrimonio entre dos empresas, se trata de la unión de corazones y mentes que sienten y piensan de la misma manera, y tenemos que dar las gracias a muchas, a muchísimas personas. Fue nuestro director general, Patrick Gowan, quien tuvo la idea inicial que nos ha permitido llegar hasta aquí. Patrick, ¡ven!

Un hombre con una barba y un traje de color claro se sube al estrado, sonriendo y sacudiendo la cabeza con modestia, y todos empiezan a aplaudir, yo incluida.

—Keith Burnley... ¿Qué puedo decir? Ha sido una fuente de inspiración para todos nosotros —sigue diciendo la rubia.

El problema de estar en primerísima fila, delante de la multitud, es que te sientes realmente muy expuesta. Trato de escuchar con atención y aparentar interés, pero esos nombres no me dicen nada de nada. Tal vez debería haberme documentado un poco. Saco el móvil con disimulo, a ver si puedo encontrar el mensaje de correo sobre la fusión.

—Y sé que está aquí por alguna parte... —La mujer mira a su alrededor, protegiéndose los ojos con la mano—. Intentó escabullirse para no acudir esta noche, pero teníamos que tenerlo a él: el señor White Globe Consulting en persona: ¡Sam Roxton!

Levanto la cabeza, alarmada. No. No puede ser, no puede ser él...

Mierda.

Cuando Sam sube al estrado, con su traje oscuro y una expresión malhumorada, estalla otro rabioso aplauso. Estoy tan aturdida que ni siquiera puedo moverme. Estaba en Alemania. No iba a venir esta noche. ¿Qué está haciendo aquí?

Por la forma en que tuerce el gesto por la sorpresa cuando me ve, me imagino que estará haciéndose la misma pregunta.

Me ha pillado lo que se dice in fraganti. ¿Cómo pensé que iba a poder colarme como si nada en una fiesta de alto copete como esta?

Me arde la cara de la vergüenza. Trato de escabullirme y escapar, pero la presión de la multitud es demasiado fuerte y me quedo atrapada ahí en medio, mirándolo en silencio.

—Cuando Sam anda cerca, sabes que tarde o temprano se alcanzará una solución —está diciendo la mujer—. Ahora bien, que sea precisamente la solución que tú quieres, eso ya... ¿no es cierto, Charles? —Se oye un coro de risas en la sala y me apresuro a sumarme al coro con falso entusiasmo. Está claro que es una broma privada solo para el personal de la empresa, y que sabría perfectamente de qué va el chiste si no fuera porque soy una intrusa.

El hombre que tengo a mi lado se vuelve y me dice:

—¡Ahí ha estado a punto de pasarse de la raya, eh!

Y me sorprendo contestando:

—¡Desde luego! —Y suelto otra risotada falsa.

—Y eso me hace pensar en otro personaje clave...

Gracias a Dios, cuando miro hacia arriba, Sam no está mirando hacia mí. La situación ya es bastante espantosa de por sí.

—¡Un fuerte aplauso para Jessica Garnett!

Cuando una chica de rojo sube al estrado, Sam se saca el móvil del bolsillo y empieza a escribir discretamente. Al cabo de un momento, me suena el aviso de un mensaje nuevo.

¿Por qué te reías?

Me siento humillada. Seguro que sabe que solo lo he hecho para disimular y no quedar como una tonta. Me está vacilando a propósito. Bueno, pues no pienso caer en la trampa.

Porque tenía gracia.

Lo veo examinar el móvil. Su cara se contrae casi imperceptiblemente, pero sé que lo ha entendido. Vuelve a escribir algo y un segundo después vuelvo a oír el zumbido del teléfono.

No sabía que tu nombre aparecía en mi invitación.

Levanto la vista inquieta, tratando de interpretar su expresión, pero otra vez está mirando en la dirección opuesta, con el rostro impasible. Pienso un momento y a continuación escribo:

> Solo he venido para recoger tu bolsa con los regalos. Estaba incluido en el servicio. No me des las gracias.

> Y también mis cócteles, por lo que veo.

Ahora está mirando directamente mi Cosmopolitan. Levanta las cejas y yo reprimo la risa.

> Pensaba llevártelos en una botella, todos juntos. Por supuesto.

> Por supuesto. Aunque mi favorito es el Manhattan.

> Ah, bueno, ahora ya lo sé. Tendré que tirar todos esos chupitos de tequila que tenía guardados.

De repente, mientras escribe, Sam levanta la vista del móvil y me deslumbra con esa sonrisa suya. Sin querer, me sorprendo devolviéndole la sonrisa e incluso se me corta la respiración un momento. Esa sonrisa suya ejerce un efecto extraño sobre mí, es innegable. Es desconcertante. Es...

Bueno, en fin. Será mejor que te concentres en el discurso.

—¡... y por último, espero que disfrutéis de una gran noche! ¡Gracias a todos por venir!

Mientras estalla una última ronda de aplausos intento localizar una vía de escape, pero no lo consigo. Al cabo de unos diez segundos Sam ya se ha bajado del estrado y se planta delante de mí.

—Huy. —Trato de disimular mi vergüenza—. Mmm... Hola. ¡Qué gracia encontrarte aquí!

No me contesta, sino que se limita a mirarme con expresión enigmática. No tiene ningún sentido seguir haciéndome la sueca.

—Está bien, lo siento —digo rápidamente—. Sé que no debería estar aquí, pero es que nunca había estado en el Savoy y parecía una fiesta tan increíble, y como tú no querías ir pues yo... —Me interrumpo al verlo levantar la mano; por lo visto, la situación le parece divertida.

—No pasa nada. Deberías haberme dicho que querías venir. Te habría incluido en la lista de invitados.

—¡Ah! —Me he quedado sin saber qué decir—. Bueno... Pues gracias. Lo estoy pasando muy, muy bien.

—Me alegro. —Sonríe y coge una copa de vino tinto de la bandeja de un camarero—. ¿Sabes qué? —Hace una pausa a propósito, pensativo, sujetando la copa en la mano—. Tengo algo que decirte, Poppy Wyatt. Debería habértelo dicho antes. Tengo que darte las gracias. Me has sido de gran ayuda estos últimos días.

—No hay de qué, de verdad. De nada. —Me apresuro a hacer un movimiento desdeñoso con las manos, quitándole importancia, pero él niega con la cabeza.

—No, escucha, quiero decirte esto: sé que al principio era yo el que te estaba haciendo un favor, pero al final eres tú la que me ha hecho el favor a mí. No había tenido ninguna secretaria tan eficiente como tú hasta ahora. Has hecho un gran trabajo, manteniéndome actualizado e informado a todas horas. Te estoy muy agradecido.

—¡De verdad, no es nada! —exclamo, sintiéndome incómoda.

—¡No seas tan modesta y acepta el reconocimiento! —Se ríe y luego se quita la chaqueta y se afloja la corbata—. Dios, qué día tan largo... —Se echa la chaqueta al hombro y toma un sorbo de vino—. Bueno, ¿y hoy no ha habido nada nuevo, entonces? El móvil ha estado muy calladito todo el día. —Me dedica otra de sus sonrisas demoledoras—. ¿O es que ahora todos mis correos van a parar a Jane?

Tengo en el móvil doscientos cuarenta y tres mensajes para él. Y siguen llegando más.

—Bueno ... —Tomo un sorbo de mi Cosmopolitan, tratando desesperadamente de ganar tiempo—. Pues es muy curioso, porque la verdad es que sí has recibido unos cuantos mensajes, pero pensé que era mejor no molestarte reenviándotelos mientras estuvieses en Alemania.

—¿Ah, sí? —Parece interesado—. ¿Y de qué tratan?

—Pues... de varias cosas. ¿O prefieres esperar hasta mañana? —Me aferro a mi última esperanza.

—No, dímelo ahora.

Me froto la nariz. ¿Por dónde empiezo?

—¡Sam! ¡Estás aquí! —Un hombre delgado con gafas se acerca a nosotros. Parpadea rápidamente y lleva una carpeta grande y negra bajo el brazo—. Dijeron que no ibas a venir.

—Es que no iba a venir... —responde Sam con ironía.

—Bien, muy bien. ¡Genial! —Parece nervioso—. Bueno, el caso es que he traído esto, por si acaso. —Le pasa la carpeta bruscamente a Sam, quien la coge con aire divertido—. Si tienes un momento esta noche, yo me quedaré despierto hasta las dos o las tres, siempre dispuesto a comunicarme a través de Skype desde casa... Verás que son unas ideas un poco radicales, pero... en fin. Bueno, el caso es que me parece una iniciativa fantástica. Y si resulta que detrás de todo esto lo que hay es una oportunidad laboral... cuenta conmigo. Bueno, ya está bien... No te entretengo más. ¡Gracias, Sam! —Y desaparece como un rayo entre la multitud.

Por un momento ninguno de los dos dice nada; Sam porque está demasiado aturdido y yo porque estoy tratando de pensar qué decir.

—¿De qué iba todo eso? —me pregunta al final—. ¿Tienes alguna idea? ¿Me he perdido algo?

Me humedezco los labios resecos con nerviosismo.

—Pues verás, hay algo que quería contarte... —Suelto una risotada estridente—. La verdad es que si lo piensas, tiene mucha gracia...

—¡Sam! —me interrumpe una mujer gruesa con una voz atronadora—. ¡Me alegro tanto de que te hayas apuntado a la maratón solidaria! —Ay, Dios... Esa debe de ser Rachel.

—¿La maratón solidaria? —Sam repite las palabras como si fueran anatema para él—. No. Lo siento, Rachel. Tengo por norma no participar en esa clase de maratones. Es un placer para mí realizar donativos, pero dejo que sean otros los que participen en las carreras, me alegro por ellos...

—Pero ¿y tu mensaje de correo? —Lo mira fijamente—. ¡Estábamos tan contentos con tu participación...! ¡Nadie se lo podía creer! Este año todos vamos a correr disfrazados de superhéroes —añade con entusiasmo—. A ti te he guardado un disfraz de Superman y todo...

—¿Mi mensaje de correo? —Sam parece confuso—. ¿Qué mensaje de correo?

—¡Ese e-mail tan bonito que me enviaste! Fue el viernes, ¿no? Ah, y por cierto, qué gran detalle lo de la tarjeta electrónica que le enviaste a la pobre Chloe. —Rachel baja la voz y le da una palmadita a Sam en la mano—. Tu gesto le llegó al alma. A la mayoría de los directores les traería sin cuidado la muerte del perro de una asistente, pero tú le mandaste una preciosa tarjeta de condolencia, con un poema y todo... —Abre los ojos como platos—. Bueno, ¡la verdad es que nos quedamos todos muy sorprendidos!

La cara me arde por momentos. Se me había olvidado lo de la tarjeta electrónica.

—Una tarjeta de condolencias por la muerte de un perro —dice Sam al fin, con una voz extraña—. Sí, hasta yo me sorprendo de mí mismo...

Me mira fijamente a los ojos. No es la expresión más amigable del mundo. De hecho, me entran ganas de echar a correr, aunque no hay ningún sitio adonde ir.

—¡Ah, Loulou! —De repente, Rachel saluda con la mano a alguien al otro lado de la habitación—. Perdóname, Sam... —Se marcha, abriéndose paso entre la multitud, y nos deja a solas.

Sigue un silencio incómodo. Sam me mira fijamente, sin pestañear. Me doy cuenta de que está esperando a que le ofrezca una explicación.

—Pensé que... —Trago saliva.

—¿Sí? —Su voz es brusca y fría.

—Pensé que tal vez te gustaría participar en una maratón solidaria.

—¿Ah, sí?

—Sí. Eso creí. —Tengo la voz un poco ronca, por los nervios—. Quiero decir... ¡a todo el mundo le gustan! Así que se me ocurrió responder. Para ahorrarte tiempo y eso.

—¿Escribiste un mensaje de correo haciéndote pasar por mí? —Parece enfadado.

—¡Solo intentaba ser útil! —digo rápidamente—. Sabía que no tenías tiempo, y no dejaban de enviar mensajes preguntando si querías participar, así que pensé que...

—Y lo de la tarjeta de condolencia también es obra tuya, supongo. —Cierra los ojos un momento—. Maldita sea. ¿Algo más?

Quiero esconder la cabeza bajo tierra como un avestruz, pero no puedo. Tengo que decírselo, rápido, antes de que se le acerque alguien más.

—Bueno, la verdad es que tuve... tuve otra idea —le digo con voz débil, apenas un susurro—. Solo que todos reaccionaron de forma un poco exagerada, y ahora han enviado una avalancha de mensajes y creen que lo que hay detrás es una oferta de trabajo...

—¿Una oferta de trabajo? —Sigue mirándome fijamente—. ¿De qué estás hablando?

—Sam. —Un hombre le da una palmadita en el hombro al pasar—. Me alegro de que te interese el viaje a Islandia. Ya te llamaré.

—¿Islandia? —Sam parece conmocionado.

Se me había olvidado que también había dicho que sí al viaje a Islandia.[68] Sin embargo, apenas me da tiempo a esbozar otra sonrisa de disculpa cuando alguien aborda de nuevo a Sam.

—Sam, oye, no sé qué es lo que pasa aquí. —Esta vez es una chica con gafas que habla de una manera muy agitada—. No sé si nos estás tomando el pelo o qué... —Parece un poco estresada y no deja de apartarse el pelo de la frente—. En cualquier caso,

68. ¿Acaso no quiere ir a Islandia todo el mundo? ¿Por qué iba a decir que no a Islandia?

aquí tienes mi currículum. ¿Sabes la cantidad de ideas que he tenido para esta empresa? Pero si vamos a tener que hacer más malditos juegos malabares, te juro que... bueno, Sam. Tú mandas.

—Elena... —Sam se queda sin habla, desconcertado.

—Lee mi informe personal. Está todo ahí. —Se aleja con aire de fastidio.

Hay un momento de silencio y luego Sam se vuelve hacia mí con una expresión tan amenazadora que siento auténtico pavor.

—Empieza por el principio. ¿Qué hiciste?

—Envié un e-mail. —Arrastro el pie por el suelo, sintiéndome como una niña traviesa—. Haciéndome pasar por ti.

—¿A quién?

—A todos los empleados de la empresa. —Me encojo al pronunciar las palabras—. Solo quería... estimularlos y animarlos para que estuvieran contentos. Así que les invité a todos a que enviasen sus ideas para mejorar la empresa. Que te las enviasen a ti.

—¿Escribiste eso? ¿En mi nombre?

Parece tan furioso que doy un paso atrás y me quedo paralizada.

—Lo siento —le digo, sin aliento—. Pensé que era una buena idea, pero algunos creyeron que querías despedirlos, otros que estás llevando a cabo en secreto una especie de proceso de selección para un puesto de trabajo y todos están un poco nerviosos... Lo siento mucho —termino, desconsolada.

—¡Sam, he recibido tu correo! —Una chica con una cola de caballo nos interrumpe entusiasmada—. Te veré en la clase de baile.

—¿Qu...? —Sam pone los ojos en blanco.

—Muchas gracias por el espaldarazo. La verdad es que, de momento, eres mi único alumno. Lleva ropa cómoda y zapatos de suela blanda, ¿de acuerdo?

Miro a Sam y trago saliva al verle la cara. Parece literalmente incapaz de pronunciar palabra. ¿Qué tienen de malo las clases de baile? Va a tener que bailar en su boda, ¿verdad? Debería darme las gracias por haberlo apuntado.

—¡Suena genial! —exclamo con ilusión.

—Entonces, ¡nos vemos el próximo martes por la noche, Sam!

La chica se pierde entre la multitud y yo cruzo los brazos a la defensiva, lista para decirle que le he hecho un favor enorme, pero cuando se da media vuelta para mirarme, tiene una expresión tan glacial que se me quitan todas las ganas.

—Exactamente, ¿cuántos correos has enviado en mi nombre? —Su voz suena tranquila, pero no en el buen sentido.

—No... no muchos —respondo con aire vacilante—. Quiero decir... unos pocos. Yo solo quería ayudar...

—Si fueras mi secretaria, te despediría en el acto y tal vez incluso te pondría una denuncia. —Escupe las palabras en ráfagas, como si fuera una ametralladora—. Pero dadas las circunstancias, solo puedo reclamar mi móvil y pedirte que...

—¡Sam! ¡Gracias a Dios! ¡Por fin una cara amiga!

—¡Nick! —La actitud de Sam cambia de inmediato. Se le iluminan los ojos y su expresión glacial parece derretirse—. Cuánto me alegro de verte. No sabía que ibas a venir.

Un hombre de unos sesenta años, con un traje a rayas y una camisa de flores alegres, está levantando su copa en nuestra dirección. Alzo mi copa yo también, completamente anonadada. ¡Es sir Nicholas Murray! Cuando estaba documentándome sobre la empresa en Google vi unas fotos suyas con el primer ministro, el príncipe Carlos y personalidades de ese estilo.

—Nunca me pierdo una juerga si puedo evitarlo —dice sir Nicholas alegremente—. Aunque sí me he perdido los discursos, ¿no?

—De manera muy oportuna, yo diría —contesta Sam, riendo—. No me digas que has enviado al chófer para ver si habían acabado ya...

—No tengo nada que decir. —Sir Nicholas le guiña un ojo—. ¿Recibiste mi correo electrónico?

—¿Y tú el mío? —dice Sam, bajando la voz—. ¿Habéis propuesto a Richard Doherty como candidato al premio al mejor negociador del año?

—Es un joven brillante y con mucho talento, Sam —dice sir

Nicholas, un poco a la defensiva—. ¿Te acuerdas de su trabajo con Hardwick el año pasado? Se merece el reconocimiento.

—Fuiste tú el artífice del acuerdo con Ryan Energy, no él.

—Él me ayudó —responde sir Nicholas—. De muchas maneras. Algunas de ellas... invisibles.

Se miran el uno al otro un momento. Parece como si estuvieran conteniendo la risa.

—Eres incorregible —dice Sam al fin—. Espero que te esté agradecido. Bueno, ¿sabes que acabo de regresar de Alemania? Tengo un par de cosas que quiero discutir contigo.

Sam me ha excluido por completo de la conversación, pero la verdad es que no me importa. En serio. De hecho, tal vez aproveche la ocasión para escapar, ahora que estoy a tiempo.

—Sam, preséntame a tu amiga, ¿quieres? —Sir Nicholas interrumpe mis pensamientos y le sonrío con nerviosismo.

Salta a la vista que Sam no tiene ningún interés por presentarme a sir Nicholas, pero obviamente es un hombre educado, porque después de treinta segundos de una clara lucha interna[69] dice:

—Sir Nicholas, esta es Poppy Wyatt. Poppy, este es sir Nicholas Murray.

—Encantada. —Le estrecho la mano, tratando de disimular mi emoción. Caramba. Sir Nicholas Murray y yo, charlando en el Savoy. Ya estoy pensando en mil maneras de dejar caer esa información, como si tal cosa, en mis conversaciones con Antony.

—¿Trabajas en Johnson Ellison o en Greene Retail? —me pregunta sir Nicholas amablemente.

—En ninguna de las dos —contesto, avergonzada—. La verdad es que soy fisioterapeuta.

—¡Fisioterapeuta! —Se le ilumina la cara—. ¡Magnífico! La más infravalorada de las disciplinas médicas, en mi opinión. Por problemas de espalda, he estado yendo a un fisioterapeuta con manos mágicas en Harley Street, pero la verdad es que todavía

69. Así que tampoco es tan educado, no.

no acaba de dar con la fórmula mágica... —Hace una ligera mueca de dolor.

—Usted necesita a Ruby —le digo, asintiendo con conocimiento de causa—. Mi jefa. Es fabulosa. Su masaje intensivo de los tejidos hace llorar a los hombres hechos y derechos, literalmente.

—¡Caramba! —Sir Nicholas parece interesado—. ¿Tienes una tarjeta de visita?

¡Síííi! Cuando empezamos a trabajar para ella, Ruby nos hizo unas tarjetas a todas, pero hasta ahora nadie me había pedido la mía. Ni una sola vez.

—Tenga. —Meto la mano en el bolso y saco la tarjeta como si fuera lo más natural del mundo, como si me pasase el día repartiendo tarjetas mías por ahí—. Estamos en Balham. Está al sur del río, no creo que conozca ese barrio...

—Conozco Balham perfectamente. —Le brillan los ojos—. Mi primer apartamento en Londres estaba en Bedford Hill.

—¡No puede ser! —Por poco se me cae el canapé de la boca—. Bueno, pues entonces tiene que venir a vernos, decididamente.

No me lo puedo creer. Sir Nicholas Murray viviendo en Bedford Hill. Quién lo iba a decir... Empezar en Balham y acabar siendo nombrado caballero. Realmente, es todo un ejemplo.

—Sir Nicholas. —El tipo de la piel aceitunada se materializa de la nada para sumarse al grupo—. Me alegro mucho de verlo por aquí, siempre es un gran placer. ¿Cómo van las cosas por el número 10 de Downing Street? ¿Ya han encontrado el secreto de la felicidad?

—Vamos tirando, vamos tirando... —Sir Nicholas sonríe relajado.

—Bueno, es todo un honor. Un gran honor. Y Sam... —El tipo de la piel aceitunada le da una palmadita en la espalda—. Sam, amigo mío. Sin ti no podríamos hacer lo que hacemos.

Lo miro con gesto de indignación. Hace un momento estaba llamando a Sam «cabezón de mierda».

—Gracias, Justin. —Sam le dedica una sonrisa tensa.

Efectivamente, es Justin Cole. Lo he adivinado. Es igual de despectivo en persona que en sus correos electrónicos.

Cuando estoy a punto de preguntarle a sir Nicholas cómo es en realidad el primer ministro, un chico joven se nos acerca con nerviosismo.

—¡Sam! Perdona que te interrumpa. Soy Matt Mitchell. Muchísimas gracias por ofrecerte voluntario. No sabes lo mucho que significa que nos brindes tu apoyo en esto.

—¿Voluntario? —Sam me dirige una mirada asesina.

Oh, Dios mío... No tengo ni idea de lo que está hablando. Mi cerebro trabaja a toda velocidad para tratar de recordar. Vamos a ver, voluntario... voluntario... ¿para qué se había ofrecido voluntario...?

—Sí, ¡para la expedición a Guatemala! ¡El programa de intercambio! —Matt Mitchell está radiante de alegría—. ¡Estamos tan contentos de que quieras apuntarte...!

Siento un nudo en el estómago. Guatemala. Me había olvidado por completo de lo de Guatemala.

—¿Guatemala? —repite Sam, con una sonrisa forzada.

Ahora me acuerdo. Era bastante tarde cuando envié ese e-mail. Creo que me había tomado una o dos copas de vino. O puede que fueran tres...

Me atrevo a mirar de reojo a Sam y solo quiero que se me trague la tierra. Aunque la verdad es que, en su momento, me pareció una oportunidad fantástica. Y por lo que vi en su agenda, nunca se toma vacaciones. Debería ir a Guatemala.

—A todos nos emocionó mucho tu mensaje, Sam. —Matt le coge la mano calurosamente entre las suyas—. No sabía que albergases esos sentimientos hacia los países en desarrollo. ¿A cuántos huérfanos has apadrinado?

—¡Sam! ¡Oh, Dios mío! —Una mujer morena, bastante borracha, se acerca tambaleándose a nosotros y aparta a Matt de un codazo, obligándolo a soltar la mano de Sam. Tiene la cara completamente enrojecida, se le ha corrido el rímel y ahora agarra la mano de Sam—. Muchísimas gracias por tu tarjeta por lo de Scamper. Me llegó al alma, ¿sabes?

—Está bien, Chloe —dice Sam, incómodo. Me lanza una mirada encolerizada y no puedo evitar estremecerme con una mueca de dolor.

—Todas esas cosas maravillosas que escribiste... —dice, tragando saliva—. Supe en cuanto lo leí que tú también habías perdido un perro. Porque lo entiendes, ¿verdad? Entiendes lo que se siente... —Una lágrima le cae por la mejilla.

—Chloe, ¿quieres sentarte? —sugiere Sam, zafándose de su mano, pero Justin interviene en ese preciso instante, con una sonrisa maliciosa.

—He oído hablar tanto de esa tarjeta... ¿Puedo verla?

—La he impreso. —Chloe se limpia la nariz, se saca un papel arrugado del bolsillo y Justin lo coge inmediatamente.

—Vaya, qué mensaje tan bonito, Sam... —comenta, leyéndolo con fingida admiración—. Muy emotivo.

—Se lo he enseñado a todo el departamento. —Chloe asiente con los ojos anegados en lágrimas—. Todo el mundo dice que eres una persona maravillosa, Sam.

Sam sostiene su vaso con tanta fuerza que la mano se le está empezando a poner blanca. Parece como si quisiera pulsar un botón de eyección y desaparecer. Ahora me siento muy mal, me siento fatal. No era consciente de haber enviado tantísimos mensajes de correo en su nombre. Me había olvidado de lo de Guatemala. Y no debería haber enviado esa tarjeta de condolencia. Si pudiera volver atrás en el tiempo, ese es el momento en el que me plantaría delante de mí misma y diría: «¡Poppy! ¡No! Esa tarjeta no».

—«El pequeño Scamper se ha reunido con sus amigos en el cielo, pero nosotros lo echaremos de menos» —recita Justin con voz teatral—. «Su pelaje suave, sus ojos brillantes, su hueso en el asiento...» —Se detiene—. No estoy seguro de que «cielo» rime con «menos», Sam. Y, de todos modos, ¿a qué viene lo del hueso en el asiento? No es muy higiénico.

—Dame eso. —Sam trata de quitárselo de las manos, pero Justin lo esquiva con expresión de inmensa satisfacción.

—«Su manta vacía en su cama, el silencio en el aire. Si Scamper nos está viendo, sabrá cuánto lo queremos.» —Justin hace una mueca—. ¿«Viendo» y «queremos»? Pero ¿tú sabes lo que es una rima, Sam?

—A mí me ha parecido muy conmovedor —comenta sir Nicholas alegremente.

—A mí también —me apresuro a decir—. Me ha parecido brillante.[70]

—Es muy sentido. —A Chloe le resbalan las lágrimas por la cara—. Es bonito porque es muy sentido.

Se le ha corrido todo el maquillaje. Se le ha roto un tacón de los zapatos y, por lo visto, ni siquiera se ha dado cuenta.

—Justin —dice sir Nicholas amablemente—, tal vez podrías ir a buscar un vaso de agua para Chloe.

—¡Por supuesto! —Justin se mete hábilmente el papel en el bolsillo—. No te importa si me quedo con tu poema, ¿verdad, Sam? Es tan especial... ¿Has pensado alguna vez en trabajar para Hallmark? —Se va con Chloe y prácticamente la empuja a una silla. Al cabo de un momento lo veo llamando con gesto sonriente al grupo de gente con la que estaba antes y sacarse el papel del bolsillo.

Me siento tan culpable que casi no puedo mirar a Sam.

—¡Bueno! —exclama sir Nicholas, divertido—. Sam, no tenía ni idea de que te gustasen tanto los animales.

—Y no me gustan. —Sam parece casi incapaz de hablar—. Yo...

Estoy tratando frenéticamente de pensar en algo para salvar la situación, pero ¿qué puedo hacer?

—Bueno, Poppy, tendrás que perdonarme —anuncia sir Nicholas, interrumpiendo mis pensamientos—, pero pese a lo mucho que me gustaría quedarme aquí, tengo que ir a hablar con ese tipo insoportablemente aburrido de Greene Retail. —Me mira con una cara tan cómica que no puedo evitar que se me es-

---

70. Está bien, sí, ya sé que no es brillante. En mi defensa, diré que la saqué de una web de esas de tarjetas de felicitaciones, y el dibujo era muy bonito. Era una imagen de la cesta de un perro vacía, y me dieron ganas de llorar.

cape la risa—. Sam, ya hablaremos luego. —Me estrecha la mano antes de perderse entre la multitud, y reprimo el impulso de salir huyendo con él.

—¡Bueno! —Me vuelvo hacia Sam y trago saliva unas cuantas veces—. Hmmm... Siento mucho todo eso.

Sam no dice nada, sino que se limita a extender la mano, con la palma hacia arriba. Cinco segundos después entiendo qué es lo que quiere.

—¿Qué? —exclamo con alarma—. ¡No! Quiero decir... ¿No podría quedármelo hasta mañana? Tengo todos mis contactos ahí guardados, todos mis mensajes...

—Dámelo.

—Pero ¡si ni siquiera he tenido tiempo de ir a la tienda de móviles! No tengo ningún otro teléfono, este es el único número que tengo, lo necesito...

—Dámelo.

Se muestra implacable. De hecho, da bastante miedo.

Aunque por otra parte... no puede quitármelo por la fuerza, ¿verdad que no? A menos que quiera montar una escena, y tengo la sensación de que eso es lo último que querría en este momento.

—Oye, ya sé que estás enfadado —le digo, tratando de adoptar el tono más humilde posible—, y lo entiendo, pero ¿no preferirías que te reenvíe primero todos tus correos? ¿Y que te lo devuelva mañana a primera hora, cuando ya me haya organizado? Por favor...

Por lo menos así tendré la oportunidad de tomar notas de algunos de mis mensajes.

Sam resopla con fuerza. Se está dando cuenta de que no tiene otra opción.

—No enviarás ni un solo correo electrónico —suelta al fin, bajando la mano.

—De acuerdo —contesto dócilmente.

—Y me harás una lista detallada de todos los e-mails que has enviado.

—De acuerdo.

—Me devolverás el móvil mañana y luego desaparecerás de mi vida.

—¿Quieres que vaya a la oficina?

—¡No! —Casi retrocede solo de pensarlo—. Nos veremos en el almuerzo. Te enviaré un SMS para quedar.

—Está bien. —Lanzo un suspiro, sintiéndome muy deprimida de repente—. Lo siento. No pretendía complicarte la vida.

Tenía la esperanza de que dijera algo agradable, como: «No te preocupes, no es para tanto» o «No importa, tu intención era buena», pero no lo hace. Se muestra más despiadado que nunca.

—¿Hay algo más que debería saber? —pregunta bruscamente—. Sé sincera, por favor. ¿Me has reservado algún viaje más al extranjero? ¿Alguna otra iniciativa empresarial en mi nombre? ¿Algún poema ripioso firmado por mí?

—¡No! —respondo, nerviosa—. Nada más. Estoy segura.

—¿Te das cuenta del desastre que has causado?

—Sí. —Trago saliva.

—¿Te das cuenta de las situaciones tan embarazosas en las que me encuentro por tu culpa?

—Lo siento, lo siento mucho —le digo desesperada—. No pretendía ponerte en ninguna situación embarazosa. No quería causarte ningún problema. Creía que te estaba haciendo un favor.

—¿Un favor? —Me mira con incredulidad—. ¿Un favor?

—Hola, Sam —nos interrumpe una voz ronca y percibo una vaharada de perfume. Me vuelvo y veo a una chica de unos veintitantos años, con unos tacones altísimos y una tonelada de maquillaje. La melena de rizos rojos le cae en cascada y lleva un vestido con un escote vertiginoso. Vamos, yo prácticamente le veo hasta el ombligo—. Perdón por interrumpir, pero ¿podría hablar un momentito con Sam?

Me lanza una mirada hostil.

—¡Ah! Sí... claro. —Me alejo unos pasos, pero no lo suficiente como para no oír lo que dicen.

—Bueno... Me muero de ganas de verte mañana... —Mira a

Sam y abre y cierra rápidamente sus pestañas postizas—.[71] En tu oficina. Allí estaré.

Sam parece desconcertado.

—¿Has reservado hora con mi secretaria?

—¿Eso es lo que te gusta, jugar? —Suelta una risa suave y sensual y se echa el pelo de golpe hacia atrás, como hacen las actrices en esas series de televisión estadounidenses donde salen unas cocinas alucinantes—. Podemos jugar a lo que tú quieras. —Va bajando la voz cada vez más, hasta convertirla en un susurro ronco—. Ya sabes lo que quiero decir, Sam...

—Lo siento, Lindsay... —Sam frunce el ceño, claramente sin comprender.

¿Lindsay? Por poco me tiro la bebida por encima del vestido. ¿Esta chica es Lindsay?

¡Oh, no! ¡Oh, no!, ¡oh, no! Esto no es nada bueno. Ya sabía yo que tenía que haber anulado los besos de Sam. Sabía que esa cara sonriente con el guiño significaba algo. Casi pego un brinco del susto. ¿Puedo avisar a Sam? ¿Y si le envío alguna señal de advertencia?

—Siempre supe —le susurra ahora—, desde la primera vez que te vi, Sam, me di cuenta de que entre nosotros había una química especial. Eres muy sexy...

Sam la mira perplejo.

—Bueno... gracias, supongo —dice—, pero Lindsay, esto no es...

—Bah, no te preocupes. Puedo ser muy discreta. —Le desliza una uña pintada por la camisa—. Casi me había dado por vencida contigo, ¿lo sabías?

Sam da un paso hacia atrás con cara de alarma.

—Lindsay...

—Todo este tiempo, sin dar ni una sola señal... y luego, de repente, empiezas a enviarme mensajes. —Abre mucho los

71. ¿Cuál es el protocolo cuando ves que a alguien se le está desprendiendo una pestaña postiza por el borde? ¿Hay que callarse educadamente o decírselo?

ojos—. Que si feliz cumpleaños, que si enhorabuena por mi trabajo... Inmediatamente supe qué había detrás de todo eso. Y entonces, esta noche... —Lindsay se acerca más a Sam, hablándole con voz cada vez más jadeante—. No tienes ni idea del efecto que ha tenido sobre mí tu correo. Hmmm... Chico malo...

—¿Mi correo? —repite Sam. Se vuelve lentamente y se topa con mis ojos llenos de angustia.

Debería haber echado a correr. Cuando aún estaba a tiempo. Debería haber salido huyendo.

9

Soy la persona más arrepentida del mundo, siento que no podría sentirlo más, es imposible.

Esta vez la he cagado de verdad, lo sé. Le he creado a Sam un montón de problemas, lo he metido en varios follones, he abusado de su confianza y he sido un auténtico coñazo.

Hoy se suponía que iba a ser un día divertido, un día dedicado por completo a la boda. Me había tomado unos días de descanso para encargarme de los últimos preparativos y ¿qué es lo que estoy haciendo en vez de eso? Tratar de pensar en todas las formas posibles de decir «lo siento».

Me presento en el almuerzo con una camiseta gris de penitente, como corresponde a la ocasión, y un conjunto de falda vaquera. Hemos quedado en un restaurante que está detrás de su oficina, y lo primero que veo cuando entro es un grupo de chicas que recuerdo haber visto anoche en el Savoy, sentadas alrededor de una mesa circular. Estoy segura de que no me van a reconocer, pero paso a toda prisa, agachando la cabeza, por si acaso.

Por teléfono, Sam me describió el restaurante como su «segunda cantina». Pues menuda cantina... Las mesas son de acero, las sillas llevan unas elegantes fundas de lino gris y las cartas son de esas tan modernas y minimalistas donde todo está en minúscula y los platos se describen con el menor número de palabras posible.[72] Ni siquiera aparece el símbolo de las libras esterlinas en el precio.[73] No me extraña que a Sam le guste.

He pedido un agua, y me estoy decidiendo entre la sopa o una ensalada cuando Sam aparece en la puerta. Inmediatamente todas las chicas empiezan a hacerle señas para que se acerque y, tras vacilar un instante, se dirige hacia ellas. No puedo oír toda la conversación, pero voy pillando alguna que otra palabra aquí y allá: «... idea maravillosa...», «... entusiasmo», «... tan estimulante...». Todos sonríen y parecen muy optimistas, incluso Sam.

Al final, se disculpa y se dirige a donde estoy yo.

—Hola. Lo has encontrado. —No hay ninguna sonrisa para mí, observo.

—Sí. Un restaurante muy bonito. Gracias por venir. Te lo agradezco de verdad. —Estoy tratando de ser lo más conciliadora posible.

—Prácticamente vivo aquí. —Se encoge de hombros—. Como todo el personal de WGC.

—Bueno... te he hecho una lista con todos los correos electrónicos que envié en tu nombre. —Quiero zanjar el tema de una vez por todas. Cuando le paso la hoja, no puedo evitar estremecerme. Puesto así, por escrito, la lista parece interminable—. Y te los he reenviado todos.

Un camarero me interrumpe con una jarra de agua.

—Bienvenido, señor —dice a Sam, y luego llama con un movimiento con la cabeza a una camarera con la cesta del pan. Cuando se van, Sam dobla el papel que le he dado y se lo mete en el bolsillo sin hacer comentarios. Gracias a Dios. Creía que iba a repasarlos uno por uno, como el director de un colegio.

—Esas chicas trabajan en tu empresa, ¿verdad? —Señalo a la mesa ladeando la cabeza—. ¿De qué estaban hablando?

72. Como «sopa», «pato», etc. Y sí, ya sé que es todo muy vanguardista y superchic y eso, pero ¿qué clase de sopa? ¿Cómo está hecho el pato?

73. ¿Y eso no es ilegal? ¿Y si quisiera pagar en dólares? ¿Tendrían que dejarme hacerlo?

Hay un silencio mientras Sam sirve el agua y luego levanta la vista para mirarme.

—Pues resulta que estaban hablando de tu proyecto.

Lo miro.

—¿Mi proyecto? ¿Te refieres a mi mensaje para pedir ideas?

—Sí. El consejo ha acogido el proyecto con agrado.

—¡Caramba! —Me paro un momento a regodearme en la sensación—. Así que... no todo el mundo ha reaccionado mal, al final.

—No, no todo el mundo.

—¿Y se le ha ocurrido a alguien una buena idea para la empresa?

—El caso es que... sí —contesta, de mala gana—. Han salido algunas ideas interesantes.

—¡Vaya! ¡Es fantástico!

—Aunque todavía hay quienes están convencidos de que se trata de una conspiración para despedir a todos y uno amenaza con presentar una demanda contra mí.

—Ah, sí... —Me siento castigada—. Es verdad, lo siento.

—Hola. —Una chica alegre, con un delantal de color verde, se acerca a la mesa—. ¿Quieren que les explique el menú para hoy?[74] Hoy tenemos sopa de calabaza amarilla, hecha con caldo de pollo procedente de la avicultura ecológica...

Enumera todos y cada uno de los platos y yo, naturalmente, pierdo la concentración de inmediato. Así que al final no tengo idea de qué es lo que hay, además de la sopa de calabaza.

—Para mí la sopa de calabaza, gracias. —Sonrío.

—El *steak baguette*, poco hecho, con ensalada verde, gracias. —Para mí que Sam tampoco estaba escuchando. Consulta un momento el móvil y frunce el ceño, y siento una punzada de culpabilidad. Debo de haberle complicado muchísimo la vida con todo esto.

—Solo quería decir que lo siento mucho —le digo rápida-

74. Bueno, esto ya es el colmo: escribir un menú incomprensible y luego pagar a alguien para que lo explique.

mente—. Siento lo de la tarjeta electrónica. Siento lo de Guatemala. Me dejé llevar y me pasé de la raya. Sé que te he causado muchos problemas y, si puedo ayudar de alguna manera, lo haré. Es decir... ¿quieres que envíe algunos mensajes en tu nombre?

—¡No! —salta, como si se hubiera quemado—. Gracias —añade con más calma—. Ya has hecho suficiente.

—Bueno, ¿y cómo te las arreglas? —me atrevo a decir—. Para revisar todas las ideas, digo.

—Jane se está ocupando de eso de momento. Está enviando el mensaje antipesados.

Arrugo la nariz.

—¿El mensaje antipesados? ¿Qué es eso?

—Ya sabes, el típico mensaje para quitarte de encima a la gente, como: «Sam se alegra mucho de haber recibido su correo. Le responderá tan pronto como le sea posible. Mientras tanto, gracias por su interés». Traducción: «No esperes tener noticias mías hasta dentro de mucho tiempo». —Levanta las cejas—. Tú también debes de tener un mensaje antipesados. También son muy útiles para rechazar a los moscones de turno.

—No, no tengo nada de eso —le digo, un poco ofendida—. Yo nunca quiero «quitarme a la gente de encima», como tú dices. ¡Yo siempre les contesto!

—Bueno, eso explica muchas cosas. —Arranca un trozo de pan y lo mordisquea—. Si lo hubiera sabido, nunca habría accedido a compartir el teléfono contigo.

—Bueno, ahora ya no es necesario.

—Gracias a Dios. ¿Dónde está?

Registro mi bolso, saco el móvil y lo pongo encima de la mesa, entre los dos.

—¿Qué diablos es eso? —exclama Sam, horrorizado.

—¿Qué? —Sigo su mirada, perpleja, y entonces lo entiendo. En la bolsa con los regalos de Marie Curie había unos adhesivos de strass para pegar en el móvil y se los puse el otro día.

—No te preocupes. —Pongo los ojos en blanco al ver su expresión—. Se quitan muy fácilmente.

—Eso espero. —Todavía parece horrorizado. Pero vamos a

ver... ¿Es que en esa empresa nadie se molesta en decorar su teléfono?

Llega la comida y durante un rato nos distraemos con el molinillo de la pimienta, la mostaza y con un plato de chirivías fritas que, por lo visto, creen que hemos pedido.

—¿Tienes prisa? —me pregunta Sam, a punto de hincarle el diente a su bistec.

—No. Me he tomado unos días libres para poder preparar la boda, pero resulta que no queda mucho por hacer.

La verdad es que esta mañana me he quedado un poco soprendida después de hablar con Lucinda. Le dije hace siglos que iba a tomarme unos días de descanso para ayudar con los preparativos. Pensé que podríamos ir y hacer esas cosas tan divertidas de la boda juntas, pero básicamente me ha dicho «no, gracias». Me ha contado no sé qué historia de que tenía que ir a ver a la florista a Northwood y que antes tenía que ir a ver a otro cliente, y más o menos me ha dado a entender que sería un estorbo para ella.[75] Así que tengo toda la mañana libre. No pienso ir a trabajar solo porque sí, vaya.

Mientras me tomo la sopa, espero a que Sam me comente algo espontáneamente de su propia boda, pero nada. A los hombres esas cosas parece que ni fu ni fa, ¿no?

—¿Se te ha enfriado la sopa? —Sam se centra pronto en mi plato—. Si está fría, pide que te la calienten de nuevo.

La verdad es que sí está bastante menos que tibia, pero no tengo ganas de incordiar a nadie.

—Está bien, gracias. —Le lanzo una sonrisa y me tomo otra cucharada.

En ese momento suena el móvil y, en un acto reflejo, lo cojo y leo el mensaje. Es Lucinda, que está en la florista y me pide que le confirme por favor si solo quiero cuatro ramitas de paniculata por cada ramo.

---

75. ¿Por qué tiene a todos los proveedores en sitios tan extraños? Cada vez que le pregunto, me sale con que lo hace para ahorrar costes. Ruby dice que seguro que lo hace para poder cobrarme más por el desplazamiento.

No tengo ni idea. ¿Por qué tengo que especificar una cosa así? Además, ¿cómo quedarían cuatro ramitas?

> Sí, perfecto. Muchas gracias, Lucinda, ¡te lo agradezco en el alma! ¡¡¡Ahora ya falta menos!!! Bss, Poppy

También hay un mensaje nuevo de Willow, pero no me atrevo a leerlo delante de Sam. Se lo reenvío rápidamente y dejo el móvil.

—Acaba de llegar un correo electrónico de Willow.

—Ah. —Asiente con la cabeza y arruga la frente con gesto disuasorio.

Me muero de ganas de saber más cosas sobre ella, pero ¿cómo empiezo sin que suene forzado?

Ni siquiera puedo preguntarle: «¿Cómo os conocisteis?», porque ya lo sé, por uno de los arrebatos electrónicos de Willow. Se conocieron durante su entrevista de trabajo para White Globe Consulting. Sam estaba en el grupo que debía hacerle la entrevista y tenía algunas preguntas peliagudas sobre su currículum y debería haberse dado cuenta YA ENTONCES de que le iba a joder la vida. Debería haberse levantado inmediatamente y haberse LARGADO. Porque ¿acaso se cree que lo único que cuenta para ella en la vida es un sueldo de seis cifras? ¿Piensa que todo el mundo es como él? ¿¿¿No se da cuenta de que para construir una vida en común primero hay que saber QUE SON LOS LADRILLOS, Sam???

Etcétera, etcétera, etcétera. La verdad, ya me he cansado de leer hasta el final.

—¿Todavía no tienes un móvil nuevo? —me pregunta Sam arqueando las cejas.

—Iré a la tienda esta tarde.

Va a ser un rollo tener que empezar de cero con un móvil nuevo, pero no puedo hacer nada al respecto. A menos que...

—De hecho, me estaba preguntando... —digo como si tal cosa—. No estarías interesado en venderlo por casualidad, ¿verdad que no?

—¿Un móvil de empresa, lleno de mensajes de trabajo? —Se echa a reír con incredulidad—. ¿Te has vuelto loca? Fue una locura por mi parte dejarlo en tus manos, para empezar. Aunque no es que tuviera otra alternativa, señorita Dedoslargos. Debería haberte denunciado a la policía.

—¡No soy ninguna ladrona! —exclamo, ofendida—. No lo robé, lo encontré en una papelera.

—Deberías haberlo devuelto. —Se encoge de hombros—. Tú lo sabes y yo lo sé.

—¡Era un bien común! Estaba a disposición de cualquiera.

—¿«A disposición de cualquiera»? ¿Quieres decirle eso a un juez? Si se me cae la cartera y acaba momentáneamente en una papelera, ¿el primero que pase tiene derecho a robármela?

No sé si intenta provocarme o no, así que bebo un sorbo de agua y dejo de hablar del tema. Sigo dándole vueltas al móvil en la mano, todavía reacia a desprenderme de él. Me he acostumbrado a este teléfono, me gusta el tacto que tiene... ¡hasta me he acostumbrado a compartir mi bandeja de entrada!

—Entonces, ¿qué pasará con él? —Levanto la vista al fin—. Con el móvil, quiero decir.

—Jane reenviará todos los mensajes importantes a su cuenta y luego lo limpiarán todo. Por dentro y por fuera.

—Claro. Normal.

La idea de que vayan a borrar todos mis mensajes hace que me den ganas de llorar, pero no puedo hacer nada por evitarlo. Ese era el trato. Solo era un préstamo. Como ha dicho Sam, el móvil no es mío.

Vuelvo a dejarlo en la mesa, a medio palmo de mi plato.

—Te enviaré mi nuevo número en cuanto lo tenga —le digo—. Si alguien me envía algún SMS o un mensaje de correo...

—Te los reenviaré. —Asiente con la cabeza—. O mejor dicho, lo hará mi nueva secretaria.

—¿Cuándo empieza?

—Mañana.

—Perfecto. —Sonrío débilmente y tomo una cucharada de sopa, que ahora ya sí está poco menos que helada.

—Es fantástica —dice con entusiasmo—. Se llama Lizzy y es muy eficiente. —Comienza a atacar su ensalada—. Bueno, ya que estamos aquí, tendrás que decírmelo. ¿De qué iba lo de Lindsay? ¿Qué demonios le escribiste?

—Ah, sí. —Me sonrojo de vergüenza—. Creo que hubo un pequeño malentendido, porque... Bueno, no fue nada del otro mundo, de verdad. Le hice un comentario positivo y luego le envié besos de tu parte. Al final del mensaje, ya sabes, en forma abreviada.

Sam suelta el tenedor.

—¿Añadiste besos al pie de un correo electrónico... firmado por mí? ¿Un correo de trabajo? —Casi parece más escandalizado por esto que por cualquier otra cosa.

—¡No lo hice a propósito! —digo a la defensiva—. Se me escaparon. Siempre acabo todos mis e-mails poniendo unos besos. Es un detalle simpático.

—Ah, entiendo. —Levanta los ojos hacia el cielo—. Eres una de esas personas ridículas.

—Eso no es ser ridículo —le respondo—. Es ser amable con la gente.

—Vamos a ver. —Me coge el teléfono.

—¡No! —exclamo, horrorizada—. ¿Qué estás haciendo?

Trato de arrebatárselo, pero ya es demasiado tarde. Ahora tiene el móvil en su poder y está desplazándose por todos los mensajes, tanto los de texto como los de correo electrónico. A medida que va leyendo, arquea una ceja, frunce el ceño o suelta una carcajada espontánea.

—¿Qué estás mirando? —digo, tratando de mostrar frialdad—. Deberías respetar mi intimidad.

No me hace ningún caso. ¿Es que no sabe lo que es la intimidad de alguien? Además, ¿se puede saber qué está leyendo? Podría ser cualquier cosa.

Intento tomarme otra cucharada de sopa, pero está tan fría que me es imposible. Cuando miro hacia arriba, Sam sigue leyendo mis mensajes con avidez. Es horrible. Es como si estuviera rebuscando en el cajón de mi ropa interior.

—Ahora ya sabes qué se siente cuando alguien critica tus correos —sentencia, levantando la vista.

—En los míos no hay nada que criticar —le digo, un tanto ufana—. A diferencia de ti, soy amable y simpática, y desde luego no me quito a la gente de encima con dos palabras.

—Tú lo llamas ser simpática. Yo a eso lo llamo de otra manera.

—Ya, bueno. —Levanto la mirada hacia el cielo. Naturalmente, no quiere admitir que mis dotes de comunicación son mejores que las suyas.

Sam lee otro e-mail, sacudiendo la cabeza, y luego me mira y estudia mi rostro en silencio.

—¿Qué pasa? —digo, molesta—. ¿Qué es?

—¿Tanto miedo tienes de que los demás te odien?

—¿Cómo dices? —Lo miro, sin saber cómo reaccionar—. ¿De qué narices estás hablando?

Señala el móvil.

—Tus mensajes de correo son como una súplica constante: «Besos, besos, abrazos, abrazos... ¡Por favor, quiéreme, quiéreme...!».

—¿Qué? —Es como si me hubiera dado una bofetada en la cara—. ¡No digas tonterías!

—Mira este. «¡Hola, Sue! ¿Podría cambiar la hora de mi prueba para el peinado de novia a las cinco de la tarde? Había reservado hora con Louis. Dime algo. Si por casualidad no puede ser, no te preocupes. ¡Muchas gracias! ¡Te lo agradezco de corazón! Que vaya bien. Con cariño, Poppy. BSSSSSSSSSSSS». ¿Quién es Sue? ¿Tu mejor amiga? ¿Una amiga tuya de la infancia?

—Es la recepcionista de mi peluquería. —Lo fulmino con la mirada.

—¿Y le das las gracias mil veces y le mandas millones de besos solo por hacer su trabajo?

—¡Soy amable con ella! —le espeto.

—Eso no es ser amable —dice con firmeza—, es ser ridículo. Es un intercambio comercial. Hay que ser más profesional.

—¡Me encanta mi peluquería! —grito con rabia. Me tomo otra cucharada de sopa, olvidando que está absolutamente asquerosa, y contengo un escalofrío.

Sam sigue mirando mis mensajes, como si tuviera todo el derecho de hacerlo. No debí dejar que le echara el guante al móvil. Debería haber borrado los mensajes yo misma.

—¿Quién es Lucinda?

—La organizadora de mi boda —le contesto a regañadientes.

—Eso me había parecido. ¿No debería trabajar para ti? Entonces, ¿por qué te agobia con toda esta mierda?

Por un momento estoy tan anonadada que no sé qué contestarle. Me unto un poco de mantequilla en el pan y luego lo dejo sin probarlo.

—Trabaja para mí —digo finalmente, rehuyendo su mirada—. Aunque, claro, le echo una mano con los preparativos cuando lo necesita...

—Has reservado los coches de alquiler en lugar de hacerlo ella. —Cuenta con los dedos, incrédulo—. Te has encargado del confeti, de las flores para el ojal, del organista...

Siento cómo me voy ruborizando poco a poco. Sé que al final he acabado haciendo más cosas por Lucinda de las que pretendía, pero no pienso darle el gusto de admitirlo ante él.

—¡Quería hacerlo! No pasa nada...

—Además, se dirige a ti siempre dándote órdenes. Es un poco mandona, en mi opinión.

—Solo es su manera de hacer las cosas. No me importa... —Estoy tratando de cambiar de tema, pero se muestra implacable.

—¿Por qué no se lo dices a la cara: «Oye, trabajas para mí, así que cambia de actitud»?

—No es tan sencillo como parece, ¿de acuerdo? —me pongo a la defensiva—. No es solo una organizadora de bodas. Es una vieja amiga de los Tavish.

—¿Los Tavish? —Sacude la cabeza como si el nombre no le dijera nada.

—¡Mis futuros suegros! Los Tavish. ¿El profesor Antony Tavish? ¿La profesora Wanda Brook-Tavish? ¿Te suenan? Sus padres son amigos de toda la vida y Lucinda forma parte de todo ese mundo, es uno de ellos y yo no puedo... —Hago una pausa y me froto la nariz. Ni siquiera sé adónde quería ir a parar.

Sam coge una cuchara, se inclina hacia delante, prueba un poco de mi sopa y hace una mueca.

—Está congelada. Lo sabía. Di que te la calienten de nuevo.

—No, de verdad. —Le lanzo una sonrisa automáticamente—. No pasa nada.

—No, no está bien. Llama a la camarera y di que te traigan otra.

—¡No! Oye... no importa. Además, no tengo hambre.

Sam me mira meneando la cabeza.

—Eres una caja de sorpresas, ¿lo sabías? Esto es una gran sorpresa —dice, tocando el móvil.

—¿Qué pasa?

—Eres muy insegura por dentro, para esa imagen de mujer combativa y animosa que proyectas.

—¡No es cierto! —exclamo, sorprendida.

—¿Qué no es cierto? ¿Que seas insegura o que seas combativa?

—Yo... —Estoy demasiado confundida para responder—. No lo sé. Basta ya. ¡Déjame en paz!

—Hablas de los Tavish como si fueran Dios.

—¡Pues claro! Esas personas están a otro nivel...

Me interrumpe una voz masculina.

—¡Sam! ¡Amigo mío! —Es Justin, que le da a Sam una palmadita en la espalda. Viste un traje negro, corbata negra y gafas negras. Parece uno de los Hombres de Negro.

—¿Otra vez el *steak baguette*?

—Me conoces demasiado bien. —Sam se levanta y llama a uno de los camareros—. Discúlpeme, ¿podría traer otra sopa para la señorita? Esta está fría. ¿Conociste a Poppy la otra noche? Poppy, te presento a Justin Cole.

—*Enchanté*. —Justin inclina la cabeza en mi dirección y me llega una vaharada de Fahrenheit para después del afeitado.

—Hola. —Acierto a sonreír educadamente, pero por dentro siento un nudo en el estómago. Tengo que decirle a Sam que está muy, pero que muy equivocado. Respecto a todo.

—¿Cómo fue la reunión con P & G? —le está diciendo Sam a Justin.

—¡Bien! ¡Muy bien! Aunque, por supuesto, te echan de menos en el equipo, Sam. —Mueve el dedo para hacer un signo de reproche.

—No creo.

—¿Sabes que este hombre es la estrella de nuestra empresa? —me dice Justin, señalando a Sam—. El heredero de sir Nicholas, parece ser: «Algún día, hijo mío, todo esto será tuyo».

—Bah, todo eso es una tontería —dice Sam de buen humor.

—Pues claro que es una tontería.

Se hace un momento de silencio. Se están sonriendo el uno al otro... pero más bien parecen dos animales enfrentados, enseñándose los dientes.

—Así que ya nos veremos —dice Justin despacio—. ¿Vas a salir esta noche para ir a la convención?

—No, salgo mañana —contesta Sam—. Tengo que ponerme al día con un montón de trabajo aquí antes de ir.

—Ah, bueno. En ese caso, brindaremos por ti esta noche. —Justin se despide de mí con la mano y se va.

—Lo siento —dice Sam, sentándose de nuevo—. Este restaurante se pone imposible a la hora del almuerzo, pero de los que están más cerca, es el único que tiene buena comida.

Justin Cole me ha distraído del barullo de mis pensamientos. Decididamente, es un capullo.

—¿Sabes? Anoche oí a Justin hablar de ti —le digo en voz baja, apoyándome en la mesa—. Te llamó cabezón de mierda.

Sam lanza la cabeza hacia atrás y estalla en carcajadas.

—No me sorprende en absoluto.

Tengo delante un plato humeante de sopa de calabaza y de repente siento un hambre canina.

—Gracias por pedirme la sopa —le digo a Sam, un poco avergonzada.

—Es un placer. —Ladea la cabeza—. Buen provecho.

—Bueno, ¿y por qué te llamó cabezón de mierda? —Me tomo una cucharada de sopa.

—Bueno, básicamente no estamos de acuerdo sobre cómo hay que dirigir la empresa —dice con indiferencia—. Hace poco, mi bando ha obtenido una victoria, así que su bando está un poco molesto.

¿Bandos? ¿Victoria? ¿Es que siempre están en guerra?

—Pero ¿qué pasó?

Dios mío, qué buena está esta sopa... La devoro como si no hubiese comido nada desde hace semanas.

—¿De veras te interesa? —dice divertido.

—¡Sí! ¡Claro!

—Un miembro del personal ha dejado la empresa. Para mejor, en mi opinión. Pero no en opinión de Justin. —Se come un pedazo de *baguette* y coge su vaso de agua.

¿Eso es todo? ¿No va a decir nada más? ¿Un miembro del personal se ha ido de la empresa?

—¿Te refieres a John Gregson? —De repente, me acuerdo de mi búsqueda de Google.

—¿Qué? —Parece sorprendido—. ¿Cómo sabes lo de John Gregson?

—Por la versión digital del *Daily Mail*, por supuesto. —Levanto los ojos hacia el cielo. ¿Qué se cree, que trabaja en alguna burbuja aislada y secreta?

—Ah, entiendo. —Sam parece asimilarlo—. Bueno... pero no. Eso era otra cosa.

—¿Quién fue, entonces? Vamos... —le insisto, al verlo titubear—. A mí puedes decírmelo. Sir Nicholas Murray y yo somos íntimos, ¿lo sabías? Vamos juntos de copas al Savoy. Somos uña y carne. —Cruzo los dedos y Sam se ríe a su pesar.

—Está bien. No creo que sea un gran secreto. —Duda y baja la voz—. Es un tipo que se llama Ed Exton. Director financiero. La verdad es que fue despedido. Resultó que llevaba un tiempo estafando dinero a la empresa. Nick no quiso presentar ninguna denuncia, pero fue un gran error, porque ahora Ed nos ha denunciado por despido improcedente.

—¡Sí! —exclamo, dando una especie de chillido—. ¡Lo sabía! Y por eso estaba como una cuba en el Groucho Club.

Sam suelta otra carcajada de incredulidad.

—Así que eso también lo sabes... Por supuesto.

—¿Y... Justin se enfadó cuando despidieron a Ed? —Estoy tratando de poner las cosas en claro.

—Justin tenía las miras puestas en que Ed se convirtiese en el próximo director general y, de paso, él mismo se convertiría en su brazo derecho —dice Sam irónicamente—. Así que, sí, se puede decir que estaba bastante enfadado.

—¿Director general? —exclamo, atónita—. Pero ¿y sir Nicholas?

—Bueno, se habrían librado de Nick de inmediato si hubiesen obtenido el apoyo necesario —dice Sam como si tal cosa—. En esta empresa hay un sector de gente que está más interesado en embolsarse beneficios a corto plazo y vestir de Paul Smith que en cualquier otra cosa. Nick trabaja más bien pensando en el largo plazo. No siempre es la postura más popular.

Me termino la sopa y trato de digerir toda esa información. Sinceramente, la política de empresa es un asunto muy complicado. ¿Cómo consiguen trabajar en medio de tantos tejemanejes? Ya es bastante duro cuando a Annalise le da uno de esos ataques de histeria por ver a quién le toca comprar el café; siempre acabamos distrayéndonos y nos olvidamos de redactar nuestros informes.

Si yo trabajase en White Globe Consulting sería incapaz de hacer mi trabajo. Me pasaría el día entero enviándoles SMS a los otros empleados de la oficina, preguntándoles qué novedades había ese día y si sabían algo nuevo y qué creían que iba a suceder.

Hummm. Tal vez sea bueno que no trabaje en una oficina.

—Me parece increíble que sir Nicholas Murray haya vivido en Balham —digo, acordándome de repente—. ¡En Balham, nada menos!

—Nick no ha sido siempre una personalidad importante, en absoluto. —Sam me mira con curiosidad—. ¿Es que no leíste nada sobre su pasado durante tu caza de información en Google? Era huérfano. Se crió en un hospicio. Todo lo que tiene se lo ha ganado con el sudor de su frente. No tiene ni una sola pizca de esnobismo en el cuerpo. No como algunos de esos idiotas pretenciosos que quieren librarse de él. —Arruga la frente y se mete un puñado de rúcula en la boca.

—Fabian Taylor debe de estar en el bando de Justin —señalo, pensativa—. Es muy sarcástico contigo. Siempre me he preguntado por qué. —Levanto la vista y veo que Sam me está mirando con el ceño fruncido.

—Poppy, dime la verdad. ¿Cuántos de mis mensajes de correo electrónico has leído?

No me puedo creer que me esté haciendo esa pregunta.

—Todos, por supuesto. ¿Qué te creías? —Su expresión es tan graciosa que me entra un ataque de risa—. En cuanto le puse las manos encima a ese móvil, empecé a meterme en tu vida. He leído los mensajes de tus colegas, los correos de Willow... —No resisto la tentación de mencionar su nombre como si tal cosa, a ver si muerde el anzuelo.

Como era de esperar, ni siquiera se inmuta. Es como si el nombre de Willow no significase absolutamente nada.

Sin embargo, este es nuestro almuerzo de despedida. Es mi última oportunidad. Voy a insistir.

—Así que... ¿Willow trabaja en una planta distinta de donde estás tú? —le pregunto, como quien no quiere la cosa.

—En la misma planta.

—Ah. Y... ¿os conocisteis en el trabajo?

Se limita a asentir con la cabeza. Es como si hubiera que sacarle las palabras con sacacorchos.

Viene un camarero para llevarse mi plato y aprovechamos para pedir los cafés. Cuando se aleja, me doy cuenta de que Sam me está mirando fijamente, muy serio y pensativo. Estoy a punto de hacerle otra pregunta sobre Willow, pero él se me adelanta.

—Poppy, cambiando de tema un momento. ¿Puedo decirte algo? Como amigo.

—Ah, pero ¿somos amigos? —digo, dudosa.

—Bueno, pues como observador desinteresado, entonces.

Genial. En primer lugar, está evitando hablar de Willow, y en segundo lugar, ¿ahora qué? ¿Con qué me va a salir? ¿Con un sermón sobre por qué no debemos robar teléfonos? ¿Con otra charla sobre la profesionalidad en los mensajes de correo?

—¿Qué pasa? —No puedo evitar poner los ojos en blanco—. Dispara.

Coge una cuchara, como para poner en orden sus ideas, y luego la suelta.

—Ya sé que no es asunto mío. Nunca he estado casado, no conozco a tu novio y no sé cuál es la situación.

Noto que empiezo a ruborizarme. No sé por qué.

—No —digo—. No sabes nada de nosotros, así que...

Prosigue sin escucharme.

—Pero a mí me parece que no puedes... que no debes... casarte con alguien sintiéndote de alguna manera... inferior.

Por un momento estoy demasiado atónita para responder. Trato desesperadamente de decidir cómo reaccionar. ¿Le grito? ¿Le suelto una bofetada? ¿Me levanto y me voy?

—Está bien, escucha —acierto a decir al fin. Siento un nudo en la garganta, pero intento aparentar calma—. En primer lugar, tú no me conoces, tal como has dicho. En segundo lugar, no me siento inferior...

—Oh, sí, ya lo creo. Se desprende de todo lo que dices, y para mí es muy chocante. Mírate. Eres una profesional, tienes éxito en tu trabajo. Eres... —Vacila un instante—. Eres una mujer atractiva. ¿Por qué crees que los Tavish están en «otro nivel» que tú?

¿Está haciéndose el tonto a propósito?

—Porque son... personas importantes, ¡famosos! Son todos unos genios y a todos los nombrarán caballeros, mientras que mi tío es un simple dentista de Taunton... —me interrumpo, jadeando.

Genial. Ahora ya me he descubierto.

—¿Y tu padre?

Ya estamos. Bueno, él se lo ha buscado.

—Está muerto —digo bruscamente—. Mis padres están muertos, los dos. Murieron hace diez años en un accidente de coche. —Me recuesto hacia atrás en la silla, esperando el silencio incómodo.

Las reacciones pueden ser muy variadas, según los casos: silencio, una mano tapando la boca, un respingo,[76] una exclamación, un brusco cambio de tema, curiosidad mórbida, el relato de un accidente aún más grave y espeluznante que sufrió la tía del amigo de un amigo...

Una vez, una chica llegó incluso a echarse a llorar delante de mí y fui yo quien tuvo que consolarla mientras sollozaba y ofrecerle un pañuelo de papel.

Pero... es muy raro. Esta vez no parece uno de esos momentos incómodos. Sam no mira hacia otro lado. No se ha aclarado la garganta y ni siquiera ha dado un respingo ni ha cambiado de tema.

—¿Los dos murieron en el accidente? —pregunta al fin, en un tono más suave.

—Mi madre murió en el acto. Mi padre al día siguiente. —Le dedico una sonrisa a medias—. Pero no pude despedirme de él. Ya estaba... prácticamente muerto para entonces.

He descubierto que, de hecho, sonreír es la única forma de sobrellevar estas conversaciones.

Llega un camarero con los cafés y, por un momento, la conversación queda suspendida en el aire, pero en cuanto se aleja, vuelve el mismo estado de ánimo que antes. Sam tiene la misma expresión en la cara.

—Lo siento mucho.

—No te preocupes. —Lo digo con el tono alegre y despreo-

76. Magnus reaccionó dando un respingo. Luego me cogió la mano con fuerza entre las suyas y dijo que había intuido que yo era vulnerable y que eso me hacía aún más hermosa.

cupado habitual—. Conseguimos superarlo. Nos fuimos a vivir con mi tío, el dentista, y mi tía, que es higienista dental. Ellos cuidaron de nosotros, de mis dos hermanos pequeños y de mí. Así que... no pasa nada. Ya está superado.

Siento sus ojos clavados en mí. Miro primero hacia un lado y luego hacia el otro, para esquivarlos. Remuevo mi capuchino, demasiado rápido tal vez, y tomo un sorbo.

—Eso explica muchas cosas —dice Sam al fin.

No puedo soportar su compasión. No puedo soportar la compasión de nadie.

—No es verdad —le digo secamente—. No es verdad. Eso fue hace años y he pasado página y ahora soy una mujer adulta y lo he superado, ¿de acuerdo? Así que te equivocas. No explica nada.

Sam deja su taza de café en la mesa, coge su galleta de cortesía y le quita el envoltorio con calma.

—Me refiero a que explica por qué estás tan obsesionada con los dientes.

—Ah.

Touchée.

Le sonrío de mala gana.

—Sí, supongo que estoy muy familiarizada con el cuidado dental.

Sam muerde la galleta y yo bebo otro sorbo de café. Al cabo de un par de minutos parece que ya hemos dado por zanjado el asunto y me pregunto si no deberíamos pedir ya la cuenta, cuando de pronto Sam dice:

—Un amigo mío perdió a su madre cuando íbamos a la universidad. Pasé muchas noches hablando con él. Muchísimas noches. —Se calla—. Sé lo que se siente. No es algo que se pueda superar. Y el hecho de que se supone que eres un adulto no cambia nada. Y nunca se llega a pasar página.

No tenía que volver a hablar del tema, nadie lo hace nunca, eso no estaba en el guión. Ya habíamos zanjado el asunto. La mayoría de la gente pasa inmediatamente a hablar de otra cosa con alivio.

—Bueno, pues yo sí lo he superado —le digo con alegría—. Y sí he pasado página. Así que...

Sam asiente con la cabeza como si no le sorprendieran mis palabras.

—Sí, eso mismo era lo que decía él. A los demás. Lo sé. Tienes que hacerlo. —Se calla—. Sin embargo, no es fácil estar fingiendo todo el tiempo.

«Sonríe. Sigue sonriendo. No le mires a los ojos», me digo. Pero por alguna razón no puedo evitarlo, y le miro.

Y de repente siento que se me humedecen los ojos. Mierda. Mierda. Hacía años que no me pasaba esto. Años...

—No me mires así —murmuro furiosa, clavando en la mesa una mirada llena de rabia.

—Así ¿cómo? —Sam parece alarmado.

—Como si lo entendieras. —Trago saliva—. Déjalo. Déjalo ya.

Respiro profundamente y tomo un sorbo de agua. «¡Qué idiota eres, Poppy! Haz el favor de serenarte...» No me había dejado pillar así por sorpresa desde... Ni siquiera me acuerdo cuándo fue la última vez.

—Lo siento —dice Sam en voz baja—. No pretendía...

—¡No! No pasa nada, pero cambiemos de tema. ¿Pedimos ya la cuenta?

—De acuerdo. —Mientras llama a un camarero saco mi brillo de labios, y después de un par de minutos vuelvo a recuperar el control.

Intento invitarle al almuerzo, pero Sam se niega en redondo, así que llegamos a un acuerdo y pagamos a escote. Una vez que el camarero se ha llevado el dinero y ha retirado las migas de la mesa, miro a Sam.

—Bueno. —Poco a poco deslizo el teléfono hacia él—. Aquí lo tienes. Gracias. Ha sido un placer conocerte y eso.

Sam ni siquiera lo mira. Me está mirando con esa expresión entre amable y preocupada que me provoca un hormigueo por todo el cuerpo y me da ganas de ponerme a tirar cosas. Si dice algo más sobre mis padres, me voy. Me levanto y me voy.

—Me preguntaba... —dice finalmente—. Por curiosidad, ¿has aprendido alguna vez técnicas para manejar los conflictos?

—¿Qué? —Me río en voz alta, sorprendida—. Desde luego que no. No quiero conflictos con nadie.

Sam abre los brazos.

—¿Lo ves? Ese es precisamente tu problema.

—¡No tengo ningún problema! Eres tú quien tiene un problema. Por lo menos, yo soy simpática —no puedo evitar señalar, con brusquedad—. Tú en cambio eres... desagradable.

Sam se ríe a carcajadas y me ruborizo. Bueno, tal vez «desagradable» no sea la palabra más adecuada.

—Estoy bien. —Cojo mi bolso—. No necesito ayuda de ninguna clase.

—Vamos, no seas cobarde.

—¡No soy cobarde! —replico indignada.

—Donde las dan, las toman —dice alegremente—. Cuando leíste mis mensajes, viste a un capullo integral, seco y desagradable, y así me lo dijiste. Puede que tengas razón. —Hace una pausa—. Pero ¿sabes lo que he visto yo en los tuyos?

—No. —Lo miro frunciendo el ceño—. Y tampoco quiero saberlo.

—He visto a una chica que se desvive por ayudar a los demás, pero no por ayudarse a sí misma. Y ahora mismo tienes que ayudarte a ti misma. Nadie debería desfilar hacia el altar sintiéndose inferior o a otro nivel o tratando de ser lo que no es. No sé exactamente cuáles son tus problemas pero...

Coge el móvil, pulsa un botón y me enseña la pantalla.

Mierda.

Es mi lista. La lista que escribí en la iglesia.

COSAS QUE HACER ANTES DE LA BODA
1) Convertirme en experta en filosofía griega.
2) Aprenderme de memoria todos los cantos de *La Odisea*.
3) Aprender palabras largas para el Scrabble.
4) Recordar: soy hipocondríaca.
5) Ternera strogonoff. Conseguir que me guste. (¿Hipnosis?)

Me muero de vergüenza. Por eso es por lo que la gente no debería compartir nunca el móvil.

—No tiene nada que ver contigo —murmuro, mirando fijamente la mesa.

—Ya lo sé —dice con delicadeza—. Y también sé que salir en defensa de uno mismo puede ser difícil, pero tienes que hacerlo. Tienes que encontrar el valor de hacerlo. Antes de la boda.

Me quedo en silencio un minuto o dos. No soporto que tenga razón, pero en el fondo de mi corazón sé que todo lo que dice es verdad. Igual que esos ladrillos del juego del Tetris, que van cayendo y encajando uno por uno en su lugar.

Dejo mi bolso en la mesa y me froto la nariz. Sam espera pacientemente a que ponga mis pensamientos en orden.

—Está muy bien que me digas todo eso —digo al fin—. Está muy bien que me digas que encuentre el valor de hacerlo, pero ¿qué se supone que debería decirles a ellos?

—¿A ellos? ¿A quiénes?

—No sé. A sus padres, supongo.

De repente me siento como una traidora, hablando de la familia de Magnus a sus espaldas, pero ya es un poco tarde.

Sam no lo duda ni un instante.

—Les dices: «Señor y señora Tavish, ustedes dos me hacen sentir inferior. ¿De verdad creen que soy inferior o son imaginaciones mías?».

—Pero ¿en qué planeta vives? —Lo miro fijamente—. ¡No puedo decir eso! ¡La gente no dice esas cosas!

Sam se ríe.

—¿Sabes lo que voy a hacer esta tarde? Tengo que decirle a un director ejecutivo que no trabaja lo suficientemente duro, que está consiguiendo que el resto de los miembros de la Dirección le den la espalda y que su higiene personal deja mucho que desear.

—Oh, Dios mío. —Me estremezco solo de pensarlo—. ¡No puede ser!

—Todo irá bien —dice Sam en voz baja—. Se lo explicaré todo, punto por punto, y al final estará de acuerdo conmigo.

Solo es una cuestión de técnica y de confianza. Las conversaciones incómodas son mi punto fuerte. Aprendí mucho de Nick —añade—. Puede decirle a la gente a la cara que tienen una empresa de mierda y tenerlos comiendo en la palma de su mano. Incluso puede decirles que su país es una mierda.

—Caramba... —Estoy muy impresionada.

—Ven y asiste a la reunión, si no tienes nada que hacer. Habrá otras dos personas más.

—¿Lo dices en serio?

Se encoge de hombros.

—Así es como se aprende.

No sabía que se podía ser especialista en conversaciones incómodas. Estoy tratando de imaginarme a mí misma diciéndole a alguien que su higiene personal deja mucho que desear. No me imagino encontrando las palabras adecuadas para decir eso nunca en la vida.

Vamos, eso tengo que verlo...

—¡Está bien! —Me sorprendo a mí misma sonriendo—. Iré. Gracias.

De pronto me doy cuenta de que no ha cogido el móvil. Todavía sigue en la mesa.

—Bueno... ¿te lo llevo a la oficina, entonces? —digo con indiferencia.

—De acuerdo. —Se está poniendo la chaqueta—. Gracias.

Perfecto. Así puedo volver a consultar mis mensajes de texto. ¡Sí!

10

Debe de ser maravilloso trabajar en un lugar como este. Para mí todo es nuevo en el edificio donde trabaja Sam: desde las gigantescas escaleras mecánicas a los vertiginosos ascensores, pasando por la placa plastificada con mi foto, que una máquina tardó apenas tres segundos en hacer. Cuando viene alguien de visita a la consulta de fisio, simplemente anotamos su nombre en un libro de la papelería.

Subimos al piso 16 y echamos a andar por un pasillo con una alfombra de color verde brillante, con fotografías en blanco y negro de Londres en las paredes y asientos chulísimos de todas las formas imaginables. A la derecha están los despachos con paredes de cristal y a la izquierda, un gran espacio abierto con mesas de colores. Todo es increíble. Hay una máquina dispensadora de agua, como tenemos nosotras en la consulta, pero también hay una zona de café, con una cafetera de Nespresso auténtica, una nevera Smeg y una bandeja gigante con frutas.

Voy a tener que hablar muy seriamente con Ruby sobre las condiciones de trabajo en First Fit Physio.

—¡Sam! —Un hombre con un traje azul marino de lino saluda a Sam y, mientras hablan, miro a mi alrededor en el espacio abierto, a ver si por casualidad veo a Willow. Esa chica sentada con el pelo rubio y ondulado que habla con los auriculares y con los pies sobre una silla... ¿Podría ser ella?

—Está bien. —Parece que Sam está terminando de hablar—. Interesante, Nihal. Lo pensaré.

Nihal. Las orejas se me ponen tiesas. He oído ese nombre en alguna parte, estoy segura, pero ¿dónde? Nihal... Nihal...

—Gracias, Sam —le está diciendo Nihal—. Te enviaré el documento enseguida... —Mientras teclea algo en su teléfono, de pronto me acuerdo.

—Dale la enhorabuena por el bebé... —le digo a Sam en voz baja—. La mujer de Nihal dio a luz la semana pasada. Yasmin. Tres kilos doscientos gramos. ¡Es preciosa! ¿Es que no viste el e-mail?

—Ah. —Sam parece sorprendido, pero se recupera con facilidad—. Oye, Nihal, enhorabuena por la niña, por cierto. Una noticia maravillosa.

—Yasmin es un nombre precioso —le dedico una sonrisa radiante a Nihal—. ¡Y tres kilos doscientos! ¡No está nada mal! ¿Cómo está?

—¿Cómo está Anita? —añade Sam.

—¡Están las dos muy bien, gracias! Perdón, pero... ¿nos conocemos? —Nihal mira a Sam pidiéndole ayuda.

—Te presento a Poppy —dice Sam—. Está aquí como... asesora.

—Ah. —Nihal me estrecha la mano, todavía confuso—. Pero ¿cómo sabías lo de la niña?

—Porque Sam me lo dijo —miento descaradamente—. Se alegraba tanto por ti que tuvo que decírmelo, ¿verdad, Sam?

La cara de Sam es un poema.

—Así es —dice al final—. Entusiasmado. Estaba entusiasmado.

—Caramba. —A Nihal se le ilumina la cara de felicidad—. Gracias, Sam. No sabía que estas cosas te... —Se calla, avergonzado.

—Pues ya ves. —Sam levanta la mano—. Una vez más, enhorabuena. Poppy, tenemos que irnos.

Mientras Sam y yo atravesamos la oficina, me río al ver su expresión.

—¿Vas a dejarlo ya, por favor? —susurra sin mover la cabeza—. Primero los animales y ahora los niños. ¿Qué reputación voy a tener ahora por tu culpa?

—¡Una buena reputación! —le contesto—. ¡Les caerás bien a todos!

—Eh, Sam —lo llama una voz detrás de nosotros. Nos volvemos y vemos a Matt Mitchell, radiante de felicidad—. Acabo de enterarme. ¡Sir Nicholas se apunta al viaje de Guatemala! ¡Es fantástico!

—Sí. —Sam asiente bruscamente con la cabeza—. Hablamos de ello ayer por la noche.

—Bueno, pues quería darte las gracias —dice con sinceridad—. Sé que ha sido cosa tuya. Juntos, le vais a dar un empuje muy significativo a nuestra causa. Ah, y gracias por el donativo. Te lo agradecemos de verdad.

Lo miro con asombro. ¿Sam ha hecho un donativo para el viaje a Guatemala? ¿Un donativo?

Ahora es a mí a quien Matt dedica una sonrisa radiante.

—Hola otra vez. ¿Te interesa venir a Guatemala?

¡Oh, Dios mío! Me encantaría ir a Guatemala...

—Bueno... —empiezo a decir con entusiasmo, antes de que Sam me interrumpa con firmeza, diciendo:

—No, no le interesa.

Vaya. Menudo aguafiestas.

—Quizá la próxima vez —digo cortésmente—. ¡Espero que todo vaya muy bien!

Mientras Matt Mitchell vuelve hacia el pasillo y nosotros seguimos nuestro camino, reflexiono sobre lo que acabo de oír.

—No me habías dicho que sir Nicholas va a ir a Guatemala —digo al fin.

—Ah, ¿no? —Sam no parece en absoluto interesado—. Bueno, pues sí, va a ir.

—Y tú les has hecho un donativo —añado—. Así que crees que es una buena causa y vale la pena apoyarla...

—Solo he hecho una pequeña aportación —me corrige en tono malhumorado, dándome a entender que no siga por ese camino.

—Así que en realidad... resulta que todo esto ha acabado bien. No ha sido ningún desastre. —Me pongo a contar con aire pensativo con los dedos—. Y las chicas de Administración piensan que eres maravilloso y que la iniciativa de alentar nuevas ideas ha sido brillante. Y tú has recibido algunas perspectivas interesantes sobre la empresa. Para Nihal, eres la bomba, y también para Chloe y su departamento, y Raquel está encantada contigo porque vas a correr en la maratón solidaria...

—¿Adónde quieres ir a parar exactamente? —La expresión de Sam es tan amenazadora que empiezo a sentir miedo.

—Mmm... ¡a ninguna parte! —Me callo—. Solo lo decía por decir.

Tal vez será mejor que mantenga la boca cerrada un rato.

Tras recorrer el pasillo sabía que el despacho de Sam iba a ser impresionante, pero estoy más que impresionada. Estoy anonadada.

Su despacho ocupa una enorme esquina del edificio, con ventanales con vistas al puente de Blackfriars, una lámpara de diseño que cuelga del techo y una mesa gigantesca. Hay otra mesa más pequeña fuera, que supongo que es donde se sentaba Violet. Junto a las ventanas hay un sofá, y Sam me invita a sentarme allí.

—Faltan todavía veinte minutos para la reunión. Tengo un par de asuntos pendientes. Ponte cómoda.

Me siento tranquilamente en el sofá unos minutos, pero es muy aburrido estar sentada en un sofá, así que al cabo de un rato me levanto y me acerco a la ventana para ver los coches que pasan a toda velocidad por el pequeño puente. Al lado hay una estantería con un montón de libros sobre negocios y algunos premios, pero ninguna foto de Willow. Ni siquiera encima de la mesa. Debe de tener alguna foto de ella en alguna parte, ¿no?

Al mirar alrededor para tratar de localizarla, veo otra puerta y la miro con curiosidad. ¿Por qué hay ahí una puerta? ¿Qué habrá detrás?

—El baño —dice Sam, observándome—. ¿Lo necesitas? Adelante.

Caramba. ¡Tiene un baño para él solo!

Entro con la esperanza de encontrar un palacio de mármol, pero en realidad es bastante normal, con una pequeña ducha y azulejos de cristal. Aun así... Tener tu propio cuarto de baño dentro del despacho... No está nada mal.

Aprovecho para retocarme el maquillaje y el pelo y alisarme la falda vaquera. Abro la puerta y estoy a punto de salir cuando de repente me doy cuenta de que llevo una mancha de sopa en la camisa. Mierda.

A lo mejor se quita.

Humedezco una toalla y froto la mancha con energía. No. No está lo bastante húmeda. Voy a tener que agacharme y meterla bajo el grifo.

Cuando me inclino, veo a una mujer en el espejo con un elegante traje pantalón negro y me incorporo de golpe. Tardo unos segundos en darme cuenta de que desde aquí veo reflejado todo el despacho y que, en realidad, la mujer se dirige a la puerta de cristal de Sam. Es muy alta y tiene un porte imponente, debe de tener unos cuarenta años y lleva una hoja de papel en la mano.

Su expresión es bastante sombría. Vaya, tal vez sea esa directora general cuya higiene personal deja mucho que desear...

No. No puede ser. Mira esa camisa blanca recién planchada. ¡Oh, Dios mío! ¿Será Willow?

De repente me avergüenza aún más mi mancha de sopa. No ha desaparecido en absoluto, y encima llevo un enorme cerco húmedo alrededor. La verdad es que tengo una pinta horrorosa. ¿Y si le digo a Sam que en realidad no puedo ir a la reunión? O tal vez tenga alguna camisa de repuesto y que pueda prestarme. Los hombres de negocios siempre guardan camisas limpias de sobra en la oficina, ¿no?

No, Poppy. No digas tonterías. Además, no hay tiempo. La mujer del traje negro ya está llamando a la puerta y abriéndola. La observo por el espejo, intrigadísima.

—Sam. Necesito hablar contigo.

—Sí, por supuesto. Dime. —Levanta la vista y frunce el ceño al verle la cara—. Vicks, ¿qué pasa?

¡Vicks! Pues claro, es Vicks, la directora de Relaciones Públicas. Tendría que haberlo adivinado nada más verla.

Después de haber leído todos sus mensajes de correo, siento como si ya la conociera, y es exactamente como me la imaginaba. Pelo corto, morena, ese aire de eficiencia absoluta, zapatos prácticos y reloj caro. Y ahora mismo con una expresión de estrés apabullante en la cara.

—Lo que voy a decirte solo lo saben unas pocas personas —anuncia ella, cerrando la puerta—. Hace una hora recibí una llamada de un amigo que trabaja en la cadena ITN. Ha llegado a sus manos un memorándum interno de Nick y tienen previsto abrir el boletín de noticias de las diez con él. —Hace una mueca—. No pinta bien, Sam. No pinta nada bien...

—¿Un memorándum? —Parece perplejo—. ¿Qué memorándum?

—Un memorándum que, por lo visto, os envió a ti y a Malcolm, ¿no es así? ¿Hace unos meses? ¿Cuando estabais haciendo el trabajo de consultoría para BP? Lo tengo aquí. Ten, léelo.

Diez segundos más tarde me asomo por detrás de la puerta entreabierta del baño y veo a Sam leyendo un papel con expresión horrorizada.

—¿Qué mierda es...?

—Exactamente. —Vicks levanta las manos hacia el cielo—. Lo sé.

—Pero esto es... —Se ha quedado sin habla.

—Es una catástrofe —dice Vicks con calma—. Básicamente, habla de aceptar sobornos. Y si le añades el hecho de que ahora es miembro de una comisión del gobierno, pues... —Duda un momento antes de seguir—. Puede que esto os salpique también a ti y a Malcolm. Habrá que estudiarlo.

—Pero... ¡nunca había visto este memorándum! —Sam parece haber recuperado la voz al fin—. ¡Nick no me envió este correo! Él sería incapaz de escribir algo así. Nunca, jamás... Bueno, sí envió un memorándum que empezaba igual que este, pero...

—Sí, eso mismo es lo que me ha dicho Malcolm, que el memorándum que él recibió no era idéntico a este.

—¿Que no era idéntico? —repite Sam con impaciencia—. ¡Era completamente distinto, joder! Bueno, puede que también hablase de BP y sí, tal vez trataba los mismos temas, pero no decía estas cosas, en absoluto. —Golpea la hoja con la mano—. No sé de dónde diablos ha salido esta mierda. ¿Has hablado con Nick?

—¡Por supuesto! Él dice lo mismo. Que él no envió este memorándum y que no lo había visto nunca. Está tan conmocionado como nosotros.

—¡Claro! —exclama Sam, impaciente—. ¡Hay que ponerle remedio a esto! Encuentra el memorándum original, llama a tu amigo de la ITN y dile que les han estafado, que es falso. Los informáticos podrán demostrar qué fue lo que escribió Nick realmente, y cuándo, son muy buenos para esas cosas... —Se calla—. ¿Qué pasa?

—Ya lo hemos intentado. —Vicks suelta un suspiro—. Y lo hemos buscado, pero no encontramos la versión original del memorándum por ninguna parte.

—¿Qué? —Sam la mira perplejo—. Pero eso... ¡no puede ser! Nick tiene que haberlo guardado en alguna parte.

—Están buscando, aquí y en su oficina de Berkshire. Hasta ahora, esta es la única versión que han podido encontrar en todo el sistema. —Da unos golpecitos en la hoja con el dedo.

—¡Y una mierda! —suelta Sam con una risa incrédula—. Espera un momento... ¡si hasta yo debo de tenerlo!

Se sienta y abre un archivo.

—Debí de guardarlo... —Hace clic unas cuantas veces más—. ¡Aquí está! ¿Lo ves? Aquí lo tengo... —Se calla bruscamente y da un respingo—. Pero ¿esto qué...?

Se queda en silencio. Yo casi no me atrevo a respirar.

—No —dice Sam de repente—. Es imposible. Esta no es la versión que yo recibí. —Levanta la vista con expresión de desconcierto—. ¿Qué pasa aquí? Yo lo tenía.

—¿No lo tienes ahí, entonces? —La decepción impregna la voz de Vicks.

Sam está haciendo clic de nuevo frenéticamente.

—Esto no tiene ni pies ni cabeza —dice casi para sí mismo—. Envió el memorándum por correo electrónico. Malcolm y yo lo recibimos a través del servidor de la empresa. Lo tenía aquí. Lo leí con mis propios ojos. Tiene que estar aquí... —Lanza una mirada asesina a la pantalla—. ¿Dónde coño está ese puto correo?

—¿Lo imprimiste? ¿Lo guardaste? ¿Todavía tienes la versión original? —Veo un atisbo de esperanza en los ojos de Vicks.

Se produce un largo silencio.

—No. —Sam lanza un suspiro—. Lo leí en el ordenador. ¿Y Malcolm?

—No, él tampoco lo imprimió y solo ha encontrado esta versión en su equipo. Bueno. —Vicks deja caer los hombros—. Está bien... seguiremos intentándolo.

—Tiene que estar ahí por fuerza. —Sam se muestra inflexible—. Si los informáticos dicen que no pueden encontrarlo, están haciendo algo mal. Si es necesario, pon más personas a trabajar para ayudarles.

—Todos lo están buscando. Por supuesto, no les hemos explicado por qué.

—Bueno, pues si no podemos encontrarlo, tendrás que decirles a los de la ITN que es un misterio para nosotros —dice Sam con firmeza—. Lo desmentimos por completo. Dejamos claro que yo nunca recibí semejante memorándum, que Nick no lo escribió y que ningún miembro del personal de esta empresa lo ha visto nunca...

—Sam, está guardado en el servidor de la empresa. —Vicks parece cansada—. No podemos declarar que no lo ha visto nunca ningún miembro del personal. A menos que encontremos el otro memorándum... —Su móvil emite un pitido al recibir un nuevo SMS y lo lee—. Es de Julian, del departamento Jurídico. Van a solicitar un requerimiento judicial, pero... —Se encoge de hombros con gesto de resignación—. Ahora que Nick es asesor del gobierno, no tenemos muchas posibilidades.

Sam está volviendo a leer la hoja de papel, con una expresión asqueada en la cara.

—¿Quién ha escrito esta mierda? —dice—. Ni siquiera se parece al estilo de Nick.

—Sabe Dios quién ha sido...

Estoy tan absorta en la conversación que, cuando me suena el móvil, casi me muero del susto. Miro la pantalla y se me encoge de nuevo el estómago. No puedo seguir ahí escondida. Aprieto el botón de contestar la llamada y salgo a toda prisa del cuarto de baño, con las piernas temblorosas.

—Mmm, siento interrumpir —digo, incómoda, y sostengo el móvil en el aire—. Sam. Sir Nicholas quiere hablar contigo.

Al ver la expresión horrorizada de Vicks casi me dan ganas de echarme a reír... solo que parece dispuesta a estrangular a alguien. Y ese alguien bien podría ser yo.

—¿Quién es? —suelta bruscamente, mirándome la mancha de mi camisa—. ¿Es tu nueva secretaria?

—No. Es... —Sam hace un movimiento desdeñoso con la mano, quitándole importancia—. Es una larga historia. ¡Nick! —exclama por teléfono—. Acabo de enterarme. Joder...

—¿Has oído lo que estábamos diciendo? —me pregunta Vicks en voz baja e incómoda.

—¡No! Bueno, sí. Un poco... —balbuceo, muerta de miedo—. Pero no estaba prestando atención. No me he enterado de nada. Me estaba cepillando el pelo. Muy fuerte.

—Está bien. Te llamaré más tarde. Ya nos mantendrás informados. —Sam cuelga el teléfono y sacude la cabeza—. ¿Cuándo coño aprenderá a usar el número correcto? Perdón.

Deja el móvil sobre la mesa con aire distraído.

—Esto es absurdo. Ahora mismo voy a hablar personalmente con los informáticos. Si ni siquiera son capaces de encontrar un mensaje perdido de mierda, habría que despedirlos a todos, maldita sea. De hecho, se lo merecen de todos modos. Son unos inútiles.

—¿Podría estar en tu móvil? —sugiero tímidamente.

Los ojos de Sam se iluminan un momento... y luego niega con la cabeza.

—No. Este memorándum es de hace meses. El móvil no

conserva los e-mails de hace más de dos meses. Pero la idea era buena, Poppy.

Vicks parece no dar crédito a sus oídos.

—Repito, ¿quién es ella? ¿Tiene un pase?

—Sí. —Me apresuro a sacar mi tarjeta plastificada de visitante.

—Es... muy bien, es una visita. Yo me ocuparé de ella. Vamos. Tenemos que hablar con los informáticos.

Sin decirme una sola palabra, Sam sale corriendo al pasillo. Al cabo de un momento, lívida de ira, Vicks sale tras él. Cuando se alejan, oigo, en tonos graves, un torrente de improperios que salen de la boca de ella.

—Sam, ¿cuándo coño pensabas decirme que tenías a una visita en el puto cuarto de baño escuchando toda nuestra conversación confidencial sobre esta puta crisis interna? ¿Te das cuenta de que mi trabajo consiste, precisamente, en controlar el flujo de información? ¿En controlarla?

—Vicks, tranquilízate.

A medida que desaparecen de mi vista, me desplomo en una silla con una sensación de irrealidad. Madre mía... ¿Y ahora qué hago? ¿Me quedo? ¿Debería irme? ¿Sigue en pie la reunión con el director ejecutivo?

No es que tenga que ir a ninguna parte, la verdad, pero después de veinte minutos de esperar allí sola, empiezo a sentirme realmente incómoda. He hojeado una revista llena de palabras que no entiendo y he pensado en ir a buscar un café (pero luego he decidido no hacerlo). Seguro que han cancelado la reunión con el director ejecutivo. Sam debe de estar muy liado. Cuando estoy a punto de dejarle una nota y marcharme, un chico rubio llama a la puerta de cristal. Debe de tener unos veintitrés años y lleva en la mano un trozo gigantesco de papel azul enrollado.

—Hola —dice con timidez—. ¿Es la nueva secretaria de Sam?

—No. Yo solo... lo estoy ayudando.

—Ah, bueno. —Asiente con la cabeza—. Es por el concurso. El concurso de ideas.

Oh, Dios mío. Ya estamos otra vez...

—¿Sí? —digo en tono alentador—. ¿Quieres dejarle un mensaje a Sam?

—Quiero que le eche un vistazo a esto. Se trata de una visualización de la empresa... Es... una especie de ejercicio de reestructuración. Se explica por sí solo, pero he incorporado algunas notas en un aparte...

Me da el rollo de papel, junto con un cuaderno de ejercicios lleno de notas.

Estoy segura de que Sam no va a perder el tiempo con esto y siento un poco de lástima por el chico.

—¡Muy bien! Bueno, me aseguraré de que le eche un vistazo. ¡Gracias!

Cuando el chico rubio se marcha, desenrollo un esquina del papel por curiosidad... y no puedo creer lo que estoy viendo. ¡Es un collage! ¡Como los que hacía yo cuando tenía cinco años!

Extiendo la hoja de papel en el suelo, asegurando las esquinas con las patas de una silla. Está diseñado como un árbol, con fotos del personal pegadas a las ramas. A saber qué querrá decir sobre la estructura de la compañía, la verdad es que me trae sin cuidado, lo que me interesa es que debajo de cada foto aparece el nombre de la persona. Lo que significa que por fin puedo poner cara a todas las personas que han enviado un mensaje de correo a través del teléfono de Sam. Es muy emocionante.

Jane Ellis es mucho más joven de lo que pensaba, Malcom está más gordo y resulta que Chris Davies es una mujer. Está Justin Cole... y Lindsay Cooper... y...

Mi dedo se detiene de repente.

Willow Harte.

Está anidada en una rama más baja y sonríe alegremente. Es delgada, con el pelo oscuro y las cejas negras muy arqueadas. Es bastante guapa, tengo que admitir de mala gana, aunque no tanto como una top-model.

Y trabaja en la misma planta que Sam. Lo que significa...

Huy, sí, tengo que hacerlo. Ya lo creo que sí. Antes de irme, ¡tengo que echarle un vistazo a la novia psicópata!

Me dirijo a la puerta de cristal y me asomo con cautela, examinando el resto de la planta. No sé si estará en el espacio abierto o si dispone de su propio despacho. Tendré que darme un paseo. Si alguien me dice algo, diré que soy la nueva secretaria de Sam.

Cojo unas carpetas para camuflarme y me aventuro a salir con precaución. Un par de personas absortas en su ordenador levantan la cabeza y me dedican una mirada exenta de curiosidad. Bordeando los despachos, me asomo por los cristales y leo los nombres de las puertas, tratando de encontrar alguna chica con el pelo oscuro y de oír una voz chillona y nasal, porque seguro que su voz es así. Y seguro que es una quejica y que estará hablando de su gran cantidad de alergias estúpidas e imaginarias y de que tiene como unos diez terapeutas...

Me paro en seco. ¡Allí está! ¡Es Willow!

La tengo a unos diez metros de distancia, sentada en uno de los despachos con puertas de cristal. Para ser sincera, no veo más que su perfil, una cascada de pelo largo que le cae por el respaldo de la silla y unas piernas largas que terminan en un par de bailarinas negras... pero es ella, no tengo ninguna duda. Me siento como si estuviera ante una especie de criatura mitológica.

Al acercarme, siento un hormigueo por todo el cuerpo. Tengo la espantosa sensación de que voy a echarme a reír en cualquier momento. Esto es tan ridículo, espiar a una persona a la que ni siquiera conozco... Me aferro con fuerza a mis carpetas y me acerco un poco más.

En el despacho hay otras dos chicas con ella, todas bebiendo té, y Willow está hablando.

Mierda. No tiene la voz chillona y nasal. De hecho, tiene una voz muy melodiosa y parece sensata... hasta que empiezas a prestar oídos a lo que dice.

—Por supuesto, solo lo hace para vengarse de mí —está diciendo—. Todo este programa es para decirme: «Jódete, Willow». ¿Sabéis que en realidad fue idea mía?

—¡No! —exclama una de las chicas—. ¿En serio?

—Huy, sí. —Vuelve la cabeza un momento y veo una sonrisa afligida y lastimera—. Lo de alentar al personal a hacer propuestas nuevas fue idea mía. Sam me la robó. Tenía previsto enviar exactamente el mismo correo electrónico. Las mismas palabras y todo. Seguramente lo vio en mi portátil una noche.

La estoy escuchando estupefacta. ¿Está hablando de mi correo? Me dan ganas de irrumpir ahí dentro y soltar: «¡Es imposible que él te robara la idea, porque ni siquiera fue él quien envió el mensaje!».

—Es la típica maniobra de Sam —añade, tomando un sorbo de té—. Así es como se ha labrado su carrera. No tiene integridad.

Bueno, ahora sí que no entiendo nada. O yo estoy completamente equivocada respecto a Sam o es ella la que se equivoca, porque, en mi opinión, él es la última persona en el mundo capaz de robarle algo a alguien.

—No sé por qué tiene que competir conmigo —dice ahora Willow—. ¿Qué les pasa a los hombres? ¿Qué problema tienen con enfrentarse al mundo juntos? ¿Codo con codo? ¿Qué tiene de malo presentar las cosas en pareja? ¿O es que es... demasiada generosidad para él olvidarse de su maldito ego masculino?

—Quiere controlar la situación —dice una de las chicas, rompiendo por la mitad una galleta de chocolate—. Todos son iguales. Nunca reconocerá tu parte del mérito, ni en un millón de años.

—Pero ¿es que no ve que todo sería perfecto si pudiéramos aclarar las cosas? ¿Si pudiéramos superar este maldito bache? —De repente, Willow se apasiona—. Trabajar juntos, estar juntos... hacer todo juntos... podría ser maravilloso. —Se interrumpe y toma otro sorbo de té—. El problema es: ¿cuánto tiempo le doy? Porque no puedo seguir así mucho más tiempo.

—¿Habéis hablado claro? —dice la otra chica.

—¡Por favor! Ya sabes lo bien que se le da «hablar» a Sam. —Hace unas señas en el aire para entrecomillar imaginariamente la palabra.

Bueno, en eso sí estoy de acuerdo con ella.

—Y siento mucha tristeza. —Sacude la cabeza—. Pero no por mí, sino por él. No ve lo que tiene delante de las narices, no sabe valorar lo que tiene, y ¿sabéis qué? Lo va a perder. Y cuando lo pierda, querrá tenerlo otra vez, pero será demasiado tarde. Demasiado tarde. —Deja la taza de golpe encima de la mesa—. No lo va a recuperar.

De repente me da un vuelco el corazón. Veo la conversación bajo una luz distinta. Me doy cuenta de que Willow conoce mejor a Sam de lo que yo creía. Porque, a decir verdad, eso es justo lo que pienso sobre la relación de Sam con su padre. Sam no sabe lo que está perdiendo, y cuando se dé cuenta podría ser demasiado tarde. Sí, ya sé que no sé nada de lo que ha pasado entre ellos, pero he visto los mensajes de correo, me hago una idea...

Mi hilo de pensamiento se interrumpe de repente. Empiezan a sonar las alarmas en mi cabeza, a lo lejos, primero, pero ahora las oigo alto y claro. ¡Oh, no, no, Dios mío, no...!

El padre de Sam. El 24 de abril. Eso es hoy. Se me había olvidado por completo. ¿Cómo he podido ser tan tonta?

El horror se apodera de mi cuerpo y lo recorre como si fuera agua helada. El padre de Sam va a acudir al hotel Chiddingford con la esperanza de celebrar un emotivo reencuentro con su hijo. Hoy. Seguramente ya irá en camino. Estará entusiasmado. Y Sam ni siquiera estará ahí, porque no va a ir a la convención hasta mañana.

Mierda, mierda, mierda. Ahora sí que la he cagado de verdad. Se me había olvidado por completo, con todas las crisis de emergencia.

¿Qué hago? ¿Cómo lo resuelvo? No puedo decírselo a Sam. Se pondría como loco, y además ya está bastante estresado. ¿Y si escribo a su padre y cancelo la reunión? Puedo enviarle un correo rápido de disculpas y fijar una nueva cita para otro día. ¿O eso empeoraría aún más las cosas entre ellos?

Solo veo una pequeña rendija de esperanza. El padre de Sam no ha llegado a enviar ninguna respuesta, por eso se me había olvidado, así que a lo mejor ni siquiera llegó a recibir el e-mail. A lo mejor no pasa nada...

De repente me doy cuenta de que estoy moviendo frenéticamente la cabeza, como convenciéndome a mí misma. Una de las chicas que está con Willow levanta los ojos y me mira extrañada. Huy...

—Sí... —digo en voz alta—. Así que... Exacto... Bien. Sí. —Giro sobre mis talones rápidamente. Lo último que quiero es que Willow me descubra. Corro a buscar refugio en el despacho de Sam y cuando estoy a punto de coger el móvil para enviar un correo a su padre, los veo a él y a Vicks volviendo con paso decidido al despacho, en mitad de lo que parece una fuerte discusión. Dan un poco de miedo, y me sorprendo escabulléndome de nuevo hacia el baño.

Cuando entran, ninguno de los dos repara en mi presencia.

—No podemos emitir un comunicado como ese —está diciendo Sam con enojo. Arruga el papel que lleva en la mano y lo tira a la basura—. Es una farsa. Es una auténtica putada para Nick, ¿es que no lo ves?

—Eso no es verdad, Sam. —Vicks parece muy irritada—. A mí me parece una respuesta oficial razonable y equilibrada. En nuestro comunicado de prensa no se niega ni se afirma que haya escrito ese memorándum...

—Pero ¡debería! ¡Deberías decirle al mundo que él nunca escribiría semejantes cosas, ni en un millón de años! ¡Y tú lo sabes!

—Eso debería decirlo él en su propia declaración personal. Lo que no podemos hacer es dejar que parezca que justificamos esas prácticas...

—Ya estuvo bastante mal cuando abandonamos a John Gregson a su suerte —dice Sam en voz baja, tratando de no perder el control—. Eso no debería haber sucedido jamás. No debería haber perdido su trabajo. Pero ¡Nick! ¡Nick lo es todo para esta empresa!

—Sam, no estamos abandonando a Nick a su suerte. Él también va a emitir su propio comunicado de prensa. Puede decir lo que quiera en esa declaración.

—Genial —exclama Sam con sarcasmo—. Pero mientras, su propia junta directiva no lo defiende. ¿Qué clase de voto de confianza es ese? Recuérdame que nunca te pida que me represento, si por casualidad tuviera que verme en un apuro como este.

Vicks se sulfura, pero no dice nada. Le suena el móvil, pero rechaza la llamada.

—Sam... —Hace una pausa y luego inhala profundamente y empieza otra vez—. Estás siendo demasiado idealista. Ya sé que admiras a Nick, como todos nosotros, pero él no lo es todo para esta empresa. Ya no. —Hace una mueca al ver la expresión iracunda de Sam, pero sigue hablando—. Es un hombre. Un hombre brillante, con sus defectos, un personaje público. Un hombre de más de sesenta años.

—Él es nuestro líder. —Sam parece furioso.

—Nuestro presidente es Bruce.

—Nick fundó esta maldita empresa, no sé si lo recuerdas.

—Hace mucho tiempo, Sam. Hace muchísimo tiempo.

Sam suspira bruscamente y se pasea arriba y abajo, como para tratar de calmarse. Lo miro con el corazón en un puño, ni siquiera me atrevo a respirar.

—Entonces estás de su parte —dice al fin.

—No se trata de estar de una parte o la otra. Ya sabes lo mucho que aprecio a Nick. —Parece cada vez más incómoda—. Pero esta es una empresa moderna, no un negocio familiar cualquiera. Se lo debemos a nuestros inversores, a nuestros clientes, a nuestros empleados...

—Maldita sea, Vicks. ¿Te das cuenta de lo que estás diciendo?

Sigue un silencio tenso. Ambos evitan mirarse. Vicks frunce el ceño y parece preocupada. Sam tiene el pelo más alborotado que nunca y parece fuera de sí.

Estoy un poco sobrecogida por la tensión que se respira en el ambiente. Siempre me había parecido que trabajar en relaciones públicas era divertido. No tenía ni idea de que fuese así.

—Vicks. —El inconfundible perfume de Justin Cole llega flotando en el aire y al cabo de un instante ya aparece en el despacho, rezumando Fahrenheit y satisfacción por todos los poros—. Tienes la situación bajo control, ¿verdad?

—Los abogados están en ello. Estamos preparando un comunicado de prensa. —Le dedica una sonrisa forzada.

—Porque, por el bien de la empresa, debemos asegurarnos de que estas desafortunadas... opiniones no perjudiquen a ninguno de los otros directores. ¿Entiendes lo que quiero decir?

—Todo está bajo control, Justin.

Por el tono seco de Vicks, deduzco que odia a Justin tanto como Sam.[77]

—Perfecto. Por supuesto, es terrible para sir Nicholas. Una verdadera lástima. —Justin parece encantado—. Aunque claro, se está haciendo mayor y...

—No se está haciendo mayor. —Sam lo fulmina con la mirada—. Eres un capullo arrogante.

—Uf, menudo carácter tienes... —suelta Justin con tranquilidad—. ¿Sabes qué, Sam? ¿Por qué no le enviamos una tarjeta de condolencia?

—Vete a la mierda.

—¡Chicos, calmaos! —les pide Vicks.

Ahora entiendo por qué Sam hablaba de bandos y victorias. El grado de violencia verbal y agresión entre ellos dos es brutal. Son como esos ciervos que luchan hasta destrozarse las astas el uno al otro.

Justin sacude la cabeza con expresión de lástima —que momentáneamente se transforma en un gesto de sorpresa al descubrirme en un rincón— y sale de la habitación.

—Ese memorándum es una calumnia —dice Sam en voz baja, con rabia—. Alguien lo ha colocado en el servidor. Justin Cole lo sabe y está detrás de todo esto.

—¿Qué? —Vicks parece estar al límite—. Sam Roxton, ¡no puedes ir por ahí haciendo esa clase de acusaciones! Pareces uno de esos locos obsesionados con las teorías de la conspiración.

—Te lo repito: ¡el puto memorándum era completamente diferente! —Sam parece fuera de sus casillas—. Yo vi la versión

77. O tanto como yo, ya puestos. Aunque a nadie le interesa mi opinión, claro.

original. Malcolm la vio. No hablaba en ningún momento de sobornos. Y ahora ha desaparecido del servidor. Sin dejar rastro. Explícame cómo puede ser eso y entonces llámame obseso de las teorías de la conspiración.

—No puedo explicarlo —dice Vicks al cabo de una pausa—. Y ni siquiera voy a intentarlo. Voy a hacer mi trabajo.

—Hay alguien detrás de todo esto, y tú lo sabes. Estás siguiéndoles el juego, Vicks. Están calumniando a Nick y tú se lo permites.

—No. No. Ya está bien. —Vicks sacude la cabeza—. No estoy siguiéndole el juego a nadie. Solo hago mi trabajo. —Se acerca a la papelera, saca el comunicado de prensa arrugado y lo alisa.

»Puedo cambiar algunos detalles —dice—, pero he hablado con Bruce y tenemos que hacerlo. —Saca un bolígrafo—. ¿Quieres introducir algunas modificaciones ahora? Porque Julian viene de camino para darle el visto bueno.

Sam hace caso omiso del bolígrafo.

—¿Y si encontramos el memorándum original? ¿Y si podemos demostrar que este es falso?

—¡Eso sería estupendo! —Vicks se anima de repente—. Entonces, lo hacemos público, la integridad de Nick queda a salvo y damos una fiesta. Créeme, Sam, nada me gustaría más que eso, pero tenemos que trabajar con lo que tenemos, y en este momento lo que tenemos es un memorándum muy comprometido que no podemos justificar. —Vicks se frota la cara y luego los ojos con los puños—. Y pensar que esta mañana he tratado de encubrir el vergonzoso asunto del mensajero borracho... —murmura, casi para sí—. Eso era lo único que me preocupaba...

No debería hacer eso. Le saldrán bolsas debajo de los ojos.

—¿Cuándo sale el comunicado? —pregunta Sam despacio. Toda su energía furiosa parece haberse disipado por completo. Ha dejado caer los hombros y parece tan desanimado que me entran ganas de ir y abrazarlo.

—Esa es la parte positiva. —Vicks le habla en un tono más suave, como si quisiera tratarlo con delicadeza en la derrota—.

Van a esperar a las noticias de las diez, así que todavía nos quedan unas seis horas largas.

—En seis horas pueden pasar muchas cosas —señalo tímidamente, y ambos saltan como si se hubieran quemado.

—¿Todavía está aquí?

—Poppy. —Incluso Sam parece sorprendido—. Lo siento. No tenía ni idea de que aún seguías aquí...

—¿Ha oído todo eso? —Vicks parece a punto de golpear a alguien—. Sam, ¿te has vuelto loco?

—¡No voy a decir nada! —exclamo de inmediato—. Lo prometo.

—De acuerdo. —Sam lanza un suspiro—. Ha sido un error mío. Poppy, no es culpa tuya, fui yo quien te invitó. Voy a llamar a alguien para que te acompañe abajo. —Asoma la cabeza por la puerta del despacho—. ¿Stephanie? ¿Te puedo robar un segundo?

Al cabo de un momento, una chica guapa con el pelo largo y rubio aparece en el despacho.

—¿Podrías acompañar a la salida a nuestra visitante, hacer que firme el registro y entregue la placa de identificación y eso? —le dice Sam—. Lo siento, Poppy. Lo haría yo mismo, pero...

—¡No, no pasa nada! —me apresuro a decir—. Estás muy ocupado, lo comprendo perfectamente...

—¡La reunión! —exclama Sam, como si de pronto se acordara—. Por supuesto, Poppy, lo siento. Se ha cancelado, pero la celebraremos otro día. Ya te llamaré...

—¡Perfecto! —Esbozo una sonrisa—. ¡Gracias!

No lo hará, pero no puedo culparlo.

—Espero que las cosas se solucionen para ti —añado—. Y también para sir Nicholas.

A Vicks se le salen los ojos de las órbitas. Está claro que está completamente paranoica y piensa que me voy a ir de la lengua a la primera de cambio.

No sé qué hacer con el padre de Sam. No puedo decírselo a Sam, precisamente ahora... le daría un ataque. Tendré que enviar un mensaje al hotel o algo así. Y luego desaparecer.

Como debería haber hecho desde el principio, tal vez.

—Bueno... gracias de nuevo. —Miro a Sam a los ojos y siento una extraña punzada en el estómago. Esta es realmente la última despedida—. Ten. —Le entrego el móvil.

—De nada. —Él lo coge y lo deja en la mesa—. Siento todo esto...

—¡No! Solo espero que... —Asiento con la cabeza varias veces, sin atreverme a decir nada más delante de Stephanie.

Va a ser extraño dejar de estar en la vida de Sam. Nunca sabré cómo acaba toda esta historia. Tal vez leeré lo de ese memorándum en los periódicos. Tal vez encuentre el anuncio de la boda de Sam y Willow en las notas de sociedad.

—Bueno, adiós, entonces. —Me doy media vuelta y sigo a Stephanie por el pasillo. Hay otras dos personas caminando con pequeñas bolsas de viaje, y cuando entramos en el ascensor los oigo hablar del hotel y de lo malo que es el minibar.

—Así que hoy es la convención, ¿no? —le digo amablemente a Stephanie cuando llegamos a la planta baja—. ¿Cómo es que no estás allí ya?

—Bueno, es que viajamos por turnos, escalonados. —Me conduce hacia el vestíbulo—. Muchos ya están allí, y el segundo autobús sale dentro de unos minutos. Yo me voy en ese, aunque el día principal es mañana. Habrá una cena de gala y la charla de Santa Claus. Normalmente lo pasamos muy bien.

—¿Santa Claus? —repito, echándome a reír.

—Así es como llamamos a sir Nicholas. Sí, uno de esos apodos un poco tontos que usamos entre nosotros. Sir Nick... San Nicolás... Santa Claus... es un poco ridículo, ya lo sé. —Sonríe—. ¿Me das tu pase de visitante, por favor?

Le devuelvo la tarjeta plastificada y ella se la entrega a uno de los guardias de seguridad, que comenta algo sobre la foto, pero no le estoy escuchando. De repente tengo una sensación muy extraña.

Santa Claus... El hombre aquel que llamó a Violet... ¿no dijo no sé qué de Santa Claus? ¿Es una casualidad?

Mientras Stephanie me guía por el vestíbulo con suelo de

mármol hasta la salida principal, trato de recordar lo que dijo el hombre. Era algo de una operación quirúrgica... Algo sobre no dejar ningún rastro...

Me quedo paralizada, con el corazón latiéndome desbocado en el pecho. Es la misma frase que acaba de utilizar Sam. Sin dejar rastro.

—¿Estás bien? —Stephanie advierte que me he detenido.

—¡Sí! Lo siento. —Le dedico una sonrisa y reanudamos el paso, pero mi cabeza es un torbellino. ¿Qué más dijo aquel tipo? ¿Qué dijo exactamente sobre Santa Claus? Vamos, Poppy, ¡piensa!

—¡Bueno, hasta la vista entonces! ¡Gracias por la visita! —Stephanie me sonríe de nuevo.

—¡Gracias! —Y en cuanto piso la acera siento un escalofrío por todo el cuerpo. Ya me acuerdo: «Adiós, Santa Claus».

Hay más gente saliendo del edificio, y me aparto un poco hacia donde está un limpiador de ventanas atareado en empapar de agua con jabón los cristales. Meto la mano en mi bolso y empiezo a registrarlo para sacar el programa de *El Rey León*. Por favor, que no lo haya perdido, por favor...

Lo saco y miro las palabras que había garabateado.

> 18 de abril. Scottie tiene un contacto, cirugía endoscópica, ni rastro, puto favor de tener cuidado.
> 20 de abril. Ha llamado Scottie. Ya está. Precisión de cirujano. Sin rastro. Labor de un genio. Adiós, Santa Claus.

Es como si volviera a oír las voces en mi cabeza. Es como si las estuviera oyendo de nuevo. Oigo la voz más madura arrastrando las palabras y también el ímpetu de la voz más joven.

Y de repente sé, sin la menor duda, quién fue quien dejó el primer mensaje: Justin Cole.

¡Oh, Dios mío!

Me tiembla todo el cuerpo. Tengo que volver a entrar y enseñar esos mensajes a Sam. Significan algo, seguro: no sé el qué, pero es algo importante. Abro las puertas de cristal y la recepcionista se me planta delante inmediatamente. Antes, cuando iba con Sam, nos dejó entrar sin problemas, pero ahora me mira con una sonrisa leve, como si no acabara de verme pasar con Stephanie.

—Hola. ¿Tiene una cita?

—No exactamente —le digo, sin aliento—. Necesito ver a Sam Roxton, de White Globe Consulting. Soy Poppy Wyatt.

Espero mientras se da media vuelta y hace una llamada por el móvil. Me limito a esperar ahí de pie pacientemente, pero estoy muy nerviosa. Esos mensajes tienen algo que ver con toda esta historia del memorándum, estoy segura.

—Lo siento. —La chica se dirige a mí con suma cortesía profesional—. El señor Roxton está ocupado ahora mismo.

—¿Podría decirle que es urgente? —le digo—. Por favor...

A todas luces reprimiendo el impulso de decirme que me largue, la chica se da media vuelta y hace otra llamada, que dura treinta segundos en total.

—Lo siento. —Otra sonrisa glacial—. El señor Roxton estará ocupado todo el día, y casi todos los demás miembros del personal ya han salido hacia la convención de la empresa. Tal vez debería llamar a su secretaria y concertar una cita. Y ahora, ¿tendría la amabilidad de dejar el espacio libre para otros visitantes?

Me está señalando las puertas de la salida principal. Es evidente que «dejar el espacio libre» significa «largo de aquí».

—Oiga, tengo que ver a Sam. —La esquivo y echo a andar hacia las escaleras mecánicas—. Por favor, déjeme subir. No pasa nada.

—¡Eh! —exclama ella, agarrándome de la manga—. ¡Le he dicho que no puede subir! ¡Thomas!

Venga ya... No puede ser... ¡Está llamando al guardia de seguridad! Menuda bruja.

—¡Es una auténtica emergencia! —les digo con gesto suplicante—. Seguro que querrá verme...

—Entonces, ¡llame y solicite una cita! —suelta ella mientras el guardia de seguridad me conduce a la salida.

—¡Muy bien! —le espeto yo—. ¡Ahora mismo lo llamaré! ¡Nos vemos dentro de dos minutos! —Salgo a la acera con paso furioso y me meto la mano en el bolsillo.

Acto seguido me doy cuenta, horrorizada, de que no llevo ningún móvil encima.

¡Me he quedado sin móvil!

Estoy indefensa. No puedo entrar al edificio y no puedo llamar a Sam. No puedo decírselo. No puedo hacer nada. ¿Por qué no me habré comprado ya otro móvil nuevo? ¿Por qué no salgo siempre con un móvil de repuesto por si acaso? Debería ser obligatorio, como la rueda de recambio.

—Perdone —me dirijo al limpiacristales—. ¿Me podría prestar su móvil un momento?

—Lo siento, guapa —dice chasqueando la lengua—. Te lo prestaría, pero me he quedado sin batería.

—Ah. —Sonrío, llena de ansiedad—. Gracias de todos modos... ¡Oh!

Me quedo paralizada delante de los cristales del edificio. ¡Es mi día de suerte! ¡Es Sam! Está en el vestíbulo, a unos veinte metros de distancia de mí, hablando agitadamente con un hombre con traje que lleva un maletín de piel. A lo mejor es Julian, el del departamento Jurídico.

Cuando veo que se dirigen hacia los ascensores, abro las puertas de cristal, pero Thomas, el guardia de seguridad, me está esperando.

—Ni lo intente —dice, bloqueándome el paso.

—Pero ¡tengo que entrar!

—Por favor, apártese a un lado...

—Pero ¡él querrá verme! ¡Sam! ¡Estoy aquí! ¡Soy Poppy! ¡Sam! —grito con todas mis fuerzas, pero alguien está moviendo un sofá en la zona de recepción y el ruido chirriante sobre el mármol sofoca mis gritos.

—¡No, no puede pasar! —dice el guardia de seguridad con firmeza—. Fuera. —Me agarra por los hombros y, acto seguido, me encuentro de vuelta en la acera, jadeando con indignación.

No me puedo creer lo que acaba de pasar. ¡Me ha echado a

patadas! Nunca en toda mi vida me habían echado físicamente de ningún sitio. Pensaba que eso no se podía hacer.

Un grupo de personas se ha acercado a la entrada y me hago a un lado para dejarlas pasar, mientras mi cerebro trabaja frenéticamente. ¿Debería correr en busca de alguna cabina telefónica? ¿Y si intento entrar otra vez? ¿Y si atravieso el vestíbulo a toda velocidad a ver hasta dónde consigo llegar antes de que me tiren al suelo? Ahora Sam está delante de los ascensores, hablando todavía con el hombre del maletín de piel. Pronto se habrá ido. Es una tortura. Si pudiera llamar su atención...

—¿No ha habido suerte? —me pregunta cortésmente el limpiacristales desde lo alto de su escalera. Ha cubierto una hoja de cristal entera con espuma jabonosa y está a punto de limpiarlo con el cacharro que lleva en la mano.

Y entonces se me ocurre una idea.

—¡Espere! —le grito—. ¡No lo limpie! ¡Por favor!

Nunca hasta ahora he escrito nada encima de ninguna espuma jabonosa, pero por suerte no es un plan demasiado ambicioso. Solo tengo que escribir: «MAS», en letras de casi dos metros de alto. Me sale una letra un poco torcida, pero ¿eso qué importa?

—Buen trabajo —aprueba el limpiacristales desde donde está sentado—. A lo mejor te interesa trabajar conmigo.

—Gracias —le digo con modestia, y me seco la frente con el brazo, que me empieza a doler.

Si Sam no ve eso, si alguien no se da cuenta y no le da una palmadita en el hombro y le dice: «Oye, mira ahí...».

—¿Poppy?

Me doy media vuelta y miro hacia abajo desde mi posición en la escalera del limpiacristales. Sam está de pie en la acera, mirándome con incredulidad.

—¿Eso es por mí?

Subimos en silencio. Vicks está esperando en el despacho de Sam y cuando me ve se pega en la frente con la palma de la mano, sin dar crédito.

—Será mejor que sea importante —dice Sam secamente, cerrando la puerta de cristal detrás de nosotros—. Tengo cinco minutos. Estamos en plena crisis de emergencia aquí, por si no lo sabes...

Siento un súbito ataque de ira. ¿Acaso cree que no lo sé? ¿Cree que he escrito SAM en letras de dos metros en espuma jabonosa por capricho?

—Muchas gracias —le digo, usando el mismo tono cortante que él—. Simplemente creía que te podrían interesar algunos de los mensajes que llegaron al móvil de Violet la semana pasada. En este móvil. —Cojo el teléfono, que sigue todavía encima de la mesa.

—¿De quién es ese móvil? —pregunta Vicks, mirándome con suspicacia.

—De Violet —dice Sam—. Mi secretaria, ¿recuerdas? La hija de Clive. La que me plantó para irse a trabajar de modelo.

—Ah, sí... —Vicks vuelve a fruncir el ceño y me señala con el pulgar—. Bueno, y entonces, ¿qué hacía ella con el móvil de Violet?

Sam y yo nos intercambiamos una mirada.

—Es una larga historia —dice Sam al fin—. Violet lo tiró a una papelera y Poppy estaba... custodiándolo.

—Alguien llamó para dejar un par de mensajes y yo tomé nota. —Extiendo el programa de *El Rey León* entre ellos y les leo los mensajes en voz alta, a sabiendas de que no tengo una letra muy clara—. «Scottie tiene un contacto, cirugía endoscópica, ni rastro, puto favor de tener cuidado.» —Señalo el programa—. Este segundo mensaje, unos pocos días después, es del propio Scottie. «Ya está. Precisión de cirujano. Sin rastro. Labor de un genio. Adiós, Santa Claus.» —Dejo que asimilen las palabras y, a continuación, añado—: El primer mensaje era de Justin Cole.

—¿De Justin? —Sam parece alerta.

—En aquel momento no reconocí su voz, pero ahora sí. Fue él el que habló de cirugía endoscópica y de no dejar ningún rastro.

—Vicks. —Sam la está mirando—. Vamos. Ahora seguro que te das cuenta de que...

—¡Eso no significa nada! Solo son unas palabras inconexas. ¿Cómo podemos estar seguros de que era Justin?

Sam se vuelve hacia mí.

—¿Son mensajes en el buzón de voz? ¿Podemos volver a escucharlos?

—No. Eran solo... Ya sabes, mensajes. Ellos me los dejaron y yo tomé nota por escrito.

Vicks parece desconcertada.

—Esto no tiene ningún sentido. ¿Dijiste quién eras? ¿Por qué iba Justin a dejarte un mensaje precisamente a ti? —Lanza un resoplido de indignación—. Sam, no tengo tiempo para estas cosas...

—Él no se dio cuenta de que estaba hablando con una persona —explico, ruborizándome—. Fingí que era un contestador automático.

—¿Qué? —Se me queda mirando sin comprender.

—Sí... —Imito el sonido del mensaje pregrabado en el contestador—: «El usuario al que llama no está disponible en este momento. Por favor, deje su mensaje después de la señal». Y luego él dejó el mensaje y yo lo anoté.

Sam está conteniendo la risa, pero Vicks parece haberse quedado sin habla. Coge el programa de *El Rey León*, frunce el ceño al leer las palabras y luego dentro de las páginas, aunque la única información que hay ahí son las biografías de los actores. Al final, vuelve a dejar el programa encima de la mesa.

—Sam, esto no significa nada. No cambia nada.

—Pues claro que significa algo. —Mueve la cabeza con energía—. ¡Aquí lo tienes! Justo delante de tus narices. —Clava el pulgar en el programa—. Esto es lo que ha pasado.

—¿Qué es lo que ha pasado? —Vicks levanta la voz, exasperada—. ¿Quién diablos es Scottie?

—Llamó a sir Nicholas «Santa Claus». —El rostro de Sam está tenso por el grado de concentración—. Lo que significa que, probablemente, trabaja aquí. Pero ¿dónde? ¿En el departamento de Informática?

—¿Puede Violet tener algo que ver con todo esto? —me atrevo a preguntar—. A fin de cuentas, el móvil era suyo.

Por un momento se hace un silencio y luego Sam niega con la cabeza, casi con pesar.

—Apenas trabajó unos pocos días aquí, y su padre es un gran amigo de sir Nicholas... Me parece imposible que esté implicada.

—Entonces, ¿por qué le dejaron a ella los mensajes en su móvil? ¿Puede ser que tuvieran un número equivocado o algo así?

—No lo creo. —Sam arruga la nariz—. Pero entonces, ¿por qué este número?

Miro automáticamente al móvil, encima de la mesa, y me pregunto, sin que en realidad me importe, si habré recibido algún mensaje. Sin embargo, de algún modo, en este preciso instante, el resto de mi vida parece que esté a un millón de kilómetros de distancia. El mundo entero se reduce a lo que ocurre en esta habitación. Tanto Sam como Vicks se han dejado caer en una silla y yo hago lo propio.

—¿Quién tenía el teléfono de Violet antes de ella? —pregunta Vicks de repente—. Es un móvil de empresa. Violet solo estuvo aquí... ¿qué? ¿Tres semanas? ¿Podría ser que ese número perteneciera antes a otra persona y que alguien le haya dejado los mensajes por error?

—¡Sí! —exclamo entusiasmada, levantando la vista—. La gente siempre se equivoca y llama al número antiguo del móvil. Igual que escriben correos electrónicos a la dirección antigua. Yo también lo hago. Te olvidas de eliminarlo cuando te avisan de que han cambiado de número o dirección de correo, y cuando seleccionas el nombre de la persona en la agenda de contactos sale el número antiguo y tú ni siquiera te enteras. Sobre todo si responde el contestador automático.

Veo que el cerebro de Sam trabaja a toda pastilla.

—Solo hay una forma de averiguarlo —dice, levantando el auricular del fijo que tiene encima de la mesa. Marca un número memorizado de tres dígitos y espera.

—Hola, Cynthia, soy Sam —dice tranquilamente—. Solo quería hacerte una pregunta rápida sobre el móvil que le asignamos a Violet, mi secretaria. Me gustaría saber si alguien más lo tenía antes que ella. ¿Alguna vez ha tenido alguien de la empresa ese mismo número de móvil?

Mientras escucha, le cambia el semblante. Hace una seña furiosa y en silencio con la cabeza a Vicks, quien se encoge de hombros con aire de impotencia.

—Genial —dice—. Gracias, Cynthia...

Por el torrente de palabras en tono agudo procedentes del otro lado del receptor, está claro que a Cynthia le gusta hablar.

—Tengo que colgar... —Sam eleva la mirada hacia al cielo con desesperación—. Sí, sí, ya sé que todavía hay que devolver el teléfono... No, no lo hemos perdido, no te preocupes... Sí, es muy poco profesional. Sin previo aviso. Lo sé, propiedad de la empresa... Iré y te lo llevaré... sí... sí...

Al final se las arregla para librarse de ella. Cuelga el teléfono y permanece en silencio durante tres angustiosos segundos, antes de volverse hacia Vicks.

—Ed.

—No. —Vicks suelta el aire despacio.

Sam ha cogido el móvil y lo está mirando con incredulidad.

—Este fue el móvil de empresa de Ed hasta hace cuatro semanas, y luego se lo reasignaron a Violet. No tenía ni idea. —Sam se dirige a mí—. Ed Exton era...

—Lo recuerdo. —Asiento con la cabeza—. El director financiero. Despedido. Va a denunciar a la empresa.

—Oh, Dios mío. —Vicks parece realmente atónita. Se ha recostado por completo en su silla—. Ed...

—¿Quién si no? —Sam parece entusiasmado con el descubrimiento—. Vicks, no se trata solo de un plan orquestado, es una puta sinfonía en tres movimientos. Sueltan la calumnia contra Nick. Bruce lo deja en la estacada porque es un pusilánime de mierda. El consejo de dirección necesita otro director ejecutivo y rápido, además. Ed anuncia amablemente que renuncia a denunciar a la empresa y vuelve para salvar la situación. Y, de paso, Justin tiene el camino completamente despejado...

—¿Y serían capaces de llegar a esos extremos? —dice Vicks, escéptica.

Sam dibuja una medio sonrisa con la boca.

—Vicks, ¿tienes idea de lo mucho que Ed odia a Nick? Alguien le ha pagado una buena suma de dinero a algún *hacker* para que modifique ese e-mail y elimine el original del servidor. Estoy seguro de que Ed estaría dispuesto a gastar cien mil libras para destrozar la reputación de Nick. Doscientas mil, incluso.

Vicks hace una mueca de disgusto.

—Esto no pasaría si la empresa estuviera dirigida por mujeres —dice al fin—. Nunca. Malditos capullos y su orgullo de machos... —Se levanta y se dirige a la ventana para ver el tráfico, cruzándose de brazos.

—La cuestión es: ¿quién ha hecho posible todo esto? ¿Quién lo llevó a cabo? —Sam está sentado a su mesa, tamborileando nerviosamente con el bolígrafo en los nudillos, con el semblante muy serio y concentrado—. Scottie. ¿Quién es? ¿Algún escocés?

—No tenía acento escocés —señalo—. Tal vez sea su apodo, o una broma...

De repente Sam se concentra en mí y se le ilumina el rostro.

—Exactamente. ¡Claro! Poppy, ¿reconocerías su voz si la oyeses de nuevo?

—¡Sam! —Vicks interrumpe bruscamente antes de que yo pueda responder—. Imposible. No puedes hablar en serio...

—Vicks, ¿quieres hacer el favor de dejar la actitud negativa aunque solo sea un segundo? —Sam se pone de pie y estalla en cólera—. El memorándum falso no fue un accidente, ni tampoco que filtraran la información a la cadena ITN. Esto está sucediendo de verdad. Alguien está actuando contra Nick. No se trata solo de encubrir un asunto vergonzoso como... —vacila un momento—. No sé... la actividad en Facebook de algún empleado. Esto es difamación. Un delito tipificado.

—Es una hipótesis. —Vicks lo mira fijamente—. Nada más que eso, Sam. Unas pocas palabras en un puto programa de *El Rey León*.

Me siento un poco ofendida. No es culpa mía que el único

papel que llevaba en el bolso fuese el programa de *El Rey León*.

—Tenemos que identificar a ese tal Scottie. —Sam se vuelve hacia mí—. ¿Reconocerías su voz si la oyeses de nuevo? —repite.

—Sí —le digo, un poco nerviosa por su vehemencia.

—¿Estás segura?

—¡Sí!

—Bien. Entonces, hagámoslo. Vayamos a buscarlo.

—Sam, ¡para un minuto! —Vicks parece furiosa—. ¿Estás loco? ¿Qué vas a hacer? ¿Hacer que escuche hablar a todos y cada uno de los empleados de esta empresa hasta que oiga esa voz?

—¿Por qué no? —dice Sam con aire rebelde.

—¡Porque es la idea más absurda que he oído en mi vida! —Vicks explota al fin—. ¡Por eso!

Sam la mira fijamente y luego me mira a mí.

—Vamos, Poppy. Vamos a recorrer todo el edificio.

Vicks niega con la cabeza.

—¿Y si resulta que sí reconoce su voz? ¿Luego qué? ¿Arresto ciudadano?

—Tendríamos algo por donde empezar —dice Sam—. Poppy, ¿estás lista?

—Poppy. —Vicks se planta delante de mí. Tiene las mejillas encendidas y respira con dificultad—. No tengo la menor idea de quién eres, pero no tienes por qué hacer caso a Sam. No tienes que hacer nada de esto. No le debes nada. Todo esto no tiene absolutamente nada que ver contigo.

—A ella no le importa —dice Sam—. ¿A que no, Poppy?

Vicks no le hace caso.

—Poppy, te aconsejo seriamente que te vayas de aquí. Inmediatamente.

—Poppy no es así —dice Sam, frunciendo el ceño—. No deja a la gente en la estacada. ¿A que no? —Me mira con una intensidad y una calidez tan inesperadas que siento una luminosa alegría por dentro.

—Te equivocas —le digo a Vicks—. Sí le debo algo a Sam.

Y de hecho, sir Nicholas es un posible paciente de mi centro de fisioterapia. Así que todo esto sí tiene que ver conmigo también.

Me he dado el gusto de dejar caer eso, a pesar de que estoy segura de que sir Nicholas ya nunca pone los pies en Balham.

—Y de todos modos —continúo, levantando la barbilla con actitud noble—, si supiese que puedo ayudar a alguien de algún modo, a quienquiera que sea, tanto si lo conozco como si no, lo haría. Tenemos que ayudar a los demás, si se puede. ¿No piensas lo mismo?

Vicks me mira un momento, como tratando de analizarme, y luego esboza una extraña sonrisa burlona.

—Está bien, ahí me has pillado. Eso no te lo puedo discutir.

—Vámonos. —Sam se encamina a la puerta.

Cojo mi bolso y pienso por enésima vez que ojalá no llevase la camiseta con esa enorme mancha de sopa.

—Oye, inspector Wallander —lo llama Vicks con sorna—. Una cosita de nada: por si se te había olvidado, todos están en la convención o van de camino hacia allí.

A sus palabras le sigue un nuevo silencio, roto únicamente por el tamborileo nervioso del bolígrafo de Sam. No me atrevo a decir una palabra. Y desde luego, tampoco me atrevo a mirar a Vicks.

—Poppy —dice Sam al fin—. ¿Tienes unas cuantas horas de tiempo? ¿Podrías venir conmigo a Hampshire?

11

Es todo completamente surrealista, y muy emocionante, y también un poco coñazo, todo a la vez.

No es que me haya arrepentido de mi noble gesto, no exactamente. Sigo pensando lo que dije en el despacho de Sam. ¿Cómo iba a dejarlo plantado? ¿Cómo no iba a intentar ayudarlo? Aunque, por otro lado, creí que iba a ser cosa de media hora o poco más, no que tendría que viajar en tren hasta Hampshire, para empezar.

Se supone que ahora mismo debería estar en la peluquería. Se supone que debería estar hablando de recogidos de novia y probándome mi tiara, pero en vez de eso estoy en el vestíbulo de la estación de Waterloo, pidiendo un té y sujetando el móvil que, huelga decir, cogí de la mesa cuando nos fuimos. Sam no podía protestar, claro. Le he mandado un SMS a Sue para decirle que lo siento muchísimo, pero que no voy a poder ir a mi cita con Louis, aunque le pagaré la sesión igualmente, por supuesto, y también que le dé un abrazo de mi parte.

Volví a leerlo cuando lo hube terminado y borré la mitad de los besos. Luego volví a colocarlos y, al final, los borré otra vez. Tal vez con cinco sí haya bastante.

Ahora estoy esperando a que Magnus conteste. Esta tarde se va a Brujas a celebrar su despedida de soltero, así que no iba a verlo de todos modos, pero bueno. Tengo la sensación de que, como mínimo, debería llamarlo por teléfono igualmente.

—Ah, ¡hola, Magnus!

—¡Pops! —La conexión es muy mala y oigo el ruido de fondo de la megafonía del aeropuerto—. Estamos a punto de embarcar. ¿Estás bien?

—Sí. Solo quería... —Me quedo sin saber cómo continuar.

«Solo quería que supieras que voy camino de Hampshire con un hombre al que no conoces de nada, porque me he metido en una situación de la que no sabes nada.»

—Voy... voy a salir esta noche —digo, sin mucha convicción—. Lo digo por si llamas y no contesto.

Muy bien. Eso es ser sincera. Más o menos.

—¡Muy bien! —se ríe—. Pásalo bien. Me tengo que ir, cariño...

—¡Muy bien! ¡Adiós! ¡Buen viaje! —El móvil se calla de repente y, al levantar la vista, veo a Sam mirándome. Me tiro de la camisa un poco avergonzada, pensando otra vez que ojalá hubiese entrado un momento en alguna tienda. Resulta que Sam sí tenía una camisa limpia de repuesto en su despacho y, como mi camiseta estaba fatal, se la he cogido prestada. Sin embargo, llevar su camisa a rayas de Turnbull & Asser solo hace que la situación sea aún más extraña.

—Estaba diciéndole adiós a Magnus —le explico sin ninguna necesidad, puesto que estaba ahí delante y debe de haberlo oído todo.

—Serán dos libras. —La mujer de la tienda de sándwiches me da mi taza de té.

—¡Gracias! Bueno... ¿nos vamos?

Mientras Sam y yo cruzamos el vestíbulo para dirigirnos al tren, todo me parece irreal. Me siento incómoda. Cualquiera que nos vea, pensará que somos pareja. ¿Y si nos ve Willow?

No. No hay que ser paranoica. Willow se fue a la convención con el segundo autobús. Le envió un correo electrónico a Sam para decírselo. Además, no es que Sam y yo estemos haciendo algo malo. Solos somos... amigos.

No, «amigos» no parece la palabra correcta. Tampoco somos colegas. Pero tampoco conocidos...

Muy bien. Hay que reconocerlo: la situación es incómoda.

Miro a Sam de reojo para ver si está pensando lo mismo, pero tiene la vista fija en la ventanilla, con mirada inexpresiva. El tren se pone en marcha con una sacudida, empieza a avanzar por los raíles y él se vuelve. Cuando me sorprende mirándolo, aparto la mirada al instante.

Estoy tratando de parecer relajada, pero en realidad cada vez siento más ansiedad. ¿En qué lío me he metido? Todo depende de mi memoria: identificar una voz que oí por teléfono hace varios días por espacio de unos veinte segundos depende totalmente de mí, Poppy Wyatt. ¿Y si no lo consigo?

Tomo un sorbo de té para calmarme y hago una mueca. Primero, la sopa estaba demasiado fría, y ahora el té está demasiado caliente. El tren acelera por las vías y una gota de té sale disparada por encima de la tapa y me escalda la mano.

—¿Estás bien? —Sam se ha dado cuenta.

—Sí... —Sonrío.

—¿Puedo serte sincero? —me dice de sopetón—. No tienes buen aspecto.

—¡Estoy bien! —protesto—. Solo estoy... ya sabes. Están pasando muchas cosas.

Sam asiente con la cabeza.

—Siento no haber podido enseñarte esas técnicas de gestión de conflictos. Te lo prometí.

—¡Bah, eso...! —Hago un movimiento desdeñoso con la mano—. Esto es mucho más importante.

—No digas «¡Bah, eso...!». —Sam sacude la cabeza con exasperación—. Eso es justo a lo que me refiero. Te pones a ti misma automáticamente en segundo lugar.

—¡No es verdad! Bueno... yo... —Me encojo de hombros, incómoda—. Da lo mismo.

El tren se detiene en Clapham Junction, y un grupo de gente se sube al vagón. Sam pasa un buen rato enviando mensajes de texto. Ha estado recibiendo mensajes continuamente, y me imagino la cantidad de SMS que habrá puesto en circulación. Sin embargo, al final se guarda el móvil en el bolsillo y se inclina hacia delante, apoyando el codo sobre la mesita que hay entre ambos.

—¿Pasa algo? —le pregunto tímidamente, advirtiendo de inmediato lo estúpido de la pregunta. Sam, por suerte, hace caso omiso de ella.

—Tengo que hacerte una pregunta —dice tranquilamente—. ¿Qué tienen esos Tavish para hacer que te sientas inferior? ¿Es por sus títulos académicos? ¿Por sus doctorados? ¿Su inteligencia?

No, otra vez no...

—¡Por todo eso! Es obvio... Son... Vamos a ver, tú respetas a sir Nicholas, ¿no? —le suelto, a la defensiva—. Mira todo el esfuerzo que estás haciendo por él. Es porque lo respetas.

—Sí, lo respeto, claro, pero eso no tiene por qué significar que me sienta inferior a él. No me hace sentir como un ciudadano de segunda.

—¡Yo no me siento como una ciudadana de segunda! No tienes ni idea, así que... ¡déjalo!

—Está bien. —Sam levanta las manos—. Si estoy equivocado, pido disculpas. Solo era una impresión que tenía. Solo pretendía ayudarte, como... —Intuyo cómo está a punto de decir la palabra «amigo» y luego la rechaza, igual que hice yo antes—. Solo quería ayudar —concluye—. Pero es tu vida. Mejor me callo.

Durante un tiempo nos quedamos en silencio. Se ha callado. Se ha rendido. He ganado.

Pero ¿por qué no me siento como si hubiera ganado?

—Perdona. —Se acerca el móvil a la oreja—. Vicks, ¿qué pasa?

Sale de nuestro compartimiento y, sin querer, se me escapa un enorme suspiro. Vuelvo a notar el dolorcillo persistente, debajo de las costillas, pero ahora mismo no sé si es porque los Tavish no quieren que me case con Magnus, o porque estoy tratando de negarlo, o porque estoy nerviosa por toda esta aventura, o porque el té está demasiado fuerte.

Durante un tiempo me quedo allí sentada, mirando la taza

humeante y deseando no haber oído a los Tavish pelearse en la iglesia. Deseando no saber nada, poder borrar ese nubarrón gris de mi vida y volver a ser la que decía: «¡Qué suerte tengo! ¡Qué afortunada soy! ¿A que todo es perfecto?».

Sam vuelve a sentarse y nos quedamos callados otra vez. El tren se ha detenido en medio de la nada y, sin el sonido de la locomotora, el silencio resulta extraño e inquietante.

—Es verdad. —Miro fijamente a la mesa de formica—. Es verdad.

—Es verdad, ¿el qué?

—Es verdad, no estás equivocado.

Sam no dice nada y espera. El tren se estremece y da una nueva sacudida, como si fuera un caballo decidiendo cómo debe comportarse, y luego vuelve a deslizarse lentamente sobre la vía.

—Pero no es porque sean imaginaciones mías ni nada de eso, como tú crees. —Dejo caer los hombros, derrotada—. Los oí hablar, a los Tavish, ¿de acuerdo? No quieren que Magnus se case conmigo. He hecho todo lo que he podido. He jugado al Scrabble y he intentado entablar una conversación sesuda con ellos, y hasta he leído el libro de Antony.[78] Pero nunca voy a ser como ellos. Nunca.

—¿Y por qué habrías de serlo? —Sam parece desconcertado—. ¿Por qué querrías ser como ellos?

—Sí, claro. —Pongo los ojos en blanco—. ¿Por qué iba alguien a querer ser un personaje célebre e inteligentísimo que sale por televisión?

—Antony Tavish tiene un gran cerebro —dice Sam con calma—. Tener un gran cerebro es como tener un hígado grande o la nariz grande. ¿Por qué tienes que sentirte insegura? ¿Y si tuviera una barriga enorme? ¿Te sentirías insegura entonces?

No puedo evitar soltar una carcajada.

—Técnicamente hablando, es un monstruo —insiste Sam—. Vas a pasar a formar parte de una familia de monstruos. Ser los

78. A decir verdad, he leído cuatro capítulos.

mejores en todo es propio de monstruos. La próxima vez que te sientas insegura por su culpa, imagina un enorme cartel de neón encima de sus cabezas que diga: MONSTRUOS.

—Eso no es lo que piensas de verdad. —Sonrío, pero al mismo tiempo, estoy negando con la cabeza.

—Te prometo que sí, es justo lo que pienso. —Se ha puesto extremadamente serio—. Estos académicos necesitan sentirse importantes. Escriben artículos y presentan programas de televisión para demostrarle a la gente que son útiles y valiosos, pero, con tu trabajo, tú haces un servicio útil y valioso todos los días. Tú no necesitas demostrar nada. ¿A cuántos pacientes has tratado? A cientos. Has aliviado su dolor. Has hecho felices a centenares de personas. ¿Antony Tavish ha hecho alguna vez que alguien se sienta mejor?

Estoy seguro de que se equivoca en algo de lo que dice, pero ahora mismo no sé exactamente en qué. Lo único que sé es que siento cierto alivio. Nunca se me había ocurrido plantéarmelo así. He hecho felices a cientos de personas.

—¿Y tú? ¿Has hecho felices a los demás? —No me resisto a preguntarle, y Sam me dedica una sonrisa irónica.

—Estoy en ello.

El tren reduce la velocidad al pasar por Woking y los dos miramos instintivamente por la ventanilla. Entonces Sam se vuelve.

—Lo que pasa es que no se trata de ellos. Se trata de ti. De ti y de él. Magnus.

—Ya lo sé —digo al fin—. Lo sé.

Suena extraño oír el nombre de Magnus en sus labios. Chirría por completo.

Magnus y Sam son tan diferentes... Es como si estuvieran hechos de una pasta diferente. Magnus es tan brillante, tan voluble, tan admirable y tan sexy... Aunque es verdad que es un poquitín egocéntrico.[79] Sam, en cambio, es tan... directo y fuerte. Y generoso. Y amable. Sabes que siempre puedes contar con él, pase lo que pase.

79. Yo puedo decirlo porque es mi prometido y lo amo.

Sam me está mirando y me sonríe, como si pudiera leerme el pensamiento, y mi corazón da ese extraño saltito que da siempre que él me sonríe.

«Qué suerte tiene Willow.»

Doy un respingo, asustada por lo que acabo de pensar, y bebo un sorbo de té para ocultar mi vergüenza.

Ese pensamiento me ha venido a la cabeza así sin más, sin previo aviso. Y no iba en serio. Bueno, sí que iba en serio, pero solo en el sentido de que les deseo lo mejor a ambos, como una amiga desinteresada... Bueno, no, como una amiga no...

Me ruborizo.

Me estoy ruborizando por mi propio razonamiento estúpido, absurdo y sin sentido que, entre otras cosas, nadie conoce más que yo. Así que ya me puedo relajar. Puedo dejar de pensar esto ahora mismo y olvidarme de una vez de la ridícula idea de que Sam puede leerme la mente y enterarse de que me gusta...

No. Ya basta. Ya basta. Esto es ridículo.

Esto es...

Borra las palabras «me gusta». No me gusta. No me gusta.

—¿Estás bien? —Sam me mira con curiosidad—. Poppy, lo siento, no era mi intención molestarte.

—¡No! —me apresuro a decir—. ¡No me has molestado! Te lo agradezco, de verdad.

—Bien, porque... —Se interrumpe para contestar al teléfono—. Vicks. ¿Alguna novedad?

Cuando Sam vuelve a salir para atender la llamada, me tomo un sorbo de té, me pongo a mirar por la ventanilla, le ordeno a la sangre que circula por mis venas que se enfríe y a mi cerebro que se detenga. Tengo que rebobinar. Tengo que reiniciar el sistema. No guardar cambios.

Para crear un ambiente más profesional me meto la mano en el bolsillo y saco el móvil, leo mis mensajes y, a continuación, lo dejo de nuevo sobre la mesa. En la bandeja de correo general no hay nada nuevo sobre la crisis del memorándum; está claro que lo están llevando todo con mucha discreción, dentro de un reducido número de colegas de alto nivel.

—Sabes que en algún momento tendrás que comprarte otro móvil, ¿verdad? —dice Sam al regresar, levantando una ceja—. ¿O es que piensas sacar todos tus móviles de las papeleras a partir de ahora?

—Son los sitios ideales. —Me encojo de hombros—. Las papeleras y los contenedores.

El parpadeo del móvil indica un mensaje de correo entrante y hago amago de ir a cogerlo, pero Sam se me adelanta. Su mano roza la mía y nos miramos a los ojos.

—Podría ser para mí.

—Es verdad. —Asiento con la cabeza—. Cógelo.

Lo comprueba y luego niega con la cabeza.

—La factura del trompetista de la boda. Todo tuyo.

Con una sonrisilla triunfal, le quito el teléfono de las manos. Le envío una respuesta rápida a Lucinda y luego lo pongo de nuevo sobre la mesa. Al cabo de un momento, se oye un nuevo zumbido y los dos corremos a agarrarlo, pero esta vez le gano yo.

—Publicidad de una tienda de camisas. —Se lo paso—. No es lo mío. —Sam borra el mensaje y luego deja el aparato encima de la mesa.

—¡En el medio! —Lo desplazo unos centímetros—. Tramposo.

—Deja las manos en el regazo —replica—. Tramposa.

Silencio. Los dos estamos listos para salir disparados, esperando a que suene el teléfono. Sam parece tan concentrado que siento que se me escapa la risa. Suena un móvil en el interior del vagón y Sam corre a coger el nuestro antes de darse cuenta de su error.

—Qué desastre... —murmuro—. Ni siquiera reconoce el tono de llamada.

De repente, llega un SMS a nuestro teléfono y aprovecho su momento de vacilación para cogerlo yo primero.

—¡Ajá! Y seguro que es para mí...

Abro el mensaje y empiezo a leer. Es de un número desconocido y solo ha llegado la mitad, pero la información básica está clara...

Lo leo otra vez. Y otra. Levanto la vista para mirar a Sam y me humedezco los labios, resecos de repente. No me esperaba esto, ni en un millón de años.

—¿Es para ti? —pregunta Sam.

—No —respondo, tragando saliva—. Es para ti.

—¿Es de Vicks? —Ya tiene la mano extendida—. No debería usar ese número...

—No, no es de Vicks. No es un mensaje de trabajo. Es... es... personal.

Vuelvo a leerlo otra vez, reacia a dejarle el móvil hasta estar completamente segura de que lo he leído bien.

> No sé si es el número correcto, pero tenía que avisarte. La persona con quien vas a casarte te ha sido infiel. Te ha estado engañando con alguien a quien conoces. (Más texto disponible en el mensaje siguiente.)

Lo sabía, sabía que era una cabrona, y esto demuestra que es peor aún de lo que pensaba.

—¿Qué pasa? —Sam golpea la mesa con impaciencia—. Dámelo. ¿Tiene que ver con la convención?

—No. —Sujeto el móvil con más fuerza—. Sam, lo siento mucho. Y ojalá no hubiese visto yo el mensaje primero, pero dice... —Dudo un instante, llena de angustia—. Dice que Willow te ha sido infiel. Lo siento.

Sam se queda completamente conmocionado. Cuando le paso el teléfono, siento una pena tremenda por él. ¿Quién diablos envía esa clase de noticias a través de un SMS?

Seguro que se está tirando a Justin Cole. Los dos son tal para cual.

Examino la cara de Sam en busca de signos de dolor, pero después de la conmoción inicial parece extraordinariamente tranquilo. Frunce el ceño, lee el mensaje hasta el final y luego vuelve a dejar el móvil en la mesa.

—¿Estás bien? —le pregunto, aun a riesgo de agravar todavía más la situación.

Se encoge de hombros.

—No tiene ningún sentido.

—¡Lo sé! —Estoy tan indignada que no me resisto a expresar mi opinión—. ¿Por qué lo habrá hecho? ¡Y te trata fatal! Siempre está echando pestes de ti... ¡Menuda hipócrita está hecha! ¡Es una mala persona! —Me interrumpo, preguntándome si no habré ido demasiado lejos. Sam me mira extrañado.

—No, no lo entiendes. No tiene ningún sentido porque no voy a casarme. No estoy comprometido.

—¡Pero tú y Willow estáis prometidos! —le digo estúpidamente.

—No, no es verdad.

—Pero... —Lo miro fijamente. ¿Cómo es posible que no sea su prometido? Claro que lo es.

—Nunca hemos estado prometidos. —Se encoge de hombros—. ¿De dónde has sacado esa idea?

—¡Tú me lo dijiste! ¡Sí, seguro que me lo dijiste! —Arrugo la cara, tratando de recordar—. O al menos... ¡ah, sí! Lo leí en un correo electrónico que envió Violet. Decía: «Sam está prometido». Lo recuerdo muy bien.

—Ah, eso. —Su rostro se relaja—. De vez en cuando he utilizado esa excusa para librarme de alguna que otra persona demasiado insistente —explica, y luego añade, como para que quede bien claro—: mujeres.

—¿Una excusa? —repito, incrédula—. Entonces, ¿quién es Willow?

—Willow es mi ex novia —dice al cabo de un momento—. Rompimos hace dos meses.

¿Ex novia?

Me he quedado sin habla. Mi cerebro es como una de esas máquinas tragaperras de frutas, girando sin cesar hasta dar con la combinación ganadora. Esto me supera. Él está comprometido. Se suponía que estaba comprometido.

—Pero tú... ¡Deberías habérmelo dicho! —estallo al final—. ¡Todo este tiempo has dejado que creyera que estabas prometido!

—No, no es verdad. Nunca he hablado de ese tema. —Parece perplejo—. ¿Por qué estás tan enfadada?

—No... ¡No lo sé! Está mal, muy mal.

Estoy respirando profundamente, tratando de poner en orden mis pensamientos. ¿Cómo es posible que no esté con Willow? Eso lo cambia todo. Y todo es culpa suya.[80]

—Hablamos mucho de un montón de cosas. —Trato de utilizar un tono más calmado—. Te mencioné a Willow de pasada varias veces y nunca me explicaste quién era. ¿A qué venía tanto misterio?

—¡No era ningún misterio! —dice, soltando una carcajada—. Te habría explicado quién era si hubiera salido el tema. Lo nuestro se acabó. No importa.

—¡Claro que importa!

—¿Por qué?

Siento ganas de gritar de frustración. ¿Cómo puede preguntar por qué? ¿No es obvio?

—Porque... porque... ella se comporta como si todavía estuvierais juntos. —Y me doy cuenta de pronto de que eso es lo que más me molesta—. Se comporta como si tuviera todo el derecho a sermonearte. Por eso nunca se me pasó por la cabeza que no estuvierais juntos. ¿A qué venían todos esos correos entonces?

Sam parece irritado, pero no dice nada.

—¡Envía sus mensajes con copia a tu secretaria! ¡Lo vomita todo en mensajes de correo que puede leer cualquiera! ¡Es muy incómodo!

—Willow siempre ha sido... un poco exhibicionista. Le gusta tener un público. —Parece reacio a hablar del tema—. No tiene los mismos límites que el resto de la humanidad...

—¡No hace falta que lo jures! ¿Sabes lo posesiva que es? La oí hablar de ti en la oficina. —El sistema de megafonía empieza a anunciar las siguientes estaciones, pero levanto la voz para que

---

80. No sé exactamente por qué, pero intuyo que es culpa suya, desde luego.

me oiga—. ¿Sabes que te pone verde delante de todas las chicas de la oficina? Les ha dicho que estáis pasando un bache en vuestra relación y que vas a tener que espabilar, porque de lo contrario un día te darás cuenta de lo que estás perdiendo, que naturalmente es ella.

—No estamos pasando ningún bache. —Oigo un destello de ira auténtica en su voz—. Todo ha terminado entre nosotros.

—¿Y ella lo sabe?

—Sí, lo sabe.

—¿Estás seguro? ¿Estás del todo seguro de que ella es consciente de que habéis terminado para siempre?

—Por supuesto —responde con impaciencia.

—¡No digas «por supuesto»! ¿Cómo terminasteis exactamente? ¿Te sentaste a hablar con ella con calma y se lo explicaste bien? Silencio. Sam evita mirarme a la cara. Así que no se sentó a hablar con ella con calma ni se lo explicó bien. Lo sé. Seguro que le envió un simple SMS con dos o tres palabras, como «Se acabó. Sam».

—Bueno, pues vas a tener que decirle que deje de enviarte todos esos ridículos e-mails, ¿no te parece? —Trato de atraer su atención—. ¿Sam?

Ya está otra vez comprobando los mensajes del móvil. Típico. No quiere saber nada, no quiere hablar, no quiere comprometer...

Se me ocurre una idea. ¡Pues claro!

—Sam, ¿respondes alguna vez a los correos electrónicos de Willow?

No, no los responde, ¿verdad que no? De repente, todo está claro. Por eso ella se empeña en escribir uno nuevo cada vez. Es como si estuviera clavando mensajes en una pared en blanco.

—Entonces, si no le contestas nunca, ¿cómo sabe ella lo que piensas realmente? —Levanto aún más la voz para hacerme oír pese al ruido de la megafonía—. ¡Pues claro que no lo sabe! ¡Por eso se hace tantas ilusiones! ¡Por eso cree que, de alguna manera, tú todavía le perteneces!

Sam ni siquiera me mira a la cara.

—Dios, pero ¡si resulta que sí eres un cabezón de mierda! —grito con exasperación en el momento preciso en que los altavoces se quedan en silencio.

Bueno, ya. Evidentemente, no habría hablado tan fuerte si hubiese sabido lo que estaba a punto de ocurrir. Evidentemente, no lo habría insultado de esa manera. Así que ahora esa madre que va sentada con sus hijos tres asientos más allá ya puede dejar de echarme miradas asesinas como si estuviera enseñándoles palabrotas a sus niños.

—¡Lo eres de verdad! —continúo, en voz baja pero furiosa—. No puedes apartar a Willow así como así de tu vida y pensar que va a desaparecer sin más. No puedes darle a «Ignorar» para siempre. No va a desaparecer ella solita, Sam, te lo digo yo. Tienes que hablar con ella y explicarle exactamente cómo están las cosas y qué pasa aquí y...

—Oye, déjalo, ¿quieres? —Sam parece fuera de sí—. Si quiere enviarme correos electrónicos inútiles, que los envíe, allá ella. No me molesta.

—Pero ¡es dañino! ¡Está mal! ¡Eso no debería pasar!

—Tú no sabes nada de todo eso —me suelta. Me parece que le he tocado la fibra.

Además, eso lo dirá de broma, supongo. ¿Que no sé nada de eso, dice?

—¡Yo lo sé todo! —le contradigo—. He estado recibiendo todos tus correos, ¿recuerdas? Señor No Respondas, Ignora Todo y a Todos.

Sam me fulmina con la mirada.

—Que no responda a todos mis mensajes de correo con sesenta estúpidas caras sonrientes no significa...

Ah, no, eso sí que no... Que no se le ocurra volver esto contra mí. ¿Qué es peor, poner emoticonos o no responder en absoluto?

—Pero es que no le respondes a nadie —le suelto, en tono mordaz—. ¡Ni siquiera a tu propio padre!

—¿Qué? —Parece escandalizado—. ¿De qué diablos estás hablando ahora?

—He leído su mensaje de correo —le digo, desafiante—. El que te escribió diciendo que quería hablar contigo, que le encantaría que fueras a visitarlo a Hampshire y que tiene algo que decirte. Decía que tú y él no habláis desde hace siglos y que añoraba los viejos tiempos. Y tú ni siquiera le has contestado. Eres muy cruel.

Sam lanza la cabeza hacia atrás y se ríe.

—Poppy, de verdad que no tienes ni idea de lo que estás diciendo...

—Pues yo creo que sí.

—Y yo creo que no.

—Creo que al final tendrás que reconocer que sé más de tu propia vida que tú mismo.

Lo miro desafiante. Ahora espero que el padre de Sam sí haya recibido mi mensaje de correo. Espero a que Sam llegue al hotel Chiddingford y se encuentre allí a su padre, bien arreglado y, con un poco de suerte, con una rosa en el ojal. Tal vez entonces no se mostrará tan insolente.

Sam ha cogido nuestro móvil y vuelve a leer el mensaje de texto.

—No estoy prometido —dice—. No voy a casarme.

—Sí, ya lo he entendido, gracias —respondo con sarcasmo—. Solo tienes una ex novia psicópata que todavía se cree que le perteneces, a pesar de que la dejaste hace dos meses...

—No, no. —Niega con la cabeza—. No me sigues. Nosotros dos compartimos móvil ahora mismo, ¿verdad?

—Sí. —¿Adónde quiere ir a parar con esto?

—Así que este mensaje puede ir dirigido a cualquiera de los dos. Yo no voy a casarme, Poppy. —Levanta la cabeza con aire un poco sombrío—. Pero tú sí.

Me quedo mirándolo fijamente un momento, sin comprender... y entonces siento como si un líquido helado me recorriera la espina dorsal.

—No. ¿Quieres decir...? No. No. No digas tonterías. —Le quito el móvil de las manos—. Aquí dice claramente «la persona con la que vas a casarte». —Busco la palabra en el mensaje y se la enseño con saña para demostrarle que tengo razón—. ¿Lo ves? No dice «el hombre con el que vas a casarte».

—Sí, sí, ya lo sé —dice, asintiendo con la cabeza—. Pero es que resulta que yo no estoy prometido con ninguna persona, mientras que tú sí lo estás. Así que...

Lo miro fijamente de nuevo. No me encuentro muy bien y repito mentalmente el mensaje de texto interpretándolo de la otra manera: «La persona con la que vas a casarte te ha sido infiel».

No, eso es imposible...

Magnus nunca...

El teléfono vibra de nuevo y los dos nos sobresaltamos. Ha llegado la segunda parte del mensaje de texto. Cojo el móvil, leo el mensaje completo en silencio y luego suelto el aparato encima de la mesa, mientras la cabeza me da vueltas a toda velocidad.

No puede ser verdad. Esto no puede estar pasando...

> No sé si es el número correcto, pero tenía que avisarte. La persona con la que vas a casarte te ha sido infiel. Ha estado engañándote con alguien a quien conoces. Siento decirte esto justo antes de tu boda, Poppy, pero deberías saber la verdad. Alguien a quien le importas.

Apenas me doy cuenta de que Sam está cogiendo el móvil y está leyendo el mensaje.

—Menuda desfachatez, decir que es alguien a quien le importas —dice finalmente, muy serio—. Quienquiera que sea, solo tiene ganas de sembrar cizaña. Seguro que es todo mentira.

—Exactamente. —Asiento varias veces con la cabeza—. Exactamente. Seguro que es alguna broma pesada. Alguien que quiere asustarme, no sé por qué.

Trato de aparentar seguridad, pero mi voz temblorosa me traiciona.

—¿Cuándo es la boda?

—El sábado.

El sábado. Faltan solo cuatro días y recibo un mensaje como este.

—¿No hay nadie...? —Sam duda—. ¿No... sospecharías de alguien?

«Annalise.»

Antes incluso de darme cuenta, ya lo había pensado. Annalise y Magnus.

—No. Quiero decir... No lo sé. —Miro para otro lado y aprieto la mejilla contra el cristal de la ventana.

No quiero hablar de eso. No quiero pensar en eso. Annalise es mi amiga. Ya sé que pensaba que Magnus debería haber sido para ella, pero eso seguro que no...

Annalise con su uniforme blanco, pestañeando con coquetería delante de Magnus. Con las manos sobre sus hombros...

No. Ya está bien. Basta, Poppy.

Me tapo la cara con las manos y me froto las cuencas de los ojos con los puños, tratando de arrancarme mis propios pensamientos. ¿Por qué narices ha tenido que mandarme ese mensaje, quienquiera que sea? ¿Por qué lo habré tenido que leer?

No puede ser verdad. No puede ser. Es vulgar, doloroso, dañino, horrible...

Una lágrima se me ha escapado por entre los puños y se me desliza por la mejilla hasta llegar a la barbilla. No sé qué hacer. No sé cómo enfrentarme a esto. ¿Debería llamar a Magnus a Brujas? ¿Le interrumpo la despedida de soltero? Pero ¿y si no es verdad y se enfada y la confianza entre ambos se rompe por completo?

—Llegaremos dentro de unos minutos. —Sam me habla en voz baja, con delicadeza—. Poppy, si no te apetece hacer esto, lo entiendo perfectamente...

—No, no... Sí me apetece. —Aparto las manos de mis ojos, saco un pañuelo y me sueno la nariz—. Estoy bien.

—No, no estás bien.

—No, desde luego que no, pero ¿qué puedo hacer?

—Responderle a ese desgraciado o desgraciada, quienquiera que sea. Escríbele: «Dame un nombre».

Lo miro con admiración. Nunca se me habría ocurrido.

—Está bien. —Trago saliva, armándome de valor—. Está

bien, lo haré. —Cuando cojo el móvil, ya me siento mejor. Por lo menos estoy haciendo algo. Al menos no me he quedado de brazos cruzados, angustiada pensando y pensando. Termino de escribir el mensaje, pulso el botón de «Enviar» con una pequeña dosis de adrenalina y me tomo el último sorbo de té. Vamos, Número Desconocido, escúpelo. Dime qué es lo que sabes.

—¿Lo has enviado? —Sam me ha estado observando.

—Sí. Ahora solo tengo que esperar a ver qué es lo que dicen.

El tren está entrando en la estación de Basingstoke, y los pasajeros se dirigen a las puertas de las salidas. Tiro mi taza de papel a la basura, cojo mi bolso y me levanto yo también.

—Ya está bien de mis estúpidos problemas. —Me obligo a sonreír a Sam—. Vamos. Ahora, a encargarnos de los tuyos.

12

El hotel Chiddingford es grande e impresionante, con un hermoso edificio principal de estilo georgiano situado al final de un largo camino de entrada y otros edificios de cristal menos vistosos semiescondidos detrás de un seto alto. Sin embargo, por lo visto, la única que está en condiciones de apreciar las vistas soy yo. Sam no está de muy buen humor que digamos. Tuvimos algunos problemas para encontrar un taxi, luego nos quedamos atrapados por culpa de un rebaño de ovejas y, para colmo, el taxista se perdió. Desde que nos subimos al taxi Sam no ha dejado de escribir con furia mensajes en el móvil, y cuando llegamos, dos hombres con traje a los que no reconozco nos están esperando en los escalones de la entrada.

Sam le suelta unos billetes al taxista y abre la portezuela del coche antes incluso de que el taxi se detenga.

—Poppy, perdona un momento. Hola, chicos...

Los tres se reúnen en la gravilla y yo salgo del taxi más despacio. Cuando el taxi se aleja, miro los jardines perfectamente cuidados que tengo a mi alrededor. Hay campos de cróquet, setos y arbustos por todas partes podados en formas especiales y hasta una pequeña capilla que parece un enclave perfecto para bodas. El lugar parece desierto y el aire fresco me hace tiritar de frío. Tal vez estoy nerviosa. Tal vez sea el estado de shock, que llega con retraso.

O tal vez sea el hecho de estar en medio de la nada, sin saber qué demonios estoy haciendo aquí, mientras mi vida personal está a punto de desmoronarse por completo.

Saco el móvil para que me haga un poco de compañía. Sujetarlo en la mano me reconforta, pero no lo suficiente. Leo el mensaje de texto del Número Desconocido unas cuantas veces más, solo para torturarme un poco, y a continuación escribo un mensaje a Magnus. Después de empezar y borrar el principio varias veces, encuentro las palabras adecuadas.

Hola. ¿Cómo estás? P.

Nada de besos.

Al pulsar «Enviar» me empiezan a escocer los ojos. Es un mensaje muy simple, pero es como si cada palabra estuviera imbuida de dobles, triples y hasta cuádruples sentidos, con un trasfondo desgarrador que puede leer entre líneas o no.[81]

«Hola» significa: «Hola, ¿me has estado engañando con otra? ¿Es cierto? Por favor, POR FAVOR, que no sea verdad...».

«Cómo» significa: «Me gustaría que me llamaras. Ya sé que estás en tu despedida de soltero, pero solo con escuchar tu voz y saber que me quieres y que serías incapaz de hacer una cosa así, me tranquilizaría mucho, la verdad».

«Estás» significa: «Oh, Dios mío, no lo puedo soportar. ¿Y si es verdad? ¿Qué debo hacer? ¿Qué voy a decir? Pero... ¿y si NO es verdad y he dudado de ti sin motivo...?».

—Poppy. —Sam se vuelve hacia mí y doy un respingo.

—Sí. Estoy aquí. —Asiento con la cabeza y guardo el teléfono. Ahora tengo que concentrarme. Tengo que quitarme de la cabeza a Magnus. Tengo que ser útil.

—Te presento a Mark y Robbie. Trabajan para Vicks.

—Ahora mismo baja. —Mark está consultando su móvil a medida que subimos la escalera—. Sir Nicholas permanece a la espera. Creemos que es mejor que siga en Berkshire, por si se produce el asedio de la prensa.

81. Está bien. No va a saber leer entre líneas, ya lo sé.

—Nick no debería esconderse. —Sam está frunciendo el ceño.

—No se está escondiendo. Solo está tranquilo, sin moverse. No queremos que se precipite y vaya a Londres como si hubiera alguna crisis de emergencia. Esta noche va a hablar en una cena y mañana nos reuniremos y veremos cómo se desarrollan los acontecimientos. En cuanto a la convención, por ahora seguimos adelante sin cambios. Por supuesto, sir Nicholas tenía que llegar aquí por la mañana, pero ya veremos... —Duda, haciendo una mueca—. Ya veremos qué es lo que pasa.

—¿Y el requerimiento judicial? —pregunta Sam.

—He hablado con Julian, está haciendo todo lo posible... Robbie suspira.

—Sam, ya sabemos que eso no va a funcionar. Entiéndeme, no es que no la vayamos a solicitar, pero...

Interrumpe sus palabras cuando llegamos al enorme vestíbulo del hotel. Caramba... Esta convención es mucho más tecnológica que nuestras jornadas anuales de fisioterapeutas. Hay logos gigantescos de WHITE GLOBE CONSULTING por todas partes, y pantallas gigantes alrededor de todo el vestíbulo. Alguien está usando una cámara de televisión en la sala de conferencias, porque hay imágenes del público sentado en filas. Justo delante tenemos dos puertas dobles cerradas, y en ese momento las atraviesa el ruido repentino de unas risas sonoras, seguido, diez segundos más tarde, de las risas que se oyen a través de las pantallas.

El vestíbulo está vacío excepto por una mesa en la que hay unas pocas tarjetas plastificadas con nombres, y detrás de la mesa se sienta una chica con aire aburrido. Cuando nos ve, se yergue en su asiento y me sonríe con incertidumbre.

—Lo están pasando bien —dice Sam, mirando la pantalla.

—Malcolm está hablando —señala Mark—. Lo está haciendo muy bien. Nosotros estaremos aquí. —Nos conduce a una habitación lateral y cierra la puerta con firmeza detrás de nosotros.

—Bueno, Poppy. —Robbie se vuelve hacia mí con amabilidad—. Sam nos ha hablado de tu... teoría.

—No es mi teoría —le contesto, horrorizada—. ¡Yo no sé nada! Solo recibí esos mensajes y me pregunté si podrían ser importantes y luego Sam lo descubrió.

—Creo que podría llevarnos a la solución de este asunto. —Sam mira a Mark y a Robbie como si los desafiara a llevarle la contraria—. Alguien colocó ese memorándum en el servidor deliberadamente. En eso estamos todos de acuerdo.

—El memorándum es... atípico —lo corrige Robbie.

—¿Atípico? —Sam parece a punto de explotar—. ¡Él no lo escribió, maldita sea! Otra persona lo escribió y lo metieron en el servidor de la empresa. Vamos a averiguar quién lo hizo. Poppy ha oído su voz. Poppy la reconocerá.

—Está bien. —Robbie y Mark se intercambian una mirada inquieta—. Lo único que estoy diciendo es que debemos ir con mucho cuidado. Todavía estamos pensando cómo vamos a decírselo al personal. Si te pones a lanzar acusaciones...

—No voy a lanzar nada. —Sam lo fulmina con la mirada—. Confía en mí, joder.

—Entonces, ¿qué vas a hacer? —Mark parece genuinamente interesado.

—Vamos a dar un paseo. Nos pararemos a escuchar. Trataremos de encontrar la aguja en el pajar. —Sam se vuelve hacia mí—. ¿Estás lista, Poppy?

—Desde luego. —Asiento con la cabeza, tratando de disimular el pánico que siento. Ahora casi me arrepiento de haber tomado nota de esos mensajes.

—Y luego... —Robbie todavía parece insatisfecho.

—Nos pondremos manos a la obra.

La habitación se queda en silencio.

—Está bien —dice Robbie al fin—. Hazlo. Adelante. Supongo que no hará daño a nadie. ¿Y cómo vas a explicar la presencia de Poppy?

—¿Tu nueva secretaria? —sugiere Mark.

Sam sacude la cabeza.

—Acabo de contratar a una nueva secretaria y la mitad del departamento ya la conoce. Lo mejor será dar la explicación más simple posible: Poppy está pensando en venir a trabajar con nosotros y le estoy enseñando cómo funcionamos. ¿Te parece bien, Poppy?

—Sí. ¡Claro!

—¿Tienes la lista del personal?

—Aquí. —Robbie se la da—. Pero actúa con discreción, Sam.

Mark ha entreabierto la puerta y se asoma al pasillo.

—Ya salen —anuncia—. Son todo tuyos.

Salimos de la sala al vestíbulo. Las puertas dobles están abiertas y la gente está saliendo de ellas, todos con tarjetas identificativas y charlando animadamente, algunos riendo incluso. Parecen estar bastante frescos, teniendo en cuenta que son las seis y media de la tarde y llevan todo el día escuchando discursos.

—Hay muchísima gente... —Miro a los grupos de personas y me siento intimidada.

—No pasa nada —dice Sam, con firmeza—. Sabes que es una voz masculina, y eso ya reduce significativamente las posibilidades. Nos daremos una vuelta por la sala y los iremos eliminando, uno por uno. Tengo mis sospechas, pero... no quiero influirte.

Lo sigo despacio y nos adentramos entre la muchedumbre. La gente está tomando las copas de las bandejas de los camareros, saludándose y haciéndose bromas de un extremo a otro de la sala. Hay un barullo terrible. Mis oídos parecen radares, barriendo uno y otro lado para captar el sonido de las voces.

—¿Aún no has oído a nuestro hombre? —dice Sam, dándome un vaso de zumo de naranja. Sé que me lo dice medio en broma, medio en serio.

Niego con la cabeza. Me siento abrumada. El ruido en la sala es como un rugido conjunto y ensordecedor en mi cabeza. Apenas puedo distinguir los fragmentos de conversación, conque mucho menos el tono exacto de una voz que oí hace días, durante veinte segundos, en una conexión de móvil.

—Bueno, vamos a ser metódicos. —Sam casi está hablando consigo mismo—. Recorreremos la habitación en círculos concéntricos. ¿Crees que es un buen plan?

Le sonrío, aunque nunca en mi vida me había sentido bajo tanta presión. Ninguna otra persona puede hacer lo que estoy haciendo. Nadie más ha oído esa voz. Todo depende de mí. Ahora sé cómo deben de sentirse los perros rastreadores en los aeropuertos.

Nos dirigimos a un grupo de mujeres que hablan con dos hombres de mediana edad.

—Hola. —Sam los saluda cordialmente—. ¿Os estáis divirtiendo? Os presento a Poppy, que ha venido a echar un vistazo. Poppy, te presento a Jeremy... y este es Peter... Jeremy, ¿cuántos años llevas trabajando con nosotros? ¿Y tú, Peter? ¿Son ya tres años?

Muy bien. Ahora que puedo escucharlos bien, de cerca, es más fácil. Uno de ellos tiene una voz profunda y gutural, mientras que el otro es escandinavo. Al cabo de unos diez segundos niego con la cabeza mirando a Sam y rápidamente nos desplazamos para hablar con otro grupo, eliminando discretamente los nombres de su lista al mismo tiempo.

—Hola. ¿Lo pasáis bien? Os presento a Poppy, que ha venido a conocernos un poco. Poppy, ya conoces a Nihal. ¿Qué tal, Colin? ¿Cómo te va últimamente?

Es increíble qué diferentes son todas las voces si se presta atención. No solo el tono, sino el acento, el timbre, los pequeños defectos del habla, los titubeos, las muletillas...

—¿Y usted qué opina? —le pregunto, sonriendo, a un hombre con barba que todavía no ha pronunciado una sola palabra.

—Bueno, la verdad es que ha sido un año difícil... —empieza a explicar con voz cargante.

No, tampoco. Para nada. Miro a Sam, sacudiendo la cabeza, y me agarra bruscamente del brazo.

—Lo siento, Dudley, tenemos que irnos pitando... —Se dirige al siguiente grupo y entra sin más ni más, interrumpiendo el relato de una anécdota.

—Poppy, te presento a Simon... Stephanie y tú ya os conocéis. Simon, a Poppy le ha gustado mucho tu chaqueta. ¿De dónde es?

Me parece increíble el descaro de Sam. Prácticamente no hace ni caso a las mujeres y no se esfuerza para nada en disimular que solo quiere oír hablar a los hombres. Pero supongo que no hay otra manera.

Cuantas más voces oigo, más segura me siento. Es más fácil de lo que creía, porque todas son completamente diferentes de la voz que oí por teléfono. Lo malo es que ya hemos estado con cuatro grupos de personas y los hemos eliminado a todos. Miro a mi alrededor con ansiedad. ¿Y si recorremos toda la sala y sigo sin oír la voz de ese hombre?

—¡Hola, chicos! ¿Os estáis divirtiendo? —Sam sigue con el mismo ímpetu cuando nos acercamos al siguiente grupo—. Os presento a Poppy, que está aquí para echar un vistazo. Poppy, te presento a Tony. Tony, ¿por qué no le hablas a Poppy de tu departamento? Y este es Daniel y ella es... es... Mmm... Willow.

Estaba de espaldas cuando nos acercamos, así que no nos había visto, pero ahora nos está mirando de frente.

Ay, ay, ay...

—¡Sam! —exclama, después de una pausa tan larga que empiezo a sentir vergüenza ajena—. ¿Quién es... esta?

Muy bien. Si mi mensaje de texto a Magnus estaba cargado de dobles sentidos, las tres pequeñas palabras de Willow se hunden por el peso de tanto mensaje subliminal. No hace falta ser un experto en el idioma willowiano para entender que lo que ha querido decir realmente es: «¿Quién COÑO es esta tía y QUÉ está haciendo aquí contigo? Maldita sea, Sam, ¿ES QUE INTENTAS HUMILLARME DELIBERADAMENTE? Porque, te lo advierto, te vas a arrepentir de esto».

Bueno, más o menos. Parafraseando un poco.

Nunca en toda mi vida había sentido una hostilidad dirigida tan abiertamente hacia mí. Es como una descarga eléctrica. Willow tiene las aletas de la nariz hinchadas y blancas; me mira con los ojos completamente alerta y aprieta la mano alrededor de la copa con tanta fuerza que se le ven los tendones debajo de la piel clara. Sin embargo, su sonrisa sigue siendo dulce y agradable, y su voz meliflua, que casi es lo más inquietante de todo.

—Poppy está planteándose venir a trabajar con nosotros —dice Sam.

—Ah. —Willow sigue sonriendo—. Qué bien. Bienvenida, Poppy.

Me está poniendo de los nervios. Parece una especie de alienígena. Detrás de la sonrisa dulce y la voz suave se esconde una serpiente.

—Gracias.

—Bueno, ahora tenemos que irnos... Hasta luego, Willow. —Sam me agarra del brazo y me aleja de allí.

Huy... No ha sido una buena idea. Siento que el láser de sus ojos me atraviesa la espalda. ¿Sam no lo nota?

Nos acercamos a otro grupo y Sam lanza su discurso, mientras yo aguzo el oído diligentemente, pero ninguna voz se parece en absoluto a la del tipo del teléfono. A medida que avanzamos me doy cuenta de que Sam empieza a desanimarse, aunque trata de disimularlo. Cuando nos alejamos de un grupo de informáticos jóvenes, me pregunta:

—¿De verdad? ¿No era ninguno de esos?

—No. —Me encojo de hombros, como disculpándome—. Lo siento.

—¡No lo sientas! —Suelta una risa forzada—. Oyes lo que oyes. No se puede... Si no es ninguno de ellos... —Se interrumpe un momento—. ¿Estás segura de que no era el chico rubio? ¿El que hablaba de su coche? ¿Su voz no te sonaba en absoluto familiar?

Y ahora la decepción en su voz es más que evidente.

—¿Pensabas que era él?

—No... No lo sé. —Abre los brazos y lanza un suspiro de resignación—. Tal vez sí. Tiene los contactos adecuados con los técnicos de informática y es nuevo en la empresa, así que a Ed y a Justin no les habría costado convencerlo...

No sé qué decir. Tal como ha dicho él, oigo lo que oigo, ni más ni menos.

—Me parece que hay gente que ha salido a la terraza —le digo, tratando de infundirle esperanzas.

284

—Sí, probaremos ahí fuera también —asiente con la cabeza—, pero antes acabemos aquí.

Hasta yo estoy segura de que ninguno de los cuatro hombres con el pelo cano que hay junto a la barra es el del teléfono... y tengo razón. Mientras Sam entabla una conversación sobre el discurso de Malcolm, aprovecho para escabullirme y ver si Magnus ha respondido a mi mensaje. Por supuesto que no, pero en lo alto de la bandeja de entrada tengo esperando un correo enviado a samroxton@whiteglobeconsulting.com, con copia a la secretaria de Sam, que me hace dar un resoplido.

> Sam.
>
> Te felicito. Sé EXACTAMENTE qué es lo que te propones y quiero que sepas que es PATÉTICO. ¿De dónde la has sacado, de una agencia? Esperaba algo más de ti, la verdad.
>
> Willow

Mientras miro la pantalla con incredulidad, llega otro e-mail:

> Vamos a ver, Sam: ¡si ni siquiera va VESTIDA adecuadamente para la ocasión, joder! ¿O es que de pronto las faldas vaqueras horteras son el último grito para acudir a una convención de empresa?

¡Mi falda no es hortera! Y cuando me vestí esta mañana, no es que tuviera previsto asistir a una convención exactamente, ¿verdad que no?

Muy ofendida, pulso «Responder» y redacto un mensaje:

> Pues a mí me parece una chica increíblemente guapa. Y su falda vaquera no es para nada hortera. Chúpate esa, Willow. Bruja más que bruja.
>
> Sam

Luego lo borro. Naturalmente. Estoy a punto de guardar el teléfono cuando llega un nuevo correo electrónico de Willow, el tercero. No me lo puedo creer. ¿Es que esta mujer no descansa?

¿Quieres darme celos, Sam? Muy bien. Lo respeto. Hasta me gusta, porque nuestra relación necesita chispa. Pero por lo menos ¡DAME UN MOTIVO DE VERDAD PARA QUE ME SIENTA CELOSA!

Porque, créeme, aquí tu jugarreta no ha impresionado a nadie. Porque vamos a ver, pasearte del brazo con una MOSQUITA MUERTA QUE, EVIDENTEMENTE, NO TIENE NI IDEA DE CÓMO MANEJAR UN SECADOR DE PELO... pues la verdad, Sam, es de pena. DE PENA.

Ya hablaremos cuando hayas madurado un poco.

Willow

Me toco el pelo, a la defensiva. Me lo sequé esta mañana, pero es que iba con prisas. Bueno, no es que me importe lo que piense esa loca, pero no puedo evitar sentirme un poco dolida...

Mis pensamientos se interrumpen bruscamente y me quedo mirando la pantalla, perpleja. No me creo lo que ven mis ojos. Sam acaba de enviar un mensaje de correo. Ha respondido a Willow. ¡Le ha respondido de verdad! Solo que le ha dado a «Responder a todos», así que me ha llegado a mí también.

Levanto la cabeza, atónita, y veo que sigue todavía charlando con los hombres con el pelo gris, aparentemente absorto en la conversación. Debe de haberlo escrito muy rápidamente. Abro el correo y veo una sola línea.

Ya basta, Willow. No impresionas a nadie.

Pestañeo varias veces sin apartar la vista de la pantalla. A ella no le va a gustar ni un pelo.

Espero a que lance un ataque aún más feroz contra Sam... pero no llegan más correos. Tal vez se ha quedado tan de piedra como yo.

—Muy bien. Ya hablaremos más tarde. —Sam levanta la voz por encima del estruendo—. Poppy, me gustaría presentarte a más personas.

—Está bien. —Me concentro y guardo el móvil—. Vamos.

Recorremos el resto de la sala. Casi todos los nombres de la lista de Sam están tachados. Ya he escuchado casi todas las voces masculinas de la empresa y sigo sin oír a nadie cuya voz se parezca ni remotamente a la del hombre del mensaje. Incluso estoy empezando a preguntarme si la estaré recordando bien o no, o si no habrá sido todo una alucinación.

Mientras recorremos un pasillo alfombrado en dirección a la terraza, veo que Sam está un poco desmoralizado. Yo también lo estoy.

—Lo siento —le susurro.

—No es culpa tuya. —Levanta la cabeza y parece captar mi estado de ánimo—. Poppy, de verdad. Sé que estás haciendo todo lo que puedes. —Arruga la cara un momento—. Oye, y siento lo de Willow.

—Oh, no te preocupes —le digo, quitándole importancia.

Caminamos en silencio un momento. Me gustaría decirle algo como: «Gracias por defenderme», pero me da vergüenza. Tengo la impresión de que, en el fondo, no debería haber tenido nada que ver en ese intercambio de correos.

La terraza está llena de faroles decorativos y hay algunas personas, pero no tantas como las que había dentro. Supongo que hace demasiado frío, pero es una lástima, porque fuera se respira un ambiente festivo muy agradable. Hay un bar y una pareja está bailando incluso. En un rincón de la terraza, un chico con una cámara de televisión parece entrevistar a dos chicas que no dejan de reírse.

—Bueno, quizá esta vez tengamos suerte. —Trato de sonar optimista.

—Tal vez. —Sam asiente con la cabeza, pero veo que ha tirado la toalla.

—¿Qué pasa si no lo encontramos aquí fuera?

—Pues... que lo habremos intentado al menos. —Sam tiene el rostro tenso, pero esboza su sonrisa deslumbrante unos segundos—. Lo habremos intentado.

—Está bien. Bueno, manos a la obra. —Pongo mi mejor voz de motivación, como cuando animo a mis pacientes diciéndoles que van a volver a recuperar la movilidad de la cadera por completo, seguro.

Probamos de nuevo y Sam vuelve a repetir su abordaje habitual.

—¡Hola, chicos! ¿Os estáis divirtiendo? Os presento a Poppy, que ha venido a conocer un poco la empresa. Poppy, te presento a James. James, ¿por qué no le cuentas a Poppy cuál es tu línea de trabajo? Y este es Brian, y ese de ahí es Rhys.

No es James, ni Brian ni Rhys. Ni Martin ni Nigel.

Hemos tachado todos los nombres de la lista de Sam. Cuando le miro a la cara, casi me dan ganas de llorar. Al final nos alejamos de un grupo de becarios que ni siquiera estaban en la lista y que no pueden ser Scottie.

Ya hemos terminado.

—Llamaré a Vicks —dice Sam, con la voz un poco apesadumbrada—. Poppy, gracias por prestarme tu tiempo. Ha sido una idea estúpida.

—No es verdad. —Le apoyo la mano en el brazo—. Podría... podría haber funcionado.

Sam me mira y permanecemos así durante un momento, inmóviles.

—Eres muy amable —dice finalmente.

—¡Hola, Sam! ¡Hola, muchachos! —El tono estridente de una voz femenina hace que me sobresalte. Tal vez estoy más sensible a los ruidos después de escuchar con más cuidado de lo habitual las voces de la gente, pero esa voz me pone de los nervios. Me vuelvo y veo a una chica alegre y jovial con un pañuelo rosa en la cabeza acercándose a nosotros con el chico de la cámara, que lleva el pelo oscuro muy corto y unos vaqueros.

Huy...

—Hola, Amanda. —Sam la saluda con la cabeza—. ¿Qué pasa?

—Estamos filmando a todos los asistentes a la convención —dice animadamente—. Solo es un vídeo cortito, saludando y eso... lo enseñaremos en la cena de gala.

La cámara me enfoca a la cara y me estremezco. Yo no debería estar aquí. No puedo saludar a la cámara.

—Puedes decir lo que quieras —me anima Amanda—. Un

mensaje personal, una broma... —Consulta su lista con expresión de perplejidad—. Lo siento, pero no sé en qué departamento estás...

—Poppy es una invitada —le explica Sam.

—¡Ah! —La chica relaja su expresión—. ¡Genial! ¿Sabes qué? Puesto que eres una invitada especial, ¿por qué no respondes a nuestro test de preguntas y respuestas? ¿Qué te parece, Ryan? ¿Conoces a Ryan? —añade, dirigiéndose a Sam—. Estudia en la London School of Economics y está haciendo unas prácticas de seis meses con nosotros. Se ha ocupado de grabar todos nuestros vídeos promocionales. Oye, Ryan, saca un primer plano. ¡Poppy es una invitada especial!

—¿Qué? No soy una invitada especial. —Me dan ganas de echar a correr, pero, por alguna razón, es como si la cámara me hubiese clavado los pies en el suelo.

—Es muy fácil, preséntate y Ryan te hará las preguntas —dice alegremente—. Bueno, te llamas...

—Hola —le digo de mala gana a la cámara—. Me llamo... Poppy. —Esto es una tontería. ¿Qué puedo decir delante de una convención de absolutos desconocidos?

Tal vez puedo saludar a Willow.

«Oye, Willow, bruja más que bruja, ¿qué es eso de que estoy paseándome del brazo de tu novio? Bueno, pues te voy a dar una noticia. Él ya no es tu novio.»

La idea hace que se me escape la risa, y Amanda me dedica una sonrisa de aliento.

—¡Así, muy bien! Diviértete. Ryan, ¿quieres empezar con la entrevista?

—Claro. Bueno, Poppy, ¿qué le ha parecido la convención hasta ahora?

La voz aguda y penetrante que viene de detrás de la cámara me sacude los tímpanos como una descarga eléctrica.

Es él.

Es la voz que oí en el teléfono. Esa misma persona me está hablando ahora mismo. El chico del pelo corto y la cámara al hombro. Es él...

—¿Se está divirtiendo? —me pregunta, y mi cerebro estalla de nuevo reconociendo la voz. El recuerdo de su voz en el móvil desfila por mi cerebro como la repetición de las jugadas en un programa de deportes.

«Ya está. Justo como yo decía. Con una precisión de cirujano.»

—¿Cuál ha sido su discurso favorito a lo largo de la convención?

—No ha ido a ninguno de los discursos —interviene Sam.

—Ah. De acuerdo.

«No ha quedado ningún rastro. Una labor propia de un genio, aunque esté mal que yo lo diga. Adiós, Santa Claus.»

—En una escala del uno al diez, ¿qué puntuación le daría a la fiesta?

Es Scottie.

Él es Scottie. No tengo ninguna duda.

—¿Está bien? —Se asoma por detrás de la cámara con aire impaciente—. Puede hablar. Estoy grabando.

Me quedo mirando su cara alargada e inteligente con el corazón latiéndome desbocado, tratando de no delatarme. Me siento como un conejo hipnotizado por una serpiente.

—Está bien, Poppy. —Sam se acerca a mí con aire comprensivo—. No te preocupes. Muchas personas sienten pánico escénico delante de una cámara.

—¡No! —acierto a decir—. No es eso... Es...

Lo miro con impotencia. No me sale la voz. Me siento como si estuviera en uno de esos sueños en los que no puedes gritar que alguien te está asesinando.

—Chicos, me parece que no va a funcionar —está diciendo Sam—. ¿Podríais...? —Agita una mano.

—¡Lo siento! —Amanda se tapa la boca—. ¡No pretendía asustarte! ¡Que paséis una agradable velada! —Se alejan para abordar a otro grupo de gente y los sigo con la mirada, paralizada.

—Pobre Poppy... —Sam me sonríe con tristeza—. Justo lo que te faltaba. Lo siento, es algo nuevo que hacen en todas las convenciones, aunque no sé para qué sirve...

—Cállate —acierto a interrumpirle, aunque sigo prácticamente sin habla—. Calla, calla.

Sam me mira estupefacto. Me acerco y me pongo de puntillas hasta tocarle la oreja con la boca, mientras me roza la piel con el pelo. Tomo aire, inhalando la calidez de su cuerpo y su olor, y luego murmuro, en una voz tan suave como un suspiro:

—Es él.

Permanecemos fuera otros veinte minutos. Sam mantiene una larga conversación telefónica con sir Nicholas —de la que no oigo ni una palabra— y luego una más rápida y brusca con Mark, de la que capto algunas palabras y fragmentos aquí y allá, mientras él sigue paseándose en círculos con una mano en la cabeza: «Bueno, pues a la mierda con la política de la empresa... En cuanto llegue Vicks...»

Es evidente que el nivel de tensión va en aumento. Creía que Sam se alegraría de que al final le hubiese resultado útil, pero en vez de eso parece más preocupado que antes. Finaliza la llamada soltando: «¿De qué lado estás tú, si se puede saber? Joder, Mark...».

—Así que... ¿Qué vas a hacer? —le pregunto tímidamente cuando cuelga.

—Están registrando los correos electrónicos corporativos de Ryan, pero es muy listo. No ha utilizado el servidor de la empresa. Lo habrá hecho todo por teléfono o desde una cuenta de correo privada.

—¿Y ahora qué?

—Ese es el problema. —Sam arruga la frente con frustración—. El problema es que no tenemos tiempo para discutir cuál debe ser el protocolo. No tenemos tiempo para consultar a nuestros abogados. Si fuera por mí...

—Harías que la policía lo detuviera, que le confiscara todos sus bienes y que lo sometieran al detector de mentiras —no puedo evitar decirle—, en algún sótano oscuro.

Una sonrisa reticente asoma a su rostro.

—Sí, más o menos.

—¿Cómo está sir Nicholas? —me atrevo a preguntar.

—Aguantando el tipo. Ya te lo puedes imaginar. No es de los que se arrugan fácilmente, pero está mucho más afectado de lo que parece. —Sam frunce el ceño un momento y se cruza de brazos.

—Como tú —observo con delicadeza, y Sam levanta la cabeza y me mira sorprendido, como si lo hubiese pillado desprevenido.

—Supongo que sí —dice tras una larga pausa—. Nick y yo nos conocemos desde hace mucho tiempo. Es una buena persona. Ha hecho cosas muy importantes a lo largo de su vida, pero si esta campaña de difamación tiene éxito, la gente solo lo recordará por esto. Los periódicos publicarán el mismo titular una y otra vez, hasta que se muera: «Sir Nicholas Murray, sospechoso de corrupción». Él no se lo merece, pero sobre todo, no merece ser traicionado por su propia junta directiva.

Una sombra de tristeza le nubla el rostro un momento, pero luego se disipa y Sam se recobra de inmediato.

—Bueno. Vamos. Nos están esperando. Vicks casi ha llegado.

Volvemos sobre nuestros pasos y dejamos atrás a un grupo de chicas sentadas en torno a una mesa y un jardín ornamental para dirigirnos a las enormes puertas dobles que conducen a la entrada del hotel. Mi móvil lleva un rato vibrando y lo saco para comprobar el correo entrante, solo para ver si Magnus ha contestado...

Pestañeo varias veces al ver la pantalla. No me lo puedo creer. Doy un pequeño respingo involuntario y Sam me mira extrañado.

Tengo un mensaje nuevo de correo en lo alto de la bandeja de entrada y hago clic en él desesperadamente, deseando que no diga lo que me temo...

Mierda. Mierda...

Lo leo aterrada. ¿Qué voy a hacer? Estamos casi en la entrada del hotel. Tengo que hablar. Tengo que decírselo.

—Mmm... Sam... —exclamo con voz ahogada—. Mmm... para un momento.

—¿Qué pasa? —Se detiene con cara de preocupación y siento un nudo en el estómago.

Muy bien. La verdad es la siguiente: en mi defensa, debo decir que si hubiera sabido que Sam iba a estar metido en una situación de emergencia de estas proporciones, con memorándums manipulados de por medio, asesores gubernamentales de alto nivel y filtraciones a la cadena de noticias ITN, no habría enviado ese correo a su padre. Por supuesto que no.

Pero no lo sabía. Y sí le envié ese correo electrónico. Y ahora...

—¿Qué pasa? —Sam parece impaciente.

¿Por dónde diablos empiezo? ¿Cómo puedo prepararlo?

—Por favor, no te enfades —le suelto como primera medida preventiva, aunque tengo la impresión de que es como poner un cubito de hielo en el camino de un incendio en el bosque.

—¿Por qué habría de enfadarme? —La voz de Sam tiene un tono que no presagia nada bueno.

—El caso es que... —Me aclaro la garganta—. Pensé que estaba haciendo lo correcto, pero entiendo que puede que tú no opines exactamente lo mismo...

—Pero ¿se puede saber de qué demonios estás...? —Hace una pausa, y su rostro se ilumina con un pensamiento aterrador—. Oh, no... Por favor, no me digas que les has hablado de esto a tus amigos...

—¡No! —exclamo horrorizada—. ¡Por supuesto que no!

—Entonces, ¿qué es?

Me siento un poco envalentonada por sus erróneas sospechas. Al menos no he ido por ahí contándoselo todo a mis amigos... Al menos no le he vendido la historia a *The Sun*.

—Es un asunto de familia. Se trata de tu padre.

Sam abre los ojos como platos, pero no dice nada.

—Me parecía fatal que tú y tu padre no estuvieseis en contacto, así que contesté a su correo. Está desesperado por verte, Sam. ¡Quiere reencontrarse contigo! Nunca vas a Hampshire, nunca vas a visitarlo...

—Dios mío... —murmura, casi para sí mismo—. De verdad, no tengo tiempo para esto...

—¿Que no tienes tiempo para tu padre? —Sus palabras me hacen daño—. Pues ¿sabes qué te digo, señor Pez Gordo? A lo mejor tienes tus prioridades un poco confusas. Ya sé que estás ocupado, sé que es una situación difícil, pero...

—Poppy, déjalo. Estás cometiendo un grave error.

Se queda tan impasible que siento una oleada de indignación. ¿Cómo se atreve a estar siempre tan seguro de sí mismo, todo el tiempo?

—¡A lo mejor eres tú el que comete un grave error! —le suelto antes de darme cuenta—. ¡A lo mejor eres tú el que deja que la vida pase por delante de tus narices sin darte cuenta de lo que pierdes por el camino! ¡A lo mejor resulta que Willow tiene razón!

—¿Cómo dices? —Sam parece furioso ante la sola mención de Willow.

—¡Vas a perdértelo todo! Vas a perderte las relaciones con personas que podrían darte mucho, porque te niegas a hablar con ellas, a escucharlas...

Sam mira a su alrededor con gesto incómodo.

—Poppy, tranquilízate —murmura—. Te lo estás tomando demasiado a pecho.

—Bueno, ¡y tú te lo estás tomando con demasiada calma! —Siento que estoy a punto de explotar—. ¡Eres demasiado estoico! —Me viene a la cabeza de repente la imagen de aquellos senadores romanos, esperando en el foro a ser masacrados—. ¿Sabes qué te digo, Sam? Te estás convirtiendo en piedra.

—¿En piedra? —Se echa a reír.

—Sí, en piedra. Un día te despertarás transformado en una estatua, pero ni siquiera te darás cuenta. Estarás atrapado en el interior de ti mismo. —Me tiembla la voz, aunque no sé por qué. Me importa un pito si se convierte en estatua o no.

Sam me mira con cautela.

—Poppy, no sé de qué estás hablando, pero tendremos que dejar esta discusión para otro momento. Tengo cosas que hacer.

—Suena su móvil y se lo acerca a la oreja—. Hola, Vicks. Has llegado. Sí, ya voy.

—Sé que tienes una grave crisis entre manos. —Lo agarro del brazo con fuerza—. Pero un anciano está esperando tener noticias tuyas, Sam. Deseando verte, aunque solo sean cinco minutos. ¿Y sabes qué? Que te envidio.

Sam resopla con fuerza.

—Joder, Poppy, no tienes ni idea, de verdad.

—¿Ah, no? —Lo miro, sintiendo cómo todas mis emociones reprimidas empiezan a salir a la superficie con efervescencia—. Ojalá tuviera yo esa oportunidad. Ojalá pudiera ver a mi padre. No sabes la suerte que tienes. Eso es todo.

Una lágrima se desliza por mi mejilla y me la seco bruscamente.

Sam permanece en silencio. Aparta el teléfono y me mira fijamente a los ojos. Luego me habla con delicadeza.

—Escucha, Poppy. Entiendo cómo te sientes. No es mi intención trivializar las relaciones familiares. Mantengo una muy buena relación con mi padre y lo veo siempre que puedo, pero no es tan fácil, teniendo en cuenta que vive en Hong Kong.

Doy un respingo, horrorizada. ¿Es posible que hayan perdido el contacto hasta este punto? ¿Ni siquiera sabe que su padre ha vuelto a casa?

—¡Sam! —Me quedo sin palabras—. ¡No lo entiendes! Ha vuelto. ¡Vive en Hampshire! Te envió un correo electrónico. Quería verte. ¿Es que no lees nada de nada?

Sam echa la cabeza hacia atrás y se ríe, y lo miro ofendida.

—Está bien —dice al fin, limpiándose los ojos—. Empecemos por el principio. Vamos a aclarar las cosas. Estás hablando del mensaje de David Robinson, ¿verdad?

—¡No! Estoy hablando del mensaje de...

Me callo a media frase, insegura de repente. ¿Robinson? ¿Robinson? Cojo el móvil y compruebo la dirección: davidr452@hotmail.com.

Di por supuesto que se trataba de David Roxton. Parecía obvio que fuese David Roxton.

—En contra de tus suposiciones, resulta que sí leí ese mensaje —está diciendo Sam—. Y decidí no contestar. Créeme, David Robinson no es mi padre.

—Pero si firma el mensaje como «papá». —Estoy completamente desconcertada—. Eso fue lo que escribió, «papá». ¿Es tu... padrastro o algo así?

—No es mi padre, en ningún sentido —explica Sam con paciencia—. Si realmente quieres saberlo, cuando iba a la universidad, salía con un grupo de amigos, y él era uno de ellos. David Andrew Daniel Robinson. DAD Robinson. Papá Robinson. Lo llamábamos Papá. ¿De acuerdo? ¿Lo entiendes ahora, por fin?

Echa a andar hacia el hotel dando el tema por zanjado, pero yo me quedo paralizada en el sitio, en estado de shock. No me lo puedo creer. Entonces, ¿Papá no es el padre de Sam? ¿Papá es un amigo? ¿Cómo iba yo a saberlo? No se debería permitir que nadie firmase «papá» sin ser realmente el padre de alguien. Debería estar prohibido por ley.

Nunca en mi vida me había sentido tan estúpida.

Pero... Pero... Mientras sigo ahí plantada, no puedo dejar de recordar todos los correos de David Robinson: «Ha pasado mucho tiempo. Pienso en ti muchas veces... ¿Llegaste a recibir alguno de mis mensajes telefónicos? No te preocupes, ya sé que eres un hombre muy ocupado... Como ya te dije, me encantaría hablar contigo acerca de un pequeño asunto. ¿Tienes previsto acercarte algún día a Hampshire?».

Muy bien. Tal vez me equivoqué con lo del padre de Sam, la casa y el perro fiel. Sin embargo, esas palabras todavía me tocan la fibra sensible. Son unas palabras tan humildes... tan modestas... Está claro que David es un viejo amigo que quiere recuperar su amistad con Sam. Quizá esta sea otra de esas relaciones que Sam está dejando languidecer. Tal vez se reúnan al fin y sea como en los viejos tiempos y luego Sam me dé las gracias y me diga que se ha dado cuenta de que debería dar más importancia a la amistad, que no se había percatado hasta ahora y que le he cambiado la vida...

Echo a correr detrás de Sam bruscamente y lo alcanzo.

—Oye... ¿y es muy amigo tuyo? —empiezo—. ¿David Robinson? ¿Es un amigo muy querido, de toda la vida?

—No. —Sam sigue andando deprisa.

—Pero debisteis de ser amigos hace tiempo.

—Más o menos.

Menos entusiasmo, imposible. ¿Es que no se da cuenta de lo vacía que estará su vida si pierde el contacto con las personas que han sido importantes para él alguna vez?

—Entonces, ¡seguro que todavía hay un vínculo entre vosotros! Tal vez, si lo vieras, podríais recuperar la amistad... Podrías añadir algo positivo a tu vida y...

Sam se detiene de repente y se me queda mirando.

—Pero ¿qué tiene eso que ver contigo?

—Nada —le digo a la defensiva—. Simplemente pensé que... Tal vez te gustaría volver a estar de nuevo en contacto con él.

—Ya estoy en contacto con él. —Sam parece exasperado—. Quedamos una vez al año más o menos a tomar una copa juntos, y siempre me viene con la misma historia. Tiene en mente algún proyecto de negocios para el que necesita inversores, por lo general los productos son absurdos o una especie de estafas piramidales. Cuando no son materiales de equipamiento deportivo, son acristalamientos dobles o viviendas de multipropiedad en Turquía... Y yo, como un idiota, siempre acabo dándole dinero. Entonces el proyecto se va a pique y no vuelvo a tener noticias suyas hasta el año siguiente. Es un círculo vicioso que tengo que romper, y por eso es por lo que no respondí a su correo. Lo llamaré dentro de uno o dos meses, tal vez, pero ahora, francamente, la última persona que necesito ver es al maldito David Robinson... —Se calla y me mira—. ¿Qué pasa?

Trago saliva. No hay forma de salir de esta. Imposible.

—Te está esperando en el bar.

Bueno, pues parece que Sam no se ha convertido en estatua todavía, porque aunque a medida que nos dirigimos al interior del hotel no dice nada, no me resulta difícil leer la amplia gama de sus distintos estados de ánimo mirándolo a la cara: desde la ira a la rabia, pasando por la frustración...

Otra vez la ira.[82]

—Lo siento —repito—. Pensé que...

Me callo la boca. Ya le he explicado lo que yo pensaba. No ha servido de mucho, a decir verdad.

Nos abrimos paso a través de las pesadas puertas y vemos a Vicks avanzando a toda prisa por el pasillo en dirección a nosotros, con el móvil pegado a la oreja, con un montón de papeles en la mano y aire enfadado.

—Claro —está diciendo cuando se acerca a nosotros—. Mark, espera un minuto. Estoy con Sam. Te llamo luego. —Mira hacia arriba y dice sin preámbulos—: Sam, lo siento. Vamos a hacer público el comunicado de prensa original.

—¡¿Qué?! —Sam está tan furioso que doy un respingo—. Estás de broma, ¿verdad?

—No hemos encontrado nada contra Ryan. No tenemos pruebas ni irregularidades de ninguna clase. No hay más tiempo. Lo siento, Sam. Sé que lo has intentado, pero...

Sigue un tenso silencio. Sam y Vicks ni siquiera se miran, pero el lenguaje corporal es muy elocuente. Vicks ha adoptado una actitud defensiva, cruzando los brazos alrededor de su ordenador portátil y de una pila de papeles que aprieta contra su pecho. Sam se ha llevado ambos puños a la frente.

Mientras que yo, por mi parte, estoy tratando de confundirme con el papel de la pared.

—Vicks, sabes perfectamente que todo esto es una cabronada. —Sam parece estar haciendo un enorme esfuerzo por controlar su impaciencia—. Sabemos qué fue lo que pasó. Entonces, ¿qué hacemos? ¿Hacer caso omiso de la nueva información que tenemos?

—¡No hay ninguna información, solo es una hipótesis! ¡No sabemos qué fue lo que pasó! —Vicks mira a uno y otro lado del

82. Bueno, no debe de ser tan amplia, entonces.

pasillo vacío y baja la voz—. Y si no preparamos de inmediato un comunicado de prensa para la cadena ITN, estamos acabados, Sam.

—Tenemos tiempo —dijo Sam en tono desafiante—. Podemos hablar con ese tipo, con ese tal Ryan. Interrogarlo.

—¿Cuánto tiempo se tardaría? ¿Qué conseguiremos con eso? —Vicks se lleva una mano a la cabeza—. Sam, esas son acusaciones muy graves. No tienen ningún fundamento. A menos que encontremos pruebas sólidas...

—Así que nos retiramos. Nos lavamos las manos. Y ellos se salen con la suya. —Sam habla con calma, pero sé que bulle de rabia por dentro.

—Los informáticos todavía siguen investigando en Londres. —Vicks parece cansada—. Pero a menos que encuentren alguna evidencia... —Consulta su reloj—. Son casi las nueve. Mierda. No tenemos tiempo, Sam.

—Déjame hablar con ellos.

—Está bien. —Suspira—. Aquí no. Ahora estamos en una sala mucho más grande con conexión a Skype.

—Está bien. Vamos.

Echan a andar con paso rápido y los sigo, aunque no sé si debo hacerlo o no. Sam parece tan preocupado que no me atrevo a decir una sola palabra. Vicks nos guía a través de una sala de baile llena de mesas de banquete, hacia el vestíbulo, y pasamos junto al bar...

¿Se ha olvidado de David Robinson?

—Sam —mascullo entre dientes a toda prisa—. ¡Espera! ¡No te acerques al bar! Deberíamos ir por otro sitio...

—¡Sam! —nos llama una voz gutural—. ¡Ahí estás!

Se me hiela la sangre, horrorizada. Tiene que ser él, David Robinson, el tipo con entradas en el pelo rizado y oscuro y un traje de color gris metálico, complementado con una camisa negra y una corbata blanca de piel. Se dirige hacia nosotros a grandes zancadas con una sonrisa radiante en la cara carnosa y un whisky en la mano.

—¡Cuánto tiempo! —exclama, fundiéndose en un fuerte abrazo con Sam—. ¿Qué quieres tomar, viejo amigo? ¿O invita la casa? En ese caso, ¡el mío que sea doble! —Estalla en una risa estridente que me provoca un escalofrío.

Miro con desesperación al rostro tenso de Sam.

—¿Quién es? —pregunta Vicks, confusa.

—Es una larga historia. Un amigo de la universidad.

—¡Conozco todos los secretos de Sam! —David Robinson le da una fuerte palmada en la espalda—. Si queréis que me quede calladito, no tenéis más que darme un billete de cincuenta... ¡Es broma! ¡Me conformo con uno de veinte! —Se echa a reír otra vez.

Decididamente, este hombre es insoportable.

—Sam... —Vicks apenas disimula su impaciencia—. Tenemos que irnos.

—¿Tenéis que iros? —David Robinson hace como que se cae para atrás—. ¿Cómo que tenéis que iros? Pero ¡si acabas de llegar!

—David. —Los modales corteses de Sam son tan fríos que casi me pongo a tiritar—. Lo siento. Ha habido un cambio de planes. Ya nos veremos otro día, ¿de acuerdo?

—¿Después de haberme pasado cuarenta minutos conduciendo para llegar hasta aquí? —David niega con la cabeza para mostrar su decepción—. Ni siquiera puedes dedicar diez minutos a un viejo amigo... ¿Y qué hago yo ahora, me quedo aquí bebiendo solo como un idiota?

Cada vez me siento peor. He sido yo la que ha metido a Sam en este lío. Tengo que hacer algo para tratar de arreglar las cosas.

—¡Yo me tomaré una copa con usted! —Me apresuro a decir—. Sam, tú vete. Yo me quedo aquí con David. Hola, soy Poppy Wyatt. —Le tiendo la mano e intento no hacer una mueca de asco cuando me la aprieta con su mano húmeda—. Vete. —Miro a Sam—. Vamos, vete.

—Está bien. —Sam vacila un momento y luego asiente con la cabeza—. Gracias. Cárgalo todo a la cuenta de la empresa.

Él y Vicks ya se alejan rápidamente.

—Bien... —David no parece muy seguro de cómo reaccionar—. ¿Qué te parece? En mi opinión, hay gente a la que se le ha subido el éxito a la cabeza.

—Está muy ocupado ahora mismo —digo, en tono de disculpa—. Muy, muy ocupado.

—Bueno, ¿y quién eres tú? ¿La secretaria de Sam?

—No exactamente. Digamos que he estado ayudando a Sam, extraoficialmente.

—Extraoficialmente. —David me guiña un ojo descaradamente—. No me digas más. Todos los gastos a cargo de la empresa. Tiene que parecer legal.

Bueno, ahora lo entiendo: este hombre es una pesadilla. No me extraña que Sam se pase la vida tratando de evitarlo.

—¿Quieres otra copa? —le pregunto con toda la amabilidad de la que soy capaz—. Entonces tal vez puedas decirme a qué te dedicas. Sam me ha dicho que eres inversor... ¿en equipamientos para gimnasios?

David frunce el ceño y apura su copa de un sorbo.

—Trabajé en ese sector un tiempo, sí, pero hay demasiada preocupación por la salud y la seguridad, ese es el problema de esa clase de negocios. Demasiados inspectores. Y también demasiadas reglas absurdas. Otro whisky doble, si pagas tú.

Pido el whisky y una copa grande de vino para mí, completamente avergonzada. Todavía no entiendo cómo he podido complicar tanto las cosas. Juro que nunca más volveré a entrometerme en el correo de nadie, nunca.

—¿Y después del material para gimnasios? —le pregunto—. ¿Qué hiciste después?

—Pues verás... —David Robinson se recuesta en su silla y chasquea los dedos—. Entonces me pasé a las máquinas de autobronceado...

Media hora después, la cabeza me da vueltas. ¿Quedará algún negocio en el que no haya invertido este hombre? Todas las historias parecen seguir el mismo esquema, recita siempre las mismas frases: «Una oportunidad única, de verdad, Poppy, única... una enorme inversión... a punto... montones de dinero, un montón de dinero, Poppy... cosas fuera de mi control... los malditos bancos... los inversores... poca visión de futuro... malditas reglas...».

Sam no ha dado señales de vida, ni tampoco Vicks. No tengo ningún mensaje en el móvil. Estoy de los nervios, no aguanto la tensión de no saber qué está pasando. Mientras tanto, David se ha bebido dos whiskies, ha abierto tres paquetes de patatas fritas y está untando unas *chips* en un plato de hummus.

—¿Te interesarían los juguetes para niños, Poppy? —me suelta de repente.

—Pues no, la verdad —le respondo cortésmente, pero no me hace ningún caso y sigue a la suya. Saca de su maletín un animal de peluche marrón con forma de guante y se pone a bailar con él encima de la mesa.

—Te presento al señor Wombat. A los niños les vuelve locos. ¿Quieres probar?

No, no quiero probar, pero solo para mantener viva la conversación, me encojo de hombros.

—Está bien.

No tengo ni idea de qué hacer con una marioneta de guante, pero David parece encantado en cuanto me la pongo.

—¡Tienes un don para esto! Puedes llevártelas a una fiesta para niños, al patio del recreo, a donde quieras, te las quitarán de las manos. Y lo mejor es el margen de beneficio. Poppy, es increíble. —Golpea la mesa con la mano—. Completamente flexible. También puedes venderlas en tu trabajo. Espera, que te enseño el equipo completo... —Mete la mano otra vez en su maletín y saca una carpeta de plástico.

Lo miro confusa. ¿Qué pretende? ¿Venderlas? No creerá que yo...

—¿He escrito bien tu nombre? —Levanta la vista de la carpeta donde acaba de escribir y lo miro con la boca abierta. ¿Por qué está escribiendo mi nombre en una carpeta que lleva por título «Contrato de franquicia oficial para el Sr. Wombat»?—. Al principio, lo normal es hacer un pedido pequeño, por ejemplo... cien unidades. —Agita la mano en el aire—. Eso lo vendes fácilmente en un día. Sobre todo con nuestro nuevo regalo de bienvenida, el Sr. Mágico. —Coloca un mago de plástico en la mesa y me guiña un ojo—. Ahora viene la parte más emocionante: ¡la firma del contrato!

—¡Para! —Me arranco la marioneta bruscamente—. ¡No quiero vender marionetas de guante! ¡No quiero hacerlo!

David ni siquiera parece haberme oído.

—Como te he dicho, es completamente flexible. Todo son beneficios, directamente a tu bolsillo...

—¡No quiero beneficios en mi bolsillo! —Me inclino sobre la mesa del bar—. ¡No quiero firmar! Pero gracias de todos modos. —Solo para asegurarme, le cojo el bolígrafo y tacho el nombre de Poppy Wyatt de la carpeta y David se estremece como si le hubiese hecho daño.

—¡Caramba! ¡Tampoco hace falta ponerse así! Solo pretendía hacerte un favor.

—Gracias, muy amable. —Intento parecer educada—. Pero no tengo tiempo para vender animalillos, o... —Cojo el mago—. ¿Quién es este? ¿Dumbledore, el de Harry Potter?

Es tan absurdo... ¿Qué tendrá que ver un mago de plástico con un animal de peluche?

—¡No! —David parece muy ofendido—. No es Dumbledore, es el Sr. Mágico. La nueva serie de televisión. Iba a tener un éxito tremendo. Todo estaba preparado.

—¿Estaba? ¿Qué pasó?

—La han cancelado temporalmente —responde con una sonrisa forzada—, pero sigue siendo un producto fantástico: muy versátil, irrompible, muy popular tanto entre los niños como entre las niñas. Te podría vender quinientas unidades por... ¿doscientas libras?

¿Está loco o qué?

—No quiero ningún mago de plástico —digo con toda la amabilidad de la que soy capaz—. Gracias de todos modos. —De pronto se me ocurre algo—. Entonces, ¿cuántos Sr. Mágico has comprado tú?

David no parece tener muchas ganas de responder a la pregunta. Por fin, dice:

—En este momento creo que mis existencias alcanzan un total de diez mil unidades. —Y toma un sorbo de whisky.

¿Diez mil? Oh, Dios mío... Pobre David Robinson. Ahora me da una pena tremenda. ¿Qué va a hacer con diez mil magos de plástico? Miedo me da preguntarle cuántos Wombats tiene...

—Tal vez Sam conozca a alguien que quiera venderlos —le digo con ánimo alentador—. Alguien que tenga hijos.

—Tal vez. —David levanta la mirada de su copa con aire abatido—. Dime una cosa: ¿Sam todavía me culpa por la inundación de su casa?

—No me ha dicho nada —le digo con sinceridad.

—Bueno, entonces tal vez la cosa no fue tan mala como parecía. Malditos acuarios albaneses. —David parece deprimido—. Una auténtica porquería. Y los peces tampoco es que fueran gran cosa... Sigue mi consejo, Poppy: mantente alejada de los peces.

Se me escapa la risa y me muerdo el labio para contenerme.

—Está bien —contesto, asintiendo con la cabeza y tratando de ponerme lo más seria posible—. Lo recordaré.

Se termina la última patata *chip*, suspira en voz alta y mira a su alrededor, al vestíbulo. Huy... parece que se está poniendo nervioso. No puedo dejar que se ponga a dar vueltas por ahí.

—Entonces, ¿cómo era Sam en la universidad? —le pregunto, solo para alargar la conversación un poco más.

—Ambicioso. —David parece un poco enfadado—. Sí, ya sabes, de los que estaban en el equipo de remo de la universidad. Siempre supe que triunfaría. En segundo curso se descarrió un poco. Se metió en unos cuantos líos, pero era comprensible.

—¿Y eso? —Frunzo el ceño, sin comprender.

—Bueno, ya sabes. —David se encoge de hombros—. Después de la muerte de su madre.

Me quedo paralizada, a punto de llevarme la copa a los labios. ¿Qué acaba de decir?

—Lo siento... —Intento sin éxito disimular mi pasmo—. ¿Acabas de decir que la madre de Sam murió cuando ibais a la universidad?

—¿Es que no lo sabías? —David parece sorprendido—. A

principios de segundo. Estaba mal del corazón, creo. Ya llevaba enferma un tiempo, pero nadie esperaba que fuera tan rápido. Sam se lo tomó muy mal, pobre hombre. Aunque yo siempre le digo que puede ir a hablar con mi madre, cuando quiera...

No le estoy escuchando. Estoy muy confusa. Me dijo que le había pasado a un amigo suyo. Estoy segura. Casi lo estoy escuchando de nuevo: «Un amigo mío perdió a su madre cuando íbamos a la universidad. Pasé muchas noches hablando con él. Muchísimas noches... Nunca se llega a pasar página».

—¿Poppy? —David está agitando la mano delante de mi cara—. ¿Estás bien?

—¡Sí! —Trato de sonreír—. Lo siento. Solo estaba... Pensé que era un amigo de Sam el que había perdido a su madre, no él. Debo de haberme confundido. Qué tonta. Mmm... ¿quieres otro whisky?

David no me responde. Permanece en silencio un rato y luego me mira con cautela, sosteniendo el vaso vacío en sus manos. Sus pulgares rechonchos trazan un dibujo sobre el cristal y los observo, hipnotizada.

—No te habías confundido —dice al fin—. Sam no te lo dijo, ¿verdad que no? Fue él quien te dijo que eso le pasó a su amigo.

Lo miro atónita. Ya había dado a David por imposible, convencida de que el tipo era un imbécil integral, pero lo cierto es que ha dado en el clavo.

—Sí —admito al fin—, así es. ¿Cómo lo has sabido?

—Sam es un hombre muy reservado. —David asiente con la cabeza—. Cuando ocurrió, cuando su madre murió, no le dijo nada a nadie en la universidad durante días. Solo a sus dos amigos más íntimos.

—Ah. —Vacilo un instante, dudosa—. ¿Y... tú eras uno de ellos?

—¡Yo! —David suelta una risotada breve y tristona—. No, no. Yo no soy uno de los elegidos. Son Tim y Andrew. Esos dos son sus manos derechas. Remaban juntos. ¿Los conoces?

Niego con la cabeza.

—Los tres son como uña y carne, todavía ahora. Tim trabaja

para Merrill Lynch, y Andrew es abogado de algún bufete importante. Y, por supuesto, Sam tiene una relación bastante estrecha con su hermano, Josh —añade David—. Es dos años mayor que él. Solía ir a verlo a la universidad. Cuando Sam tuvo problemas, su hermano acudió en su ayuda. Habló con sus profesores. Es un buen tipo.

Tampoco sabía que Sam tuviese un hermano. Estando allí sentada, digiriendo toda esta información, siento que me acabo de llevar un escarmiento. Nunca había oído hablar de Tim, de Andrew o de Josh, pero ¿por qué tendría que haber oído hablar de ellos? Lo más probable es que le envíen mensajes a Sam directamente. Lo más probable es que estén en contacto como las personas normales. En privado. No como Willow la Bruja y los viejos amigos que tratan de sonsacarle dinero.

Todo este tiempo creía estar viendo la vida entera de Sam, pero no era toda su vida, ¿verdad que no? Solo un buzón de entrada. Y yo lo he juzgado en función de lo que veía en él.

Tiene amigos. Tiene una vida. Tiene una relación con su familia. Tiene un montón de cosas de las que yo no tenía la más remota idea. He sido una idiota al pensar que conocía toda la historia. Solo conocía un capítulo. Nada más.

Tomo un sorbo de vino, tratando de aliviar la extraña nostalgia que me invade de repente. Nunca conoceré el resto de capítulos de la vida de Sam. Él nunca me los contará y yo nunca le preguntaré acerca de ellos. Los dos seguiremos nuestros caminos y yo me quedaré con la misma impresión que ya tengo. La versión de él que vive en el buzón de correo de su secretaria.

Me pregunto qué impresión tendrá él de mí. Oh, Dios mío... Mejor no saberlo.

Me da la risa al pensarlo y David me mira con curiosidad.

—Eres una chica un poco extraña, ¿no?

—¿Yo? —Mi móvil emite un zumbido y lo cojo, sin preocuparme por parecer maleducada. Es un mensaje de Magnus en el buzón de voz.

¿Magnus?

¿Tengo una llamada perdida de Magnus?

De repente, mis pensamientos se apartan de Sam, de David y de este lugar y vuelven a mi vida. Magnus. Boda. SMS anónimo. «La persona con la que vas a casarte te ha sido infiel.» Multitud de pensamientos se agolpan en mi mente, todos a la vez, como si hasta ahora hubieran estado aporreando la puerta para entrar. Me levanto de la silla y pulso las opciones del buzón de voz, presionando las teclas con violencia, impaciente y nerviosa al mismo tiempo. Pero ¿qué espero? ¿Una confesión? ¿Un desmentido? ¿Por qué iba Magnus a saber que he recibido un mensaje anónimo?

—¡Hola, Pops! —La inconfundible voz de Magnus se oye amortiguada por la música de fondo—. ¿Puedes llamar a la profesora Wilson y recordarle que estoy fuera? Gracias, cariño. El número está en mi mesa. ¡Adiós! ¡Lo estoy pasando en grande!

Lo escucho dos veces en busca de pistas, aunque no sé qué tipo de pistas espero averiguar.[83] Cuando cuelgo, tengo el estómago revuelto. No lo soporto. No quiero sufrir esto. Si nunca hubiese recibido ese mensaje de texto, sería feliz. Estaría contando las horas que faltan para casarme, y pensando en la luna de miel y en practicar mi nueva firma de casada. Sería feliz.

He agotado todos los temas de conversación, así que me quito los zapatos, apoyo los pies en el banco y me abrazo las rodillas a la altura del pecho, haciendo un mohín. Veo que los empleados de White Globe Consulting han empezado a reunirse en grupos a nuestro alrededor, en el bar. Oigo fragmentos de conversaciones en voz baja, cargadas de ansiedad, y me ha parecido oír la palabra «memorándum» varias veces. La noticia debe de haber empezado a circular. Miro el reloj y siento una punzada de alarma. Son ya las 21.40. Solo quedan veinte minutos para el boletín de noticias del canal ITN.

83. ¿Magnus se lo monta con la profesora Wilson? No. Imposible, tiene barba.

Me pregunto por enésima vez qué estarán tramando Vicks y Sam. Ojalá pudiera ayudar. Ojalá pudiera hacer algo. Me siento completamente impotente aquí sentada...

—¡Muy bien! —Una voz femenina aguda interrumpe mis pensamientos y, al levantar la vista, veo Willow delante de mí, fulminándome con la mirada. Se ha cambiado de ropa y se ha puesto un vestido de noche que le deja la espalda al descubierto, y hasta los hombros los tiene tensos—. Te lo voy a preguntar directamente y espero que me respondas directamente tú también. Nada de jueguecitos. Ni de jugarretas. Nada de mentiras a medias.

Básicamente me está escupiendo las palabras. Pero vamos a ver, ¿qué jugarreta puedo haberle hecho yo?

—Hola —la saludo con cortesía.

El problema es que no puedo ver a esta mujer sin acordarme de todos sus desagradables correos plagados de mayúsculas. Es como si los llevara estampados en la cara.

—¿Quién eres tú? —me suelta, irritada—. Dímelo de una vez. ¿Quién eres? Y si no me lo dices, te prometo que...

—Soy Poppy —la interrumpo.

—«Poppy». —Su voz está impregnada de suspicacia, como si Poppy fuese un nombre inventado, como si me hiciera llamar así en la agencia de acompañantes para la que trabajo...

—¿Conoces a David? —añado educadamente—. Es un viejo amigo de Sam, de la universidad.

—Ah. —Ante esas simples palabras, percibo un destello de interés en su expresión—. Hola, David, soy Willow. —Desplaza la mirada para centrarse en él, y juraría que acabo de sentir que se me refresca la cara.

—Encantado, Willow. ¿Eres amiga de Sam, entonces?

—Soy Willow. —Lo repite haciendo un ligero hincapié.

—Bonito nombre. —David asiente con la cabeza.

—Soy Willow. Willow. —Ahora se percibe cierta tensión en su voz—. Sam debe de haberte hablado de mí. Willow.

David frunce el ceño, pensativo.

—No, no me suena.

—Pero... —Parece a punto de estallar de indignación—. ¡Salgo con él!

—Bueno, ahora no, ¿no? —dice David con aire jovial, y luego me guiña el ojo disimuladamente.

Me empieza a caer bien este David. Cuando te acostumbras a su camisa hortera y a las inversiones de riesgo, no está tan mal.

Willow parece fuera de sí.

—Pero esto... El mundo se está volviendo loco —dice, casi para sí—. ¿No me conoces a mí pero la conoces a ella? —Me señala con el pulgar.

—Supuse que ella era la amiga especial de Sam —dice David en tono inocente.

—¿Ella? ¿Tú?

Willow me repasa de arriba abajo con un aire entre incrédulo y arrogante que me saca de quicio.

—¿Por qué no? —digo con firmeza—. ¿Por qué no iba a salir conmigo?

Willow no dice nada un momento, se limita a pestañear muy rápidamente.

—Así que es eso. Me está engañando —murmura al final, con voz temblorosa por la emoción—. Por fin la verdad sale a la luz. Debí de haberme dado cuenta antes. Eso explica... muchas cosas. —Lanza un suspiro melodramático y se pasa los dedos por el pelo—. ¿Y qué hacemos ahora? —Se dirige a un público desconocido—. ¿Qué coño hacemos ahora?

Esta mujer es una payasa. Me dan ganas de echarme a reír a carcajadas. ¿Dónde se cree que está, en su propia obra de teatro? ¿A quién piensa que va a impresionar con su actuación?

Y se le escapa un detalle crucial: ¿cómo va a estar engañándola Sam si ella ni siquiera es su novia?

Por otro lado, por mucho que me divierta provocarla de esa manera, no quiero difundir falsos rumores.

—No he dicho que estuviera saliendo con él —aclaro—. He dicho que por qué no iba Sam a salir conmigo. Entonces, ¿eres la novia de Sam?

Willow se estremece, pero no contesta a la pregunta.

—¿Quién narices eres tú? —Vuelve a concentrarse en mí—. Apareces en mi vida de repente, no sé quién eres ni de dónde has salido...

Ya está otra vez actuando de cara a la galería. Me pregunto si habrá ido a clases de teatro y la echaron porque era demasiado melodramática.[84]

—Es... complicado.

La palabra «complicado» parece enfurecerla aún más.

—Ah, «complicado». —Entrecomilla la palabra imaginariamente haciendo un movimiento con los dedos en el aire—. «Complicado.» Espera un momento... —De repente, entrecierra los ojos con expresión incrédula mientras examina mi vestimenta—. ¿No es esa la camisa de Sam?

Ja. Ja, ja, ja. Esa respuesta no le va a gustar nada de nada. Mejor no le respondo.

—¿Es la camisa de Sam? ¡Dímelo ahora mismo! —Su voz es tan intimidatoria y mordaz que me estremezco de dolor—. ¿Llevas la camisa de Sam? ¡Dímelo! ¿Es su camisa? ¡Respóndeme!

—¡Preocúpate de tus depilaciones brasileñas! —Las palabras salen de mi boca antes de que pueda detenerlas. Ay, ay, ay...

Muy bien. Cuando uno dice algo embarazoso por error, el truco está en no reaccionar. Hay que permanecer inmóvil, mantener la cabeza erguida y hacer como si no hubiera pasado nada. A lo mejor Willow ni siquiera se ha dado cuenta de lo que he dicho. Estoy segura de que no se ha dado cuenta. Pues claro que no se ha dado cuenta...

Le lanzo una mirada furtiva y veo que tiene los ojos tan abiertos que parece que se le vayan a salir de las órbitas. Vaya, así que sí se ha dado cuenta. Y por la expresión divertida de David, deduzco que él también.

—Quiero decir... asuntos —me corrijo, aclarándome la garganta—. Preocúpate de tus propios asuntos.

---

84. Y por cierto, ¿se puede saber qué quiere decir con eso de que he aparecido en su vida?

De repente, por encima del hombro de David, veo a Vicks. Está abriéndose paso entre los grupos de empleados de White Globe Consulting y su expresión sombría me provoca un nudo en el estómago. Miro el reloj. Las diez menos cuarto.

—¡Vicks! —Willow también la ha visto. Se planta delante de Vicks, le cierra el paso y se cruza de brazos con aire imperioso—. ¿Dónde está Sam? Me dijeron que estaba contigo.

—Lo siento, Willow. —Vicks intenta esquivarla.

—¡Dime dónde está Sam!

—¡No tengo ni idea, Willow! —le suelta Vicks—. ¿Puedes quitarte de en medio? Tengo que hablar con Poppy.

—¿Con Poppy? ¿Tienes que hablar con Poppy? —Willow parece a punto de estallar de frustración—. ¿Quién diablos es esa maldita Poppy?

Casi siento lástima por Willow. Sin hacerle ningún caso, Vicks se acerca a mí, se agacha para hablarme al oído y me pregunta en voz baja:

—¿Sabes dónde está Sam?

—No. —La miro, alarmada—. ¿Qué ha pasado?

—¿Te ha enviado algún mensaje de texto? ¿Te ha dicho algo?

—¡No! —Vuelvo a comprobar el móvil—. Nada. Creí que estaba contigo.

—Y lo estaba. —Vicks se frota los ojos con las manos y resisto la tentación de agarrarla de las muñecas.

—¿Qué ha pasado? —digo, bajando aún más la voz—. Por favor, Vicks. Seré discreta. Te lo juro.

Hay un momento de silencio y luego Vicks asiente con la cabeza.

—Está bien. Se nos acabó el tiempo. Supongo que podría decirse que Sam ha perdido.

Siento una punzada de decepción. Tanto esfuerzo para nada.

—¿Qué dijo Sam?

—No mucho. Salió disparado hecho una furia.

—¿Qué pasará con sir Nicholas? —pregunto en voz muy baja.

Vicks no responde, pero vuelve la cabeza como si quisiera rehuir pensar particularmente en eso.

—Tengo que irme —dice bruscamente—. Si sabes algo de Sam, dímelo, por favor.

—Descuida.

Espero mientras Vicks se aleja y luego levanto la cabeza distraídamente. Por supuesto, Willow tiene los ojos calvados en mí, como una cobra.

—¿Y bien? —dice ella.

—¿Y bien? —repito, sonriéndole con dulzura mientras desplaza la mirada hacia mi mano izquierda. Abre la boca. Durante un momento parece haberse quedado sin habla.

—¿Quién te ha dado ese anillo? —acierta a decir al fin.

¿Qué le importará eso a ella?

—Una chica que se llama Lucinda —le digo para provocarla—. Es que lo había perdido. Y ella lo encontró y me lo devolvió.

Willow inspira hondo y juraría que está a punto de morderme, cuando la voz de Vicks resuena a todo volumen por los altavoces.

—Siento interrumpir la fiesta, pero tengo un anuncio importante que hacer. Todo el personal de White Global Consulting, por favor, regresen inmediatamente a la sala de conferencias principal. Repito, regresen inmediatamente. ¡Gracias!

De repente, el bar estalla en murmullos y todos los grupos de gente echan a andar hacia las puertas dobles, algunos llenándose primero las copas.

—Me parece que es la señal de que tengo que irme —dice David, poniéndose de pie—. Tú tendrás que ir allí también. Saluda a Sam de mi parte.

—La verdad es que no formo parte del personal de la empresa —le digo, para ser precisa—. Pero sí, tengo que irme. Lo siento.

—¿En serio? —David sacude la cabeza con expresión confusa—. Entonces, ella tiene parte de razón. —Señala a Willow con la cabeza—. No eres la novia de Sam y no trabajas para esta empresa. Entonces, ¿quién diablos eres tú y qué tienes que ver con Sam?

—Como ya he dicho... —No puedo evitar sonreír al ver su expresión burlona—. Es... complicado.

—Me lo creo. —Arquea las cejas y luego saca una tarjeta de visita y me la coloca en la mano—. Díselo a Sam. Marionetas en miniatura. Es una gran oportunidad para él.

—Descuida, se lo diré —le aseguro, con gesto grave—. Gracias. —Lo veo desaparecer por la puerta y luego guardo cuidadosamente la tarjeta de visita para Sam.

—Bueno. —Willow vuelve a plantarse delante de mí con los brazos cruzados—. ¿Por qué no empiezas desde el principio?

—No lo dirás en serio... —No puedo ocultar mi exasperación—. ¿Es que no tienes nada más que hacer en este momento? —Señalo a la multitud de personas que se dirigen hacia la sala de conferencias.

—Ah, buen intento. —Ni siquiera se inmuta—. No pienso convertir en una prioridad asistir a algún aburrido anuncio de la empresa.

—Créeme, te conviene mucho escuchar este aburrido anuncio en concreto.

—Del que tú lo sabes todo, supongo —dice Willow con sarcasmo.

—Sí —asiento, sintiéndose muy desanimada de repente—. Lo sé todo. Y... creo que me voy a tomar una copa.

Vuelvo a la barra. Veo a Willow por el espejo, y al cabo de un momento se vuelve y se dirige a la sala de conferencias con expresión asesina. Estoy agotada solo de hablar con ella.

No, todo el día de hoy ha sido agotador. Me pido otra copa de vino, grande, y luego me dirijo despacio hacia la sala de conferencias. Vicks está de pie en el estrado, hablándole a un público entregado y escandalizado. La pantalla gigante que tiene detrás está en silencio.

—... Como ya he dicho, no sabemos exactamente cuál será el contenido de la noticia, pero hemos elaborado nuestra respuesta y eso es lo único que podemos hacer de momento. ¿Hay alguna pregunta? ¿Nihal?

—¿Dónde está sir Nicholas en este momento? —dice Nihal entre la multitud.

—Está en Berkshire. Todavía tendremos que ver qué pasa con el resto de la convención. Por supuesto, en cuanto tomemos alguna decisión al respecto, se les informará.

Miro los rostros que hay a mi alrededor. Justin está a poco más de un metro de distancia de mí, mirando a Vicks con una expresión exagerada y falsa de conmoción y preocupación. Ahora levanta la mano.

—¿Justin? —dice Vicks, a regañadientes.

—Vicks, bravo. —Su voz sibilina se propaga por toda la sala—. Me imagino lo difícil que habrán sido estas últimas horas para ti. Como miembro del equipo de Dirección de la empresa, me gustaría darte las gracias por tu admirable esfuerzo. Sea lo que sea lo que sir Nicholas haya dicho, sea cual sea la verdad del asunto, que por supuesto ninguno de nosotros puede saber en realidad, lo que valoramos es la lealtad que has demostrado a la empresa. ¡Buen trabajo, Vicks! —exclama, dando pie a una sonora ovación.

Ooooh. Menudo encantador de serpientes está hecho. No soy la única que lo piensa, porque de inmediato se alza otra mano.

—Malcolm —dice Vicks, claramente aliviada.

—Solo quiero dejar claro, delante de todo el personal de la empresa, que sir Nicholas no hizo ninguno de esos comentarios. —Por desgracia, la voz de Malcolm retumba un poco y no estoy segura de que la oigan todos—. Yo recibí el memorándum original que envió y era completamente diferente...

—Me temo que ahora tendré que interrumpirte —dice Vicks—. Está empezando el boletín de noticias. Suban el volumen, por favor.

¿Dónde está Sam? Debería estar aquí. Debería estar contestando a Justin y dejándolo con un palmo de narices. Debería estar viendo las noticias. Es que no lo entiendo, la verdad.

Empieza la música familiar del boletín de noticias y luego las imágenes en movimiento ocupan la totalidad de la pantalla gigante. Aunque parezca ridículo, estoy muy nerviosa, a pesar de que todo esto no tiene nada que ver conmigo. No dejo de pensar que tal vez ni siquiera mencionen la noticia. Todos los días descartan noticias de los boletines en el último momento...

Se oyen las campanadas del Big Ben. En cualquier momento anunciarán los titulares. Tengo el estómago atenazado por los nervios y me tomo un sorbo de vino. Ver las noticias es una experiencia completamente distinta cuando tienen algo que ver contigo. Así es como se deben de sentir siempre los presidentes de gobierno. Dios, no me cambiaría por ellos ni por todo el oro del mundo. Deben de estar todas las noches escondidos detrás del sofá, mirando la televisión a través de los dedos entreabiertos.

Ya empiezan.

—Nuevos ataques aumentan los temores de inestabilidad en Oriente Próximo. Los precios de la vivienda inician una recuperación sorpresa... pero ¿cuánto durará la tendencia? Un memorándum filtrado a la prensa arroja dudas sobre la integridad de un asesor del gobierno.

Ya está. La han anunciado.

En la sala reina un silencio casi siniestro. Nadie se ha movido, ni han reaccionado siquiera. Creo que están todos aguantando la respiración, esperando a que den la noticia completa. Ya ha empezado el fragmento sobre Oriente Próximo, y se ven imágenes de tiroteos en una calle polvorienta, pero apenas estoy prestando atención. He sacado el móvil y le estoy escribiendo un mensaje de texto a Sam:

¿Lo estás viendo? Estamos todos en la sala de conferencias. P

Mi móvil permanece en silencio. ¿Qué está haciendo? ¿Por qué no está aquí con todos los demás?

Miro fijamente la pantalla mientras el programa emite un gráfico de los precios de la vivienda y una entrevista con una familia que quiere mudarse a Thaxted, dondequiera que esté. Me sorprendo animando a los presentadores a hablar más deprisa, para que acaben cuanto antes. Nunca había sentido menos interés por el precio de los pisos.[85]

Y entonces acaban los dos primeros bloques de noticias y volvemos a estar en el estudio, donde la periodista dice con rostro muy serio:

—Esta noche han surgido dudas sobre la integridad de sir Nicholas Murray, fundador de White Globe Consulting y asesor del gobierno. En un memorándum interno que la cadena ITN ha obtenido en exclusiva, Murray habla de prácticas de corrupción e intentos de soborno, aparentemente justificándolos.

En la sala se oyen murmullos y varios respingos. Miro a Vicks, que, a su vez, está mirando la pantalla con el rostro sorprendentemente sereno. Supongo que ya se lo esperaba.

—Sin embargo, en un sorprendente giro de los acontecimientos, hace unos minutos hemos recibido la noticia de que podría haber sido otro miembro del personal de la empresa White Globe Consulting quien ha escrito las palabras atribuidas a sir Nicholas, un hecho del que las fuentes oficiales de la empresa niegan tener conocimiento. Nuestro reportero Damian Standforth pregunta: ¿es sir Nicholas culpable... o la víctima de una campaña de difamación?

—¿Qué? —La voz de Vicks se oye por toda la sala—. ¿Qué diablos...?

Ha estallado un murmullo, interrumpido por constantes exclamaciones que reclaman silencio y atención a la pantalla. Alguien ha subido el volumen. Miro la pantalla, completamente atónita.

¿Sam ha encontrado al fin alguna prueba? ¿Se lo ha sacado de la manga? Me vibra el móvil y me lo saco del bolsillo rápidamente. Es un mensaje de texto de Sam.

¿Cómo ha reaccionado Vicks?

Miro a Vicks y siento un escalofrío.

85. Y eso es muy significativo.

Parece como si quisiera comerse vivo a alguien.

—En las últimas tres décadas, White Globe Consulting ha ejercido una enorme influencia en el mundo de los negocios... —dice una voz en off en la pantalla, acompañada de imágenes con teleobjetivo del edificio de la empresa.

Tengo los pulgares tan llenos de adrenalina que los mensajes casi se escriben solos.

¿Has sido tú?

Sí, he sido yo.

¿Te has puesto en contacto con ITN personalmente?

Exactamente.

Creía que los informáticos no habían encontrado ninguna prueba. ¿Qué ha pasado?

Que siguen sin encontrar ninguna prueba.

Trago saliva con fuerza, tratando de entender este embrollo. No sé nada de las relaciones públicas. ¡Soy fisioterapeuta, por el amor de Dios! Sin embargo, hasta yo diría que no se puede llamar al canal de noticias ITN hablando de una campaña de difamación sin tener ninguna prueba.

¿Cómo...

Cuando empiezo a escribir, me doy cuenta que ni siquiera sé cómo formular la pregunta, así que la envío tal cual. Durante un buen rato, hay silencio al otro lado... pero entonces me aparece en el móvil un mensaje de texto de dos páginas.

Lo miro pestañeando una y otra vez, sin salir de mi asombro. Es el SMS más largo que Sam me ha enviado jamás, como un dos mil por ciento más largo que de costumbre.

He hecho una declaración pública. Defiendo lo que he dicho. Mañana les concederé una entrevista en exclusiva sobre el memorándum original, sobre cómo el Consejo de Dirección ha dejado a Nick con el culo al aire, todo. Es un montaje. Esta vez las intrigas dentro de la empresa han ido demasiado lejos. La verdad debe salir a la luz. Quería que Malcolm me apoyara y declarase públicamente conmigo, pero no puede. Tiene tres hijos. No puede correr ese riesgo. Así que estoy solo.

Me zumban los oídos. Sam se ha colocado en primera línea de fuego. Se ha convertido en un adalid de la justicia. No me puedo creer que haya hecho algo tan extremo. Y, sin embargo, al mismo tiempo... sí me lo creo.

Eso va a ser muy gordo.

No sé qué más decir. Estoy en estado de shock.

Alguien tenía que tener las agallas de salir en defensa de Nick.

Me quedo mirando sus palabras, arrugando la frente y pensando con cuidado.

Pero no hay pruebas, ¿verdad? Solo es tu palabra.

Responde al cabo de un momento:

Eso cuestiona la veracidad de todo el asunto. Con eso es suficiente. ¿Estás todavía en la sala de conferencias?

Sí.

¿Sabe alguien que me estás enviando mensajes de texto?

Vicks está hablando con vehemencia con un tipo mientras sujeta el móvil junto al oído. Mira distraídamente hacia donde estoy yo y no sé si es por la expresión de mi cara, pero entrecierra los ojos un instante. Mira a mi móvil y luego vuelve a mirarme a la cara. Siento una punzada de aprensión.

Me parece que no. Todavía no.

¿Puedes salir sin que se den cuenta?

Cuento hasta tres y luego examino la sala con indiferencia, como si sintiera un súbito interés por el sistema de iluminación. Vicks está dentro de mi visión periférica. Ahora me mira directamente. Escondo el móvil para que nadie lo vea y escribo:

¿Dónde estás exactamente?

Fuera.

Eso no sirve de mucho.

Ya, pero es que no tengo ni idea de dónde estoy.

Al cabo de un momento, llega otro mensaje:

Está muy oscuro, por si te sirve de pista. Tengo hierba bajo los pies.

Te has metido en un buen lío, ¿verdad?

No me responde. Supongo que eso es un sí.

Muy bien. No miraré a Vicks. Solo bostezaré, me rascaré la nariz... sí, así, muy bien, con naturalidad... y ahora giro sobre mis talones y me meto detrás de este grupo de gente de aquí. Luego me escondo detrás de esa gruesa columna.

Y ahora me asomo.

Vicks está mirando a su alrededor con cara de frustración. Varias personas tratan de atraer su atención, pero ella no les hace caso. Por el brillo de sus ojos, casi la veo haciendo sus cálculos, veo cuánta energía cerebral dedica a la extraña chica que tal vez sepa algo, pero que tal vez solo sea un señuelo para desviar su atención.

Al cabo de cinco segundos ya estoy en el pasillo. Diez segundos después, cruzo el vestíbulo desierto, evitando la mirada del camarero con expresión aburrida. Dentro de un minuto tendrá más clientes de los que imagina. Quince segundos después, ya estoy fuera, haciendo caso omiso del portero, recorriendo el camino de grava y doblando la esquina, hasta que siento la hierba bajo mis pies y creo haber escapado al fin.

Camino despacio, tratando de recobrar el aliento. Todavía estoy en estado de shock por lo que acaba de suceder.

¿Vas a perder tu trabajo por culpa de todo esto?

Otro silencio. Avanzo un poco más, acostumbrándome al cielo nocturno, el aire fresco y la brisa ligera, la hierba suave... El hotel ya queda a casi medio kilómetro de distancia, y empiezo a relajarme.

Puede ser.

Parece bastante tranquilo al respecto. Si es que un mensaje de un par de palabras puede transmitir tranquilidad.[86]

Ya estoy fuera. ¿Hacia dónde voy ahora?

A saber. Yo me fui a la parte de atrás del hotel y luego seguí andando sin rumbo.

Voy a hacer lo mismo.

Entonces nos encontraremos.

No me dijiste que tu madre había muerto.

86. Yo creo que sí. Todo depende del momento.

He escrito el mensaje y he pulsado «Enviar» antes de que pudiera detenerme. Clavo los ojos en la pantalla, horrorizada por mi falta de tacto. No me puedo creer que le haya escrito eso. Precisamente ahora. Como si esa pudiese ser una prioridad para él en estos momentos.

No. No te lo dije.

He llegado al borde de lo que parece un campo de cróquet. Delante hay una zona de bosque. ¿Estará ahí? Estoy a punto de preguntárselo cuando me llega un nuevo SMS.

Estoy cansado de decírselo a la gente. Por el silencio incómodo. ¿Sabes lo que quiero decir?

Miro la pantalla, perpleja. No me puedo creer que alguien más sepa lo del silencio incómodo.

Lo entiendo.

Debería habértelo dicho.

Desde luego, no pienso dejar que se sienta culpable por esto. No era eso lo que quería decir. No era eso lo que quería que sintiera. Escribo una respuesta lo más rápido posible:

No. Nada de «debería». Nunca. Es mi regla.

¿Es tu regla ante la vida?

¿Regla ante la vida? No era eso lo que quería decir exactamente, pero me gusta la idea de que piense que tengo una regla ante la vida.

No, mi regla ante la vida es...

Me detengo a pensar en ello. Una regla ante la vida. Eso son palabras mayores. Se me ocurren algunas reglas bastante buenas en general, pero una regla ante la vida...

Me tienes en ascuas.

Calla, que estoy pensando.

Entonces, de pronto, me viene la inspiración. Con seguridad, escribo:

Si está en una papelera, no es de nadie.

Sigue un momento de silencio, y a continuación el móvil anuncia la llegada de su respuesta:

☺

Si no lo veo no lo creo. Una cara sonriente. ¡Sam Roxton ha enviado una cara sonriente! Al cabo de un momento me envía la segunda parte.

Lo sé. Yo tampoco me lo puedo creer.

Me echo a reír a carcajadas y luego siento un escalofrío cuando una ráfaga de viento me golpea los hombros. Todo esto está muy bien, pero estoy plantada en medio de un campo en Hampshire sin abrigo y sin tener ni idea de adónde voy ni qué estoy haciendo. Vamos, Poppy. Céntrate. No hay luna y las estrellas deben de haberse escondido detrás de las nubes. Casi no veo para poder escribir:

¿Se puede saber dónde estás? ¿En el bosque? No veo nada.

En el bosque. Al otro lado. Iré a buscarte.

Con mucho cuidado, empiezo a avanzar entre los árboles y suelto una palabrota cuando una zarza me araña la pierna. Es probable que haya ortigas y madrigueras de serpientes. Seguro que hasta hay trampas. Saco el móvil e intento escribir y esquivar las zarzas a la vez.

Mi nueva regla ante la vida: no cruzar sola un bosque oscuro y aterrador.

Hay un silencio de nuevo, y luego llega un mensaje.

No estás sola.

Sujeto el móvil con más fuerza. Es verdad, con él al otro lado de la línea, me siento más segura. Avanzo un poco más y por poco me tropiezo con la raíz de un árbol, preguntándome dónde se habrá metido la luna. Estará creciendo, supongo. O menguando. Vete a saber.

A ver si me ves. Voy hacia ti.

Miro el mensaje con incredulidad. ¿Que a ver si lo veo? ¿Cómo voy a verlo si no veo nada?

Está todo a oscuras, ¿es que no te has dado cuenta?

Mi móvil. Busca la luz. No me llames. Alguien podría oírte.

Miro hacia la oscuridad. No veo nada en absoluto, salvo las oscuras sombras de los árboles y los contornos amenazadores de las zarzas. Aun así, me imagino que lo peor que podría pasar es que me caiga de repente por un barranco y me rompa las piernas. Avanzo un poco más hacia delante, escuchando el sonido de mis propios pasos, y respiro profundamente el aire húmedo y almizclado.

¿Estás bien?

Sigo aquí.

Llego a un pequeño claro y vacilo un momento, mordis-queándome el labio. Antes de proseguir, quiero decirle todo lo que no seré capaz de decirle cuando lo vea. Me dará demasiada vergüenza. Por mensaje de texto es diferente.

Solo quería decirte que me parece que has hecho algo extraordi-nario, arriesgándote personalmente de esa manera.

Había que hacerlo.

Muy típico de Sam, quitarse importancia.

No. No es cierto. Pero tú lo hiciste.

Espero un poco, sintiendo el viento en la cara y escuchando el ululato de un búho por ahí arriba, en alguna parte, pero Sam no me responde. No me importa, yo voy a seguir con lo mío. Tengo que decirle esas cosas, porque tengo la sensación de que nadie más lo hará.

Podrías haber elegido un camino más fácil.

Por supuesto.

Pero no lo hiciste.

Es mi regla ante la vida.

Y de repente, sin previo aviso, noto que se me humedecen los ojos. No sé por qué, ni idea. No sé por qué, de repente, me siento tan conmovida. Me gustaría escribirle que le admiro, pero no consigo reunir el valor. Ni siquiera a través de un mensaje de texto. En vez de eso, después de un momento de vacilación, le escribo:

Te entiendo.

Pues claro que sí. Tú harías lo mismo.

Me quedo mirando la pantalla, turbada. ¿Yo? ¿Qué tengo yo que ver con todo eso?

No es verdad.

A estas alturas, te conozco muy bien, Poppy Wyatt. Tú también lo harías.

No sé qué decir, así que empiezo a adentrarme en el bosque de nuevo, en medio de una oscuridad que parece cada vez más intensa. Me va a dar un calambre en la mano de agarrar el móvil con tanta fuerza, pero, no sé por qué, no consigo aflojar la presión. Es como si cuanto más aprieto, más cerca me sintiera de Sam. Es como si lo estuviera cogiendo de la mano.

Y no quiero soltarlo. No quiero que esto acabe. Aunque me estoy tambaleando, tengo frío y estoy en medio de la nada. Nunca más volveremos a estar en esta situación.

Llevada por un impulso, escribo:

Me alegro de que el móvil que encontré fuese el tuyo.

Al cabo de un momento, llega su respuesta:

Yo también.

Siento una chispa que me ilumina el corazón. Puede que lo haya dicho por quedar bien, pero no lo creo.

Ha estado bien. Ha sido extraño, pero ha estado bien.

Extraño pero bien lo resume perfectamente, sí. ☺

¡Me ha vuelto a enviar otra cara sonriente! ¡Increíble!

¿Qué le ha pasado al hombre antes conocido como Sam Roxton?

Está ampliando sus horizontes. Lo que me recuerda, por cierto, ¿dónde están todos tus besos?

Me quedo mirando el móvil y me sorprendo de mí misma.

No sé. Me has curado.

De pronto se me ocurre que nunca le he enviado besos a Sam. Ni siquiera una vez. Qué raro. Bueno, puedo arreglarlo ahora. Casi se me escapa la risa mientras mantengo la tecla de la S apretada con firmeza.

Bsssssss

Al cabo de un momento, llega su respuesta:

Bsssssss

¡Ja! Me echo a reír y le envío una línea más larga de besos.

Bsssssssssssss

Bsssssssssssss

Y después besos y abrazos.

Y me responde con más besos.

☺☺ Bss ☺☺ bss ☺☺ bss

Te veo.

Vuelvo a mirar entre la oscuridad, pero debe de tener mejor vista que yo, porque no veo nada.

¿En serio?

Ya voy.

Me inclino hacia delante, alargando el cuello, y entrecierro los ojos para detectar alguna luz, pero no hay nada. Debe de haber visto otra luz.

No te veo.

Ya voy.

No estás por aquí.

Sí estoy. Ya voy.

Entonces, de repente, oigo sus pasos cada vez más cerca. Está detrás de mí, a unos nueve metros de distancia. Con razón no lo veía.

Debería darme la vuelta. Debería volverme ahora mismo. Este es el momento en que lo más natural sería que me volviese y lo saludase, le dijese «hola» y agitase el móvil en el aire.

Sin embargo, tengo los pies clavados al suelo. No puedo moverme. Porque en cuanto lo haga, será la hora de volver a ser correctos y formales y de volver a la normalidad. Y no lo puedo soportar. Quiero quedarme aquí. En el lugar donde podemos decirnos cualquier cosa el uno al otro. En este momento mágico.

Sam se detiene, justo detrás de mí. Espero la insoportable fracción de segundo que falta para que quiebre el silencio con su voz, pero él parece sentir lo mismo. No dice nada. Lo único que oigo es el sonido acompasado de su respiración. Muy despacio, me rodea por detrás con los brazos. Cierro los ojos y apoyo mi espalda en su pecho, con una clara sensación de irrealidad.

Estoy de pie en un bosque con Sam y él me está abrazando, aunque no debería hacerlo. No sé lo que estoy haciendo. Yo no sé cómo va a terminar todo esto.

Solo que... sí lo sé. Por supuesto que lo sé, porque cuando sus manos me agarran con suavidad de la cintura, me quedo sin habla. Cuando me vuelve hacia él, me quedo sin habla. Y cuando me araña la cara con su barba, me quedo sin habla. No me hace falta hablar. Todavía seguimos hablando. Cada caricia, cada impronta de su piel en la mía es otra palabra, otro pensamiento, una continuación de nuestra conversación. Y no hemos terminado todavía. Todavía no.

No sé cuánto tiempo llevamos aquí. Cinco minutos, tal vez. Diez.

Pero el momento no puede durar siempre, y no dura. La burbuja no estalla exactamente, sino que más bien se evapora, y nos transporta de nuevo al mundo real. Nos hace darnos cuenta de que estamos abrazados, nos obliga a separarnos con un movimiento incómodo, a sentir el aire frío de la noche soplando en medio de los dos. Aparto la mirada, aclarándome la garganta, y me froto la piel para borrar el tacto de sus manos.

—Bueno, ¿nos...?

—Sí.

Mientras avanzamos por el bosque, seguimos callados. No me puedo creer lo que acaba de pasar. Es como si hubiese sido un sueño. Algo imposible.

Estábamos en el bosque. Nadie ha visto ni oído nada, así que... ¿ha sucedido realmente?[87]

A Sam le suena el móvil y esta vez se lo lleva a la oreja.

—Hola, Vicks.

Y así, sin más, todo ha terminado. Al llegar a la linde del bosque veo a un grupo de personas que avanzan hacia nosotros

87. Otra pregunta para Antony. Mejor no.

en la hierba. Y empiezan las consecuencias. Debo de estar un poco mareada después de nuestro encuentro, porque no consigo interesarme por nada de lo que me rodea. Veo a Vicks, a Robbie y a Mark, todos levantando la voz, mientras Sam conserva la calma, y luego veo a Vicks al borde de las lágrimas, algo nada propio de ella, y oigo hablar de trenes, coches y comunicados de prensa urgentes, y luego oigo decir a Mark:

—Sir Nicholas quiere hablar contigo, Sam. —Y todo el mundo retrocede un paso, casi con aire reverencial, cuando Sam contesta el teléfono.

Y de pronto han aparecido los coches para llevar a todos de vuelta a Londres y nos dirigimos al camino de entrada, y Vicks se pone a dar órdenes a diestro y siniestro y todos tienen que presentarse en la oficina a las siete de la mañana del día siguiente.

Me han asignado el mismo coche en el que viaja Sam. Cuando me subo, Vicks se inclina hacia mí y dice:

—Gracias, Poppy. —No sé si está siendo sarcástica o no.

—No, de nada —le contesto, por si no lo dice con sarcasmo—. Y... Lo siento. Lo de...

—Sí, ya —dice ella con sequedad.

Y a continuación, el coche se pone en marcha. Sam no deja de enviar mensajes de texto con el ceño fruncido. No me atrevo a respirar. Compruebo mi móvil para ver si hay algún mensaje de Magnus, pero no hay nada, así que lo dejo en el asiento y me pongo a mirar por la ventanilla, dejando que las luces de las farolas se emborronen hasta convertirse en una nebulosa de luz y preguntándome adónde diablos voy.

Ni siquiera me doy cuenta de que me he quedado dormida.

Sin embargo, de alguna manera, tengo la cabeza en el pecho de Sam y este está diciendo:

—¿Poppy? ¿Poppy? —Y de pronto me despierto del todo, con el cuello rígido, y estoy mirando por la ventanilla de un coche desde un ángulo muy extraño.

—Oh. —Me incorporo en el asiento y hago una mueca de

dolor, porque la cabeza me da vueltas—. Lo siento. Dios... Deberías...

—No pasa nada. ¿Vives aquí?

Me asomo a la ventanilla con la vista un poco borrosa. Estamos en Balham, delante de mi bloque de apartamentos. Consulto el reloj. Es pasada la medianoche.

—Sí —le digo incrédula—. Es mi casa. ¿Cómo sabías...?

Sam señala con la cabeza hacia el móvil, que sigue a mi lado en el asiento.

—He encontrado tu dirección ahí.

—Ah. Claro. —No puedo echarle en cara que haya invadido mi intimidad.

—No quería despertarte.

—No. Por supuesto. Muy bien. —Asiento con la cabeza—. Gracias.

Sam coge el teléfono y cuando está a punto de dármelo, duda un momento.

—He leído tus mensajes, Poppy. Todos.

—Ah. —Me aclaro la garganta, sin saber cómo reaccionar—. Caramba. Bueno. Eso es un poco... demasiado, ¿no crees? Quiero decir, ya sé que yo leí tus correos, pero eso no...

—Es Lucinda.

—¿Qué? —Lo miro sin comprender.

—Apuesto lo que quieras a que la otra mujer es Lucinda.

¿Lucinda?

—Pero eso... ¿Por qué?

—Te ha estado mintiendo de manera sistemática. No podía estar en todos los lugares en los que decía que estaba a las horas que decía que estaba. Es físicamente imposible.

—En realidad... yo también me había dado cuenta —reconozco—. Creía que estaba tratando de cobrarme más horas o algo así...

—¿Cobra por horas?

Me froto la nariz, sintiéndome como una estúpida. La verdad es que no cobra por horas. Es un presupuesto cerrado y está todo incluido.

—¿Te has fijado que Magnus y Lucinda siempre te envían un SMS con diez minutos de diferencia el uno del otro?

Niego con la cabeza lentamente. ¿Cómo iba a fijarme en eso? Recibo mil millones de mensajes todos los días, de gente de todo tipo. Además, ¿cómo se ha dado cuenta él?

—Empecé mi carrera como analista. —Parece un poco avergonzado—. Es mi especialidad.

—¿Qué es eso de que es tu especialidad? —pregunto, perpleja.

Sam saca una hoja de papel y me tapo la boca con la mano. No me lo puedo creer. Ha dibujado un gráfico. Con las fechas y las horas. Las llamadas telefónicas. Los SMS. Los mensajes de correo. ¿Ha hecho todo eso mientras yo dormía?

—He analizado tus mensajes. Ahora lo entenderás todo.

¿Que ha analizado mis mensajes? ¿Cómo se analizan los mensajes?

Me da el papel y lo examino pestañeando.

—Pero...

—¿Ves la correlación?

Correlación. No tengo ni idea qué está hablando. Me recuerda a los exámenes de matemáticas.

—Mmm...

—Coge esta fecha, por ejemplo. —Señala el papel—. Los dos te escriben un correo electrónico sobre las seis de la tarde, preguntándote qué tal estás y esas cosas. Luego, a las ocho, Magnus te avisa de que se va a quedar a trabajar hasta tarde en la Biblioteca de Londres, y pocos minutos después Lucinda dice que está buscando ligueros para las damas de honor en unos grandes almacenes de Shoreditch. ¿A las ocho de la tarde? Por favor...

Me quedo en silencio un momento. Ahora me acuerdo del correo de los ligueros. Ya entonces me pareció un poco extraño, pero no puedes sacar conclusiones precipitadas por un correo extraño, ¿no?

—¿Y se puede saber quién te ha pedido que analices mis mensajes de correo? —Ya sé que parezco quisquillosa, pero no puedo evitarlo—. ¿Quién te ha dicho que esto es asunto tuyo?

—Nadie. Estabas dormida. —Extiende las manos—. Lo siento. Empecé a mirar por casualidad y descubrí que se repetía el mismo patrón.

—Dos correos electrónicos no es repetirse un mismo patrón.

—No son solo dos. —Señala el papel—. Al día siguiente, Magnus tiene un seminario especial de tarde que se le había «olvidado» mencionarte. Al cabo de cinco minutos, Lucinda te habla de una tienda de encajes en Nottinghamshire, cuando resulta que apenas dos horas antes estaba en Fulham. ¿De Fulham a Nottinghamshire? ¿En plena hora punta? Imposible. Creo que es una coartada.

La palabra «coartada» me da un poco de frío.

—Dos días más tarde, Magnus cancela un almuerzo contigo mediante un SMS. Al cabo de un momento, Lucinda te envía un correo para decirte que estará ocupadísima hasta las dos. No te da ninguna otra razón para escribirte ese e-mail. ¿Por qué iba a tener que informarte de que está ocupadísima a la hora del almuerzo?

Sam mira hacia arriba, esperando mi respuesta. Como si la tuviera.

—No... No lo sé —digo finalmente—. No lo sé.

Cuando Sam sigue hablando, me froto los ojos un momento con los puños. Ahora entiendo por qué lo hace Vicks. Es para evadirse del mundo, aunque solo sea unos segundos. ¿Por qué no me había dado cuenta? ¿Por qué no me había percatado de nada de esto?

Magnus y Lucinda. Parece una broma de mal gusto. Se supone que la una es la encargada de organizar mi boda. Y se supone que el otro debe ser mi pareja en esa misma boda... para casarse conmigo.

Un momento. De repente, se me ocurre. ¿Quién me envió el mensaje anónimo? La hipótesis de Sam no puede ser cierta, porque alguien debió de enviarme ese mensaje. No pudo haber sido ningún amigo de Magnus, y no conozco a ninguno de los amigos o amigas de Lucinda, así que ¿quién diablos...?

—¿Te acuerdas de cuando Magnus te dijo que tenía que ayudar a un estudiante de doctorado? ¿Y Lucinda canceló su cita contigo para las bebidas? ¿Cuando envió a Clemency en su lugar? Si analizas las horas...

Sam sigue hablando, pero no le escucho. Siento que algo me oprime el pecho. Por supuesto. Clemency.

Clemency.

Clemency es muy discreta. Es normal que no haya querido revelar ningún nombre y que se sienta aterrorizada por Lucinda. Pero también es normal que quisiera avisarme de lo que pasa, si hay algo que yo deba saber.

Me tiemblan los dedos cuando cojo el móvil y recupero el mensaje de texto otra vez. Al releerlo, me parece oír la voz dulce y llena de ansiedad de Clemency. Parece ella. Tiene que ser ella.

Clemency no se habría inventado una cosa así. Tiene que estar convencida de que es verdad. Debe de haber visto algo... u oído algo...

Me recuesto en el asiento del coche. Me duelen las piernas. Estoy agotada, hecha polvo, y siento que me están entrando ganas de llorar.

—En fin... —Sam parece haberse dado cuenta de que no le estoy escuchando—. Solo es una teoría, nada más. —Dobla el papel y se lo queda.

—Gracias. Gracias por hacer eso.

—Yo... —Se encoge de hombros, un poco incómodo—. Como ya he dicho, es mi especialidad.

Nos quedamos en silencio durante un rato, aunque parece como si todavía nos estemos comunicando. Tengo la impresión de que nuestros pensamientos vuelan en círculos por encima de nosotros, entrelazándose, formando bucles, encontrándose un momento y luego separándose de nuevo. Él sigue su propio camino y yo el mío.

—Bueno —digo al fin—. Debería dejarte ir. Es tarde. Gracias por...

—No —me interrumpe—. No digas bobadas. Gracias a ti.

333

Me limito a asentir con la cabeza. Creo que ambos estamos demasiado cansados para discursos.

—Ha sido...

—Sí.

Levanto la cabeza y cometo el error de mirarlo a los ojos, bajo la luz plateada de la farola. Y por un momento me transporto de nuevo a...

«No. No lo hagas, Poppy. Eso no ha pasado. No lo pienses. Bórralo de tu memoria.»

—Así que... Bueno. —Busco la manija de la puerta tratando de volver a la realidad, a la racionalidad—. Todavía tengo que devolverte este móvil...

—¿Sabes qué, Poppy? Quédatelo. Es tuyo. —Aprieta mis dedos alrededor del aparato y me los sujeta con fuerza un momento—. Te lo has ganado. Y, por favor, no te preocupes por reenviarme los mensajes. A partir de mañana todo el correo irá al buzón de mi nueva secretaria. Tu trabajo aquí ha terminado.

—¡Bueno, pues gracias! —Abro la puerta y luego, en un arranque impulsivo, me vuelvo—. Sam... Espero que todo salga bien.

—No te preocupes por mí. Estaré bien. —Me dedica su irresistible sonrisa y de pronto siento unas ganas inmensas de abrazarlo. Está a punto de perder su trabajo y todavía es capaz de sonreír de esa manera—. Espero que tú estés bien —añade—. Siento... toda esa historia.

—¡Bah, estaré bien! —Suelto una risa débil, aunque no tengo ni la menor idea de lo que quiero decir con eso. Es muy posible que mi futuro marido se esté tirando a la encargada de organizar mi boda. ¿Cómo narices voy a estar bien?

El chófer se aclara la garganta y me sobresalto. Es de noche. Estoy en un coche en plena calle. Vamos, Poppy. Acaba de una vez. Date prisa. La conversación tiene que acabar.

Así que, aunque es la última cosa en el mundo que me apetece hacer, me obligo a bajarme del coche, cerrar la puerta y decir:

—¡Buenas noches!

Me dirijo a la puerta de mi casa y la abro, porque sé instintivamente que Sam no se irá hasta que me haya visto entrar, sana y salva. A continuación, me quedo de pie en el umbral, viendo su coche alejándose en la distancia.

Cuando dobla la esquina, compruebo mi móvil, esperando a medias... deseando a medias...

Sin embargo, el móvil está oscuro y en silencio. Y permanece oscuro y en silencio. Y, por primera vez en mucho tiempo, me siento completamente sola.

13

Al día siguiente, la noticia está en todos los periódicos. En portada. Fui al quiosco en cuanto me levanté y me compré todos los periódicos que tenían.

Hay fotos de sir Nicholas, fotos del primer ministro, de Sam, de Ed Exton, e incluso una foto de Vicks en el *Daily Mail*. Los titulares están llenos de palabras como «corrupción», «campaña de difamación» e «integridad». Han publicado el memorándum íntegro, en todas partes, y hasta una declaración oficial del primer ministro en la que anuncia que sir Nicholas está replanteándose su participación en la comisión gubernamental. Incluso hay dos viñetas distintas de sir Nicholas en las que aparece con bolsas llenas de dinero con la palabra «Felicidad».

Sin embargo, Sam tenía razón: la noticia aparece en medio de un clima de confusión. Es evidente que algunos periodistas piensan que sir Nicholas escribió el memorándum, mientras que otros piensan claramente lo contrario. Un editorial dice que sir Nicholas es un engreído y un prepotente, y que por supuesto siempre ha aceptado sobornos; otro sostiene que es famoso por su discreción e integridad y que es imposible que haya escrito semejante cosa. Si el objetivo de Sam era sembrar dudas sobre todo el asunto, decididamente lo ha conseguido.

Esta mañana le he mandado un SMS:

¿Estás bien?

Pero no me ha respondido. Supongo que estará ocupado, como poco.

Mientras tanto, yo estoy hecha polvo. Ayer por la noche me costó horas conciliar el sueño por culpa de los nervios, pero luego me desperté a las seis de la mañana y me levanté de golpe a coger el móvil, con el corazón acelerado. Magnus me había enviado un mensaje de tres palabras:

Estoy disfrutando mucho. M bss

«Estoy disfrutando mucho.» ¿Qué significa eso? Nada.

Podría estar disfrutando mucho felicitándose a sí mismo porque no tengo ni idea de que tiene una amante. Sin embargo, también podría disfrutar mucho ilusionándose ante su nueva vida de monogamia y fidelidad, sin tener la menor idea de que Clemency los ha descubierto a él y a Lucinda.[88] O tal vez esté disfrutando mucho decidiendo que nunca más me va a volver a engañar, que se arrepiente muchísimo y que me lo confesará todo en cuanto vuelva a casa.[89]

No puedo con esto, me supera. Necesito a Magnus aquí, en este país, en esta habitación. Necesito preguntarle: «¿Has estado engañándome con Lucinda?» y ver qué dice, y luego tal vez podamos superar el impasse y yo pueda decidir qué voy a hacer. Hasta entonces, es como si estuviera en una especie de limbo.

Cuando me dispongo a prepararme otro té veo mi imagen reflejada en el espejo y me da un escalofrío. Tengo el pelo hecho un desastre, llevo las manos manchadas de tinta de periódico, tengo acidez de estómago y la piel reseca. A la porra el tratamiento de belleza corporal para novias. Según mi plan, ayer por la noche debería haberme puesto una mascarilla hidratante. Ni siquiera me quité el maquillaje.

En principio, me había reservado el día de hoy para dedicarlo a los preparativos para la boda, pero cada vez que lo pienso,

88. Sí, ya lo sé. No es muy probable.
89. Sí, ya lo sé. Eso aún es menos probable.

me entra dolor de barriga y me dan ganas de llorar o insultar a alguien (bueno, concretamente a Magnus). Aunque tampoco tiene sentido quedarse aquí todo el día de brazos cruzados. Tengo que salir. Tengo que hacer algo, lo que sea. Después de beberme unos sorbos de té, decido que voy a ir a trabajar. No tengo ninguna sesión de masaje, pero tengo correspondencia atrasada y así puedo ponerme al día. Y al menos me veré obligada a darme una ducha y recomponerme un poco.

Soy la primera en llegar y me siento en silencio a examinar los historiales de los pacientes, dejando que la monotonía del trabajo me calme. La tranquilidad me dura aproximadamente cinco minutos, momento en el que Angela aparece por la puerta y se pone a hacer ruido y a encender el ordenador, la cafetera y la pantalla plana de la pared.

—¿Es realmente necesario? —Me siento como si tuviera resaca, aunque anoche no bebí demasiado, y la verdad, preferiría no oír ese ruido atronador en los oídos, pero Angela me mira como si acabase de violar un derecho humano fundamental.

—Siempre veo el matinal de *Daybreak*.

No vale la pena discutir. Podría llevarme todos los expedientes a mi despacho, pero tampoco tengo energía para eso, así que me limito a dejar caer los hombros y a intentar evadirme del mundo.

—¡Hay un paquete para ti! —Angela me suelta un sobre acolchado delante—. Es de StarBlu. ¿Es el bañador que te vas a poner en tu luna de miel?

Miro el paquete con gesto aturdido. Era una persona distinta cuando lo encargué. Recuerdo cuando me ponía a navegar por Internet durante la pausa para el almuerzo en busca de biquinis y bañadores. Nunca me imaginé que tres días antes de la boda estaría aquí preguntándome si debo seguir adelante o no con todo esto.

—... y hoy abrimos con las acusaciones de corrupción en el seno del gobierno. —La voz del presentador atrae mi atención—. Tenemos en el estudio con nosotros a un hombre que conoce a sir Nicholas Murray desde hace treinta años: Alan

Smith-Reeves. Alan, hay mucha confusión en torno a este asunto. ¿Cuál es su opinión?

—Yo conozco a ese tipo —dice Angela, dándose importancia, cuando Alan Smith-Reeves empieza a hablar—. Trabajaba en el mismo edificio donde yo trabajaba antes.

—Ah, bueno. —Asiento con la cabeza por cortesía, mientras en la pantalla aparece una imagen de Sam.

No puedo mirar. Solo de verlo siento un dolor punzante en el pecho, aunque ni siquiera sé por qué. ¿Es porque tiene problemas? ¿Porque es el único que sabe lo de Magnus? ¿O porque anoche estaba abrazada a él en un bosque y ahora probablemente nunca volveré a verlo?

—Es muy guapo —dice Angela, mirando a Sam con ojo crítico—. ¿Ese es el tal sir Nicholas Comosellame?

—¡No! —exclamo, con más vehemencia de la que pretendía—. ¡No digas tonterías!

—Bueno, bueno, tranquila. —Me mira frunciendo el ceño—. Pero ¿a ti qué más te da?

No puedo responder. Tengo que huir de todo esto. Me pongo de pie.

—¿Quieres un café?

—Ya estoy preparando uno, ¿es que no lo ves? —Angela me mira con cara rara—. ¿Estás bien? Y ahora que lo pienso, ¿qué estás haciendo aquí? Creí que te habías tomado el día libre.

—Quería adelantar un poco el trabajo. —Cojo mi chaqueta vaquera—. Pero tal vez no haya sido una buena idea.

—¡Ah, aquí está! —La puerta se abre y asoman Annalise y Ruby—. ¡Precisamente estábamos hablando de ti! —exclama Ruby, asombrada—. ¿Qué estás haciendo aquí?

—Quería adelantar un poco el trabajo, pero ya me voy.

—¡No, no te vayas! Espera un minuto. —Ruby me agarra del hombro y luego se dirige a Annalise—. Bueno, Annalise. ¿Por qué no le cuentas a Poppy de qué estábamos hablando? Así no tendrás que escribirle una carta.

Huy... Luce su expresión de jefa. Y Annalise parece muy avergonzada. ¿Qué está pasando aquí?

—No quiero decírselo. —Annalise se muerde los labios como una niña de seis años—. Prefiero escribir una carta.

—Díselo. Y así ya estará hecho. —Ruby está lanzando a Annalise esa mirada severa suya de la que nadie puede escapar.

—¡Está bien! —Annalise respira hondo, con las mejillas un poco sonrosadas—. Poppy, siento haberme comportado tan mal el otro día, cuando Magnus estaba aquí. Estuvo mal por mi parte actuar de esa manera y solo lo hice por despecho, para vengarme de ti.

—¿Y qué más? —le presiona Ruby.

—Siento haberme portado así contigo. Magnus es tuyo, no mío. Te pertenece a ti, no a mí. Y nunca más voy a mencionar el intercambio de sesiones —concluye precipitadamente—. Te lo prometo.

Parece tan desconsolada que me emociono. No me puedo creer que Ruby haya conseguido eso. Deberían ponerla a ella al frente de White Globe Consulting. Se encargaría de Justin Cole en un santiamén.

—Bueno... gracias —le digo—. Te lo agradezco mucho.

—Lo siento mucho, Poppy, de verdad. —Annalise se retuerce las manos con aire abatido—. No quiero estropearte la boda.

—Annalise, confía en mí: tú no vas a estropearme la boda. —Sonrío, pero me doy cuenta horrorizada de que estoy a punto de echarme a llorar.

Si hay algo que puede estropearme la boda es el hecho de que se cancele; es el hecho de que Magnus no me quería en realidad; es el hecho de que he sido una idiota, una pobre ilusa...

Oh, Dios mío. Voy a llorar de verdad.

—¿Qué te pasa? —Ruby me mira preocupada—. ¿Estás bien?

—¡Sí, claro! —exclamo, pestañeando furiosamente.

—Es el estrés de la boda —dice Annalise—. Dios mío, Poppy, ¿te estás convirtiendo en una novia histérica? ¡Adelante! Te ayudaré. Seré una dama de honor histérica. Vamos, vamos a montar algún numerito en alguna parte. Eso te levantará la moral.

Esbozo una medio sonrisa y me seco los ojos. No sé cómo

responder. ¿Les cuento lo de Magnus? Al fin y al cabo, son mis amigas, y me muero de ganas de hablar con alguien.

Pero ¿y si al final resulta que no es más que un malentendido? No he vuelto a tener noticias del Número Desconocido.[90] No es más que una hipótesis. No puedo ir y pregonar a los cuatro vientos que Magnus me ha sido infiel basándome solo en un SMS anónimo. Ni puedo dejar que, acto seguido, Annalise lo cuelgue en Facebook, llame a Magnus traidor miserable y se ponga a abuchearnos mientras avanzamos por el pasillo de la iglesia.[91]

—Solo estoy cansada —digo al fin.

—¡Un desayuno de campeonato! —exclama Ruby—. Eso es lo que necesitas.

—¡No! —digo, horrorizada—. ¡No me cabrá el vestido!

«Siempre y cuando siga adelante con la boda», pienso. Vuelvo a sentir el escozor de las lágrimas. Prepararse para una boda ya es lo suficientemente estresante de por sí, pero prepararse para una boda o para su posible cancelación en el último momento va a hacer que me salgan canas.

—Claro que te cabrá —me contradice Ruby—. Todo el mundo sabe que las novias pierden dos tallas antes de su boda. Eso te deja muchísimo margen, guapa. ¡Vamos, aprovéchate! ¡Date una buena comilona! ¡Ya no podrás hacerlo nunca más!

—¿De verdad has perdido dos tallas? —pregunta Annalise, mirándome con cierto resentimiento—. ¡No puede ser!

—No —contesto con aire apesadumbrado—. Media talla como mucho.

—Bueno, en ese caso todavía tienes derecho a un café con leche y un donut, eso seguro —dice Ruby, dirigiéndose a la puerta—. Vamos. Un poco de comida reconfortante es justo lo que necesitas. Tenemos media hora. Vamos a ponernos las botas.

---

90. Alias Clemency. Posiblemente.

91. Y si alguien cree que sería incapaz de algo así, eso es porque no conoce a Annalise.

Cuando a Ruby se le mete una idea en la cabeza, no hay quien se la quite. Ya está avanzando a grandes zancadas por la acera en dirección a la cafetería Costa, que está dos puertas más abajo. Cuando Annalise y yo entramos, ya está delante de la caja.

—¡Buenos días! —saluda con alegría—. Quiero tres cafés con leche, tres donuts, tres cruasanes de mantequilla, tres cruasanes de almendra...

—¡Basta, Ruby! —Me pongo a reír.

—Tres cruasanes de chocolate... ya se los daremos a los pacientes si no podemos acabárnoslos... Tres magdalenas de manzana...

—Tres paquetes de pastillas de menta —pide Annalise.

—¿Pastillas de menta? —Ruby se vuelve para mirarla despectivamente—. ¿Pastillas de menta?

—Y unos bollos de canela —se apresura a añadir Annalise.

—Eso ya está mejor. Tres bollos de canela...

Me suena el móvil, que llevo en el bolsillo, y se me acelera el corazón. ¡Oh, Dios! ¿Quién será? ¿Y si es Magnus?

¿Y si es Sam?

Lo saco y me alejo unos pasos de Ruby y Annalise, que están discutiendo qué clase de galletas deberían pedir. Cuando miro la pantalla, siento un nudo en el estómago. Es el Número Desconocido. Quienquiera que sea, ha decidido llamarme al fin.

Ya está. Ha llegado el momento de saber la verdad. Para bien o para mal. Estoy tan paralizada que me tiembla la mano al pulsar el botón para contestar, y al principio casi no tengo aliento para hablar.

—¿Hola? —dice la voz de una chica al otro extremo de la línea—. ¿Hola? ¿Me oye?

¿Es Clemency? No lo sé con seguridad.

—Hola —acierto a decir al fin—. Soy Poppy. ¿Eres Clemency?

—No. —La chica parece sorprendida.

—Ah. —Trago saliva—. Muy bien.

Y si no es Clemency, entonces, ¿quién es? Mi cerebro trabaja frenéticamente. ¿Quién más podría haberme enviado ese SMS? ¿Significa esto que resulta que Lucinda no tiene nada que ver? Veo a Ruby y a Annalise mirándome con curiosidad y me alejo de la caja.

—Bueno... —Trato desesperadamente de parecer digna y no alguien que está a punto de sufrir una humillación insoportable y de cancelar su boda—. ¿Tiene algo que decirme?

—Sí. Necesito ponerme en contacto con Sam Roxton. Es muy urgente.

¿Sam?

La tensión que se ha ido acumulando en mi interior desaparece con un estallido. Así que al final no es el Número Desconocido, o al menos es un Número Desconocido Distinto. No sé si debería sentir alivio o decepción.

—¿De dónde ha sacado ese teléfono? —me está preguntando la chica—. ¿Conoce a Sam?

—Mmm... Sí, lo conozco. —Trato de recomponerme—. Lo siento. Por un momento te había confundido con otra persona. ¿Quieres dejarle un mensaje a Sam?

Me sale de forma automática, antes de darme cuenta de que ya no le reenvío los mensajes a Sam. Pero sí puedo tomar nota de un recado para él, ¿no? Por los viejos tiempos. Para ser útil.

—Ya lo he intentado. —Parece un poco autoritaria—. No lo entiende. Necesito hablar con él. Hoy. Ahora mismo. Es muy urgente.

—Ah. Bueno, pues te puedo dar su dirección de correo electrónico y...

—Será una broma... —me interrumpe con impaciencia—. Sam nunca lee el correo electrónico, pero créame, esto es importante. Necesito hablar con él cuanto antes. En realidad, es sobre el teléfono. Sobre el móvil que tiene usted en la mano.

¿Qué?

Me quedo mirando el aparato con la boca abierta, preguntándome si no me estaré volviendo loca. ¿Cómo sabe una extraña qué móvil llevo yo en la mano?

—¿Quién eres? —pregunto atónita, y la chica lanza un suspiro.

—Nadie se acuerda de mí, ¿verdad que no? Trabajaba para Sam. Soy Violet.

Gracias a Dios que al final no me comí el bollo de canela, es lo único que puedo decir. Violet resulta ser una mujer de unos tres metros de altura, con unas piernas delgadas y bien torneadas que asoman por debajo de unos shorts de tela vaquera y unos enormes ojos oscuros con restos de maquillaje alrededor.[92] Parece un cruce entre una jirafa y una espiga.

Resultó que vive en Clapham y que solo tardaría cinco minutos en reunirse conmigo para verme. Así que aquí la tengo, en la cafetería Costa, comiéndose un sándwich de pollo y bebiéndose un batido. Annalise y Ruby han vuelto al trabajo, menos mal, porque no me veía con fuerzas para explicarles toda la película. Es todo demasiado surrealista.

Como Violet ya me ha repetido varias veces, si no hubiese sido porque estaba en Londres por casualidad, entre una sesión de trabajo y otra, y si no hubiese visto los titulares por casualidad mientras iba a comprar leche, no habría llegado a enterarse del escándalo. Y si por casualidad no hubiese tenido cerebro, no se habría dado cuenta de que ella era la única que sabía perfectamente qué había sucedido desde el principio. Pero ¿acaso la gente sabe ser agradecida? ¿Sabe escuchar? No, nunca. Son todos unos idiotas.

—Mis padres se han ido a un estúpido crucero —dice con desdén—. Intenté buscar en su agenda de contactos, pero no sé quién es quién, ¿sabes? Así que luego intenté llamar a Sam a la oficina, y luego a Nick... pero solo me he topado con secretarias arrogantes. Nadie quiere escucharme. Pero tengo que decírselo a alguien. —Golpea la mesa con la mano—. Porque sé que

92. O es un *look* muy bohemio, como el que se ve en las revistas de moda, o ayer no se quitó el maquillaje (aunque mira quién fue a hablar...).

ha pasado algo raro. Creo que hasta lo sabía cuando todavía trabajaba con Sam, ¿sabes? Pero Sam no me escuchaba, ¿sabes? ¿A ti no te pasa? ¿No te da la sensación de que nunca te escucha? —Por primera vez centra su interés en mí—. Por cierto, ¿quién eres tú, exactamente? Dijiste que lo habías estado ayudando. ¿Qué significa eso?

—Es un poco complicado —digo, tras una pausa—. Lo habían dejado un poco colgado, en cierto modo...

—¿Ah, sí? —Toma otro bocado de sándwich de pollo y me mira con curiosidad—. ¿Y eso?

¿Se le ha olvidado?

—Bueno... verás... te fuiste sin avisar, ¿recuerdas? Se suponía que eras su secretaria, ¿verdad?

—Ah, vaaale... —Abre los ojos como platos—. Sí, es verdad. Es que ese trabajo no estaba hecho para mí, la verdad. Y la agencia me llamó y me pidió que me subiera a un avión, así que... —Frunce el ceño con aire pensativo, como si se lo estuviera planteando por primera vez—. Supongo que estará un poco cabreado conmigo, pero tiene un montón de personal. No pasa nada. —Agita una mano en el aire—. Entonces, ¿tú también trabajas allí?

—No. —¿Cómo se lo explico?—. Encontré este móvil y lo tomé prestado, y fue así como conocí a Sam.

—Me acuerdo de ese móvil. Sí. —Lo mira y arruga la nariz—. Nunca contesté ninguna de esas llamadas.

Reprimo una sonrisa. Debe de ser la peor secretaria del mundo.

—Pero por eso es precisamente por lo que sé que aquí hay gato encerrado. —Se acaba el sándwich con elegancia—. Por todos los mensajes que había en ese cacharro. —Toca el móvil con el dedo.

Muy bien. Al menos estamos llegando al meollo del asunto.

—¿Los mensajes? ¿Qué mensajes?

—Había un montón de mensajes de voz. No eran para Sam, sino para un tal Ed. No sabía qué hacer con ellos, así que los escuchaba y tomaba nota. Y no me gustaba nada el tono de esos mensajes.

—¿Por qué no? —Noto cómo se me acelera el corazón.

—Eran todos del mismo tipo, de un hombre que hablaba sobre modificar un documento. Explicaba cómo iban a hacerlo, cuánto iban a tardar, cuánto costaría... Ese tipo de cosas. Había algo que no acababa de encajar, ¿sabes? Pero tampoco parecía nada malo, exactamente... —Arruga la nariz—. Solo parecía... raro.

La cabeza me da vueltas. Esto es demasiado para mí. Mensajes de voz sobre el memorándum dirigidos a Ed. En este móvil. Precisamente en este móvil.

—¿Se lo dijiste a Sam?

—Le envié un e-mail y me dijo que me olvidara de ellos, que no les hiciera caso. Pero yo no quería hacerlo, ¿sabes lo que quiero decir? Tenía un presentimiento. —Toma un sorbo del batido—. Y esta mañana abro el periódico y veo a Sam hablando de un memorándum y diciendo que alguien debe de haber dado el cambiazo y pienso: «¡Sí! ¡Eso es!». —Vuelve a golpear la mesa con la mano—. ¡Eso era lo que estaba pasando!

—¿Cuántos mensajes de voz había en total?

—¿Cuatro? ¿Cinco?

—Pero ahora no hay ningún mensaje de voz en este móvil. O al menos, yo no he encontrado ninguno. —No me atrevo a formular la pregunta—. ¿Los... los borraste?

—¡No! —Sonríe con aire triunfal—. ¡Eso es lo bueno! Que los guardé. Es decir, fue mi novio, Aran, quien los guardó. Estaba escribiendo uno una noche y él me dijo: «Oye, ¿y por qué no lo guardas en el servidor, nena?». Y yo le dije: «Pero ¿cómo se guarda un mensaje de voz en el servidor?». Así que fue a la oficina y los convirtió todos a un archivo. Aran sabe hacer cosas increíbles —añade con orgullo—. Es modelo, como yo, pero también trabaja diseñando videojuegos.

—¿Un archivo? —No lo entiendo—. Entonces, ¿dónde está ese archivo?

—Todavía debe de estar allí —contesta, encogiéndose de hombros—. En el ordenador de la secretaria. Hay un icono con el nombre «Mensajes de voz» en el escritorio.

Un icono en el ordenador de la secretaria de Sam, justo fuera del despacho de Sam. Los hemos tenido ahí delante todo el tiempo, justo delante de nuestras narices...

—¿Y seguirá ahí todavía? —De repente, me entra el pánico—. ¿No lo habrán borrado?

—No tienen por qué haberlo borrado. —Se encoge de hombros—. Cuando yo llegué, no habían borrado nada. Solo había un montón de basura de la que se suponía que tenía que encargarme yo.

Casi me dan ganas de reír a carcajadas. Tanto pánico, tanto esfuerzo... Y bastaba simplemente con haber encendido el ordenador de delante del despacho de Sam.

—Bueno, el caso es que mañana salgo para Estados Unidos y tenía que decírselo a alguien, pero es imposible ponerse en contacto con Sam ahora mismo. —Niega con la cabeza—. He intentado enviarle un correo electrónico, un SMS, llamarlo por teléfono... Y yo pensando todo el rato: «Si supieras lo que tengo que decirte...».

—Déjame intentarlo —le digo al cabo de un momento, y a continuación escribo un mensaje de texto a Sam:

> Sam, tienes que llamarme. Inmediatamente. Tengo información sobre sir Nicholas. Podría servir de gran ayuda. No es una ninguna pérdida de tiempo, créeme. Llámame enseguida. Por favor. Poppy.

—Bueno, pues que tengas suerte. —Violet levanta los ojos hacia el cielo—. Como te he dicho, ha desaparecido de la faz de la tierra. Su secretaria dice que no responde a nadie. Ni al correo electrónico, ni llamadas telefónicas... —Se interrumpe al oír el tono metálico de llamada de Beyoncé. Las palabras «Sam móvil» ya han aparecido en la pantalla.

—Caramba... —Abre mucho los ojos—. Estoy impresionada.

Le doy a la tecla de respuesta y me acerco el móvil a la oreja.

—Hola, Sam.

—Poppy.

Su voz es como un rayo de sol en mi oído. Hay tantas cosas

que me gustaría decirle... Pero no puedo. Ahora no es el momento. Tal vez nunca llegue el momento.

—Escucha —le digo—. ¿Estás en tu despacho? Ve y enciende el ordenador de tu secretaria. Date prisa.

Se oye una pausa y luego dice:

—Ya está.

—Busca en el escritorio. ¿Hay un archivo que se llama «Mensajes de voz»?

Durante un tiempo, se oye un silencio y luego la voz de Sam surge al otro lado del aparato.

—Afirmativo.

—¡Bien! —exclamo, soltando el aire de golpe. Ni siquiera me había dado cuenta de que estaba conteniendo la respiración—. Tienes que proteger ese archivo con mucho cuidado. Y ahora tienes que hablar con Violet.

—¿Con Violet? —Parece perplejo—. ¿Te refieres a Violet, mi ex secretaria, la que me dejó plantado...?

—Estoy con ella ahora. Escúchala, Sam, por favor. —Le paso el móvil.

—Oye, Sam —dice Violet, como si tal cosa—. Siento haberte dejado colgado y todo eso, pero has tenido a Poppy para echarte una mano, ¿no?

Mientras habla, me acerco al mostrador y pido otro café, aunque con lo nerviosa que estoy seguramente no me conviene. Oír la voz de Sam me ha dejado descolocada. Enseguida me han dado ganas de hablarle de todo. De acurrucarme en sus brazos y escuchar lo que quisiera decirme.

Pero eso es imposible. En primer lugar porque está metido en un problema muy grave ahora mismo. En segundo lugar, porque ¿quién es él para mí? No es un amigo. No es un colega. Solo es un tipo cualquiera que no tiene ningún lugar en mi vida. Se acabó. A partir de aquí, lo único que podemos hacer los dos es decir adiós.

Puede que de vez en cuando nos intercambiemos algún que otro mensaje de texto. Puede que quedemos de nuevo, dentro de un año o así. Los dos seremos personas distintas y nos saludaremos, sintiéndonos violentos y avergonzados, arrepintiéndonos de haber accedido a quedar. Nos reiremos y comentaremos qué absurda fue toda aquella historia del teléfono. Nunca mencionaremos lo que sucedió en el bosque. Porque no sucedió en realidad.

—¿Estás bien, Poppy? —Violet está de pie delante de mí, agitándome el móvil delante de la cara—. Ten.

—¡Ah! —Me acerco y lo cojo—. Gracias. ¿Has hablado con Sam?

—Abrió el archivo mientras hablaba con él. Está eufórico. Dice que ya te llamará más tarde.

—Ah. Bueno... no es necesario. —Cojo mi café—. Bueno, como quiera.

—¡Eh, menudo pedrusco! —Violet me coge la mano y examina mi anillo.[93] ¿Es una esmeralda?

—Sí.

—¡Genial! Oye, ¿y quién es el afortunado? —Saca un iPhone—. ¿Puedo sacarle una foto? Estoy cogiendo ideas para cuando Aran se convierta en megamillonario. ¿Lo escogiste tú misma?

—No, ya lo tenía cuando me pidió que me casara con él. Es un anillo de la familia.

—Qué romántico... —Violet asiente con la cabeza—. Caramba. Entonces ¿no te lo esperabas?

—No. Para nada.

—¿Y qué pensaste: «¡Joder!»?

—Sí, bueno, algo así, más o menos —digo, asintiendo con la cabeza.

Es como si hubiera pasado un millón de años desde la noche que Magnus me pidió que me casara con él. Estaba como flotando en una nube. Como si hubiera entrado en una especie de burbuja mágica, donde todo era perfecto y brillante, y ya nada volvería a salir mal nunca más... Dios, qué idiota era...

---

93. Nadie hasta ahora me había cogido de la mano para admirar mi anillo. Definitivamente, eso es una clara invasión del espacio personal.

Una lágrima me resbala por la mejilla antes de que pueda detenerla.

—Eh... —Violet me mira preocupada—. ¿Qué te pasa?

—¡Nada! —Sonrío, limpiándome los ojos—. Es que... las cosas no están saliendo a pedir de boca que digamos. Es posible que mi prometido me esté engañando con otra y no sé qué hacer.

El mero hecho de decirlo en voz alta ya hace que me sienta mejor. Respiro profundamente y sonrío a Violet.

—Lo siento. Olvídalo. No te interesa nada.

—Tranquila, no pasa nada. —Se sube los pies a la silla y me mira con atención—. ¿Por qué no estás segura de si te engaña o no? ¿Qué te hace pensar que te la está pegando con otra?

—Recibí un SMS anónimo. Eso es todo.

—Bah, pues entonces ni caso. —Violet se me queda mirando—. ¿O tienes una corazonada? ¿Crees que sería capaz de algo así?

Me quedo en silencio un momento. Me gustaría tanto poder decir: «¡No, qué va! ¡Imposible! ¡Ni en un millón de años!», pero se acumulan en mi mente demasiados momentos, momentos que no he querido ver hasta ahora, haciendo como que no existían. Magnus coqueteando con chicas en las fiestas. Magnus rodeado de todas sus alumnas, pasándoles el brazo por los hombros como quien no quiere la cosa... Magnus sometido al acoso sexual de Annalise...

El caso es que a las chicas les gusta Magnus. Y a él le gustan las chicas.

—No lo sé —digo, con la mirada clavada en mi café—. Tal vez.

—¿Y tienes alguna idea de quién podría estar montándoselo con él?

—Tal vez.

—¡Pues entonces! —Violet parece escandalizada—. Tienes que plantarle cara a la situación. ¿Has hablado con él? ¿Y con ella?

—Él está en Brujas, en su despedida de soltero. No puedo

hablar con él. Y ella... —Me callo—. No. No puedo. Bueno, es que solo es una teoría. Seguramente la pobre es del todo inocente.

—¿Estás completamente segura de que está en su despedida de soltero? —dice Violet, arqueando las cejas, pero luego sonríe—. Tranquila, solo era una broma. —Me aprieta el brazo—. Sí, seguro que está en Brujas. Oye, cielo, tengo que ir a hacer la maleta. Espero que todo te vaya bien. Dale un abrazo a Sam de mi parte.

Cuando sale de la cafetería, unas seis cabezas masculinas se vuelven para mirarla. Estoy segura de que si Magnus estuviese aquí, la suya sería una de ellas.

Me quedo mirando malhumoradamente el café durante un buen rato. ¿Por qué todos me dicen que le plante cara a la situación? Yo siempre le planto cara a las situaciones, lo he hecho montones de veces. Pero no puedo presentarme sin más ni más en la despedida de soltero de Magnus, ni encararme con Lucinda y acusarla así como así. Vamos a ver, se necesitan pruebas. Hechos. Un SMS anónimo no prueba nada.

Mi móvil empieza a interpretar a Beyoncé y me pongo muy rígida, en contra de mi propia voluntad. ¿Será...?

No. Es el Número Desconocido. Pero ¿qué maldito Número Desconocido? Tomo un sorbo de café, para reconfortarme, y luego respondo.

—¿Diga? Al habla Poppy Wyatt.

—Hola, Poppy. Mi nombre es Brenda Fairfax. Llamo del hotel Berrow. He estado unos días fuera de vacaciones, de no haber sido así, habría llamado de inmediato, por supuesto. Lo lamento.

La señora Fairfax. Después de todo este tiempo. Casi me dan ganas de reír.

Y pensar en lo desesperada que estaba por oír la voz de esta mujer... Y ahora ya no tiene la menor importancia. He recuperado el anillo. Ahora ya no importa nada. Así que, ¿para qué me llama? Ya le dije al recepcionista que lo había encontrado. El asunto está resuelto.

—No tiene que disculparse...

—¡Por supuesto que sí! ¡Qué confusión más terrible! —Parece muy afectada. Tal vez alguien le ha echado la bronca, tal vez le han dicho que me llame para pedir disculpas.

—No se preocupe, por favor. Me llevé un buen susto, pero ya pasó.

—¡Y un anillo tan valioso, además!

—No importa —insisto, tratando de tranquilizarla—. No ha pasado nada grave.

—Pero es que todavía no lo entiendo... Una de las camareras me lo dio y estaba a punto de guardarlo en la caja fuerte, ¿sabe? Eso era lo que iba a hacer.

—De verdad, no tiene que darme explicaciones. —Siento un poco de lástima por ella—. Son cosas que pasan. Sonó la alarma antiincendios y estaría nerviosa...

—¡No! —La señora Fairfax parece un poco ofendida—. No fue eso lo que pasó, para nada. Como ya he dicho, estaba a punto de meterlo en la caja fuerte del hotel, pero antes de que pudiera hacerlo, apareció una mujer y me dijo que era suyo. Otra de las invitadas a la merienda.

—¿Otra de las invitadas? —repito, perpleja, después de una pausa.

—¡Sí! Dijo que era su anillo de compromiso y que lo había estado buscando desesperadamente por todas partes. Parecía sincera. La camarera me confirmó que estaba sentada a esa mesa, y luego la mujer se puso el anillo en el dedo. ¿Quién era yo para dudar de su palabra?

Me froto los ojos, preguntándome si habré oído bien.

—¿Me está diciendo que otra mujer se llevó mi anillo? ¿Y que dijo que era suyo?

—¡Sí! Insistió mucho en que el anillo le pertenecía. Se lo deslizó en el dedo y, en efecto, le entró sin problemas. Le quedaba muy bien, dicho sea de paso. Sé que, para estar segura, debería haberle pedido alguna prueba de que era la dueña, y le aseguro que, a la luz de este desafortunado incidente, vamos a revisar el protocolo de seguridad...

—Señora Fairfax —la interrumpo, puesto que su protocolo de seguridad me trae completamente sin cuidado—. ¿Puedo hacerle una pregunta? Esa mujer... ¿llevaba el pelo largo y oscuro? ¿Y una diadema de diamantes de imitación?

—Sí. El pelo largo y oscuro con una diadema de diamantes de imitación, como usted dice, y un vestido naranja precioso.

Cierro los ojos con incredulidad. Lucinda. Era Lucinda.

El anillo no se le quedó enganchado en el forro de su bolso. Se lo llevó a propósito. Sabía cómo me iba a poner yo. Sabía lo importante que era para mí, pero se lo llevó haciendo como que era suyo. Sabe Dios por qué.

Mientras me despido de la señora Fairfax, siento un martilleo en la cabeza. Me cuesta trabajo respirar y aprieto los puños con fuerza. Ya es suficiente. Puede que no tenga pruebas de que se acuesta con Magnus, pero voy a plantarle cara ahora mismo con lo del anillo, eso desde luego. No tengo tiempo que perder.

No sé qué planes tiene Lucinda para hoy. No he recibido ningún e-mail ni mensajes de texto, cosa rara en ella. Mientras le escribo un mensaje, me tiemblan las manos.

> Hola, Lucinda! ¿Cómo estás? ¿Qué estás haciendo? ¿Puedo ayudarte? Poppy.

Me responde casi de inmediato:

> Estoy aquí en casa ultimando algunas cosas. No te preocupes, nada que requiera tu ayuda. Lucinda.

Lucinda vive en Battersea, a veinte minutos en taxi. No voy a darle tiempo para que se invente una excusa. La voy a pillar por sorpresa.

Paro un taxi, le doy la dirección y luego me siento, tratando de mantener la calma y mi firme voluntad de enfrentarme a ella, a pesar de que cuanto más lo pienso, más alucinante me parece.

Lucinda se llevó mi anillo. ¿Significa eso que es una ladrona? ¿Habrá hecho una copia y se habrá quedado con el auténtico para venderlo? Me miro la mano izquierda, dudando de repente. ¿Estoy segura de que es el auténtico?

¿O solo pretendía ayudar, de alguna manera? ¿Tal vez se le olvidó que lo tenía? ¿Debería concederle el beneficio de la duda...?

No, Poppy. Ni hablar.

Cuando llego al edificio de ladrillo en el que vive, un hombre con pantalones vaqueros está abriendo la puerta principal. Me cuelo rápidamente detrás de él y subo los tres pisos de escaleras que hay hasta la planta de Lucinda. Así no se esperará para nada verme en su puerta.

Tal vez me abra con el anillo auténtico puesto, además de todas las otras joyas que les habrá robado a las pobres de sus incautas amigas. Tal vez nadie conteste al timbre porque Lucinda realmente está en Brujas. Tal vez sea Magnus quien acuda a abrir, envuelto en una sábana...

Oh, basta ya, Poppy.

Llamo con los nudillos, para que parezca que soy el chico de los recados y, aparentemente, el truco surte efecto, porque abre la puerta con una expresión de enojo en la cara y el móvil pegado a la oreja antes de quedarse petrificada, con la boca abierta.

Le devuelvo la mirada, pues también me he quedado sin habla. Desplazo la mirada más allá de Lucinda, hasta la enorme maleta que hay en la entrada, luego miro el pasaporte que lleva en la mano y luego vuelvo a desplazar los ojos hasta la maleta.

—Lo antes posible —dice—. Terminal cuatro. Gracias. —Cuelga y me fulmina con la mirada, como desafiándome a que le pregunte qué está haciendo.

Me estrujo el cerebro buscando alguna frase inspirada y cáustica, pero la niña de cinco años que llevo dentro se me adelanta.

—¡Te llevaste mi anillo! —Cuando le escupo las palabras, siento cómo me voy sonrojando, solo para acentuar el efecto. Tal vez debería dar una patada en el suelo también.

—Vamos, por el amor de Dios... —Lucinda arruga la nariz con profundo desprecio, como si acusar a la organizadora de mi boda de ladrona fuese en contra de las normas de etiqueta más elementales—. Lo recuperaste, ¿no?

—Pero ¡tú te lo llevaste! —Entro en su casa, a pesar de que no me ha invitado a hacerlo, y no me resisto a mirar alrededor. Nunca había estado en su piso. Es muy elegante y espacioso y es evidente que lo ha decorado un diseñador de interiores, pero todo está abarrotado de cosas y sillas y hay copas de vino por todas partes. No me extraña que siempre quiera quedar en hoteles.

—Escucha, Poppy. —Lanza un suspiro irritado—. Tengo cosas que hacer, ¿sabes? Si vas a venir aquí a insultarme, entonces no tendré más remedio que pedirte que te marches.

¿Cómo?

Es ella la que ha hecho algo malo. Es ella la que se llevó un anillo de valor incalculable diciendo que era suyo. ¿Cómo se las ha arreglado para darle la vuelta a la tortilla y comportarse como si fuera yo la arpía por tener el mal gusto de sacar a relucir el asunto?

—Y ahora, si eso es todo, la verdad es que estoy muy ocupada...

—Alto ahí. —La fuerza de mi propia voz me pilla por sorpresa—. No he terminado todavía. Quiero saber exactamente por qué te llevaste mi anillo. ¿Querías venderlo? ¿Te hacía falta el dinero?

—No, no me hacía falta el dinero. —Me lanza una mirada asesina—. ¿Quieres saber por qué me lo llevé, querida Poppy? ¡Me lo llevé porque debería haber sido mío!

—¿Tuyo? Pero ¿qué...?

Ni siquiera puedo terminar la frase.

—Ya sabes que Magnus y yo antes salíamos juntos. —Me lo suelta así, como si tal cosa, como quien tira un trozo de tela sobre una mesa.

—¿Qué? ¡No! ¡Nadie me dijo nada de eso! ¿Estuvisteis prometidos?

Mi cabeza iba a mil por hora. ¿Magnus salía con Lucinda? ¿Magnus estuvo prometido? Nunca había mencionado a ninguna otra prometida, conque mucho menos que fuese Lucinda. ¿Por qué no sé nada de esto? ¿Qué está pasando aquí?

—No, nunca estuvimos prometidos —lo dice a regañadientes y luego me lanza una mirada asesina—. Pero deberíamos haberlo estado. Me pidió que me casara con él. Con ese anillo.

Siento una mezcla de dolor e incredulidad. ¿Magnus le pidió a otra que se casara con él... con mi anillo? ¿Nuestro anillo? Quiero girar sobre mis talones y echar a correr, escapar de allí, taparme los oídos... pero no puedo. Tengo que llegar al fondo de todo esto. No tiene ningún sentido.

—No lo entiendo. No entiendo nada. Has dicho que deberíais haber estado comprometidos. ¿Qué pasó?

—Le entró miedo, eso fue lo que le pasó —dice con furia—. El muy cobarde de mierda...

—Oh, Dios mío. ¿Cuándo? ¿Ya teníais planeada la boda? No te dejaría plantada, ¿no? —le pregunto, horrorizada—. No me digas que te dejó plantada en el altar...

Lucinda tiene los ojos cerrados, como si reviviera toda la escena. Ahora los abre y me mira con odio.

—Mucho peor. Se echó atrás en mitad de la maldita proposición de matrimonio.

—¿Cómo? —La miro fijamente, sin comprender—. ¿Qué fue lo que...?

—Estábamos esquiando, hace dos años. —Frunce el ceño al recordar—. No soy tonta, sabía que se había llevado el anillo de la familia. Sabía que iba a pedírmelo. Una noche, acabábamos de cenar y estábamos los dos solos en el chalet. Había un fuego encendido y él se arrodilló en la alfombra y sacó una cajita pequeña. La abrió y en su interior había un precioso anillo de esmeralda antiguo.

Lucinda hace una pausa, respirando con dificultad. Yo no muevo un solo músculo.

—Me cogió la mano y me dijo: «Lucinda, amor mío, ¿quieres...?». —Respira profundamente, como si continuar le resultara insoportable—. ¡Y yo iba a decirle que sí! ¡Yo estaba lista! Estaba esperando a que terminara la frase. Pero entonces se calló y se puso a sudar. Y luego se levantó y dijo: «Mierda. Lo siento. No puedo hacerlo. Lo siento, Lucinda».

No... No puede ser... ¡No puede ser! La miro con incredulidad, casi a punto de echarme a reír.

—¿Y qué le dijiste?

—Le grité: «¿Qué es lo que no puedes hacer, imbécil? ¡Si ni siquiera me lo has pedido todavía, maldita sea!». Pero él ya no tenía nada más que decir. Cerró la caja y guardó el anillo. Y eso fue todo.

—Lo siento —le digo con voz débil—. Debió de ser horrible.

—Magnus le tiene fobia al compromiso, ¡si ni siquiera pudo comprometerse a hacer una maldita proposición de matrimonio! Ni siquiera en eso fue capaz de llegar hasta el final. —Está lívida de ira, y no la culpo.

—Entonces, ¿se puede saber por qué demonios aceptaste encargarte de organizar su boda? —le pregunto, sin dar crédito—. ¿No es eso como revivir ese episodio todos los días?

—Era lo menos que podía hacer para compensarme por todo el daño que me hizo. —Me lanza una mirada de cólera—. Yo necesitaba trabajo, aunque estoy pensando en cambiar de profesión. ¡Organizar bodas es una pesadilla!

Ahora me explico el malhumor de Lucinda todo este tiempo. Ahora me explico toda esa agresividad dirigida hacia mí. Si hubiera sabido en algún momento que Magnus y ella habían sido novios...

—No pensaba quedarme con el anillo —añade con amargura—. Solo pretendía darte un susto.

—Bueno, pues lo conseguiste, desde luego.

No me puedo creer que le haya abierto a esta mujer las puertas de mi vida, que haya confiado en ella, le haya contado todos mis sueños para el día de mi boda... ¡Y resulta que es una ex de Magnus! ¿Cómo ha podido él hacerme esto? ¿Cómo podía pensar que iba a funcionar?

Es como si alguien me hubiese quitado una venda de los ojos. Me siento como si al fin estuviese viendo las cosas como son en realidad. Y eso que todavía ni siquiera he abordado mi mayor preocupación.

—Y yo que pensaba que te estabas yendo a la cama con Magnus —le suelto—. No antes, cuando estabais juntos, sino ahora. Estos últimos tiempos. La semana pasada.

Ella permanece en silencio y yo levanto la cabeza, con la esperanza de que lo niegue todo con una respuesta agria. Sin embargo, cuando la miro a los ojos, ella aparta la mirada.

—¿Lucinda?

Coge la maleta y comienza a arrastrarla hacia la puerta.

—Me voy. Ya he tenido suficiente de toda esta historia. Me merezco unas vacaciones. Si alguien me vuelve a hablar de bodas...

—¿Lucinda?

—¡Oh, por amor de Dios! —exclama con impaciencia—. Tal vez me haya acostado con él un par de veces para recordar los viejos tiempos. Si no puedes vigilarlo, no deberías casarte con él. —Le suena el móvil y contesta—. ¿Diga? Sí. Ahora bajo. Perdón. —Me echa del piso, cierra la puerta tras de sí y da una doble vuelta de llave.

—¡No puedes largarte así, sin más! —Me tiembla todo el cuerpo—. ¡Tienes que contarme qué pasó!

—¿Y qué quieres que te cuente? —Lanza las manos al aire—. Son cosas que pasan. Tú no tenías por qué enterarte, pero... —Empuja su maleta hacia el ascensor—. Ah, por cierto, y si crees que tú y yo somos las únicas chicas por las que sacó ese anillo de la caja fuerte del banco, quítate esa idea de la cabeza. Solo somos las últimas de la lista, guapa.

—¿Qué? —Estoy empezando a hiperventilar—. ¿Qué lista? ¡Lucinda, espera! ¿De qué estás hablando?

—Piensa, Poppy. Es tu problema. Yo me he encargado de las flores, la ceremonia religiosa, las almendras y las... putas cucharas para el postre. —Pulsa el botón para cerrar la puerta del ascensor—. Te toca a ti encargarte de esto.

14

Cuando Lucinda se va, me quedo inmóvil durante tres minutos largos, en estado de shock. Luego vuelvo en mí bruscamente, encuentro la escalera y bajo por ella. Al salir del edificio, apago el teléfono. No puedo permitirme distracciones. Tengo que pensar. Tengo que estar sola. Tal como ha dicho Lucinda, tengo que encargarme de esto yo sola.

Echo a andar por la acera, sin importarme en qué dirección. Mi cerebro trabaja en círculos alrededor de los hechos, las suposiciones, las conjeturas y luego de vuelta a los hechos de nuevo. Sin embargo, poco a poco, a medida que voy caminando, mis pensamientos parecen tomar cuerpo. Cada vez estoy más decidida. Tengo un plan.

No sé de dónde he sacado esta súbita determinación: si ha sido por la provocación de Lucinda o si es que ya estoy harta de evitar los conflictos mientras se me hace un nudo en el estómago. Esta vez voy a coger el toro por los cuernos. Sí, eso es lo que voy a hacer. Lo más extraño es que no dejo de oír la voz de Sam en mi cabeza, alentándome, infundiéndome confianza y diciéndome que puedo hacerlo. Es como si me estuviera soltando un discurso para motivarme, a pesar de que no está aquí conmigo. Y me siento más fuerte. Me siento capaz de poder hacer esto. Voy a ser una Poppy completamente distinta.

Cuando llego a la esquina de la Battersea Rise, estoy lista. Saco el móvil, lo enciendo y, sin leer ningún mensaje nuevo, llamo a Magnus inmediatamente. Por supuesto, no me coge el teléfono, pero ya contaba con eso.

—Hola, Magnus —le digo, adoptando el tono más serio y formal del que soy capaz—. ¿Puedes llamarme cuanto antes? Tenemos que hablar.

Bien. Muy bien... Eso ha sido muy digno. Un mensaje corto y contundente que entenderá enseguida. Ahora cuelga.

Cuelga ya, Poppy.

Pero no puedo. Tengo las manos pegadas al teléfono. Mientras sigo conectada a él, aunque solo sea a través del buzón de voz, siento cómo bajo la guardia poco a poco. Quiero hablar. Quiero escuchar lo que tenga que decirme. Quiero que sepa lo molesta y dolida que estoy.

—Porque... me he enterado de una cosa, ¿sabes? —Me oigo continuar a mí misma—. He estado hablando con tu gran amiga Lucinda. —Pronuncio su nombre con un ligero énfasis de enfado—. Me ha contado algunas cosas que me han resultado como poco sorprendentes, así que creo que tenemos que hablar lo antes posible. Porque, a menos que tengas alguna explicación maravillosa, cosa que no parece muy probable, porque ¿cómo iba a mentir Lucinda? Y aquí alguien tiene que estar mintiendo, Magnus. Alguien tiene que...

Pip.

Mierda, se ha cortado.

Cuando apago el teléfono de nuevo me maldigo a mí misma. Pues vaya con el mensaje corto y contundente... Vaya con la Poppy completamente distinta... No era ese el mensaje que se suponía que tenía que dejarle.

En fin, no importa. Al menos lo he llamado. Al menos no me he quedado sentada, tapándome los oídos y haciendo como si no hubiera pasado nada. Y ahora, a por el siguiente de mi lista de asuntos pendientes: salgo a la calle, levanto la mano y paro un taxi.

—Hola —saludo al taxista—. A Hampstead, por favor.

Sé que hoy Wanda está en casa, porque me dijo que se estaba preparando para un programa de radio en el que va a participar esta noche. Efectivamente, cuando me acerco a la casa, la música resuena a través de las ventanas. No sé si Antony estará también, pero no me importa. Los dos pueden escuchar lo que tengo que decir. Cuando llego, estoy temblando, como la otra noche, pero esta vez es distinto. Esta vez es algo positivo. Esta vez tiemblo de nervios porque les voy a demostrar quién soy yo.

—¡Poppy! —Wanda abre la puerta con una sonrisa de oreja a oreja—. ¡Qué agradable sorpresa! —Se agacha para darme un beso y luego estudia la expresión de mi cara—. ¿Has pasado a saludar o tienes algo que...?

—Tenemos que hablar.

Sigue un breve momento de silencio entre las dos. Salta a la vista que ha comprendido que no estoy aquí en una visita de cortesía.

—Bueno, en ese caso... ¡Adelante! —Sonríe otra vez, pero detecto signos de preocupación en la caída de sus ojos y en la forma imperceptible en que frunce la boca. Wanda tiene una cara muy expresiva: su delicado cutis es pálido y frágil, como un pañuelo de papel, y los pliegues del contorno de sus ojos se le arrugan en multitud de maneras distintas, en función de su estado de ánimo. Supongo que eso es lo que pasa cuando no te inyectas Bótox ni te maquillas ni vas a sesiones de rayos UVA. Que lo que tienes es una cara expresiva.

—¿Te apetece un café?

—¿Por qué no? —La sigo a la cocina, que está diez veces más desordenada de lo que estaba cuando vivía allí con Magnus. No puedo evitar arrugar la nariz al detectar cierto mal olor en el aire... que atribuyo al ramo de flores que siguen dentro del papel, pudriéndose lánguidamente en la encimera. Hay un zapato de hombre en el fregadero, junto con un cepillo de pelo, y también montones de carpetas de cartón viejas apiladas en todas las sillas.

—Ah. —Wanda señala vagamente a su alrededor, como esperando que alguna de las sillas se sacuda las carpetas de encima por arte de magia—. Estamos intentando clasificar las cosas y hacer un poco de limpieza. Pero ¿qué archivar y qué arrojar a la basura? Esa es la cuestión.

En otro momento me habría estrujado el cerebro, angustiada, tratando de que se me ocurriera algo inteligente que decir sobre las carpetas, pero ahora la miro a la cara y le suelto, sin más preámbulos:

—La verdad es que quería hablar contigo de otra cosa.

—Ya —dice Wanda después de una pausa—. Lo suponía. Vamos a sentarnos.

Quita un montón de carpetas de una silla y deja al descubierto un pescado enorme envuelto en papel de embalar. Acabáramos... De ahí era de donde venía el olor, entonces.

—¡Anda! ¡Ahí es donde ha estado todo este tiempo! Increíble. —Frunce el ceño, duda un momento y luego vuelve a colocar las carpetas encima—. Mejor nos vamos a la sala de estar.

Me siento en uno de los sofás llenos de bultos y Wanda ocupa una silla antigua con bordados, enfrente de mí. El olor a humo de madera rancia, a kílims llenos de humedad y a popurrí de flores secas es abrumador. Una luz dorada se derrama a través de las vidrieras originales. Esta habitación es tan auténticamente Tavish... Y también lo es Wanda. Está sentada en su habitual postura inexpresiva, con las rodillas firmemente separadas, la falda de vuelo alrededor de las piernas, la cabeza inclinada hacia delante para escuchar, y los rizos del pelo teñido con henna cayéndole por la cara.

—Magnus... —empiezo a decir, y luego me callo inmediatamente.

—¿Sí?

—¿Magnus...?

Me detengo de nuevo. Sigue un silencio.

Esta mujer es muy importante en mi vida, pero apenas la conozco. Hemos mantenido una relación perfectamente civilizada y distante en la que solo hemos hablado de cosas triviales. Ahora me parece que estoy a punto de romper el muro que nos separa, pero no sé por dónde empezar. Las palabras me zumban en la cabeza como moscas. Tengo que atrapar alguna.

—¿A cuántas chicas les ha pedido Magnus que se casaran con él? —No tenía intención de empezar por ahí, pero ¿por qué no?

Wanda parece desconcertada.

—¡Poppy! —Traga saliva—. Oh, Dios mío... La verdad es que creo que Magnus... Esto es un asunto... —Se frota la cara y me fijo en que lleva las uñas sucísimas.

—Magnus está en Brujas. No puedo hablar con él. Por eso he venido a hablar contigo.

—Entiendo. —Wanda adopta una expresión grave.

—Lucinda me dijo que hay una lista, y que ella y yo figuramos al final de dicha lista. Magnus nunca me había mencionado a ninguna otra mujer. No me dijo que Lucinda y él salían juntos. Nadie me lo dijo. —No logro ocultar mi resentimiento.

—Poppy. No tienes que... —A Wanda le está costando un gran esfuerzo encontrar las palabras—. Magnus está muy, muy enamorado de ti, de verdad, y no deberías preocuparte de... de eso. Eres una chica encantadora.

Puede que trate de ser amable, pero hay algo en su tono de voz que me da mala espina. ¿Qué quieres decir con eso de «encantadora»? ¿Es una forma condescendiente de decir: «Sí, puede que no tengas cerebro, pero tampoco estás tan mal»?

Tengo que decirle algo. Tengo que hacerlo. Ahora o nunca. Vamos, Poppy.

—Wanda, me haces sentir inferior. —Las palabras se me escapan de la boca—. ¿De veras piensas que soy inferior o solo son imaginaciones mías?

Ay... ¡Lo he dicho! No me puedo creer que haya dicho eso en voz alta.

—¿Qué?

Wanda abre tanto los ojos que por primera vez me doy cuenta de los espectaculares ojos azul violeta que tiene. Me quedo estupefacta al ver su reacción de incredulidad, pero ahora ya no puedo dar marcha atrás.

—Cada vez que vengo a esta casa siento complejo de inferioridad. —Trago saliva—. Siempre. Y quería saber si realmente pensáis que soy... o si...

Wanda se ha llevado ambas manos a la cabeza rizada. Se encuentra un lápiz, lo saca y lo deja sobre la mesa distraídamente.

—Creo que las dos necesitamos una copa —dice al fin. Se levanta de la desvencijada silla y sirve dos copas de whisky de una botella que hay en el mueble bar. Me pasa una de ellas, levanta la suya y le da un largo sorbo—. Me has dejado hecha polvo.

—Lo siento. —Inmediatamente me siento culpable.

—¡No! —Levanta la mano—. ¡No es culpa tuya! ¡Pobrecilla! No tienes que disculparte por expresar de buena fe tu percepción de las cosas, ya sea bien fundada o no.

No tengo ni idea de lo que está diciendo, pero creo que trata de ser amable.

—Soy yo la que te debo una disculpa —continúa— si alguna vez te he hecho sentir incómoda, por no hablar de hacerte sentir «inferior». Aunque me parece una idea tan absurda que ni siquiera puedo... —Se interrumpe a media frase, con expresión perpleja—. Poppy, es que no lo entiendo, simplemente. ¿Puedo preguntarte por qué tienes esa impresión?

—Todos vosotros sois tan inteligentes... —Me encojo de hombros, violenta—. Publicáis artículos en revistas y yo no.

Wanda parece desconcertada.

—Pero ¿por qué deberías tú publicar artículos?

—Porque... —Me froto la nariz—. No lo sé. No es eso. Es como... cuando no pronuncio Proust correctamente, por ejemplo.

Wanda parece aún más perpleja.

—Sí lo sabes pronunciar bien.

—¡Sí, ahora ya sí! Pero antes no. Cuando nos conocimos, yo no dejaba de meter la pata, y luego Antony dijo que mi título universitario en fisioterapia era «gracioso», y me sentí tan avergonzada... —Hago una pausa, sintiendo un nudo en la garganta de repente.

—Ah. —Una luz asoma a los ojos de Wanda—. Bueno, pero es que no puedes tomar en serio a Antony. ¿Magnus no te lo advirtió? Su sentido del humor puede ser un poco, digamos... ¿excéntrico? No sé a cuántos amigos ha ofendido con sus bromas inapropiadas. —Levanta los ojos hacia el techo un momento—. Pero en el fondo, es un hombre maravilloso, como comprobarás por ti misma.

No consigo armarme de valor para responder, así que me tomo un buen trago de whisky. Por lo general, no suelo beber whisky, pero ahora me está sentando de maravilla. Cuando levanto la vista, Wanda me está mirando con sus ojos penetrantes.

—Poppy, nosotros no somos muy efusivos, pero, créeme, Antony tiene tan buena opinión de ti como yo. Se llevaría un disgusto enorme si supiera la inquietud que te hemos generado.

—Entonces, ¿a qué venía la discusión en la iglesia? —Le lanzo las palabras con furia antes de darme cuenta. Wanda reacciona como si le hubiese dado una bofetada.

—Ah, nos oíste... Lo siento. No me había dado cuenta. —Toma otro trago de whisky, llena de ansiedad.

De pronto ya me he cansado de ser educada y de seguir mareando la perdiz. Quiero ir al grano.

—Está bien. —Dejo el vaso—. La razón por la que he venido aquí es porque resulta que Magnus ha estado acostándose con Lucinda. Voy a suspender la boda, así que ya puedes ser sincera y decirme cuánto me habéis odiado desde el principio.

—¡¿Lucinda?!—Wanda se tapa la boca con la mano, horrorizada—. Oh, Magnus... ¡Qué estúpido! ¡Qué estúpido y miserable! ¿Cuándo va a aprender ese chico? —Parece completamente destrozada por la noticia—. Poppy, lo siento mucho. Magnus es... ¿cómo lo diría? Un individuo con muchos defectos.

—¿Te esperabas que hiciera algo así? —La miro fijamente—. ¿No es la primera vez?

—Temía que hiciese alguna estupidez —dice Wanda después de una pausa—. Me temo que de todas las cualidades que ha heredado de nosotros, la capacidad para el compromiso no se incluye entre ellas. Por eso nos preocupaba tanto esta boda. Magnus tiene tendencia a lanzarse de cabeza a relaciones serias y luego echarse atrás, cambiar de opinión y complicar la vida de los demás...

—Así que ya lo ha hecho otras veces.

—En cierto sentido. —Hace una mueca de dolor—. Aunque nunca habíamos llegado tan lejos, hasta la iglesia. Ha tenido otras tres prometidas, aparte del intento frustrado con Lucinda, según tengo entendido. Cuando nos anunció, otra vez, que iba a casarse con una chica a la que apenas conocía, no nos pusimos a dar saltos de alegría, comprensiblemente. —Me mira con franqueza—. Tienes razón. Es cierto que en la iglesia tratamos de disuadirlo de la idea, con bastante insistencia. Creíamos que antes de casaros, deberíais esperar un año para conoceros mejor. Lo último que querríamos es que acabases sufriendo por culpa de la mala cabeza de nuestro hijo.

Me estoy mareando. No tenía idea de que Magnus le hubiese pedido matrimonio a otras mujeres, a cuatro, encima (contando a Lucinda, media en realidad). ¿Cómo es posible? ¿Es culpa mía? ¿Le he pedido alguna vez que me hablara de su pasado?

Sí. ¡Sí! Por supuesto que sí. Rememoro el momento en una imagen muy vívida. Estábamos en la cama, después de la cena en un restaurante chino. Estábamos hablando de antiguos amores, así que, bueno, sí, reconozco que eliminé algunas partes,[94] pero ¡no cuatro proposiciones de matrimonio! Magnus no dijo ni media de eso. Ni una palabra. Y, sin embargo, todo el mundo lo sabía.

Naturalmente, ahora ya entiendo la tensión y todas las miradas extrañas que se intercambiaban Antony y Wanda. Estaba completamente paranoica. Di por sentado que se referían a mi ineptitud, a que era tonta de remate.

—Creía que me odiabais —digo, casi para mis adentros—. Y creía que estabais enfadados con él por haberme dado el anillo de la familia porque... no lo sé. Porque yo no era digna de él.

—¿Que no eras digna de él? —Wanda parece totalmente anonadada—. ¿Se puede saber quién te ha metido esas ideas en la cabeza?

—Entonces, ¿cuál era el problema? —Siento resurgir el viejo resentimiento—. Sé que no os hizo ni pizca de gracia, así que es inútil fingir.

Por un momento, Wanda parece debatirse entre decírmelo o no.

94. A nadie le importa lo del rubio aquel en la fiesta de primero de carrera.

—¿Podemos hablar con absoluta franqueza?

—Sí —le contesto con rotundidad—. Por favor.

—Bien, entonces. —Wanda suspira—. Magnus ha sacado ese anillo de la cámara acorazada del banco tantas veces que Antony y yo hemos desarrollado nuestra propia teoría al respecto.

—¿Cuál es?

—Elegir el anillo de la familia es tan fácil... —Separa las manos—. No hace falta ni siquiera pensar. Puede hacerlo de forma impulsiva. Nuestra teoría es que cuando de verdad quiera comprometerse con una mujer encontrará un anillo por sí mismo. Elegirá algo cuidadosamente. Lo pensará muy bien. Puede que hasta deje que sea su prometida quien lo elija. —Me sonríe con tristeza—. Así que cuando nos enteramos de que había vuelto a usar el anillo de la familia, me temo que se nos dispararon todas las alarmas.

—Ah. Ya entiendo...

Giro el anillo alrededor de mi dedo. De repente me resulta incómodo y pesado. Creía que tener un anillo de la familia era algo especial, creía que significaba un mayor compromiso conmigo por parte de Magnus, pero ahora lo veo igual que Wanda: como una opción fácil, sencilla, sin complicaciones de ninguna clase. Me parece increíble que todo lo que yo creía se haya vuelto del revés. Me parece increíble que lo haya malinterpretado todo.

—Si te sirve de consuelo —añade Wanda, desanimada—, siento mucho que las cosas hayan terminado de esta manera. Eres una chica maravillosa y encantadora, Poppy. Muy divertida. Me moría de ganas de que fueras mi nuera.

Me quedo esperando a que, de un momento a otro, eso de «muy divertida» despierte mi suspicacia por culpa de mi susceptibilidad interior, pero, curiosamente, no llega a suceder. Por primera vez desde que conocí a Wanda soy capaz de interpretar sus palabras de forma literal; con lo de «muy divertida» no quiere decir «coeficiente intelectual bajo y un título universitario de pacotilla», sino «muy divertida».

—Yo también lo siento —digo, y lo digo sinceramente. Es-

369

toy muy triste. Justo cuando empezaba a entender a Wanda, resulta que todo ha terminado.

Creía que Magnus era perfecto y que mi único problema eran sus padres, y ahora siento que es justo lo contrario. Wanda es fantástica; lástima que no pueda decirse lo mismo de su hijo.

—Ten. —Me quito el anillo y se lo doy.

—¡Poppy! —Parece aturdida—. ¿Estás segura...?

—Se acabó. No quiero llevarlo más. Es vuestro. Si te soy sincera, nunca sentí que me perteneciera. —Cojo el bolso y me levanto—. Y ahora, creo que debería irme.

—Pero... —Wanda parece confundida—. Por favor, no te precipites. ¿Has hablado con Magnus?

—Todavía no. —Suspiro—. Pero en realidad no importa. Se acabó.

La conversación acaba más o menos así. Wanda me acompaña hasta la puerta, me aprieta afectuosamente la mano antes de irme y siento una súbita oleada de cariño por ella. Tal vez sigamos en contacto. Tal vez pierda a Magnus pero gane a Wanda.

La enorme puerta se cierra y yo me abro paso entre los gigantescos rododendros para bajar por el camino de entrada. Sé que voy a echarme a llorar en cualquier momento. Al final, ha resultado que mi novio perfecto, mi prometido, no era tan perfecto. Es un mentiroso, me ha sido infiel y le tiene fobia al compromiso. Voy a tener que cancelar una boda. Al final, mis hermanos no tendrán que acompañarme hasta el altar. Debería estar destrozada, pero mientras bajo la cuesta solo me siento vacía.

No puedo meterme en el metro, y no puedo pagar otro taxi, así que me encamino hacia un banco solitario, bañado por la luz del sol, me siento y permanezco con la mirada perdida durante un buen rato. Los pensamientos se me agolpan en la cabeza, rebotando unos contra otros, como si no estuviesen sometidos a la fuerza de gravedad.

«Bueno, pues ya está... Me pregunto si pondré vender mi vestido de novia... Debería haber sabido que era demasiado bonito para ser verdad... Tengo que decírselo al cura... Me parece que Magnus nunca les ha caído bien a Toby y a Tom, aunque nunca me lo han dicho... ¿Me ha querido Magnus alguna vez?»

Al final, lanzo un suspiro y enciendo el móvil. Tengo que volver a la vida real. El teléfono parpadea indicando la presencia de mensajes nuevos, entre los que se incluyen unos diez de Sam y, por un momento, como una tonta, pienso: «Oh, Dios... tenemos telepatía. Lo sabe...».

Pero en cuanto los abro, me doy cuenta de mi estupidez. Como era de esperar, no me envía ningún mensaje personal. Todos tratan estrictamente de negocios.

> Poppy, ¿estás ahí? Es increíble. El archivo estaba en el ordenador. Todos los mensajes de voz estaban ahí. Esto lo prueba todo.

> ¿Puedes hablar?

> Llámame cuando puedas. Aquí ha empezado el baile. Están rodando cabezas. Conferencia de prensa esta tarde. Vicks también quiere hablar contigo.

> Hola, Poppy. Necesitamos el teléfono. ¿Me llamas cuanto antes?

Sin tomarme la molestia de leer todos los mensajes, lo llamo. Al cabo de un momento, el teléfono empieza a sonar y siento mariposas en el estómago. No sé por qué, la verdad.

—¡Hola, Poppy! ¡Por fin! Es Poppy. —Me saluda la voz efervescente de Sam y oigo mucho barullo de fondo—. Aquí estamos todos celebrándolo. No tienes ni idea de lo que significa para nosotros tu pequeño descubrimiento.

—No es mi descubrimiento —le contesto con sinceridad—, sino el de Violet.

—Pero si no hubiese sido porque respondiste a su llamada y te reuniste con ella... Vicks dice que te felicite de su parte. Quiere invitarte a una copa. Todos queremos invitarte a una copa. —Sam parece totalmente eufórico—. Entonces, ¿recibiste mi mensaje? Los informáticos quieren echarle un vistazo al móvil, por si hubiera algo ahí también.

—Ah, claro, bien. Sí, por supuesto. Te lo llevaré a la oficina.

—¿Seguro que no es molestia? —Sam parece preocupado—. ¿Estoy trastocando tus planes para hoy? ¿Qué estabas haciendo?

—Mmm... nada.

«Solo estaba cancelando mi boda. Solo estaba sintiéndome como una imbécil total...»

—Porque puedo enviar a un mensajero...

—No, en serio. —Trato de sonreír—. Ningún problema. Ahora mismo voy para allá.

15

Esta vez no tengo problemas para entrar en el edificio: me espera en la puerta prácticamente todo un comité de bienvenida. Sam, Vicks, Robbie, Mark y un par de personas más a las que no conozco están junto a las puertas de cristal, con la tarjeta plastificada preparada y dispuestos a estrecharme la mano y a darme toda clase de explicaciones, que duran todo el camino hasta el ascensor y que solo consigo seguir a medias, porque no dejan de interrumpirse continuamente unos a otros. Sin embargo, el resumen es el siguiente: los mensajes de voz son incriminatorios al cien por cien. Se han llevado a varios miembros del personal para interrogarlos. Justin ha perdido su aplomo y lo ha confesado prácticamente todo. Hay otro alto cargo de la empresa implicado, Phil Stanbridge, cosa que ha dejado helados a todos. Ed Exton ha desaparecido del mapa. Los abogados se están reuniendo. Nadie va a saber con seguridad si se va a abrir un proceso penal, pero lo importante es que el buen nombre de sir Nicholas ha quedado fuera de toda duda. Está exultante de alegría. Igual que Sam.

Los de la cadena ITN no están tan contentos, lógicamente, porque la noticia ha pasado de ser «Asesor del gobierno corrupto» a «Solucionado conflicto interno de la empresa», pero van a emitir un reportaje siguiendo el caso y a reivindicar que fueron ellos quienes descubrieron toda la trama.

—Esto va a afectar a toda la empresa —dice Sam con entusiasmo mientras caminamos a buen paso por el pasillo—. Va a cambiar de arriba abajo todas las líneas de actuación.

—Entonces has ganado —me atrevo a decir, y se detiene, sonriendo con la sonrisa más radiante que le he visto hasta el momento.

—Sí. Hemos ganado. —Y reanuda el paso y me invita a entrar en su despacho—. ¡Aquí está! Es ella en persona. Poppy Wyatt.

Dos chicos en vaqueros se levantan del sofá, me dan la mano y se presentan como Ted y Marco.

—Así que tú eres quien tiene el famoso móvil —dice Marco—. ¿Puedo echarle un vistazo?

—Claro. —Me meto la mano en el bolsillo, saco el móvil y se lo doy. Los chicos lo examinan unos minutos, pulsando teclas, entrecerrando los ojos y pasándoselo el uno al otro.

Me dan ganas de decirles: «Ahí no hay ningún mensaje incriminatorio. Yo ya los habría visto, creedme».

—¿Te importa si nos lo quedamos? —dice Marco al final, levantando la vista.

—¿Quedároslo? —El temor en mi voz es tan evidente que vuelve a mirarme dos veces.

—Lo siento. Es un móvil de empresa, así que pensé...

—Ya no lo es —dice Sam, frunciendo el ceño—. Se lo di a Poppy. Es suyo.

—Ah. —Marco aspira el aire entre los dientes. Parece un poco desorientado—. El caso es que nos gustaría revisarlo a fondo. Y eso podría llevarnos un buen rato. Podría decirte que ya te lo devolveremos luego, pero quién sabe cuándo será eso... —Mira a Sam en busca de ayuda—. Vamos, que estoy seguro de que podemos darte otro, el mejor de la gama, el que tú quieras...

—Por supuesto. —Sam asiente con la cabeza—. No importa el precio. —Sonríe—. Puedes pedir lo último en tecnología del mercado.

No quiero lo último en tecnología. Quiero ese móvil. Nuestro móvil. Quiero protegerlo y no dejarlo en manos de unos técnicos para que lo destrocen. Pero... ¿qué puedo decir?

—Perfecto. —Sonrío, aunque siento un nudo en el estómago—. Lleváoslo. Solo es un móvil.

—En cuanto a los mensajes, contactos, etc. —Marco intercambia una mirada dudosa con Ted—. ¿Qué hacemos con eso?

—Necesito mis mensajes. —El temblor en mi voz me irrita profundamente. Casi me siento como si fuesen a violar mi intimidad, pero no puedo hacer nada. Sería irrazonable e inútil oponerme.

—Podríamos imprimirlos. —A Ted se le ilumina la cara—. ¿Qué os parece? Los imprimimos todos y así puedes conservarlos.

—Algunos son míos —señala Sam.

—Sí, algunos son suyos.

—¿Cómo? —Marco me mira a mí y luego mira a Sam—. Perdón, pero no lo entiendo. ¿De quién es este móvil?

—En realidad es suyo, pero lo he estado usando...

—Hemos estado usándolo los dos —dice Sam—. Juntos. Compartiéndolo.

—¿Compartiéndolo? —Marco y Ted parecen tan horrorizados que casi se me escapa la risa.

—Nunca había visto a nadie compartir su móvil con otra persona —suelta Marco sin tapujos—. Es perverso.

—Ni yo tampoco. —Ted se estremece—. Yo ni siquiera lo compartiría con mi novia.

—Bueno, y... ¿qué tal fue la experiencia? —pregunta Marco con curiosidad, mirando primero a Sam y luego a mí.

—Hubo algunos momentos difíciles —dice Sam, enarcando las cejas.

—Desde luego, hubo algunos momentos difíciles, decididamente —concuerdo, asintiendo con la cabeza—. Pero la verdad es que lo recomiendo.

—Yo también. Todo el mundo debería probarlo al menos una vez. —Sam me sonríe y no puedo evitar corresponderle con otra sonrisa.

—Ya... —Marco suena como si acabara de darse cuenta de

que está tratando con dos lunáticos—. Bueno, pues manos a la obra. Vamos, Ted.

—¿Cuánto vais a tardar? —pregunta Sam, y Ted frunce el ceño.

—Podría ser un buen rato. ¿Digamos que una hora?

Salen del despacho de Sam y este cierra la puerta. Durante un minuto, nos miramos el uno al otro y me fijo en una pequeña herida que lleva en la mejilla. Anoche no la tenía.

Anoche... En un instante, me transporto al bosque. Estoy en la oscuridad, percibiendo el olor a tierra mojada en la nariz, los sonidos del bosque en los oídos, sus brazos alrededor de mi cuerpo, su boca...

No. Basta, Poppy. No sigas. No recuerdes ni te preguntes ni...

—Vaya día... —digo al fin, esforzándome por encontrar algo que suene inofensivo.

—Y que lo digas. —Sam me invita a sentarme en el sofá y lo hago sintiéndome un poco violenta, como alguien a punto de hacer una entrevista de trabajo—. Bueno, y ahora que estamos solos... ¿Cómo estás? ¿Qué ha pasado con... lo otro?

—No hay mucho que decir. —Me encojo de hombros con expresión deliberadamente despreocupada—. Ah, bueno, aparte del hecho de que he decidido cancelar la boda.

Decirlo en voz alta me da una leve sensación de náusea. ¿Cuántas veces voy a tener que repetir esas palabras? ¿Cuántas veces voy a tener que dar explicaciones? ¿Cómo voy a sobrevivir a los próximos días?

Sam asiente con la cabeza y hace una mueca.

—Ya. Eso es un buen palo.

—No es muy agradable, no.

—¿Hablaste con él?

—Con Wanda. Fui a su casa. Le dije: «Wanda, ¿de verdad crees que soy inferior o son solo imaginaciones mías?».

—¡No! —exclama Sam, encantado.

—Te lo juro. —No puedo evitar reírme al ver su expresión, a pesar de que también tengo ganas de llorar—. Te habrías sentido orgulloso de mí.

—¡Bien hecho, Poppy! —Levanta la mano para chocarme esos cinco—. Sé que hacen falta agallas para hacer eso. ¿Y qué te dijo?

—Que eran imaginaciones mías —admito—. La verdad es que esa mujer es un encanto. Lástima que tenga un hijo así.

Por un momento se hace un silencio. Parece todo tan irreal... La boda se ha cancelado. Lo he dicho en voz alta, de modo que debe de ser verdad. Sin embargo, parece tan real como que los alienígenas hayan invadido la Tierra.

—¿Y qué planes tienes ahora? —Sam me mira a los ojos y me parece ver otra pregunta en su mirada. Una pregunta sobre nosotros dos.

—No sé —le digo, tras una breve pausa.

Estoy tratando de responder a su pregunta, sin palabras... pero no sé si mis ojos están cumpliendo con su labor. No sé si Sam sabrá entenderme. Al cabo de un momento, no aguanto más mirarlo a los ojos y bajo la vista de inmediato.

—Tomarme las cosas con calma, supongo. Tengo un montón de asuntos que resolver.

—No me cabe duda. —Vacila un instante—. ¿Café?

Hoy he tomado tanto café que parezco una saltimbanqui, pero, por otro lado, no soporto este ambiente de tensión emocional. Soy incapaz de interpretar la situación. No sé interpretar a Sam. No sé qué es lo que espero ni lo que quiero. Somos dos personas cuyos caminos se cruzaron momentáneamente por obra del destino y que ahora llevan a cabo una transacción comercial. Eso es todo.

Entonces, ¿por qué siento mariposas en el estómago cada vez que abre la boca para hablar? ¿Qué diablos estoy esperando que me diga?

—Un café estaría genial, gracias. ¿Tienes descafeinado?

Lo veo toqueteando la máquina de Nespresso que hay en un banco en el lateral de su despacho, peleándose con la boquilla para calentar la leche. Siento que los dos agradecemos la interrupción.

—No te preocupes —le digo al final, al verlo tirar de la boquilla, con frustración—. Puedo tomarlo solo, sin leche.

—Pero tú odias el café solo.

—¿Cómo lo sabes? —Me río, sorprendida.

—Se lo escribiste a Lucinda una vez en un e-mail. —Se vuelve, torciendo la boca—. ¿Acaso creías que eras la única que ha estado espiando correos electrónicos?

—Tienes buena memoria. —Me encojo de hombros—. ¿Qué más recuerdas?

Se queda en silencio. Cuando nos miramos a los ojos, se me empieza a acelerar el corazón. Sus ojos son tan intensos, tan oscuros y tan serios... Cuanto más los miro, más quiero perderme en ellos. Si está pensando lo que estoy pensando yo, entonces...

No. Basta, Poppy. Por supuesto que no está pensando eso. Y yo ni siquiera sé tampoco lo que estoy pensando, no exactamente...

—Oye, ¿sabes qué? Mejor olvida lo del café. —Me levanto de pronto—. Voy a salir fuera un rato.

—¿Estás segura? —Sam parece desconcertado.

—Sí, no quiero molestarte. —Evito mirarlo a la cara al pasar por su lado—. Tengo algunos recados que hacer. Nos vemos dentro de una hora.

No voy a hacer ningún recado. No tengo energías. Mi futuro se ha ido al garete y sé que voy a tener que tomar alguna iniciativa... pero de momento no puedo afrontarlo. Salgo de la empresa de Sam y camino hasta la catedral de Saint Paul. Me siento en la escalinata, bajo los rayos de sol, observando a los turistas y haciendo como que estoy de vacaciones de mi propia vida. Luego, al final, vuelvo sobre mis pasos.

Cuando llego a la oficina, Sam está hablando por teléfono, me saluda con la cabeza y señala el aparato con un gesto de disculpa.

—¡Toc, toc! —La cabeza de Ted asoma por la puerta y me sobresalto—. Ya está hecho. Hemos puesto a trabajar a tres operarios. —Entra en el despacho con un montón de hojas de tamaño A4—. El único problema es que hemos tenido que imprimir cada uno de los mensajes en una hoja diferente. Parece el tocho de *Guerra y paz*.

—Caramba. —Lleva una cantidad increíble de papeles. ¡Es imposible que yo haya podido enviar tantos SMS y correos electrónicos! Pero si solo he usado ese móvil unos pocos días...

—Bueno. —Ted deja la pila de papeles sobre la mesa con aire profesional y la separa en tres partes—. Uno de los chicos los ha ido clasificando. Estos de aquí son de Sam, correos de trabajo, etc. Bandeja de entrada, mensajes enviados, borradores... todo. Sam, aquí los tienes. —Se los ofrece y Sam se levanta de su mesa y los recoge.

—Estupendo, gracias —dice, hojeándolos.

—También hemos impreso los adjuntos. Además, deberías tenerlos en tu ordenador, Sam, por seguridad... —Da unas palmaditas a un segundo montón—. Y estos son los tuyos, Poppy. Debería estar todo aquí.

—Muy bien. Gracias. —Hojeo los papeles.

—Y luego hay un tercer grupo. —Ted frunce el ceño, como si estuviera un poco confuso—. No estábamos seguros de qué hacer con estos. Son... son de los dos.

—¿Qué quieres decir? —Sam levanta la vista.

—Es la correspondencia entre vosotros dos. Todos los SMS, los correos electrónicos y cualquier otra cosa que os habéis estado enviando el uno al otro. En orden cronológico. —Ted se encoge de hombros—. No sé si alguno de los dos quiere quedárselos o si preferís que los borremos... ¿Son importantes?

Deja el montón de hojas impresas sobre la mesa y me quedo mirando la primera con incredulidad. Es una fotografía granulada de mí en un espejo, sosteniendo el móvil en alto y haciendo el juramento de las Brownies. Me había olvidado por completo de eso. Paso a la siguiente página y me encuentro un mensaje de texto de Sam:

Podría enviarle esta foto a la policía y hacer que la detengan.

A continuación, en la página siguiente, está mi respuesta:

Se lo agradezco mucho, de corazón. Gracias ☺ ☺ ☺

Parece que haga un siglo de eso, de cuando Sam era solo un extraño al otro lado del teléfono. Cuando no lo conocía, no tenía ni idea de cómo era... Percibo movimiento detrás de mí. Sam se ha acercado a echar un vistazo también.

—Qué raro se me hace, verlos todos ahí impresos —dice.

—Es verdad. —Asiento con la cabeza.

Encuentro la foto de unos dientes picados con caries y los dos nos echamos a reír.

—Hay unas cuantas fotos de dientes, ¿no? —dice Ted, mirándonos con curiosidad—. Nos preguntábamos a qué venían esas fotos... ¿Trabajas en algo relacionado con la odontología, Poppy?

—No exactamente. —Hojeo las páginas, hipnotizada. Está absolutamente todo lo que nos hemos dicho el uno al otro. Páginas y más páginas de mensajes, enviados y recibidos, como un libro de los últimos días.

CÉFIRO. Usa la erre de ZOZOBRANTE. Puntuación de triple palabra, más 50 puntos extras.

¿Has pedido cita con el dentista? ¡¡¡Se te van a caer todos los dientes!!!

Llevas la corbata torcida.

¿Qué haces despierta a estas horas?

Mi vida termina mañana.

Entonces, entiendo que no puedas conciliar el sueño. ¿Por qué acaba mañana?

No sabía que tu nombre aparecía en mi invitación.

Solo he venido para recoger tu bolsa con los regalos. Estaba incluido en el servicio. No me des las gracias.

¿Cómo ha reaccionado Vicks?

Cuando leo los mensajes de anoche, me quedo sin aliento. Al ver esas palabras, es como si me transportaran allí de nuevo.

No me atrevo a mirar a Sam ni a mostrar ninguna emoción, por lo que me limito a seguir leyendo como si tal cosa, como si me diera lo mismo, leyendo un mensaje de texto aquí y allá.

¿Sabe alguien que me estás enviando mensajes de texto?

Me parece que no. Todavía no.

Mi nueva regla ante la vida: no cruzar sola un bosque oscuro y aterrador.

No estás sola.

Me alegro de que el móvil que encontré fuese el tuyo.

Yo también.

Mil besos y mil abrazos.

Estás muy lejos.

Sí estoy. Ya voy.

Y de repente siento un nudo en la garganta. Ya basta. Ya es suficiente. Suelto los papeles de nuevo en la pila y levanto la vista con una sonrisa despreocupada.

—¡Caramba!

Ted se encoge de hombros.

—Bueno, como he dicho, no sabíamos qué hacer con ellos.

—Nosotros nos encargaremos —dice Sam—. Gracias, Ted.

Lo dice con rostro impasible. No tengo ni idea de si ha sentido algo al leer esos mensajes de texto.

—Entonces, ¿ahora podemos hacer lo que queramos con el teléfono? —pregunta Ted.

—Adelante, ningún problema. —Sam asiente con la cabeza—. Hasta luego, Ted.

Cuando Ted sale del despacho, Sam vuelve a acercarse a la máquina de Nespresso y empieza a preparar una nueva taza.

—Vamos, te voy a preparar una taza de café. Ahora sé cómo hacerlo.

—No, en serio, no te molestes —le digo, pero la boquilla empieza a emitir un chorro de leche caliente con un silbido tan agudo que no tiene sentido decir nada.

—Ten. —Me da la taza.

—Gracias.

—Así que... ¿los quieres? —Señala la pila de papeles impresos.

Siento que una súbita oleada de calor me recorre el cuerpo y, para ganar tiempo, bebo un sorbo de café. El móvil ya no está. Esas pocas hojas impresas son la única evidencia de todo este tiempo tan extraño y maravilloso. Por supuesto que los quiero.

Sin embargo, por alguna razón, no puedo admitirlo delante de Sam.

—A mí me da igual. —Trato de aparentar indiferencia—. ¿Los quieres tú?

Sam no dice nada, se limita a encogerse de hombros.

—Bueno, la verdad es que no los necesito para nada...

—No. —Niega con la cabeza—. Son todas cosas bastante irrelevantes... —Recibe un SMS en su móvil y se lo saca del bolsillo. Examina la pantalla y luego frunce el ceño—. Oh, no. Maldita sea. Lo único que me faltaba.

—¿Qué pasa? —exclamo, alarmada—. ¿Es por los mensajes de voz?

—No, no es eso. —Me mira con una expresión suspicaz—. ¿Qué demonios le escribiste a Willow?

—¿Cómo? —Lo miro confusa.

—Está como una fiera por culpa de un correo electrónico que le enviaste tú. Pero ¿se puede saber por qué diablos escribías a Willow?

—¡Yo no le he escrito nada! —Lo miro perpleja—. ¡Nunca se me ocurriría escribirle un correo electrónico! ¡Ni siquiera la conozco!

—Bueno, pues eso no es lo que dice ella... —Se interrumpe cuando le llega un nuevo mensaje—. Está bien. Aquí está... ¿Lo reconoces? —Me pasa el móvil y empiezo a leer.

> Willow, bruja, ¿por qué no dejas en paz a SAM DE UNA VEZ y dejas de escribir TODAS ESAS MALDITAS MAYÚSCULAS? Y para que te enteres de una vez: ya no eres la novia de Sam, así que... ¿qué te importa lo que estaba haciendo ayer por la noche con una mosquita muerta? ¿Es que no tienes vida o qué??????

Un escalofrío va trepando lentamente desde mi estómago hacia arriba.

Muy bien, puede que le escribiera algo así esta mañana, cuando iba en el metro, de camino a la oficina de Sam. Debía de estar hasta el gorro de una de las rabietas de Willow y debí de hacerlo para desahogarme un poco... pero ¡no envié el mensaje! Es imposible que lo enviara. Yo nunca, nunca lo habría enviado...

Oh, Dios...

—Yo... mmm... —Cuando al fin levanto la cabeza, tengo la boca completamente seca—. Puede ser que lo escribiera de broma, como de mentira, y que le haya dado al botón de «Enviar» sin querer. Por error, completamente por error. Vamos, que no tenía ninguna intención de hacerlo —añado, para que quede claro—. Yo nunca habría hecho una cosa así a propósito.

Releo el mensaje de nuevo y me imagino a Willow leyéndolo. Seguro que se ha puesto hecha un basilisco. Casi lamento no haber estado a su lado para verlo. Se me escapa una risotada al imaginármela abriendo los ojos como platos, ensanchando las fosas nasales, escupiendo fuego por la boca...[95]

—¿Te parece gracioso? —me suelta Sam.

—Bueno, no —contesto, sorprendida por su tono de voz—. Quiero decir, lo siento mucho. Obviamente. Pero fue sin querer...

—¿Qué importa si fue sin querer o no? —Me quita el teléfo-

---

95. Una licencia poética.

no de las manos—. Es una pesadilla, y lo último que me faltaba en este momento...

—¡Alto ahí! —Levanto la mano—. No lo entiendo. ¿Por qué tiene que ser un problema para ti? Fui yo la que le mandó el mensaje, no tú.

—Te lo aseguro —replica, fulminándome con la mirada—. Sea como sea, al final acabará siendo un problema para mí.

A ver, esto no tiene ningún sentido. ¿Por qué tiene que ser su problema? ¿Y por qué está tan enfadado? Sé que no debería haber enviado ese correo, pero Willow tampoco debería haberle escrito tropecientos mil correos atacándolo y despotricando como una loca. ¿Por qué se pone de su parte?

—Escucha. —Trato de mantener la calma—. Le enviaré un e-mail y le pediré disculpas, pero me parece que estás exagerando un poco. Ella ya no es tu novia. Esto no tiene nada que ver contigo.

Ni siquiera me mira. Está escribiendo algo en su móvil. ¿Le está escribiendo a Willow?

—Todavía te importa, ¿verdad? —La verdad me golpea como un puñetazo en el estómago. ¿Por qué no me habré dado cuenta antes?—. Todavía te sientes unido a ella.

—Por supuesto que no. —Frunce el ceño con impaciencia.

—¡Sí, es verdad! Si no te importase, este mensaje te dejaría completamente indiferente. Pensarías que se lo merecía. Te parecería divertido. Te pondrías de mi parte. —Me tiembla la voz, y tengo la horrible sensación de que me estoy ruborizando.

Sam parece desconcertado.

—Poppy, ¿por qué estás tan enfadada?

—Porque... porque... —Me callo de golpe, jadeando.

Por razones que no podría decirle nunca. Razones que ni siquiera puedo admitir ante mí misma. El estómago me bulle de humillación. ¿A quién quería engañar?

—Porque... ¡no has sido sincero! —Las palabras salen disparadas de mi boca al fin—. Me soltaste toda esa sarta de mentiras de que entre tú y Willow todo había terminado y que ella tenía que entenderlo. ¿Cómo va a entender nada si reaccionas así?

Actúas como si todavía fuese una parte importante de tu vida y todavía te sintieses responsable de lo que siente. Y eso me dice que todavía te importa.

—Es la estupidez más grande que he oído en mi vida. —Está furioso.

—Entonces, ¿por qué no le dices que deje de molestarte? ¿Por qué no terminar de una vez y poner fin a vuestra historia? ¿Es porque no quieres poner fin a vuestra historia, Sam? —Los nervios me hacen levantar la voz—. ¿No será que en el fondo te gusta esa relación obsesiva y enfermiza?

Ahora Sam también respira con dificultad.

—No tienes ningún derecho a hablar sobre algo de lo que no sabes nada...

—¡Ah, perdón! —Suelto una risa sarcástica—. Tienes razón. De hecho, no os entiendo en absoluto, a ninguno de los dos. A lo mejor hasta volvéis juntos, y espero que seáis muy felices.

—Poppy, por el amor de Dios...

—¿Qué? —Al dejar la taza bruscamente encima de la mesa, doy un golpe y derramo un poco de café sobre las hojas con nuestra correspondencia—. Vaya, ahora sí que las he dejado hechas un asco. Lo siento. Pero supongo que son todas cosas bastante irrelevantes, así que no importa.

—¿Qué? —Sam parece perplejo—. Poppy, ¿por qué no nos sentamos tranquilamente y... volvemos a empezar?

Creo que no soy capaz de sentarme tranquilamente en ningún sitio. Me noto vulnerable y furiosa. Empiezan a aflorar a la superficie unas emociones muy negras y muy profundas. Ni siquiera había admitido ante mí misma hasta qué punto me había hecho ilusiones. No me había dado cuenta de que había dado por sentado que entre nosotros dos...

Pues nada. Resulta que soy una ilusa, una tonta que se ha estado engañando, y ahora tengo que salir de aquí cuanto antes.

—Lo siento. —Respiro hondo y, no sé cómo, acierto a sonreír—. Lo siento. Solo estoy un poco estresada. Por la boda y todo eso. No pasa nada. Oye, gracias por prestarme el teléfono. Ha sido un placer conocerte y te deseo que seas muy feliz. Con

Willow o sin ella. —Cojo el bolso con las manos aún temblorosas—. Así que, mmm... espero que todo lo de sir Nicholas acabe
bien, y ya intentaré seguir las noticias en los periódicos... No te
preocupes, yo misma buscaré la salida... —Casi no puedo mirarlo a la cara mientras me dirijo a la puerta.

Sam parece completamente atónito.

—Poppy, no te vayas así. Te lo ruego...

—¡No me voy de ninguna manera! —exclamo alegremente—. En serio. Tengo cosas que hacer. Tengo que cancelar una
boda, provocar un leve ataque al corazón a algunas personas...

—Espera, Poppy... —La voz de Sam hace que me detenga y
me doy la vuelta—. Solo quería decirte... gracias.

Sus ojos oscuros bucean en los míos y, por un momento, mi
coraza defensiva y cubierta de espinas se resquebraja.

—Lo mismo digo. —Asiento con la cabeza, con un nudo en
la garganta—. Gracias.

Levanto la mano para darle un último adiós y echo a andar
por el pasillo. Con la cabeza bien alta. «No te detengas. No mires atrás.»

Para cuando llego a la calle, unos lagrimones me resbalan por
la cara y me bulle el cerebro con toda clase de pensamientos per-
turbadores y furibundos, aunque no estoy segura de con quién
estoy más furiosa. Tal vez conmigo misma.

Sin embargo, hay algo que puede hacerme sentir mejor. Media hora más tarde ya he entrado en una tienda de móviles, he
firmado el contrato más caro y completo que tenían, y ahora
soy la dueña de un flamante teléfono inteligente de última generación. Sam dijo que no importaba el precio, ¿no? Pues hala, ahí
lo tienes, le he tomado la palabra.

Y ahora, naturalmente, tengo que estrenarlo. Salgo de la tienda y encuentro una zona al aire libre y lejos del ruido del tráfico.
Marco el número de Magnus y asiento satisfecha cuando salta
inmediatamente el contestador automático. Justo lo que quería.

—Está bien, maldito cabronazo. —Inyecto todo el veneno
que puedo a la última palabra—. He hablado con Lucinda. Lo
sé todo. Sé que te has acostado con ella, sé que le pediste que se

casara contigo, sé que este anillo ya lo han manoseado otras antes que yo, sé que eres un mentiroso de mierda, y para que te enteres: ya no hay boda. ¿Me has oído bien? Se acabó. Así que espero que encuentres otra oportunidad para sacarle partido a ese chaleco. Y a tu vida, ya puestos. Hasta la vista, Magnus. O ahora que lo pienso, mejor no.

Hay momentos en la vida para los que el helado de chocolate blanco Magnum se inventó especialmente, y este es uno de ellos.[96]

Todavía no tengo fuerzas para hacer las llamadas telefónicas de rigor. No me veo con ánimos de llamar al cura, a mis hermanos o a ninguna de mis amigas. Estoy demasiado deprimida. Primero tengo que recuperar la energía. Así que, cuando llego a casa, tengo un plan.

Esta noche: ver películas en DVD cómodamente en el sofá, comerme un Magnum detrás de otro, llorar mucho. Mascarilla para el pelo.[97]

Mañana: anunciarles a todos la noticia de que ya no va a haber boda, afrontar las consecuencias, ver cómo Annalise contiene las ganas de ponerse a dar saltos de alegría, etcétera, etcétera.

Le he enviado mi nuevo número de móvil a toda mi agenda de contactos y ya he recibido tres simpáticos SMS de respuesta, pero no le he mencionado lo de la boda a nadie. Puede esperar hasta mañana.

Evidentemente, no me apetece ver nada que esté relacionado con bodas,[98] así que al final me decido por ver una peli de dibujos, que resultan ser las que más hacen llorar de todas. Veo *Toy Story 3*,[99] *Up*[100] y, hacia la medianoche, estoy con *Buscando a*

96. Ni siquiera me quita las ganas el hecho de que su nombre me recuerde, precisamente, al hombre del que quiero olvidarme.
97. Ya que estoy, mejor seguir adelante con el plan de belleza.
98. Cosa que, por lo que se ve, excluye la mayoría de mis DVD.
99. Un hartón de llorar.
100. Un hartón de llorar total.

Nemo. Estoy acurrucada en el sofá con mi pijama de hace mil años y mi mantita de pelo, la botella de vino blanco al alcance de la mano, la melena completamente grasa con la mascarilla suavizante y los ojos más hinchados del universo. *Buscando a Nemo* siempre me hace llorar, pero esta vez ya estoy llorando como una magdalena antes incluso de que Nemo se pierda.[101] Estoy preguntándome si no debería ver algo menos violento y salvaje cuando llaman por el portero automático.

Qué raro. No espero a nadie. A menos que... ¿habrán llegado Toby y Tom antes de tiempo? Eso sería muy típico de ellos, presentarse a las doce de la noche después de un viaje en algún autobús barato. El interfono se encuentra en una posición estratégica cerca del sofá, así que, sin ni siquiera levantarme, descuelgo el aparato, pongo la película en pausa y digo, con voz vacilante:

—¿Quién es?

—Soy Magnus.

¿Magnus?

Me incorporo de golpe, como si me hubieran electrocutado. Magnus. Aquí. En mi casa. ¿Habrá oído el mensaje?

—Hola. —Trago saliva, tratando de recobrarme del susto—. Creía que estabas en Brujas.

—He vuelto.

—Ya. ¿Y por qué no has abierto con tu llave?

—Pensé que tal vez habrías cambiado la cerradura.

—Ah. —Me aparto un mechón de pelo de los ojos anegados de lágrimas. O sea que sí ha oído el mensaje—. Pues no, no la he cambiado.

—¿Puedo subir, entonces?

—Supongo que sí.

Cuelgo el aparato y miro a mi alrededor. Mierda. Esta habitación parece una pocilga. En un ataque de pánico, siento el im-

---

101. ¿Se puede saber qué clase de película empieza con un tiburón que se come a una mamá pez y a sus pobrecillos hijitos? ¡Se supone que es para niños!

pulso de levantarme de un salto, tirar los envoltorios de Magnum, aclararme la mascarilla para el pelo, ahuecar los cojines, ponerme un poco lápiz de ojos y buscar algún conjunto sugerente para estar por casa. Eso es lo que haría Annalise.

Y tal vez por eso mismo no hago absolutamente nada. ¿A quién le importa si tengo los ojos hinchados y llevo mascarilla en el pelo? No me voy a casar con este hombre, así que mi aspecto físico es irrelevante.[102]

Oigo girar la llave en la cerradura y vuelvo a poner *Buscando a Nemo*, desafiante. No pienso poner en pausa mi vida por él. Eso ya lo he hecho bastante. Subo un poco más el volumen y me lleno un poco más la copa de vino. No le pienso ofrecer ninguna copa, así que más vale que no lo espere. Ni tampoco un Magnum.[103]

La puerta emite su crujido habitual y sé que Magnus ha entrado en la habitación, pero yo sigo mirando la pantalla de la tele como si nada.

—Hola.

—Hola. —Me encojo de hombros, como si nada.

Por el rabillo del ojo, veo a Magnus soltar un suspiro. Parece un poco nervioso.

—Bueno.

—Bueno. —Yo también sé jugar a este juego.

—Poppy.

—Poppy... quiero decir, Magnus. —Frunzo el ceño. Me ha pillado. Levanto la vista sin querer e inmediatamente corre a agarrarme de las manos, igual que hizo cuando nos conocimos.

—¡No! —le suelto, prácticamente con un gruñido—. No puedes hacer eso.

—¡Lo siento! —Retira las manos como si lo hubiera quemado.

—No sé quién eres. —Miro a Nemo y a Dory con expresión desconsolada—. Me mentiste en todo. No puedo casarme con

102. *N. B.*: ¿No debería ser irrelevante en cualquier caso?
103. Porque ya me los he comido todos.

un mentiroso, con alguien que me ha engañado. Así que más vale que te largues. Ni siquiera sé qué estás haciendo aquí.

Magnus lanza otro enorme suspiro.

—Poppy... Tienes razón. He cometido un error. Es verdad. Lo confieso.

—¿Un «error»? —repito con sarcasmo.

—¡Sí, un error! No soy perfecto, ¿de acuerdo? —Se pasa los dedos por el pelo con frustración—. ¿Es eso lo que esperas de un hombre? ¿La perfección? ¿Quieres un hombre perfecto? Porque, créeme, ese hombre no existe. Y si es por eso por lo que vas a cancelar esta boda, solo porque cometí un simple error... —Extiende las manos, y en sus ojos se ve el reflejo del color iluminado de la pantalla—. Soy humano, Poppy. Soy un ser humano lleno de defectos.

—No quiero un hombre perfecto —le espeto—. Quiero un hombre que no se acueste con la mujer que está organizando mi boda.

—Por desgracia, no podemos elegir nuestros propios defectos. Y no dejo de arrepentirme de mi debilidad, no sabes cuánto me arrepiento.

¿Cómo es capaz de aparentar esa actitud noble, casi como si él fuera la víctima?

—¡Pobrecillo! Qué lástima me das... —Subo el volumen de la película, pero para mi sorpresa Magnus me quita el mando y apaga el televisor. Lo miro perpleja en el repentino silencio.

—Poppy, no puedes hablar en serio. No puedes querer mandarlo todo al garete solo por un pequeño...

—No es solo eso. —Siento una vieja herida que me escuece en el pecho—. No me hablaste de tus anteriores prometidas. No me dijiste que le habías pedido a Lucinda que se casara contigo. Creía que ese anillo era especial. Por cierto, ahora lo tiene tu madre.

—Les he pedido a otras chicas que se casen conmigo —dice despacio—. Pero ahora no puedo entender por qué.

—¿Porque las querías?

—No —dice con repentina vehemencia—. No las quería.

Estaba loco. Poppy, tú y yo, en cambio... lo nuestro es diferente. Podríamos lograrlo. Lo sé. Solo tenemos que superar la boda...

—¿«Superar» la boda?

—No, no he querido decir eso. —Lanza un suspiro de impaciencia—. Vamos, Poppy, te lo suplico... Todo está listo. Ya está todo organizado. Esto no tiene nada que ver con Lucinda, lo único que importa somos tú y yo. Podemos hacerlo. Quiero hacerlo. De veras quiero hacerlo. —Habla con tanto fervor que lo miro desconcertada.

—Magnus...

—¿Conseguiría esto que cambiases de opinión? —Se hinca de rodillas en el suelo y se mete una mano en el bolsillo. Me quedo sin habla cuando abre una cajita de joyería. En el interior hay un anillo de hilo de oro trenzado con un pequeño diamante en el costado.

—¿De dónde... de dónde lo has sacado? —Apenas puedo hablar.

—Te lo compré en Brujas. —Se aclara la garganta, como si le avergonzara admitirlo—. Estaba paseando por la calle. Lo vi en un escaparate y pensé en ti.

No me lo puedo creer. Magnus ha comprado un anillo para mí. Especialmente para mí. Me parece estar oyendo la voz de Wanda: «Cuando de verdad quiera comprometerse con una mujer, encontrará un anillo por sí mismo. Elegirá algo cuidadosamente. Lo pensará muy bien».

Sin embargo, no puedo bajar la guardia.

—¿Por qué elegiste este anillo precisamente? —le pregunto, para ponerlo a prueba—. ¿Por qué dices que te hizo pensar de mí?

—Los hilos de oro. —Sonríe con timidez—. Me recordaron a tu pelo. No por el color, por supuesto —se corrige rápidamente—, sino por cómo brillan.

Buena respuesta. Muy romántica. Miro hacia arriba y me lanza una sonrisa ladeada y llena de esperanza.

Oh, Dios mío... Cuando Magnus se pone tierno y me mira con esos ojos de cachorro, es prácticamente irresistible.

La cabeza me da vueltas. Así que cometió un error. Un error muy, muy grande. ¿Voy a arrojarlo todo por la borda por eso? ¿Soy yo tan perfecta? Vamos a hablar sin tapujos, hace veinticuatro horas yo misma estaba en los brazos de otro hombre en un bosque.

Al pensar en Sam siento una punzada en el pecho y me regaño a mí misma de inmediato. Basta. No pienses en eso. Me dejé arrastrar por las circunstancias, eso es todo. Tal vez a Magnus le pasó lo mismo.

—¿Qué piensas? —Magnus me mira ansioso.

—Me encanta —susurro—. Es precioso.

—Lo sé. —Asiente con la cabeza—. Es una maravilla. Igual que tú. Y quiero que te lo pongas. Así que, Poppy... —Deposita su mano cálida encima de la mía—. Mi dulce Poppy... ¿quieres...?

—Oh, Dios, Magnus... —le digo, impotente—. No sé... —Mi móvil no deja de parpadear con mensajes nuevos y decido leerlos para ganar un poco de tiempo. Hay un correo electrónico de samroxtonpa@whiteglobeconsulting.com.

Se me acelera el corazón. Esta tarde le envié un mensaje con mi número nuevo a Sam, para que lo tuviera, simplemente. Y en el último momento añadí: «Siento lo de esta tarde», con un par de besos. Solo para distender un poco las cosas. Y ahora acaba de responderme. A medianoche. ¿Qué querrá decirme? Abro el mensaje con dedos temblorosos, mientras se me pasan por la cabeza toda clase de posibilidades, a cual más disparatada...

—¿Poppy? —Magnus parece un poco ofendido—. ¿Cariño? ¿Podemos centrarnos en nosotros?

> Sam se alegra mucho de haber recibido su correo. Le responderá tan pronto como le sea posible. Mientras tanto, gracias por su interés.

Al leerlo, siento una punzada de humillación. El correo antipesados. Me ha enviado uno de sus correos electrónicos para quitarse de encima a la gente.

De repente me acuerdo de ese momento en el restaurante: «Tú también debes de tener un mensaje antipesados. También son muy útiles para rechazar a los moscones de turno». Bueno, pues no se puede ser más claro, ¿verdad que no?

Y ahora lo que siento en el pecho es algo más que una punzada, es un dolor y muy profundo. Qué tonta he sido. ¿En qué estaría pensando? Por lo menos Magnus no se engañó a sí mismo creyendo que entre él y Lucinda había algo más que una aventura fugaz. En cierto modo, él ha sido más fiel que yo. Es decir, si Magnus supiera la mitad de lo que ha estado pasando en estos últimos días...

—¿Poppy? —Magnus me está mirando—. ¿Malas noticias?

—No. —Arrojo el teléfono al sofá y, no sé cómo, logro esbozar una sonrisa deslumbrante—. Tienes razón. Todos cometemos errores alguna vez. Todos nos dejamos llevar por las circunstancias. Todos nos desviamos de nuestro camino por cosas... que no son reales. Pero lo importante es... —Me estoy quedando sin fuerza.

—¿Sí? —me anima Magnus.

—Lo importante es... que me has comprado un anillo. Tú solo.

Al pronunciar estas palabras, mis pensamientos parecen fundirse y consolidarse en algo firme y concreto. Todas mis ilusiones se desvanecen. Esta es la realidad, la que tengo aquí, justo delante. Ahora sé lo que quiero. Saco el anillo de la caja y lo examino un momento, sintiendo cómo la sangre me palpita con fuerza en la cabeza.

—Tú lo elegiste por ti mismo. Y me encanta. Y Magnus... Sí.

Miro a Magnus a los ojos, y de repente Sam me resulta indiferente, y estoy deseosa de pasar página y seguir adelante con mi vida, lejos de aquí, a algún lugar nuevo.

—¿Sí? —Me mira como si no estuviera seguro de haber oído bien.

—Sí. —Asiento con la cabeza.

En silencio, Magnus me quita el anillo. Levanta mi mano izquierda y lo desliza en el dedo anular.

No me lo puedo creer. Voy a casarme.

16

Magnus no es supersticioso, igual que su padre. Así que a pesar de que hoy es el día de nuestra boda —a pesar de que todo el mundo sabe que trae mala suerte— anoche se quedó a dormir en mi casa. Cuando le pedí que se fuera a casa de sus padres, se puso de muy mal humor y me dijo que no fuese ridícula, que no iba a hacer una maleta y llevarse sus cosas solo por una noche. Luego añadió que seguro que las personas que creían en semejantes estupideces eran...

Y en ese momento se calló de golpe. Pero sé que iba a decir «débiles mentales». Menos mal que no siguió hablando, porque de lo contrario habríamos tenido una bronca de campeonato. Para ser sincera, lo cierto es que sigo bastante molesta con él, lo cual no es precisamente lo ideal en el día de la boda de una. Debería estar en el séptimo cielo, y no asomando la cabeza por la cocina cada cinco minutos para decir: «Y otra cosa que siempre haces es...».

Ahora sé exactamente por qué se introdujo la costumbre de permanecer separados la noche antes de la boda. No tiene nada que ver con el amor, el sexo o la castidad ni nada parecido, sino para que no te pelees y avances hacia el altar dando patadas en el suelo, hecha una furia con tu futuro marido, pensando en todas las verdades domésticas que vas a soltarle a la cara en cuanto acabéis con el trámite de la boda.

Yo quería que durmiera en la sala de estar, pero Toby y Tom

estaban allí con sus sacos de dormir.[104] Al menos le he hecho prometer que saldrá de casa antes de que me ponga el vestido de novia. Vamos, eso ya sí que sería el colmo.

Mientras me sirvo una taza de café, lo oigo declamar en el baño y siento un nuevo ataque de irritación. Está ensayando su discurso. Aquí. En la casa. ¿No se supone que el discurso debería ser una sorpresa? ¿Es que no sabe nada de nada sobre bodas? Me acerco a la puerta del baño, dispuesta a echarle un buen rapapolvo... cuando me paro de repente. Ya que estoy aquí, voy a escuchar un poquito...

La puerta está entreabierta, y al asomarme por la rendija lo veo con su traje de novio, hablando consigo mismo frente al espejo. Para mi sorpresa, veo que está bastante nervioso. Tiene las mejillas sonrojadas y respira con dificultad. A lo mejor se está metiendo en el papel. A lo mejor pronuncia un discurso muy apasionado sobre cómo he dado sentido a su vida y todos se echarán a llorar a moco tendido.

—Todo el mundo decía que nunca me casaría, que nunca sería capaz de hacerlo. —Magnus hace una larga pausa y me pregunto si no se le habrá ido la inspiración—. Bueno, pues aquí estoy, ¿lo veis? Estoy aquí.

Toma un sorbo de algo que parece a gin-tonic y se mira en el espejo con aire beligerante.

—Aquí estoy. Casado, ¿lo veis? Casado.

Lo miro un poco insegura. Hay algo raro en su discurso, no sé lo que es, pero sé que hay algo raro. Hay algo que parece un poco... extraño... fuera de lugar...

Ya lo tengo: no parece feliz.

¿Por qué no parece feliz? Es el día de su boda.

—Lo he hecho. ¡Lo logré! —Levanta su copa en el espejo con una expresión sombría—. Así que, todos los que decíais que no iba a poder... podéis iros a la mierda.

—¡Magnus! —Se me escapa, escandalizada—. ¡No puedes decir eso en el discurso de tu boda!

104. Todavía siguen allí, en estado comatoso.

Magnus se lleva un sobresalto y el aire beligerante se desvanece en cuanto se vuelve hacia mí.

—¡Poppy! ¡Cielo! No sabía que estabas escuchando.

—¿Es ese tu discurso? —le pregunto.

—No. No exactamente. —Toma un largo trago—. Todavía estoy trabajando en él.

—Pero bueno, ¿es que aún no lo has escrito? —Echo un vistazo a su vaso—. ¿Eso de ahí es un gin-tonic?

—Me parece que puedo permitirme tomarme un gin-tonic en el día de mi boda, ¿no crees?

El aire beligerante vuelve a hacer acto de presencia. ¿Se puede saber qué le pasa?

Si estuviera en una de esas series de televisión norteamericanas, esas que pasan en cocinas de lujo superelegantes, ahora me acercaría a él, lo agarraría cariñosamente del brazo y le diría en voz baja y melosa: «Va a ser un día maravilloso, amor mío». Y entonces su rostro se relajaría y diría: «Lo sé», y nos besaríamos y yo habría logrado aliviar la tensión gracias a mi actitud cariñosa y a mi delicadeza.

Pero no estoy de humor. Si quiere ponerse beligerante, yo también sé cómo hacerlo.

—Muy bien —le suelto, frunciendo el ceño—. Emborráchate. Una idea genial.

—No me voy a emborrachar, Dios... Pero tengo que tomar algo para aliviar un poco este... —Se calla de repente y lo miro sorprendida. ¿Cómo pretendía acabar la frase exactamente?

¿Este tormento, tal vez? ¿Este sufrimiento?

Creo que está pensando lo mismo que yo, porque termina la frase rápidamente.

—Este entusiasmo. Tengo que calmar un poco mi entusiasmo, porque de lo contrario estaré demasiado histérico para concentrarme. Cariño, estás preciosa. ¡Qué peinado tan fabuloso! Estás espectacular.

Ha recuperado su desparpajo habitual y vuelve a estar tan encantador como de costumbre, como el sol cuando sale detrás de una nube.

—Ni siquiera me he peinado todavía —le digo con una sonrisa perezosa—. El peluquero viene de camino.

—Bueno, pues no dejes que te estropee ese maravilloso pelo. —Me recoge las puntas con las manos y las besa—. Y ahora me voy, y así no estoy en medio. ¡Nos vemos en la iglesia!

—De acuerdo. —Lo sigo con la mirada, sintiéndome un poco inquieta.

Y sigo igual de inquieta durante toda la mañana. No es que esté preocupada exactamente, es que no sé si debería estarlo. Vamos a ver, examinemos los hechos: primero, Magnus se deshace en atenciones y muestras de cariño y me suplica que me case con él, y luego, de golpe y porrazo, está hecho un manojo de nervios, como si lo estuviera obligando a casarse conmigo a punta de pistola. ¿Son solo los nervios? ¿Así es como se ponen los hombres el día de su boda? ¿Debería considerarlo como un comportamiento masculino normal, como cuando se resfría y se pone a buscar en Google «síntomas cáncer de nariz mucosidad abundante»?[105]

Si mi padre estuviese vivo, podría preguntarle a él...

Pero ese es un hilo de pensamiento que, precisamente hoy, no puedo seguir, o acabaré deprimiéndome. Pestañeo varias veces y me limpio la nariz con un pañuelo de papel. Vamos, Poppy. Alegra esa cara. Deja de inventarte problemas que no existen. ¡Vas a casarte!

Toby y Tom emergen de sus cuevas justo cuando llega el peluquero. Se preparan el té en unas tazas gigantescas que se han traído consigo,[106] e inmediatamente se ponen a bromear con el peluquero y a colocarse rulos en el pelo y hacen que me muera de la risa. Y por enésima vez lamento no poder verlos más a menudo. Luego desaparecen para ir a desayunar a una cafetería, Ruby y Annalise llegan dos horas antes de lo previsto porque ya no podían esperar más, el peluquero anuncia que está listo y mi tía Trudy llama para decir que ya casi han llegado, que se le

---

105. Es verdad.
106. Por lo visto, mis tazas son muy «de chica».

ha hecho una carrera en las medias y que si sé de algún sitio donde pueda comprarse otro par.[107]

Luego nos sumergimos en el torbellino de secadores de aire, esmalte de uñas, maquillaje en la cara, recogidos de pelo, entrega de flores, ponerse los vestidos, quitarse los vestidos para ir al baño, entrega de bocadillos y un conato de catástrofe con el espray de bronceado (en realidad solo era una mancha de café en la rodilla de Annalise). De repente, sin darme cuenta, ya son las dos de la tarde y han llegado los coches y me encuentro delante del espejo con el vestido y el velo. Tengo a Tom y a Toby a uno y otro lado, y están tan guapos con sus chaqués que tengo que parpadear para ahuyentar las lágrimas otra vez. Annalise y Ruby ya han salido hacia la iglesia. Ya está. Estos son mis últimos momentos como mujer soltera.

—Mamá y papá estarían muy orgullosos de ti —suelta Toby de repente—. Un vestido precioso.

—Gracias —digo, tratando de parecer despreocupada.

Supongo que no estoy nada mal, para ser una novia. El vestido es largo y ajustado, con escote en la espalda y pequeños ribetes de encaje en las mangas. Llevo el pelo recogido en un moño de novia.[108] El velo es de gasa, y luzco un tocado de perlas y un ramo precioso de lirios. Y, sin embargo, igual que con Magnus por la mañana, hay algo raro, algo que está fuera de lugar...

De pronto, con gran consternación, me doy cuenta de que es la expresión de mi cara. No está bien. Tengo la mirada tensa, la boca se me contrae hacia abajo y no estoy radiante de felicidad. Intento enseñar los dientes a mi imagen en el espejo para ensayar una sonrisa deslumbrante... pero ahora parezco un monstruo, como una especie de novia-payasa terrorífica.

—¿Estás bien? —Tom me mira con curiosidad.

—¡Muy bien! —Me tiro del velo hacia abajo, tratando de taparme mejor la cara. El caso es que la expresión de mi cara no importa. Todo el mundo se va a estar fijando en la cola.

---

107. La tía Trudy no concibe la idea de que haya tiendas fuera de Taunton.
108. Al final sí me creció lo suficiente. Justito, pero suficiente.

—Oye, hermana. —Toby mira a Tom como buscando su aprobación—. Solo para que lo sepas, si por casualidad al final te echas atrás, por nosotros ningún problema. Te ayudaríamos a escapar incluso. Ya hemos hablado de eso, ¿verdad, Tom?

—Tren de las 16.30 desde Saint Pancras. —Tom asiente con la cabeza—. Te lleva a París justo a tiempo para la cena.

—¿Escapar? —Lo miro escandalizada—. ¿Qué quieres decir? ¿Por qué tendríais que haber planeado una vía de escape? ¿Es que Magnus no os cae bien?

—¡Nada de eso! ¡Qué va! No hemos dicho nada de eso. —Toby levanta las manos a la defensiva—. Solo era... una idea. Para que tuvieras otras opciones. Lo consideramos algo así como nuestro deber.

—Bueno, pues no lo consideréis vuestro deber. —Me sale en un tono más áspero de lo que pretendía—. Tenemos que ir a la iglesia.

—Ah, he comprado los periódicos antes, cuando he salido —añade Tom, sacando una pila de diarios—. ¿Quieres echarles un vistazo en el coche?

—¡No! —exclamo horrorizada—. ¡Por supuesto que no! ¡Me mancharé de tinta todo el vestido!

Solo a mi hermano pequeño se le ocurriría sugerirme leer el periódico en el coche mientras me dirijo a mi propia boda, como si fuera algo tan aburrido que más vale llevarse un pasatiempo.

Dicho lo cual, no puedo evitar hojear rápidamente el *Guardian* mientras Toby va al cuarto de baño por última vez antes de salir. En la página 5, bajo el titular «El escándalo sacude el mundo de los negocios», hay una foto de Sam, y en cuanto la veo, se me hace un nudo en la boca del estómago.

Aunque ahora es menos fuerte que antes. Estoy segura.

El coche, una limusina Rolls-Royce negra, es una imagen muy poco habitual en la anodina calle de Balham donde vivo, y un pequeño grupo de vecinos se ha congregado para verme salir. Doy un pequeño giro para que me vean y todos se ponen a aplaudir cuando me subo al coche. Nos ponemos en marcha y me siento como una novia de verdad, radiante y feliz.

Solo que, por lo visto, no tengo un aspecto feliz y radiante, porque cuando conducimos por Buckingham Palace Road, Tom se inclina hacia mí y me dice:

—¿Poppy? ¿Qué te pasa, te mareas en el coche o algo así?

—¿Eh?

—Tienes mala cara. ¿Te encuentras mal?

—No, no me encuentro mal. —Lo miro frunciendo el ceño.

—Pues tienes muy mala cara —dice Toby, mirándome con aire dubitativo—. Estás un poco... verde.

—¡Eso es, estás verde! —exclama Tom—. Sí, eso es justo lo que quería decir. Como si estuvieras a punto de vomitar. ¿Estás a punto de vomitar?

Típico tratándose de hermanos. ¿Por qué no habré tenido hermanas, que me dirían que estoy muy guapa y me prestarían el colorete?

—¡No, no voy a vomitar! Y no importa si tengo mala cara. —Aparto la mirada—. Nadie me va a ver detrás del velo. —El móvil emite un ruido y lo saco de mi bolsito de novia. Es un SMS de Annalise:

¡No vayáis por Park Lane! ¡Accidente! ¡Estamos en un atasco!

—Oiga... —Me inclino hacia delante para hablar con el conductor—. Hay un accidente en Park Lane.

—Ah, sí —confirma—. Pues seguiremos otro camino.

Cuando nos desviamos a una calle lateral, me doy cuenta de que Tom y Toby están intercambiándose miradas.

—¿Qué pasa? —pregunto al final.

—Nada —contesta Toby con aire tranquilizador—. Tú siéntate y relájate. ¿Quieres que te cuente un chiste, para distraerte un poco?

—No, gracias.

Miro por la ventanilla y veo desfilar las calles por nuestro lado, una tras otra. Y de repente, antes de que me sienta lo bastante preparada, ya hemos llegado. Cuando salimos del coche, las campanas de la iglesia repiquetean siguiendo un ritmo acompasado y regular. Un par de invitados que llegan tarde y a los que no reconozco suben corriendo la escalera, la mujer sujetándose el sombrero con la mano. Me sonríen y les respondo con un saludo cohibido.

Esto está pasando de verdad. Lo estoy haciendo realmente. Este es el día más feliz de mi vida. Debería recordar cada momento. Especialmente mi felicidad.

Tom me mira atentamente y hace una mueca.

—Pops, tienes un aspecto horrible. Voy a decirle al cura que estás enferma. —Me esquiva y se va directo hacia la iglesia.

—¡No, no lo hagas! ¡No estoy enferma! —grito de rabia, pero ya es demasiado tarde. Lo ha convertido en una misión. Y efectivamente, al cabo de un momento el reverendo Fox sale a toda prisa de la iglesia con expresión de alarma.

—¡Oh, Dios santo! ¡Tu hermano tiene razón! —dice en cuanto me ve—. Tienes muy mal aspecto.

—¡Estoy bien!

—¿Por qué no te tomas unos minutos a solas para ver si se te pasa, antes de que comencemos la ceremonia? —Me acompaña a una pequeña sala lateral—. Siéntate un momento, tómate un vaso de agua, ¿quieres una galleta, tal vez? Hay algunas en la entrada de la iglesia. Tenemos que esperar a las damas de honor de todos modos, parece ser que se han quedado atrapadas en un atasco...

—Las esperaré en la calle —dice Tom—. No pueden estar muy lejos.

—Yo iré a por las galletas —tercia Toby—. ¿Estarás bien, hermana?

—Muy bien.

Se van todos y me quedo sola en la silenciosa habitación. Hay un espejo diminuto en lo alto de una estantería y, cuando me miro en él, hago una mueca: es verdad que parezco enferma. ¿Qué diablos me pasa?

Me suena el teléfono y lo miro sobresaltada. Es un mensaje de la señora Randall.

¡Lo ha conseguido! ¡Ha vuelto a jugar a tenis! Es la mejor noticia que he oído en todo el día. De pronto me gustaría estar en el trabajo, lejos de aquí, absorta en el proceso de aliviar el dolor de una persona mediante la fisioterapia, de hacer algo útil...

No. Ya está bien. No seas estúpida, Poppy. ¿Cómo puedes querer estar en el trabajo el día de la boda? Debo de ser una especie de monstruo. Soy la única novia del mundo que preferiría estar en el trabajo. Ninguna de las revistas especializadas en bodas publica nunca ningún artículo sobre «Cómo estar radiante y no como si tuvieras ganas de vomitar».

Acabo de recibir un nuevo mensaje de texto, pero esta vez es de Annalise.

> ¡¡Por fin!! ¡Nos estamos moviendo! ¿Tú has llegado ya?

Muy bien. Vamos a centrarnos en el aquí y el ahora. El simple hecho de escribir el mensaje de respuesta ya hace que me sienta más relajada.

> Acabo de llegar.

Al cabo de un momento, me responde:

> ¡Aaargh! Vamos todo lo rápido que podemos. Además, se supone que tienes que llegar tarde. Trae buena suerte. ¿Todavía llevas la liga azul?

Annalise tenía tanta obsesión con que llevara una liga azul que esta mañana me ha traído nada menos que tres. Lo siento, pero no lo entiendo, ¿se puede saber a qué viene lo de la liga? La verdad es que estaría mucho mejor si esa banda elástica no me apretase la pierna ni me cortase la circulación de la sangre ahora mismo, pero le prometí solemnemente a Annalise que me la pondría.

Le envío el SMS con una sonrisa. Esta estúpida conversación me está levantando la moral. Dejo el teléfono, bebo un sorbo de agua y respiro profundamente. Muy bien. Ahora me encuentro mejor. El teléfono señala la llegada de otro mensaje y lo cojo para ver lo que ha contestado Annalise...

Pero es de Sam.

Por un momento me quedo paralizada. Ahora mismo estoy hecha un manojo de nervios, igual que una adolescente. Oh, Dios mío... Esto es patético. Qué vergüenza... Veo la palabra Sam y me quedo petrificada.

Una parte de mí quiere hacer caso omiso del mensaje. ¿Qué importa lo que tenga que decirme? ¿Por qué tengo que dedicarle ni aunque sea un nanosegundo o un milímetro de espacio mental, cuando es el día de mi boda y tengo otras cosas en que pensar?

Pero yo sé que no conseguiré seguir adelante con la boda sin haber leído ese mensaje en mi móvil. Lo abro con toda la calma posible, teniendo en cuenta que apenas puedo mover los dedos... y veo que se trata de uno de los mensajes más típicos de Sam, los de una sola palabra:

Hola.

¿Hola? ¿Qué narices se supone que significa eso?

Bueno, pues no pienso ser maleducada. Le enviaré una respuesta igual de efusiva:

Hola.

Al cabo de un momento llega otro mensaje:

¿Te pillo en mal momento?

¿Qué?

¿Habla en serio? ¿O es una broma sarcástica? ¿O...?

Entonces lo entiendo. Claro. Él todavía cree que he cancelado la boda. No lo sabe. No tiene ni idea.

Y de repente interpreto su mensaje desde otra perspectiva. No quiere decirme nada en particular. Solo me escribe para saludarme.

Trago saliva, tratando de pensar qué le puedo escribir. Lo cierto es que no puedo soportar la idea de decirle lo que estoy haciendo. No inmediatamente, al menos.

Pues la verdad es que sí.

Entonces seré breve. Tú tenías razón y yo no.

Me quedo mirando el mensaje con cara de desconcierto. ¿Tenía razón respecto a qué? Escribo despacio:

¿A qué te refieres?

La respuesta llega casi de inmediato:

A Willow. Tú tenías razón y yo no. Siento haber reaccionado mal. No quería que tuvieras razón, pero la tenías. He hablado con ella.

¿Y qué le has dicho?

Le dije que todo había terminado, *finito*. Y que deje de enviarme e-mails o le pondré una demanda por acoso.

¡No puede ser! No me lo puedo creer.

¿Y cómo ha reaccionado?

Se ha quedado muy sorprendida.

Me lo imagino.

Durante un rato, el móvil permanece en silencio. He recibido un mensaje nuevo de Annalise, pero no lo he abierto. No puedo soportar romper el hilo que me une a Sam. Sujeto el teléfono con fuerza, mirando la pantalla, esperando a ver si me envía otro mensaje. Tiene que enviarme otro mensaje...

Y entonces oigo el sonido.

No debe de ser un día fácil para ti. Se suponía que hoy era la boda, ¿verdad?

Tengo el estómago encogido. ¿Qué le digo? ¿Qué?

Sí.

Bueno, pues te voy a mandar algo para alegrarte el día.

¿Alegrarme el día? Me quedo mirando la pantalla, perpleja, cuando de repente recibo una imagen que me provoca la risa por la sorpresa. Es una foto de Sam en una silla de dentista. Sonríe de oreja a oreja y lleva una pegatina en la solapa que dice: «¡He sido un paciente modélico!».

«Lo ha hecho por mí», el pensamiento me atraviesa el cerebro antes de que pueda contenerlo. «Ha ido al dentista por mí.»

No. No seas tonta. Ha ido por sus dientes. Vacilo un instante y, a continuación, escribo:

Tienes razón, me ha alegrado el día. Bien hecho. ¡Ya era hora!

Al cabo de un instante, me contesta:

¿Tienes tiempo para tomar un café?

Y de pronto me doy cuenta, horrorizada, de que estoy al borde de las lágrimas. ¿Cómo puede llamarme, precisamente ahora, para invitarme a tomar un café? ¿Cómo puede no darse cuenta de que las cosas han cambiado? ¿Qué creía que iba a hacer yo? Mientras escribo, tengo los dedos rígidos por mi estado de nerviosismo.

Querías que desapareciera de tu vida.

¿Qué?

Me enviaste el correo que envías para quitarte a la gente de encima.

Yo nunca envío correos electrónicos, ya lo sabes. Debió de ser mi nueva secretaria. Es demasiado eficiente.

¿Él no tuvo nada que ver?

Está bien, yo ya no puedo más con esto. Ahora voy a echarme a llorar, o a reír como una histérica o yo qué sé qué hacer... En mi cabeza lo tenía todo solucionado. Sabía perfectamente en qué situación estaba todo. Ahora vuelvo a tener la cabeza hecha un lío.

El móvil suena con la llegada de otro mensaje de Sam:

No te habrás sentido ofendida, ¿verdad?

Cierro los ojos. Tengo que decírselo. Pero ¿qué le digo? ¿Y cómo...?

Al final, sin ni siquiera abrir los ojos, le digo:

No lo entiendes.

¿Qué es lo que no entiendo?

No puedo escribir las palabras. No puedo hacerlo, sencillamente. En vez de eso, extiendo el brazo todo lo que puedo, saco una foto y luego examino el resultado.

Sí. Efectivamente, todo está ahí: el velo, el tocado, un trozo del vestido de novia, la esquina del ramo de lirios. No hay ninguna duda en absoluto sobre lo que está pasando.

Selecciono el teléfono de Sam y luego presiono «Enviar». Hecho. La imagen está surcando el éter. Ahora lo sabe. Después de esto, seguramente nunca volveré a tener noticias suyas. Se acabó. Fue un extraño y breve encuentro entre dos personas, y ahora ha terminado. Suspiro y me desplomo en la silla. Las campanas han dejado de repiquetear y la sala ha quedado sumida en un silencio extraño y vacío.

Hasta que, de pronto, el móvil empieza a emitir un pitido tras otro. Son frenéticos e insistentes, como una sirena de los servicios de emergencias. Cojo el teléfono, asustada, y los veo apilándose en mi bandeja de entrada, un SMS detrás de otro, todos de Sam.

> No.
>
> No no no no.
>
> No lo hagas.
>
> ☹
>
> No puedes.
>
> ¿En serio?
>
> Poppy, ¿por qué?

Leo los mensajes con la respiración entrecortada, jadeando. No tenía intención de entablar una conversación con él, pero al final ya no puedo soportarlo más, tengo que contestar.

> ¿Qué quieres que haga, que me vaya así, sin más? Hay 200 personas ahí fuera esperando.

Inmediatamente, la respuesta de Sam llega como un rayo:

> ¿Crees que él te quiere?

Le doy vueltas y más vueltas al anillo de oro trenzado, tratando desesperadamente de encontrar el camino en medio del torbellino de pensamientos contradictorios que se me pasan por la cabeza. ¿Me quiere Magnus? Porque vamos a ver... ¿qué es el amor? Nadie lo sabe con exactitud. Nadie puede definirlo. Nadie puede demostrarlo científicamente. Sin embargo, el hecho de que un hombre escoja un anillo especialmente para ti en Brujas... eso tiene que ser un buen comienzo, ¿verdad?

Sí.

Sam debía de estar ansioso por recibir mi respuesta, porque responde disparando de inmediato, con tres mensajes seguidos.

No.

Te equivocas.

Detente. Detente. Detente. No. No.

Me dan ganas de gritarle. No es justo. No puede decir todas esas cosas precisamente ahora. No puede venir y poner mi vida patas arriba.

Bueno, ¿¿¿y qué quieres que haga, eh???

Le envío el mensaje en el preciso instante en que se abre la puerta. Es el reverendo Fox, seguido de Toby, Tom, Annalise y Ruby, todos hablando a la vez con desbordante entusiasmo.

—¡Por Dios, qué tráfico! Creía que no llegábamos...

—Sí, pero no podían empezar sin ti, ¿no? Esto es como en los aviones.

—Sí pueden, ¿sabes? Una vez descargaron mi equipaje de un avión que tenía que tomar solo porque me estaba probando unos vaqueros y no oí la llamada de embarque por la megafonía.

—¿Hay algún espejo? Tengo que volver a ponerme el brillo de labios.

—Poppy, te he traído unas galletas...

—¡No quiere galletas! ¡Tiene que conservar la línea para el gran momento! —Annalise se planta a mi lado—. ¿Qué le ha pasado a tu velo? Está todo arrugado. ¡Y llevas el vestido torcido! Trae, déjame...

—¿Todo en orden, cielo? —Ruby me abraza mientras Annalise me tira de la cola—. ¿Lista?

—Creo que... —Siento vértigo—. Creo que sí.

—Estás fabulosa. —Toby se está comiendo una galleta—. Tienes mucho mejor aspecto que antes. Oye, Felix quiere entrar a saludarte. No te importa, ¿no?

—Pues claro que no.

Me siento impotente, allí de pie rodeada de todos ellos. No puedo ni moverme, porque Annalise todavía me está retocando la cola del traje. Mi móvil emite un nuevo pitido y el cura me dedica una sonrisa glacial.

—Será mejor que lo apagues, ¿no te parece?

—¿Te imaginas que te empieza a sonar durante la ceremonia? —suelta Annalise entre risas—. ¿Quieres que te lo guarde yo?

Extiende la mano y la miro, paralizada. Hay un nuevo mensaje de texto de Sam esperando en mi bandeja de entrada. Su respuesta. Una parte de mí está tan desesperada por leerlo que apenas puedo contener el movimiento de mis manos.

Sin embargo, hay otra parte de mí que me dice que me reprima. Que no lo haga. ¿Cómo voy a leerlo ahora, justo antes de dirigirme al altar? Estoy aquí, en el día de mi boda, rodeada de mi familia y amigos. Esta es mi vida real, no un tipo al que estoy conectada a través del éter. Ha llegado la hora de decir adiós definitivamente. Ha llegado la hora de cortar ese hilo que nos une.

—Gracias, Annalise. —Apago el móvil y me lo quedo mirando un momento mientras se extingue la luz. Ahora ya no hay nadie allí. Solo es una caja metálica sin vida, vacía.

Se lo doy a Annalise y ella se lo mete en el sujetador.

—Llevas el ramo demasiado alto. —Me mira con preocupación—. Estás muy tensa.

—Estoy bien. —Rehúyo su mirada.

—Oye, ¿sabes qué? —Ruby aparece haciendo frufrú con su vestido—. Se me olvidaba decírtelo: ¡vamos a tener un paciente famoso! ¿Te acuerdas de ese empresario que últimamente aparecía en todas partes? ¿Sir Nicholas no sé qué?

—¿Te refieres a sir Nicholas Murray? —le pregunto con incredulidad.

—Exactamente. —Sonríe de oreja a oreja—. ¡Pues ha llamado su ayudante para reservar una sesión conmigo! Dijo que me había recomendado alguien cuya opinión le merece muchísimo respeto. ¿Se te ocurre quién podría ser?

—No tengo... ni idea —acierto a decir.

Estoy muy emocionada. Y también un poco sobrecogida. Ni en mis mejores sueños se me habría ocurrido que sir Nicholas fuese a seguir mi recomendación. ¿Cómo podré volver a mirarlo a la cara? ¿Y si me habla de Sam? ¿Y si...?

No. Basta ya, Poppy. Para cuando vuelva a ver a sir Nicholas, seré una mujer casada. Este extraño episodio habrá quedado ya en el olvido. Y todo irá perfectamente.

—Le diré a la organista que ya estamos listos —dice el reverendo Fox—. Ocupen sus lugares para realizar la entrada.

Annalise y Ruby se colocan en su sitio, detrás de mí. Tom y Toby se sitúan uno a cada lado, entrelazando sus brazos con los míos. Alguien llama a la puerta y, acto seguido, Felix asoma su cara de búho.

—Poppy, estás espectacular.

—Gracias. ¡Adelante!

—Solo quería desearte buena suerte. —Se dirige hacia mí, esquivando cuidadosamente el borde de mi vestido—. Y también decirte que estoy muy contento de que vayas a formar parte de la familia. Todos lo estamos. Mis padres dicen que eres una joya.

—¿En serio? —pregunto, tratando de disimular mi tono receloso—. ¿Los dos?

—Oh, sí, ya lo creo. —Asiente con convicción—. Te adoran. Se quedaron destrozados cuando supieron que habíais cancelado la boda.

—¿Cancelada? —repiten cuatro voces al unísono.

—¿Cancelasteis la boda? —pregunta Tom.

—¿Cuándo? —pregunta Annalise—. ¡No nos dijiste nada, Poppy! ¿Por qué no nos lo dijiste?

Genial. Justo lo que me faltaba, sometida al tercer grado por mi propia comitiva.

—Solo fue un arrebato —digo, tratando de quitarle hierro—. Sí, esos nervios de última hora que siente cualquier novia antes de casarse... Le pasa a todo el mundo.

—Mamá le pegó una bronca monumental a Magnus. —A Felix le brillan los ojos por detrás de las gafas—. Ella le dijo que era un idiota y que nunca iba a encontrar a una mujer mejor que tú.

—¿En serio? —No puedo evitar sentir una punzada de orgullo.

—Huy, sí, se puso furiosa. —A Felix parece hacerle mucha gracia—. Prácticamente le tiró el anillo a la cara.

—¿Le tiró el anillo de esmeralda? —pregunto asombrada. Ese anillo tiene que costar miles de libras. Ni siquiera a Wanda se le ocurriría ir lanzando ese anillo por ahí.

—No, el anillo de oro trenzado. Ese anillo. —Señala mi mano—. Cuando lo sacó de su tocador para dárselo a Magnus, se lo tiró y le hizo un pequeño corte en la frente. —Se ríe—. Nada grave, por supuesto.

Me quedo mirándolo, petrificada. ¿Qué es lo que acaba de decir? ¿Wanda sacó el anillo de su tocador?

—Creía que... —Trato de mantener la calma—. Creía que Magnus lo había comprado en Brujas.

Felix me mira sin comprender.

—No, no. Es de mamá. Bueno, era de mamá.

—Ah. —Me humedezco los labios secos—. Y dime, Felix, ¿qué fue lo que pasó exactamente? ¿Por qué se lo dio? ¡Me encantaría haber estado presente! —Intento imprimir entusiasmo a mi voz—. Cuéntamelo todo.

—A ver... —Felix entrecierra los ojos, tratando de hacer memoria—. Mamá le dijo a Magnus que no se molestase en intentar volver a darte ese anillo de esmeralda; luego sacó el anillo de oro y dijo que se moría de ganas de tenerte como nuera. Entonces papá dijo: «¿Para qué te molestas? Es evidente que Magnus no tiene la constancia suficiente para hacer durar un matrimonio». Y Magnus se puso como loco con él y dijo que sí, que sí la tenía, y papá le contestó: «Mira lo que ha pasado con el trabajo en Birmingham», y entonces se pusieron a discutir como perros rabiosos, como hacen siempre, y luego... pedimos comida para llevar. —Parpadea—. Fue así, más o menos.

A mi espalda, Annalise se ha inclinado hacia delante para escuchar.

—Ah, entonces por eso te cambiaste el anillo. Ya sabía yo que no eras alérgica a las esmeraldas.

Este anillo es de Wanda. Magnus no lo compró especialmente para mí, nada de eso. Cuando me miro la mano, siento ganas de vomitar. Entonces se me ocurre otra cosa.

—¿Qué trabajo en Birmingham?

—Ya sabes. El trabajo que ha dejado. Papá siempre se enfada con Magnus por dejar las cosas a medias. Lo siento, creía que lo sabías. —Felix me está mirando intrigado cuando, de repente, los estridentes acordes del órgano nos dan un susto a todos—. Ah, ya empieza. Será mejor que me vaya. ¡Nos vemos ahora!

—Sí, claro... —Acierto a asentir con la cabeza, pero me parece que estoy en otro planeta. Tengo que digerir todo esto.

—¿Listos? —El reverendo Fox está en la puerta y nos hace señas para que salgamos. Cuando llegamos a la parte posterior de la iglesia, no puedo evitar dar un respingo: está llena de espectaculares arreglos florales y de hileras de invitados con sombreros, y el aire vibra con toda la expectación. Al fondo, logro atisbar la parte de atrás de la cabeza de Magnus, delante del altar.

Magnus. Siento que el corazón me da un vuelco. No puedo... Necesito tiempo para reflexionar...

Pero no tengo tiempo. La música del órgano es cada vez más apremiante. De repente, el coro estalla en un acorde triunfal. El reverendo Fox ya se ha alejado por el pasillo. La vuelta en carrusel ya ha comenzado y yo ya estoy a bordo.

—¿Preparados? —Toby sonríe a Tom—. No le pises la cola del vestido, hermanito.

Y empezamos a avanzar. Estamos recorriendo el pasillo, la gente me sonríe y yo trato de adoptar una expresión sosegada y feliz, pero por dentro mis pensamientos están igual de sosegados que las partículas del CERN.

«No importa... Solo es un anillo... Estoy exagerando... Pero me mintió...

»¡Vaya, mira qué pamela se ha puesto Wanda...!

»Dios, qué bonita es esta música... Lucinda tuvo una buena idea al contratar a un coro...

»¿Qué trabajo en Birmingham? ¿Por qué no me ha dicho nada?

»¿Estoy deslizándome por el pasillo? Mierda. Bueno, así está mejor...

»Vamos, Poppy. Tienes que intentar ver las cosas con un poco de perspectiva. Tienes una relación maravillosa con Magnus. Que te haya comprado el anillo personalmente o no es irrelevante. Un trabajo que ya no existe en Birmingham es irrelevante. En cuanto a Sam...

»No. Olvídate de Sam. Esta es la realidad. Esta es mi boda. Es mi boda y ni siquiera puedo concentrarme en lo que debo. ¿Qué diablos me pasa?

»Lo estoy consiguiendo. Sé que puedo hacerlo. Sí. Sí. Venga, adelante...

»¿Por qué está Magnus sudando a mares?»

Cuando llego al altar, este último pensamiento se superpone de algún modo sobre todos los demás. No puedo evitar mirarlo boquiabierta. Tiene un aspecto horrible. Si yo parezco mareada, él parece un enfermo de malaria.

—Hola. —Me regala una débil sonrisa—. Estás preciosa.

—¿Estás bien? —le susurro al pasarle el ramo a Ruby.

—¿Por qué no iba a estar bien? —dice, a la defensiva.

Esa no me parece la respuesta más adecuada, pero tampoco puedo echárselo en cara en este momento.

La música ha cesado y el reverendo Fox se dirige a la congregación con una sonrisa entusiasta. Por lo visto, parece que le encanta celebrar matrimonios.

—Hermanos y hermanas. Nos hemos reunido aquí, ante los ojos de Dios...

En cuanto oigo las palabras familiares resonando en las paredes de la iglesia, empiezo a relajarme. Bueno, ha llegado el momento. Este es el punto culminante. Esto es lo que llevo esperando todo este tiempo. Las promesas, los votos, esas palabras mágicas de la tradición que se han repetido millones de veces bajo este mismo techo, generación tras generación.

Así que bueno, sí, es posible que hayamos tenido algunos baches y algunos altibajos en la carrera hacia el altar, pero ¿qué pareja no los tiene? Pero si conseguimos centrarnos en nuestros votos, si conseguimos asegurarnos de que sean algo especial...

—Magnus. —El reverendo Fox lo mira y se oye un murmullo de expectación en los bancos de la iglesia—. ¿Tomas a esta mujer como legítima esposa ante los ojos de Dios, para vivir juntos en el santo estado del matrimonio? ¿Prometes serle fiel, en las alegrías y en las penas, en la salud y en la enfermedad, y así, amarla y respetarla todos los días de tu vida?

Magnus tiene la mirada ligeramente vidriosa y parece que le cuesta respirar. Es como si se estuviera preparando psicológicamente para correr la final de los cien metros en los Juegos Olímpicos.

—¿Magnus? —insiste el reverendo Fox.

—Está bien —dice, casi para sí mismo—. Está bien, allá voy. Puedo hacerlo. —Respira profundamente y, con una voz fuerte y dramática que se alza hasta el techo, dice con orgullo—: Sí, quiero.

¿Sí, quiero?

¿Sí, quiero?

¿Es que no ha estado escuchando?

—Magnus —le susurro con algo más que impaciencia en la voz—. No es «Sí, quiero».

Magnus me mira, a todas luces desconcertado.

—Por supuesto que es «Sí, quiero».

Estoy a punto de subirme por las paredes. No ha escuchado ni una sola palabra. Ha dicho «Sí, quiero» solo porque es lo que dicen en las películas americanas. Ya sabía yo que iba a pasar esto. Debería haber pasado por alto los comentarios sarcásticos de Antony y haber hecho a Magnus ensayar los votos.

—¡No es «Sí, quiero», es «Lo prometo»! —Trato de dominar mi irritación—. ¿Es que no has escuchado la pregunta? «¿Prometes...?» «¿Prometes...?»

—Ah. —Magnus parece comprender de repente—. Ya lo entiendo. Lo siento. Entonces lo diré así. Aunque no creo que importe mucho, la verdad —añade, encogiéndose de hombros.

¿Qué?

—¿Seguimos? —está diciendo el reverendo Fox en tono apremiante—. Poppy. —Me sonríe—. ¿Tomas a este hombre como legítimo esposo...?

No, lo siento. No puedo pasarlo por alto.

—Disculpe, reverendo Fox. —Levanto la mano—. Una cosa más. Lo siento. —Para mayor seguridad, me dirijo a todos los asistentes—. Disculpen, necesito aclarar una cosita de nada. Solo será un segundo... —Dirigiéndome entonces a Magnus, le susurro con furia—: ¿Qué quieres decir con eso de que no crees que importe mucho? ¡Pues claro que importa! Es una pregunta. Y se supone que tienes que responder.

—Cariño, creo que eso es interpretar la pregunta un poco demasiado literalmente. —Salta a la vista que Magnus se siente incómodo—. ¿Seguimos con esto?

—¡No, no «seguimos con esto»! ¡Es una pregunta literal! ¿Lo prometes? Una pregunta. ¿Qué crees que es?

—Bueno. —Magnus se encoge de hombros otra vez—. Ya sabes. Un símbolo.

Es como si acabara de prenderle fuego a mi mecha. ¿Cómo puede decir eso? Él sabe lo importantes que son los votos para mí.

—¡No todo en esta vida es un puto símbolo! —exploto—. ¡Es una pregunta auténtica, con todas las letras, y no la has contestado correctamente! ¿Es que nada de lo que dices aquí lo estás diciendo de corazón?

—Por el amor de Dios, Poppy... —Magnus baja la voz—. ¿De veras crees que este es el mejor momento?

¿Qué es lo que está sugiriendo? ¿Que nos digamos los votos y luego discutamos si realmente los hemos dicho de corazón o no, a posteriori?

Está bien, entonces quizá sí que deberíamos haber hablado de nuestros votos antes de estar frente al altar. Ahora me doy cuenta. Si pudiera volver atrás en el tiempo, haría las cosas de otra manera. Pero no puedo. Es ahora o nunca. Y, en mi defensa, debo decir que Magnus sabía lo que eran los votos, ¿verdad? Es decir, yo no me los he sacado de la manga, ¿no? No es que sean un secreto, precisamente.

—¡Sí, creo que es el mejor momento! —Levanto la voz, furiosa—. ¡Ahora precisamente es el momento! ¡Justo ahora! —Me vuelvo bruscamente a los asistentes a la boda, que me miran atónitos—. Que levanten la mano los que piensen que, el día de la boda, el novio debería decir los votos de corazón.

Se produce un silencio absoluto. Entonces, para mi sorpresa, Antony levanta la mano despacio, seguido por Wanda, un poco avergonzada. Annalise y Ruby los imitan de inmediato. Al cabo de unos treinta segundos, todos los bancos están llenos de manos levantadas. Tom y Toby han levantado la mano y también mi tía y mi tío.

El reverendo Fox parece completamente perplejo por este giro los acontecimientos.

—Los estoy diciendo de corazón —se defiende Magnus, pero lo dice con voz tan débil y poco convincente que incluso el reverendo Fox hace una mueca.

—¿En serio? —Me dirijo hacia él—. ¿Serme fiel? ¿En la salud y en la enfermedad? ¿Todos los días de tu vida? ¿Estás completamente seguro? ¿O solo querías demostrarles a todos que eres capaz de pasar por el rito del matrimonio?

Y aunque no había planeado decir eso, en cuanto las palabras me salen de la boca, estoy segura de que son ciertas.

Eso es. Ahora todo cobra sentido de repente. Su discurso beligerante de esta mañana. La frente sudorosa. Incluso su proposición de matrimonio. Con razón solo esperó un mes. Para él, el matrimonio nunca ha sido una cosa sobre nosotros dos, sino una forma de demostrar algo. Tal vez sea porque su padre siempre lo acusa de dejar las cosas a medias. O por sus montones de proposiciones de matrimonio anteriores... a saber por qué; el hecho es que toda esta historia estaba abocada al fracaso desde el principio. Era una locura. Y yo creí en ella porque quería hacerlo.

De repente me doy cuenta de que estoy a punto de llorar, pero me niego a desmoronarme.

—Magnus —le digo con gran delicadeza—. Escucha. No tiene sentido seguir adelante. No te cases conmigo solo para demostrar que no siempre lo dejas todo a medias. Porque tarde o temprano me dejarás, sean cuales sean tus nobles intenciones ahora. Sucederá.

—Eso son tonterías —responde airadamente.

—Lo harás. No me quieres lo suficiente para comprometerte a tanto.

—¡Sí te quiero!

—No, no me quieres, Magnus —le digo, casi con cansancio—. No ilumino tus días como debería. Y tú no iluminas los míos. —Hago una pausa—. No lo suficiente. No lo bastante para que dure para siempre.

—¿En serio? —Magnus parece conmocionado—. ¿No? —Me doy cuenta de que he herido su orgullo.

—No. Lo siento.

—No tienes por qué sentirlo, Poppy —dice él, claramente molesto—. Si esos son tus sentimientos...

—Pero ¡tú también sientes lo mismo! —exclamo—. ¡Sé sincero! Magnus, tú y yo no estamos destinados a estar juntos para siempre. No somos el centro de la vida del otro. Creo que somos... —Me estrujo el cerebro, tratando de buscar la manera de explicarlo—. Las notas al pie de la vida del otro.

Nos quedamos en silencio. Magnus parece tratar de encontrar una respuesta a eso, pero no lo consigue. Le toco la mano y luego me dirijo al cura.

—Reverendo Fox, lo siento. Le hemos hecho perder el tiempo. Creo que no va a haber boda.

—Ya veo —dice el reverendo Fox—. Vaya. Entiendo. —Se seca la frente con el pañuelo, con expresión confusa—. ¿Estás segura...? ¿Tal vez cinco minutos a solas en la sacristía...?

—No, no creo que eso vaya a solucionar nada —le digo con dulzura—. Creo que hemos terminado. ¿No te parece, Magnus?

—Si tú lo dices. —Magnus parece realmente destrozado, y por un momento me pregunto...

No. No tengo ninguna duda. Estoy haciendo lo correcto.

—Bueno... ¿Y qué hacemos ahora? —le espeto, vacilante—. ¿Seguimos adelante con el banquete?

Magnus no parece muy seguro, pero luego asiente con la cabeza.

—Por qué no... ya que estamos. Ya lo hemos pagado y todo.

Me bajo del altar y luego me detengo. Uff, esto es un poco violento... No lo habíamos ensayado. Todos los asistentes nos miran patidifusos, ansiosos por saber qué va a pasar a continuación.

—Así que... mmm... Yo... —me dirijo a Magnus—. Quiero decir, no creo que debamos avanzar por el pasillo juntos.

—Ve tú primera. —Se encoge de hombros—. Yo te seguiré luego.

El reverendo Fox está haciendo señales a la organista, que de repente se pone a tocar la marcha nupcial.

—¡No! —grito, horrorizada—. ¡Nada de música! ¡Por favor!

—¡Lo siento mucho! —El reverendo Fox le está haciendo señales frenéticas a la organista para que pare—. Estaba intentando decirle que no tocara nada. Me temo que la señora Fortescue está un poco sorda. Tal vez no haya seguido bien el desarrollo de la ceremonia.

Esto es un lío. Ni siquiera sé si debo sujetar el ramo de flores o no. Al final, se las cojo a Ruby, que me aprieta el brazo cariñosamente mientras Annalise me susurra:

—¿Estás loca?

La música ha cesado por fin, así que me encamino hacia la salida por el pasillo central en silencio, sin mirar a nadie, sintiendo un hormigueo de vergüenza por todo el cuerpo. Dios, esto es horrible... Debería haber un plan de emergencia para estos casos. Debería haber un apartado previsto en el libro de celebraciones: «Salida de la novia para cuando cambia de opinión».

Mientras avanzo por el suelo de piedra no se oye ni una mosca. Todos me miran embelesados, pero la cacofonía de pitidos que se oyen en los bancos me indica que han encendido sus móviles. Genial. Ahora competirán por ver quién lo publica antes en Facebook.

De repente, una mujer sentada en un extremo de un banco levanta la mano delante de mí. Lleva un enorme sombrero de color rosa y no tengo la menor idea de quién es.

—¡Detente!

—¿Quién, yo? —Me paro y la miro.

—Sí, tú. —Parece un poco confusa—. Siento interrumpir, pero me ha llegado un mensaje para ti.

—¿Para mí? —pregunto, perpleja—. Pero si ni siquiera la conozco.

—Eso es lo más extraño. —Se sonroja—. Ah, lo siento, debería presentarme. Soy la madrina de Magnus, Margaret. Conozco a mucha gente aquí, pero durante la ceremonia me ha llegado un SMS de alguien llamado Sam Roxton. Aunque... no es exactamente para ti, sino sobre ti. Dice: «Si por casualidad está en la boda de Poppy Wyatt...».

Alguien detrás de ella suelta una exclamación de sorpresa.

—¡A mí me ha llegado el mismo mensaje! —exclama una chica—. ¡Exactamente el mismo! «Si por casualidad está en la boda de Poppy Wyatt...».

—¡A mí también!

—¡Y a mí!

Las voces empiezan a resonar por toda la iglesia.

—¡Acabo de recibirlo! «Si por casualidad está en la boda de Poppy Wyatt...».

Estoy demasiado anonadada para hablar. ¿Qué está pasando? ¿Sam ha escrito a todos los invitados a mi boda? Cada vez se levantan más y más manos, cada vez se oyen más pitidos, y cada vez más gente grita lo mismo.

¿Les ha escrito absolutamente a todos los invitados?

—¿Todos hemos recibido el mismo SMS? —Margaret mira a su alrededor con incredulidad—. Está bien, vamos a ver. Quien haya recibido el mensaje, que lo lea en voz alta. Yo contaré. A la de una, a la de dos, a la de tres: «Si por casualidad...».

Cuando empieza el estruendo de voces, siento que me voy a desmayar. No puede ser verdad. Hay doscientas personas invitadas a esta boda, y casi todas están leyendo las palabras de su móvil al unísono. Las palabras resuenan en la iglesia como si fuera una oración en masa o un coro de aficionados en un estadio de fútbol o algo así.

—«... está en la boda de Poppy Wyatt, me gustaría pedirle un favor. Detenga la ceremonia. Detenga a la novia. Que interrumpa la boda. Que la suspenda. Está cometiendo un error. Dígale que por lo menos lo piense dos veces.»

Estoy petrificada en medio de la iglesia, con el ramo en la mano, el corazón latiéndome desbocado. No me puedo creer que Sam haya hecho esto. No me lo puedo creer. ¿De dónde ha sacado todos esos números de teléfono? ¿Se los ha dado Lucinda?

—«Le voy a explicar por qué. Tal como un hombre muy inteligente dijo una vez: "No deberíamos dejar tesoros como estos en manos de los filisteos". Y Poppy es un tesoro, a pesar de que ella no se ha dado cuenta.»

No puedo evitar mirar de reojo a Antony, que sujeta el teléfono en la mano y está arqueando mucho las cejas.

—«No hay tiempo para hablar, discutir o ser razonable. Por eso he tenido que recurrir a una medida tan extrema, y espero que usted lo haga también. Haga lo que sea, todo lo que esté en su mano. Diga lo que sea. Esta boda es un error. ¡Gracias!»

Cuando acaba la lectura, todos parecen un poco alucinados.

—Pero ¿qué coño...? —Magnus avanza rápidamente desde el altar—. ¿Quién era ese?

No puedo responder. Las palabras de Sam continúan dando vueltas como un torbellino en mi cabeza. Quiero quitarle el móvil a alguien y leerlas otra vez.

—¡Voy a contestarle! —exclama Margaret de repente—. «¿Quién es usted?» —dice en voz alta mientras escribe en el teléfono—. «¿Su amante?» —Presiona el botón de «Enviar» con gesto dramático y la iglesia queda sumida en un silencio absoluto, hasta que de pronto suena su móvil—. ¡Ha contestado! —Hace una pausa para dar mayor efecto a sus palabras y, a continuación, lee en voz alta—: «¿Amante? No sé. No sé si ella me ama. No sé si yo la amo a ella».

En el fondo de mi alma, me llevo una tremenda decepción. Pues claro que no me ama. Solo piensa que no debo casarme con Magnus. Solo trata de evitar un terrible error. Eso es algo completamente diferente. Eso no significa que sienta algo por mí. Conque mucho menos...

—«Lo único que puedo decir es que es en ella en quien pienso todo el día.» —Margaret hace una pausa y suaviza el tono de su voz—. «Constantemente. A todas horas. Es la voz que quiero oír. Es el rostro que espero ver a cada momento.»

Tengo un inmenso nudo en la garganta. Trago saliva desesperadamente, tratando de no perder la compostura. Es en él en quien pienso todo el día. Constantemente. A todas horas. Es la voz que quiero oír. Cuando me suena el móvil, espero que sea él.

—Pero ¿se puede saber quién es este? —Magnus parece incrédulo.

—Eso, eso, ¿quién es? —repite Annalise desde el altar, y las carcajadas retumban por toda la iglesia.

—Es solo... un hombre. Encontré su teléfono y... —Dejo la frase sin terminar, no puedo.

No sé cómo explicar quién es Sam y lo que hemos sido el uno para el otro.

El móvil de Margaret suena otra vez y los murmullos cesan para dar paso a un silencio cargado de expectación.

—Es de él —anuncia.

—¿Qué dice? —Apenas me sale la voz.

La iglesia está en absoluto silencio, pero yo casi oigo los latidos de mi propio corazón.

—Dice: «Y voy a estar esperándola aquí fuera, en la puerta de la iglesia. Que alguien se lo diga».

Está aquí.

Ni siquiera me doy cuenta de que he echado a correr hasta que uno de los ujieres se aparta de mi camino con expresión de alarma. La pesada puerta de la iglesia está cerrada y tengo que tirar de ella hasta cinco veces antes de poder abrirla. Salgo de golpe y me paro en lo alto de la escalinata, jadeando, mirando en todas direcciones, buscando su rostro...

Ahí está. Al otro lado de la calle. Está en la puerta de un Starbucks, con unos vaqueros y una camisa azul oscuro. Cuando nuestras miradas se cruzan, arruga los ojos, pero no sonríe. Me mira las manos insistentemente. Los ojos le arden con una pregunta decisiva.

¿Es que no lo sabe? ¿Es que no ve cuál es la respuesta?

—¿Es él? —susurra Annalise a mi lado—. Menudo bombón. ¿Me puedo quedar con Magnus?

—Annalise, dame mi móvil —le digo, sin apartar los ojos de Sam.

—Ten. —Segundos después, tengo el móvil en la mano, encendido y listo para funcionar, y le escribo un mensaje.

> Hola.

Escribe una respuesta y llega al cabo de un momento.

> Bonito traje.

Bajo la vista distraídamente y veo el vestido de novia.

> Bah, un trapo que tenía por ahí en el armario.

Hay un largo silencio..., y luego lo veo escribiendo otro mensaje. Tiene la cabeza inclinada y no mira hacia arriba, ni siquiera cuando termina, a pesar de que ya he recibido el mensaje.

Coloco cuidadosamente el móvil encima del dedo anular desprovisto de anillo y saco una foto.

«Sam móvil.»

«Enviar.»

Una multitud de invitados a la boda ha salido a la calle y se agolpan a mi espalda para ver qué pasa, pero yo no muevo la cabeza ni un centímetro. Tengo la mirada clavada en Sam, para ver la reacción de su cara cuando le llegue el mensaje con la foto. Relaja la frente y veo cómo sus labios se ensanchan para formar la sonrisa más plácida y radiante que he visto en mi vida. Y al final, levanta la vista para mirarme.

Podría dormirme en la placidez de esa sonrisa.

Ahora está escribiendo otra vez.

¿Te apetece un café?

—Poppy —me llama una voz a mi espalda. Al volverme, veo a Wanda, mirándome con ansiedad por debajo de su pamela, que parece una gigantesca polilla muerta—. Poppy, lo siento. Lo que hice fue algo vergonzoso y egoísta.

—¿Qué quieres decir? —pregunto, momentáneamente confundida.

—El segundo anillo. Le dije a Magnus... Por lo menos, le sugerí que... —Wanda se calla y esboza una mueca de dolor.

—Lo sé. Le dijiste a Magnus que hiciese como que había elegido el anillo él especialmente para mí, ¿verdad? —Le toco el brazo—. Wanda, te lo agradezco. Pero será mejor que te quedes también con este. —Me quito el anillo de oro de la mano derecha y se lo doy.

—Me habría encantado que fueras mi nuera —dice con tristeza—. Pero eso no debería haberme nublado el juicio. Estuvo mal por mi parte. —Desplaza la mirada hacia el otro lado de la calle, hacia Sam—. Es él, ¿verdad?

Asiento con la cabeza y la cara de Wanda se dulcifica de repente.

—Entonces, ve con él. Adelante.

Y sin esperar un minuto más bajo la escalera, cruzo la calle, sorteo el tráfico, haciendo caso omiso de los pitidos de los coches, y me quito el velo de la cara, hasta que estoy a poco más de un palmo de Sam. Por un momento nos quedamos ahí de frente, mirándonos, respirando agitadamente.

—Así que has estado enviando unos pocos mensajes —le digo al fin.

—Solo un par o así —responde Sam, asintiendo con la cabeza.

—Interesante. —Asiento con la cabeza yo también—. ¿Con la ayuda de Lucinda?

—Parecía muy contenta de poder boicotear la boda —dice Sam, con aire divertido.

—Pero no lo entiendo. ¿Cómo diste con ella?

—Tiene un sitio web bastante sofisticado. —Sam sonríe irónicamente—. La llamé a su móvil y se mostró más que dispuesta a cooperar. De hecho, fue ella la que envió el mensaje por mí. ¿Sabías que tenías un sistema automático muy avanzado para ponerte en contacto con todos los invitados?

El sistema de alertas por SMS de Lucinda. Al final ha resultado ser útil.

Me coloco el ramo de flores en la otra mano. No sabía que pudieran pesar tanto.

—Es un vestido muy elegante para ir a un Starbucks. —Sam me mira de arriba abajo.

—Siempre me pongo un vestido de novia para ir a tomar café con algún chico. Le da un toque especial a la situación, ¿no te parece?

Me vuelvo para mirar a la iglesia y se me escapa la risa. Por lo visto, todos los invitados han salido en tropel y están allí plantados como espectadores.

—¿Qué esperan ver? —Sam sigue mi mirada, y me encojo de hombros.

—¿Quién sabe? Siempre podrías improvisar un baile. O contar un chiste. O... ¿besar a la novia?

—A la novia no. —Me rodea con los brazos y me acerca poco a poco hacia sí. Apenas unos centímetros separan nuestros labios. Lo miro fijamente a los ojos. Siento el calor de su piel—. A ti.

—A mí.

—A la chica que me robó el móvil. —Sus labios me rozan la comisura de la boca—. A la ladrona.

—Estaba en una papelera.

—Sigue siendo robar.

—No, no es cierto... —empiezo a decir, pero ahora aprieta firmemente sus labios contra los míos y no puedo hablar.

Y de repente, la vida es bella.

Sé que todavía hay cosas pendientes, sé que la realidad no ha desaparecido así, sin más. Sé que todavía habrá que dar muchas explicaciones y que habrá recriminaciones y mucha confusión. Pero en este momento estoy en los brazos de un hombre del que podría estar perdidamente enamorada. Y no me he casado con el hombre del que sé con toda seguridad que no estoy enamorada. Y tal como yo lo veo, creo que eso es ir por buen camino. Por ahora.

Al final nos separamos y, desde el otro lado de la calle, oigo los gritos de entusiasmo de Annalise, lo cual no es muy delicado por su parte, pero es que ella es así.

—Por cierto, te he traído algo para leer —dice Sam—. Por si te aburrías en algún momento.

Se mete la mano en la chaqueta y saca una pila de hojas manchadas de café. Y cuando las veo, siento una intensa emoción en el pecho. Los ha guardado. Aun después de despedirnos de aquella manera. Ha guardado todos nuestros mensajes.

—¿Es interesante? —adopto un tono despreocupado.

—No está mal. —Echa un vistazo a las páginas y luego levanta la cabeza—. Me muero de ganas de leer la secuela.

—¿Ah, sí? —Y ahora me mira de una manera que hace que me tiemble todo el cuerpo—. Entonces, ¿sabes lo que pasa a continuación?

—Bueno... tengo una idea aproximada. —Desliza los dedos por mi espalda y siento una inmediata oleada de deseo. Estoy totalmente lista para mi noche de bodas.[109] No necesito champán, ni canapés, ni la cena de tres platos ni el primer baile. Ni siquiera el último.

Aunque, por otra parte, todavía hay que resolver el pequeño inconveniente de las doscientas personas de pie en la calle, que me miran como esperando instrucciones. Algunos han viajado varias horas para venir hasta aquí. No puedo dejarlos colgados.

—Pues verás... Es que ahora hay una fiesta —le digo tímidamente a Sam—. Con... todos mis amigos y mi familia, todos a la vez, formando un grupo bastante intimidatorio, además de todos los amigos y familiares del hombre con el que se suponía que iba a casarme hoy. Y también habrá almendras garrapiñadas. ¿Quieres venir?

Sam levanta las cejas.

—¿Crees que Magnus me pegará un tiro?

—No sé. —Miro al otro lado de la calle, a Magnus. Está ahí de pie, con todos los demás, mirándonos. Pero no parece que tenga una actitud demasiado homicida—.[110] No creo. ¿Quieres que le envíe un SMS y se lo pregunte?

—Si quieres... —Sam se encoge de hombros, sacando su propio móvil.

> Magnus, el hombre que está aquí a mi lado es Sam. Sé que esto no es muy ortodoxo, pero... ¿puedo llevarlo a nuestro banquete de boda? Poppy bss
>
> P. D.: ¿Por qué no invitas tú a alguien también?

Al cabo de un momento, llega la respuesta.

---

109. Sí, ya sé que no es una noche de bodas, técnicamente. Deberían inventar una palabra para «noche que se pasa con un amante después de dejar plantado al novio en el altar».

110. De hecho, tiene mucho mejor aspecto del que tenía cuando estaba a punto de casarse conmigo.

No parece que le emocione la idea, pero tampoco parece dispuesto a dispararle un tiro a nadie.[111]

Estoy a punto de guardar el teléfono cuando oigo un pitido y lo miro extrañada. Es un mensaje de texto de Sam. Debe de habérmelo enviado ahora mismo, hace unos segundos. Sin mirarlo a la cara, abro el mensaje y veo:

<3

Es un corazón. Me ha enviado un corazón de amor. Sin decir absolutamente nada. Como si fuera un pequeño secreto.

Se me humedecen los ojos, pero pese a ello consigo mantener la calma mientras escribo:

Yo también.

Quiero añadir más cosas... pero no. Mejor dejarlo para más tarde.

Pulso la tecla «Enviar» y luego levanto la vista con una sonrisa radiante, agarro a Sam del brazo y recojo la cola de mi vestido para echar a andar por la acera.

—Vamos, entonces. Vamos a mi boda.

FIN[112]

111. Personalmente, apostaría lo que fuese a que, para cuando termine la noche, Magnus se estará besuqueando descaradamente con Annalise.

112. Notas al pie de Poppy Wyatt.

Agradecimientos

Me gustaría aprovechar esta oportunidad para dar las gracias a mis editores en todo el mundo. Le estoy inmensamente agradecida por las fantásticas ediciones de mis libros en los que realizan una labor tan maravillosa.

También quisiera dar las gracias a todos mis lectores por seguir leyendo estas páginas, con un agradecimiento especial a todos aquellos que me siguen en Facebook.

En particular, estoy eternamente agradecida a Araminta Whitley, Kim Witherspoon, David Forrer, Harry Man, Peta Nightingale, Nicki Kennedy y Sam Edenborough y su estupendo equipo en ILA. Y Andrea Best... ¡vosotros ya sabéis por qué! En Transworld tengo la inmensa fortuna de contar con el apoyo de un equipo fabuloso y me gustaría dar las gracias especialmente a mi editora Linda Evans, Larry Finlay, Bill Scott-Kerr, Polly Osborn, Janine Giovanni, Sarah Roscoe, Gavin Hilzbrich, Suzanne Riley, Claire Ward, Judith Welsh y Jo Williamson. Gracias a Martin Higgins por todo. Y una mención especial al equipo de corrección de estilo, quienes ponen tantísimo empeño en afinar y dejar a punto todos mis libros: muchísimas gracias a Kate Samano y Elisabeth Merriman.

Por último, como siempre, todo mi agradecimiento y mi amor a mis chicos y al Consejo.